文學評論叢書
05

瘂弦評傳

龍彼德　著

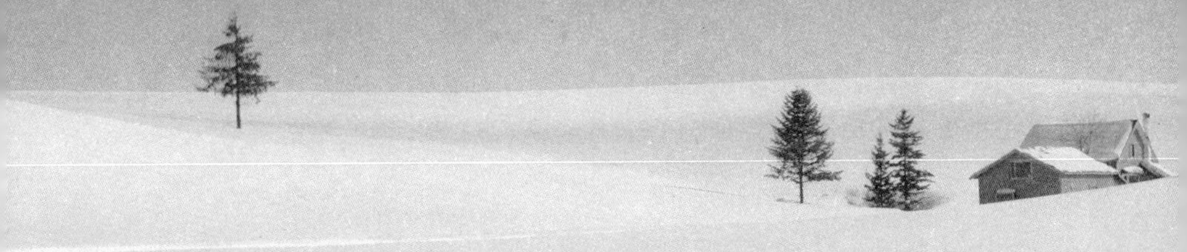

三民書局

國家圖書館出版品預行編目資料

瘂弦評傳／龍彼德著.－－初版一刷.－－臺北市：
三民，2006
面；　公分.－－(文學評論叢書)

ISBN 957-14-4340-9　(平裝)

855　　94014372

著作人　龍彼德
發行人　劉振強
著作財產權人　三民書局股份有限公司
臺北市復興北路386號
發行所　三民書局股份有限公司
地址／臺北市復興北路386號
電話／(02)25006600
郵撥／0009998-5
印刷所　三民書局股份有限公司
門市部　復北店／臺北市復興北路386號
重南店／臺北市重慶南路一段61號
初版一刷　2006年7月
編　號　S 856740
基本定價　陸　元
行政院新聞局登記證局版臺業字第〇二〇〇號

ISBN　957-14-4340-9　(平裝)

http://www.sanmin.com.tw　三民網路書店

瘂弦——現代詩壇的一座睡火山（代前言）

人生朝露，藝術千秋，世界上唯一能對抗時間的，對我說來，大概只有詩了。可是這麼一本薄薄的小冊子，如何能抗拒洶湧而來的時間潮水？而在未來的日子裡，在可預見的鎮日為稻粱謀的匆匆裡，我是不是還能重提詩筆，繼續追尋青年時代的夢想，繼續呼應內心深處的一種召喚，並嘗試在時間的河流裡逆泳而上呢？我不敢肯定。雖然熄了火的火山，總會盼望自己是一座睡火山而不是死火山。

——瘂弦《瘂弦詩集・序》

人生有限，宇宙無限，這是自古以來就存在的矛盾，歷代的仁人志士騷人墨客無不在苦苦思索處處尋覓解決這一矛盾的方法。在中國，有「屈平辭賦懸日月，楚王臺榭空山丘」之說，唐代大詩人李白以帝王臺榭的速朽，反襯辭賦日月長明不滅的永恆，生動有力地強調了詩的作用。在英國，有「王侯公子的大理石和鑲金碑座／都比不上這有力的詩篇長壽」之句，文藝復興時期的戲劇家、詩人莎士比亞以更直接的方式，比較了「碑座」與「詩篇」的價值，毫不遲疑地肯定了詩的長久。瘂弦的看法，與他們是一脈相承，十分接近的。他決心生命不息寫詩不止，以詩去對抗時間，求得相對的長久與精神的永恆。為此，他盼望自己是一座火山，即使一度停筆，處在暫時的休眠狀態，也是一座睡火山而不是死火山。

瘂弦至今已出版詩集共十一本，按時間順序依次為：

《苦苓林的一夜》（後改印封面時更名為《瘂弦詩抄》）　香港　國際圖書公司　一九五九年十月

《鹽 salt》（英文詩集）　美國加州　愛荷華大學　一九六八年五月

《深淵》　臺北　眾人出版社　一九六八年十月

《深淵》（增訂版）　臺北　晨鐘出版社　一九七一年四月

《瘂弦自選集》　臺北　黎明文化公司　一九七七年十月

《深淵》（新增訂版）　臺北　東大圖書公司　一九七九年四月

《瘂弦詩集》　臺北　洪範書店有限公司　一九八一年四月

《青年筆陣・台灣青年文藝運動小史》　臺北　幼獅文化公司　一九八三年二月初版　十二月增訂版

《瘂弦詩選》　成都　四川文藝出版社　一九八七年二月

《如歌的行板》　臺北　洪範書店有限公司　一九九六年九月

《瘂弦短詩選》（中英對照）　香港　銀河出版社　二〇〇二年六月

在十一本中，三本是《深淵》的不同版本，七本是以《深淵》為藍本，或增加或節選而成，實際上也就是一本。

瘂弦出詩集的情況，與美國十九世紀的大詩人惠特曼（1819～1892）有些相似。惠特曼一生就出了一本詩集——《草葉集》，但卻一再補充，先後出了八版。從他三十六歲時出的初版十二首，到他七十三歲逝世前一年的第八版近四百首，貫徹始終的一個雄心是要讓他的生命成為一首詩，並在其中表現這個比藝術更為真實的生命。他的書和他自己，跨越了三十六年以及這些年中的美國，成為「全新的和全民族的雄辯的表現」。

瘂弦與惠特曼不同，他的詩歌創作集中在三十五歲之前。處女作〈我是一勺靜美的小花朵〉發表於一九五三年，時年二十一歲；〈十月〉發表於一九六七年，時年三十五歲。加起來也不過十四、五年，創作的旺發期則不到十年。在這短短的十餘年中，瘂弦共發表詩一百一十八首，其中八十七首收入了詩集，三十一首未收入詩集，不同版詩集數量的增減只在八十七首之內，與三十一首無關，可見瘂弦對自己的要求是很嚴格的。

早在詩集出版以前，瘂弦的作品便引起詩壇的注意。如一九五七年，覃子豪於〈評介新詩得獎作〉一文中，稱瘂弦的〈印度〉顯示了「想像力的瑰麗，與史地知識的豐富」。並將這首詩與另外五位詩人的五首詩加以比較，認為「這一篇是六篇中最好的一篇。因為其每一句子新鮮，優美，有動人的形象，而全篇的結構，如此完整，氣勢如此渾厚，是極為難得之作」。

當瘂弦的詩集出版之後，更是好評如潮，經久不斷。

一九六三年，余光中以〈詩話瘂弦〉為題，著文分析瘂弦詩的四個特色：戲劇性，善用重疊的句法，「異域精神」，好用典故且崇拜多神，並同意阮囊的提法，說瘂弦的詩「甜」。

一九六七年，葉珊（即楊牧）在《深淵》的後記中寫道：

> 我離開大度山後和瘂弦相處了一整個暑假。那時瘂弦早已寫好了《深淵》集子裡大部分作品……幾年來影響中國現代詩很深的〈從感覺出發〉和〈深淵〉都先後發表了，關心現代詩的人極少不讀過：

哈里路亞！我仍活著。
工作，散步，向壞人致敬，微笑和不朽。
為生存而生存，為看雲而看雲，
厚著臉皮佔地球的一部份……

——〈深淵〉

瘂弦的詩甚至成為一種風尚、一種傳說；抄襲模仿的人蜂湧而起，把創造的詩人逼得走投無路。

一九七七年，瘂弦的詩入選張默、張漢良主編之《中國當代十大詩人選集》（臺北源成文化圖書供應社出版），該書的評語是：

瘂弦的詩有其戲劇性，也有其思想性，有其鄉土性，也有其世界性，有其生之為生的詮釋，也有其死之為死的哲學，甜是他的語言，苦是他的精神，他是既矛盾又和諧的統一體。他透過完美而獨特的意象，把詩轉化為一支溫柔而具震撼力的戀歌。

一九八七年，大陸學者古繼堂在十二月二十日香港出版的《文學世界》創刊號上，發表了〈瘂弦詩歌的特色〉一文。八十年代末到二十一世紀初相繼有古遠清、李元洛、馬德俊、朱雙一、鄒建軍、劉登翰、熊國華、葛乃福、章亞昕、吳開晉、沈奇、萬登學、袁文杰、任洪淵、董桃福、龍彼德、陶保璽等學者或評論家發表了一大批對瘂弦詩作的評論。

在蕭蕭主編的《詩儒的創造・瘂弦詩作評論集》（一九九四年臺北文史哲出版社）中，於來自海內外的作者隊列裡，我們還看到了葉維廉、姚一葦、白靈、王夢鷗、無名氏、黃維樑、鍾玲、陳義芝等詩人與專家的名字，甚至還有一個高中生羅葉，以一萬多字的長文來破解瘂弦的深奧，不能不令人讚嘆和欽佩！在白少帆的《現代台灣文學史》（一九八七年瀋陽遼寧大學出版社），古繼堂的《台灣新詩發展史》（一九八九年北京人民文學出版社），洪子誠、劉登翰的《中國當代新詩史》（一九九三年北京人民文學出版社），王晉民主編的《台灣當代文學史》（一九九四年南寧廣西人民出版社、廣西教育出版社），劉登翰、朱雙一的《彼岸的繆斯——台灣詩歌論》（一九九六年南昌百花洲文藝出版社），計璧瑞的《百年中華文學史話》（一九九八年香港新亞洲文化基金會）等書中都有瘂弦詩的專章或專節。對瘂弦的報導與專訪，自一九六三年起至今有一百六十餘篇。二〇〇四年，北京的詩學刊物《新詩界》、詩歌理論刊物《詩探索》均用較大篇幅為瘂弦作了專輯。

以上這一切，都證明瘂弦的詩是經得起時間的考驗的，是具有強大的生命力的。

早在一九七五年，羅青在〈理論與態度〉❶一文中便指出：

> 自五四運動以來，在詩壇上，能以一本詩集而享大名，且影響深入廣泛，盛譽持久不衰，除了瘂弦的《深淵》外，一時似乎尚無他例。

今天看來，也的確如此！

---

❶ 刊於一九七五年六月一日臺北出版之《書評書目》第二十六期。

二

「《深淵》以後，瘂弦應該寫些甚麼呢？」這是葉珊（即楊牧）的發問，也是所有喜愛瘂弦詩的朋友與讀者的關切與發問。

民國四十年左右，我的詩僅止於拍紙簿上的塗鴉，從未示人，四十一年開始試著投稿，四十二年在《現代詩》發表了〈我是一勺靜美的小花朵〉，四十三年十月，認識張默和洛夫並參與《創世紀》詩社後，才算正式寫起詩來，接著的五、六年，是我詩情最旺盛的時候，甚至一天有六、七首詩的記錄。五十五年以後，因著種種緣由，停筆至今。

——瘂弦《瘂弦詩集・序》

由此可知，瘂弦是在一九六六年之後，就不再寫詩了。

從一九六六年停筆，到一九九八年退休，瘂弦主要做了兩件事：

其一，從事詩歌理論的研究，中國新詩史料的整理，及現代詩人詩作的批評。一九七七年至一九七八年，由瘂弦主編的《朱湘文選》、《戴望舒卷》、《劉半農卷》與《劉半農文選》相繼在洪範書店出版，集中展示了他對這幾位早期詩人的研究成果。一九八一年一月，瘂弦的詩論集《中國新詩研究》又在洪範書店推出，此書由詩論、早期詩人論與史料三卷組成，無論視野的開闊性，詩觀的獨創性，資料的精密性，都有不少過人之處，是研究中國新詩者不可不讀的重要著作。瘂弦還與張默合編過《六十年代詩選》（一九六一年一月・高雄大業書店）、《中國現代詩選》（一九六七年二月・創世紀詩社），與洛夫、張默合編《七十年代詩選》（一九六七年九月・高雄大業書店）、《中國現代詩論選》（一九六九年三月・高雄大業書店）、《八十年代詩選》（一九七六年六月・濂美出版社）、《創世紀詩選》（一九八四年九月・臺北爾雅出版社），與梅新合編《詩學》第一、二輯（一九七六年十月・臺北成文出版公司），主編《當代中國新文學大系・詩卷》（一九八〇年四月・臺北天視文化公司）、《八十一年詩選》（一九九三年六月・現代詩季刊社）。一九八一年一月，有聲書《瘂弦談詩》在臺北喜瑪拉雅唱片公司出版。此外，瘂弦還給活躍在臺灣詩壇的老、中、青三代詩人，寫了一大批評論文章。不僅受到被評者的歡迎，在臺灣詩壇也是有口皆碑的。

其二，獻身文學編輯事業，兼及文學藝術教學。一九六九年，瘂弦接任「中國青年寫作協會」總幹事，並應國立藝術專科學校之聘，接受廣播電視科教職，講授「藝術概論」、「廣播寫作」等課程；同時主編文藝刊物《幼獅文藝》，擔任耕莘文教院暑期寫作研習會詩組講座。從此，瘂弦的生活重心從詩創作為主轉向了以編輯與教學為主。一九七〇年，他應晨鐘出版社董事長白先勇之聘，擔任該出版社編輯顧問。一九七一年，與朱西甯、葉維廉、余光中等人共同出任《中國現代文學大系》編委；與姚一葦、洛夫、羅門等擔任第一屆「詩宗獎」評審委員；同時應西湖高級工商職業學校之聘，擔任該校國文教學顧問，並兼任政治作戰學校影劇系教職。一九七二年，任《創世紀》詩刊社社長，同時兼任中國文化學院中國文學系文藝組教職、世界新聞專科學校廣播電視科教職。一九七四年，兼任華欣文化公司總編輯及《中華文藝》總編輯。一九七五年，任幼獅文化公司總編輯、國家文藝基金管理委員會新詩類評審委員，並兼任東吳大學中文系教職……一九七七年十月一日，應臺灣第一大報《聯合報》之聘，出任該報副刊主編與《聯合文學》雜誌社社長；同時兼任國立藝術學院副教授。一九八〇年一月，升任《聯合報》副總編輯，兼副刊組主任，仍主編副刊。一直到一九九八年八月退休，瘂弦在《聯合報》整整工作了二十一年。由於他的辛勤耕耘，使〈聯副〉達成「探索真理、反映真相、交流真情」的目的，影響廣及海內外，瘂弦也贏得了「副刊史上的儒編」的美稱，一九九七年、一九九八年連續兩年榮獲報紙副刊編輯金鼎獎。瘂弦還擔任過國家文藝獎、中山文藝獎等多種獎項的評審委員，並在大大小小數不清的講座與研習班上作過講演，為臺灣培養了一大批文藝人才，在臺灣的文藝界和年輕一代中享有甚高的聲譽。

退休後的瘂弦，雖然卸掉了編輯的重擔，但仍然兼任著某些高等院校的教職，頻繁地參加一些社會活動，不間斷地從事文藝批評，一如既往地培育文學新人，活躍，忙碌，不知老之已至。如：一九九八年九月，應聘為國立成功大學首位駐校作家，在成功湖畔與該校師生真情對話；十月，應邀赴淡江大學之淡江人文學術講座，作四場演講。一九九九年九月，由他主編的《天下詩選：1923~1999台灣》，由臺北天下遠見出版公司出版。二〇〇〇年六月，參加「美中西區華人學術聯誼會」千禧年年會，發表演講；九月，應邀任國立東華大學駐校作家一年，與東海岸相伴。二〇〇一年四月，到香港城市大學文化節演講；九月，應「美國之音」邀請，赴華盛頓州僑界座談交流；應育達學院邀請，任駐校作家半年……他的詩被選進各種選集，繼續得到關注與高評，唯獨沒有一首是新寫的！

對於瘂弦將近四十年不再寫詩，無論圈內還是圈外，都是惋惜的。

羅葉在〈中國現代詩壇的一座熄火山〉一文❷中提到，早年和瘂弦一起寫詩的，都已是詩壇盟主了，停筆長久的瘂弦在想些什麼呢？「這些是否令一個曾經為現代詩發展搖旗吶喊的人物欣喜而更激勵他的創作呢？或是這些使得一個久不寫詩的詩人恐懼猶豫而更加衰老？」

❷ 載《建中青年》七十八期，一九八三年六月。

洛夫在〈現代詩二十問〉❸中，如是說：

> 根據我自己的經驗，時間對於寫詩並無絕對影響，我有許多作品都是在時間的夾縫中奮鬥出來的，有時太閑了反而寫不出東西來。心靈空間倒是重要的，心靈一旦被世俗雜念所占領，那還容得下詩？我想詩人之所以輟筆，主要恐怕是由於詩精神的衰退和內心生活的貧瘠。詩人心中都藏有一個「神」，也有一個「魔」，神與魔一鬥爭起來便有了詩。可是這個神和魔往往會被過於正常化的生活方式所驅逐。其實，每位作家創作生活的停止，原因都很複雜，沒有一定的道理，只是我覺得有才華的人放棄創作，是一件非常可惜的事。

苦苓對瘂弦進行過訪談，在〈溫柔之必要，肯定之必要——瘂弦訪談錄〉❹中，發問瘂弦停筆「是『江郎才盡』嗎？是創作力的枯竭嗎？……何以就此如流星倏然而滅呢？」他認為：「做一個詩人，是應該堅持不斷寫作的，……因為，詩人『唯一能對抗時間的就是寫詩』。」

大陸詩評家李元洛對瘂弦的輟筆不寫詩也作了分析❺：

> 中途輟筆，有的人是因為江郎才盡，有的人是因為另有新歡，瘂弦並非如此，他的詩才正待進一步發揮，他對於詩也始終未能忘情，因此，我對於他的「絕唱」，一半是不解，一半是深為惋惜。

---

❸ 見洛夫詩論集《孤寂中的回響》，臺北東大圖書有限公司一九八一年七月初版。

❹ 此文發於一九八四年。

❺ 見李元洛〈清純而雋永的歌——台灣詩人瘂弦詩作欣賞〉，載《朔方》一九八九年五月號。

宋代詩人邵雍〈七律・安樂窩〉中有句說：「美酒飲教微醉後，好花看到半開時。」他中途袖手，也許是這一原因吧；至少，他的創作歷程和作品整體留給了讀者這樣的審美印象，也留給讀者因無法滿足其審美期待而帶來的惆悵。

在長期不寫詩的日子裡，瘂弦不止一次地展開過思想鬥爭。就在《瘂弦詩集・序》中，他這樣寫道：

校畢全書，對自己十多年來離棄繆斯的空白，不知道該不該再陳述、解釋或企求甚麼。紀德曾說：「我不寫東西的時候，正是我有最多東西可寫的時候。」然而，這有最多東西可寫的時候，如果一任它僅止於可寫的境界，對於未來的創作是否有任何助益呢？像法國詩人梵樂希那樣休筆二十五年後復出、震驚文壇的例子畢竟不多。思想鈍了、筆銹了，時代更迭、風潮止息，再鼓起勇氣寫詩，恐怕也抓不回甚麼了。想到這裡，不禁被一種靜默和恐懼籠罩著。

然而，彷彿是詩並不全然棄絕我，在長女景苹出生十年後的今天，二女景縈（現在才八個月大）翩然來臨，家裡充滿著新生嬰兒的啼聲，似乎又預示著生命全新的歷程。看著她在搖籃裡的笑渦，寫詩的意念是那樣細細的、溫柔地觸動而激盪；也許，生活裡的詩可以使我重賦新詞，回答自己日復一日的質詢與探索，或者，就在努力嘗試體認生命的本質之餘，我自甘於另一種形式的、心靈的淡泊，承認並安於生活即是詩的真理。

在一九九七年三月接受江弱水的採訪，一九九八年二月接受羅任玲的採訪時，瘂弦都表達了要重新寫詩的願望，而且是「不計得失」、「不計毀譽與工拙」。一九九八年八月，瘂弦從《聯合報》正式退休，在歡送會上，他鄭重宣布：「放下老編的重擔，重做副刊的新人」，「寫詩是詩人的天職」，「老來明知夕陽短，不用揚鞭自奮蹄」。雖然多年不曾寫詩，重新提筆時必將經過許多煎熬和準備，「恐怕需要以顛躓的腳步，跌跌撞撞才能趕上來」。但在二〇〇四年秋冬卷的《詩探索》上，在〈寫詩是一輩子的事〉一文中，瘂弦自認：「作為一個狹義的詩人，我是失敗的，失敗在我的作品實在太少，少得可憐。」接著，他寫道：

> 儘管這麼久沒有詩創作，卻未曾一日離開詩；詩論、詩話的撰寫，現代詩史的研究與整理，詩刊、詩選的編纂，詩運的推動，詩歌教育的參與，從未間斷。更重要的是詩之生活的執著與堅持。

這話也有道理。

筆者認為，瘂弦停筆不寫詩的原因有三：

第一，對編輯與教育事業過於投入，以至於心無旁鶩，無暇顧及，特別是在《聯合報》的二十一年，堪稱瘂弦生命史上的第二華彩樂章。為了辦好副刊，他嘔心瀝血，絞盡腦汁，設計了各種專欄，編輯了若干專號，既放眼世界，又立足本土，既關懷名宿，又扶持新人，讓充滿愛心又獨具藝術魅力的精品深植人心，提升了文化傳播的工作意義和莊嚴性。尤其是統籌編纂《聯副三十年文學大系》，皇皇七卷二十八冊，無論體例之完備，內容之豐富，篇幅之龐大，都是空前的，為現代文壇留下了最有價值的資料。在這樣的情況下，瘂弦視為「世界上唯一能對抗時間的」的詩只能讓路了。然而，也可以這樣說，瘂弦停止了寫詩，卻在創造著另一種形態的「詩」，為臺灣、美國、歐洲、泰國等地區一百五十萬人（按：據杜十三統計）歡迎的「詩」。

第二，熱衷於詩的評論，思維方式與寫作方式轉移。傑出的詩人大多是優秀的詩歌評論家，這一轉移是十分自然的。因為長期的藝術實踐、刻苦的創新追求，均為接近詩的真諦、掌握詩的規律創造了條件。

在完成詩作之後，談談自己的創作體會，詮釋詩的真諦，探討詩的規律，是很方便的事。如果能從個別引申到一般，從個性概括出共性，從形而下上升至形而上，便進入了詩的理論的領域，詩人便轉而為詩歌評論家了。但理論與創作畢竟有差異，主要在於思維方式與寫作方式的不同：理論是邏輯思維，創作是形象思維，詩的理論重在理論的闡釋，詩的創作重在意象的呈現。在中國詩壇，詩人並兼詩歌評論家的不在少數，但由詩人而轉向詩歌評論家的，或詩未成名而詩歌評論卻成名的，也相當普遍。瘂弦長期從事詩的評論（這與他的編輯工作比較一致），思維方式與寫作方式相對地定型了，雖說仍未離開詩，但已不寫詩了。

第三，標準過高，要求過嚴，一時難以為繼，久而久之，便荒疏了詩。瘂弦「以一部詩集而聲名不墮於詩壇」，是極為罕見的。儘管如此，他對這一部詩集仍不滿意，仍想修改……可見眼界之高，要求之嚴，對他以後的創作都是一種限制，不能不犯「眼高手低」的毛病，凡是達不到他心目中的標準的，或者低於《深淵》集中那些名篇的水平的，他都不會發表，甚至不會完成（或云「胎死腹中」）……長此下去，就很可能出現洛夫所說的「詩精神的衰退和內心生活的貧瘠」；也難免如苦苓提到的「歲月不饒人，人的生理又有所極限，雄心壯志已老」，詩思與詩感遲鈍，儘管心中還是十二萬分的愛詩，但那枝筆已變得沉重……

瘂弦——現代詩壇的一座睡火山，在他的有生之年，還能再度爆發嗎？

三

其實，詩歌領域中的「火山現象」，是很普遍的。瘂弦提到的法國詩人瓦雷里（臺灣譯作「梵樂希」），就是一個典型的例子。

保爾・瓦雷里(Paul Valery, 1871～1945)，出生於法國南部城市塞特，他從十七歲起開始發表詩作，並很快就蜚聲詩壇。《辯論報》稱：瓦雷里的名字，「在人們的舌尖唇旁飛舞」。象徵派詩人馬拉美十分看重這位後生，在給瓦雷里的信中寫道：「你的〈水仙戀語〉使我著迷……請珍重你這種罕見的情調。」

正當此如日東升光芒四射之時，剛滿二十一歲的瓦雷里卻停止了寫詩。緣由是他遇到了一次巨大的精神危機，其主要內容為感性與智性的矛盾。他說：「從一八九二年起，我就無法忍受人們將詩境同完整持久的智力活動對立起來的做法。」❻「於是，我明白了無疑蘊藏在我本質中的那個衝突，它介於一種對詩的愛好和滿足我全部精神欲望的奇特需要之間。我試圖做到兩全其美。」❼這一停，就停了二十五年！

在漫長的不寫詩的日子裡，瓦雷里轉向對哲學、文化、宗教、科學等多方面的研究。一本接著一本厚厚的筆記簿，記錄了他抽象思維和精神操練的成果❽。正如紀德所述：「因此他鍥而不舍，二十五年中不懈地工作，卻保持著沉默。」「他沒有嫉妒地得知他的第一批同事們獲得赫赫殊榮，並無疑將之看作是他起先加以揶揄的文人之流。他被認為是貧弱的，而只有在某種令人心醉神迷的交談裡，才披露出他的精神的豐富源泉的點滴。我還從未遇到過這種對於耐心、輕蔑和信念全都置之度外的先例。」❾

❻ 見《保爾・瓦雷里全集》第一卷，巴黎加里馬出版社一九七五年版第一四八二頁。

❼ 見《保爾・瓦雷里全集》第一卷第六四三頁。

❽ 瓦雷里在五十九年中一共寫了二百五十七本筆記本，他逝世後於一九五七至一九六一年分成二十九卷發表，每卷有九百至一千頁。

❾ 〔法國〕安德烈・紀德〈論保爾・瓦雷里〉，轉引自《瓦雷里詩歌全集》，葛雷、梁棟譯，北京中國文學出版社一九九六年九月第一版第三三五頁。

一九一七年，瓦雷里復出，發表了一首五百行的長詩〈年輕的命運女神〉，立即引起了轟動。這首詩一改他早年恪守格律、規範的體式，而呈現出一種靈思飛動又散漫無羈的精神流溢之狀，既體現了瓦雷里追求純詩的澄淨本質，又具有濃厚的現代意味。可以說，這首長詩的發表開創了一個詩歌美學的新時代，也將瓦雷里推入了法國最優秀的詩人之列。

休眠二十五年的火山已經醒來，「出現了眾所周知的非凡的萬紫千紅」（紀德語）。瓦雷里接二連三地發表了〈致梧桐樹〉、〈圓柱頌〉、〈海濱墓園〉、〈蛇靈詩草〉等「這些堪稱我們的時代引以自豪的、最壯麗的詩章」，使得那些貪婪的讀者欣喜若狂，又應接不暇。這場爆發，使瓦雷里一舉成為法國詩壇的領袖。頗有名氣的《知識》雜誌舉辦「當代七星詩人」推選活動，瓦雷里以三千多張選票而名列第一。一九二二年，《幻美集》出版，標誌著他的詩創作達到頂點。一九二五年，他被選入法蘭西學士院。一九三七年，美國哥倫比亞大學授予他名譽博士證書；同年被聘為法蘭西書院（法國高等學府）教授，講授詩學直到逝世。

從瓦雷里這一個案，不難得出這樣的認識——

火山的休眠，只是為了再一次爆發。「他那表面上的放棄裡隱藏著其高不可測的雄心。」（紀德語）

再一次爆發，需要長久的積蓄。「在這段時間裡他所進行的是武裝自己，現在似乎已然就緒了，已然學富五車、方法獨到。」（紀德語）

再一次爆發，呼喚明顯的變異。從感覺和智力各自獨立發展，到感性與智性的劇烈衝突，再到二者的相互協調，進而完美結合，使自我產生了一種超越常人的願望。與此相關的一些特點，如詩境與夢境的交織，秩序與無秩序的交錯，現代思想與古典美學的交融等，才在瓦雷里後期的詩中顯現出來。

瓦雷里給詩壇的啟示是很多的，我們能羅列出來的幾條，瘂弦也一定能羅列出來，只要認真對照，認真總結，就會找到結束休眠期的途徑。

現代科學證明，人的生命活動存在著一種節律。這種節律是有規律可尋的，他體現在個體生命與藝術創作的關係之中，既受到藝術創作的某些本質特徵的影響，也反過來影響到藝術創作。為了弄清火山爆發與藝術生命節律的關係，下面選中外各三十位詩人⑩，作一比較分析。

⑩中國詩人的名單，只限於新詩，從劉獻彪主編的《中國現代文學手冊》（北京中國文聯出版公司一九八七年八月第一版）、張默、張漢良主編的《中國當代十大詩人選集》（臺北源成文化圖書供應社一九七九年六月十五日再版）、程光煒等主編《中國現代文學史》（北京中國人民大學出版社二〇〇〇年七月第一版）、張同道與戴定南主編的《二十世紀中國文學大師文庫詩歌卷》（海口出版社一九九四年十月第一版）等書中選出。外國詩人的名單，參照飛白的《詩海——世界詩歌史綱》（桂林灕江出版社一九八九年八月第一版）、飛白主編的《世界名詩鑒賞辭典》（灕江出版社一九八九年七月第一版）、毛信德主編的《諾貝爾文學獎獲獎作家傳》（南昌百花洲文藝出版社一九九三年八月新一版）、亦默編著的《光榮與夢想》（獲諾貝爾獎詩人掠影暨金詩百首，長春時代文藝出版社一九九二年三月第一版）等書而確定。

中外各三十位詩人創作高峰時期表

中國詩人	主要（代表）作品	寫作（高峰）年齡（歲）	享年（歲）
胡適（一八九一～一九六二）	一九二〇《嘗試集》新文學史第一部白話詩集	二十九	七十一
郭沫若（一八九二～一九七八）	一九二一《女神》一九二三《星空》	二十九～三十一	八十六
徐玉諾（一八九三～一九五〇）	一九二二連出《雪朝》《將來之花園》後詩作漸少	二十九	六十五
徐志摩（一八九七～一九三一）	一九二五《志摩的詩》一九二七《翡冷翠的一夜》	二十五～三十	四十三
王統照（一八九	一九三三《這時代》一九三八《橫吹集》	三十六～四十一	六十

外國詩人	國籍	主要（代表）作品	寫作（高峰）年齡（歲）	享年（歲）
但丁（一二六五～一三二一）	意大利	長詩〈神曲〉	四十三～五十六	五十六
歌德（一七四九～一八三二）	德國	長詩〈浮士德〉	二十二～八十二	八十三
華茲華斯（一七七〇～一八五〇）	英國	與柯爾律治合出《抒情歌謠集》 《我孤獨地漫遊》	二十八 三十二	八十
柯爾律治（一七七二～一八四三）	英國	〈忽必烈汗〉	二十五	六十二
拜倫（一七八	英國	長篇敘事詩〈唐璜〉	三十～三十五	三十六

七～一九五七）			
朱自清（一八九八～一九四八）	一九二五出版詩集、散文集，後轉向散文創作	二十七	五十
聞一多（一八九九～一九四六）	一九二三《紅燭》，一九二八《死水》一九三二後轉向學術研究	二十四～二十九	四十七
冰心（一九〇〇～一九九九）	一九二三《繁星》《秋水》一九三三發表十首新詩，轉向散文	二十三	九十九
李金髮（一九〇〇～一九七六）	一九二五《微雨》，一九二六《為幸福而歌》，一九二九《嶺東戀歌》	二十五～二十九	七十六
汪靜之（一九〇二～一九九六）	一九二二《蕙的風》	二十	九十四

八～一八二四）				
雪萊（一七九二～一八二二）	英國	《三頌》——〈西風頌〉〈致雲雀〉〈雲〉	二十七～二十八	三十
濟慈（一七九五～一八二一）	英國	〈希臘古甕頌〉〈夜鶯頌〉	二十三～二十五	二十六
海涅（一七九七～一八五六）	德國	〈西里西亞的紡織工人〉《德國——一個冬天的神話》	四十三～五十六	五十九
普希金（一七九九～一八三七）	俄國	敘事詩〈高加索的俘虜〉〈波爾塔瓦〉〈青銅騎士〉，詩體小說《葉甫蓋尼・奧涅金》	二十一～三十二	三十八
丘特切夫（一八〇三～一八七三）	俄國	一八三〇〈沉默〉，被稱為「抒情的哲學家」，表現了對「存在」本體的態	遲至一八五〇年才被承認為第一流的天才，「俄	七十

朱湘（一九〇四～一九三三）	一九二五《夏天》，一九二七《草莽集》最出名的是〈採蓮曲〉	二十一～二十三	二十九
戴望舒（一九〇五～一九五〇）	一九二八〈雨巷〉一詩名噪一時 一九四二發表〈獄中題壁〉、〈我用殘損的手掌〉	三十、四十年代 二十三～三十七	四十五
臧克家（一九〇五～二〇〇四）	一九三三《烙印》 一九三四《罪惡的黑手》	二十八 二十九	九十九
馮至（一九〇五～一九九二）	一九二七《昨日之歌》 一九二九《北遊及其他》 一九四二《十四行集》	二十、四十年代 三十七	八十七

		度	國詩壇的不可多見的卓越現象」	
艾倫·坡（一八〇九～一八四九）	美國	〈烏鴉〉	四十	四十
萊蒙托夫（一八一四～一八四一）	俄國	〈詩人之死〉	二十四	二十七
涅克拉索夫（一八二一～一八七八）	俄國	長詩〈誰在俄羅斯能過好日子〉	寫於四十歲之後，至死仍未完成	五十七
波特萊爾（一八二一～一八六七）	法國	詩集《惡之花》	三十六	四十六

李廣田（一九〇六～一九六八）	一九三六出版詩集《漢園集》（與何其芳、卞之琳合集）。後轉向散文寫作	三十	六十二
卞之琳（一九一〇～二〇〇〇）	一九三三、一九三五、一九三六、一九四〇皆有詩集出版。以短詩〈斷章〉傳世。後轉向學術研究	二十三～三十	九十
艾青（一九一〇～一九九五）	一九三四〈大堰河——我的保姆〉一舉成名〈雪落在中國的土地上〉〈我愛這土地〉〈向太陽〉〈吹號者〉一九五七被錯劃右派，受到不公正待遇，停筆二十年。	二十四近三十	八十五

哈代（一八四〇～一九二八）	英國	名小說家，但以寫詩為第一志願。一八九八出版第一本詩集《威塞克斯詩集》，此後共出版詩集八卷，有近千首詩作。另有史詩劇《列王》	五十八～八十八	八十八
馬拉美（一八四二～一八九八）	法國	〈牧神的午後〉	二十三歲開始寫，十一年後完成發表	五十七
魏爾倫（一八四四～一八九六）	法國	詩集《無詞的浪漫曲》	二十七～二十八	五十二

	一九七八、一九七九連續發表一百零六首詩，一九八〇集成《歸來的歌》出版	近七十	
何其芳（一九一二～一九七七）	一九三一秋寫《預言》，一九四五出版。此後轉向評論	十九～三十三	六十五
紀弦（一九一三～　）	〈一片槐樹葉〉〈檳榔樹：我的同類〉〈阿富羅底之死〉	四十餘	
田間（一九一六～一九八五）	一九三八發表〈給戰鬥者〉。五年後出版同名詩集	二十二	六十九
穆旦（一九一八～一九	〈詩八十首〉五十年代後遭到誤解與非議，在不甘	二十四四十年代是全盛期	五十九

蘭波（一八五四～一八九一）	法國	〈醉舟〉	十七歲發表，寫詩只寫到十九或二十歲	三十七
泰戈爾（一八六一～一九四一）	印度	一九一〇出版詩集《吉檀迦利》，此詩集獲得一九一三年諾貝爾文學獎	四十九，至晚年仍不減寫詩熱情	八十
葉芝（一八六五～一九三九）	愛爾蘭	一九一八〈麗達與天鵝〉 一九二八〈駛向拜占庭〉 一九二九〈盤旋的樓梯〉 一九三九〈長腿蜻蛉〉	二十四歲出版第一部詩集，一生詩風多變，旺盛期長達四五十年	七十四
弗羅斯特（一八七四～一九	美國	一九一五載譽歸國後，大受歡迎。連續四次獲普利策詩	在美國寫詩不獲賞識，東渡英國出	八十九

七七）	與悲憤中停止寫詩，但在一九七六寫的〈冬〉，表明天才聲音不會嘶啞			六三）		歌獎	版詩集，才獲得詩壇承認，時已四十一歲	
綠原（一九二二～　）	一八四二出版詩集《童話》因「胡風集團」錯案，停止寫詩近二十九年 一九八三出版詩集《人之詩》《人之詩續集》	二十二 六十一		里爾克（一八七五～一九二六）	奧地利	一九〇二～一九〇八出版《圖像集》《時辰書》《新詩集》 一九一一開始寫〈杜伊諾哀歌〉，十年後完成 一九二二《給奧爾甫斯的十四行詩集》	二十七～四十七	五十一
李季（一九二二～一九八〇）	一九四五寫成長詩〈王桂與李香香〉，一九四六發表	二十四	五十八	史蒂文斯（一八七九～一九五五）	美國	一九二三出版第一本詩集《簧風琴》後陸續有詩集出版，直到一九五一年才獲得大詩人名稱，引起「史蒂文斯崇拜」	四十二～七十二	七十六
牛漢（一九二三～　）	一九四二發表長詩〈鄂爾多斯草原〉 一九八二發表〈華南虎〉	十九 五十九～六十四		龐德（一八八五～一九七二）	美國	長詩〈詩章〉	三十一歲開始寫，到八十一歲之後完成	八十七

	一九八四出版詩集《溫泉》一九八七發表〈汗血馬〉		
賀敬之（一九二四～ ）	一九六一出版《放歌集》，一九六三發表長詩〈雷鋒之歌〉，一九七六〈中國的十月〉	三十五～五十二	
余光中（一九二八～ ）	一九六四《蓮的聯想》，一九七四《白玉苦瓜》	三十六～四十六	
洛夫（一九二八～ ）	一九五九開始寫長詩〈石室之死亡〉，六年後出版。一九七四《魔歌》，一九九三《隱題詩》，二〇〇一推出三千行長詩〈漂木〉	三十一 四十六 七十三	
羅門（一九二八～ ）	〈麥堅利堡〉〈第九日底流〉〈死亡之塔〉均發表在六十年代	三十二～四十一	

艾略特（一八八八～一九六五）	英國	一九二二發表〈荒原〉 一九三五～一九四二〈四個四重奏〉	三十四 四十七～五十三	七十七
葉賽寧（一八九五～一九二五）	蘇聯	一九一六《掃墓日》	二十一 去世前兩年創作達到了一個高峰	三十
艾呂雅（一八九五～一九五二）	法國	〈自由〉	四十七 在第二次世界大戰時期，傳播極廣，影響很大	五十七
夸濟莫多（一九〇一～一九六八）	意大利	一九二二出版詩集《水與土》，一舉成名。三十～六十年代皆有詩集	二十九 六十五	六十七

商禽（一九三〇～　）	一九六九出版《夢或者黎明》	三十九	
葉維廉（一九三七～　）	一九六三出版《賦格》 一九六七出版《愁渡》	二十六 三十	

聶魯達（一九〇四～一九七三）	智利	《二十首情詩和一首絕望的歌》 〈馬丘比丘的群山〉	二十 三十九	六十九
奧登（一九〇七～一九七三）	英國	〈戰時〉〈美術館〉	三十一～三十三	六十六

通過比較，筆者發現：

中外詩人創作旺盛期的長短因人而異，最長的如歌德六十年，最短的如濟慈三年。就年齡而言，中外詩人的創作旺盛期並不相同，外國詩人有一半在三十歲至五十歲之間，中國詩人大多在二十歲至四十歲之間。

詩人的壽命較之小說家和其他門類的藝術家要稍短一些，上舉六十位詩人中，就有十位沒有活過四十歲，如濟慈只活了二十六歲，萊蒙托夫被害時才二十七歲，兩位自殺的詩人，朱湘二十九歲，葉賽寧三十歲，他們確實是文壇上倏然而逝的彗星。

如果按每位詩人的生命史劃分，創作高峰在前半生還是在後半生，中外詩人也有差別。外國詩人的創作高峰有二十五人在後半生，五人在前半生；中國詩人的創作高峰有二十一人在前半生，九人在後半生。這與詩的傳統不無關係，外國詩主理，中國詩主情，人之青年偏於情，人之老年偏於理。

每位詩人都是一座火山，創作旺盛期就是火山爆發期。其中，有典型休眠現象的是五位，他們停筆的原因與瓦雷里不同：哈代是由於報刊退稿，不得已改寫小說，「曲線救詩」；艾青、穆旦、綠原、牛漢是因為政治原因，被剝奪了發表詩歌的權利，類似的遭遇在五十、六十年代的中國還有一大批，時間都有二十至二十五年之久，故他們復出後的詩作格外嘹亮。有不十分典型休眠現象的是九位：胡適、王統照、徐玉諾、朱自清、聞一多、冰心、李廣田、卞之琳、何其芳，緣由是創作轉向，從詩轉到散文、小說、學術研究、教學以及翻譯。還有一些人越到晚年越少寫詩，雖談不上休眠也接近休眠。但像蘭波那樣十七年一行詩不寫，亦屬罕見，是唯一的一座死火山。

另外，從上表也可以歸納出詩歌創作之所以終止或衰退的原因，如：

過早亢奮，過早衰竭。如郭沫若，起點就是頂點，後期雖有大量詩作問世，卻再也趕不上他的第一本詩集《女神》。

分心旁騖，質量下降。如王統照，既忙於行政事務，又主攻長篇小說，詩質自然下降。

曲意適應，丟掉個性。如何其芳，一度將自己的長處看成了短處，用公共性規範自己，藝術便倒退。

大器早成固然值得肯定，大器晚成更應該予以鼓勵。如：丘特切夫、哈代、史蒂文斯。

從多方面考察，相對於年齡而言，社會環境與時代風尚，對一個詩人創作的盛衰關係更大。

里爾克有一段名言：「一個人早年作的詩是這般乏意義，我們應該畢生期待和採集，如果可能，還要悠長的一生；然後，到晚年，或者可以寫出十行好詩。因為詩並不像大眾所想像，徒是情感（這是我們很早就有了的），而是經驗。」⓫理想的詩人是終身的詩人，不斷探索，不斷攀登，越寫越好，愈老愈純！

⓫ 轉引自梁宗岱《詩與真・詩與真二集》，外國文學出版社一九八四年版第二八至二九頁。

瘂弦評傳

目次

第一章

夢坐在樺樹上——瘂弦的生平

目標：成為中國文壇上的「亮角兒」

一九三二年九月二十九日（農曆八月二十九日），在河南省南陽縣楊莊營東莊的一位小學教師家裡，生下了一個男孩，父親給這個獨生子取名「明庭」，他就是後來名聞中國現代詩壇的詩人瘂弦。

東莊是一個普通的村子，只有少數幾家磚房，絕大部分都是茅屋。沒有電燈、電影，沒有鐵路、火車，只有古老的官道和一望無際的平原。瘂弦的童年，就是在放風箏、滾鐵環、游河塘、捏泥人、聽老人們講古老的神話與民間傳說中度過的。

關於自己的家世，瘂弦在〈故事〉一文中有過描述，該文收在號角出版社《傳家寶》一書中。全文如下：

> 有一則真實的故事是我們王家的傳家寶。這故事父傳子、子傳孫，一直傳到我這代，將來還要往下傳。
>
> 我的高曾祖父家裡很窮，生了五個孩子，家中只有一件大褂兒，誰出門歸誰穿。大年三十夜，家裡連一粒米麵都沒有，五個孩子餓腸轆轆地蹲在田埂上，等著賣春聯和灶神的父親帶點吃的回來。遠遠地望見父親的身影，孩子們興奮地往前撲去，卻看到父親愁苦的臉，春聯，一張也沒賣出去！
>
> 後來，高曾祖父向娘舅借了點錢，在官路上用高粱稈搭了個棚子開起「雞毛店」（地處偏僻無人

問津的店），開始賣饅頭下麵條。由於過路的客商不多，十天半月也不見一個人來吃。日子依舊很艱苦。

一天，從遠處踱過來一匹馬，馬背上馱著一位官人，已病得不省人事，任憑這匹馬馱著他四處亂走。正巧走到小店門口，馬停了，幾個孩子手忙腳亂地把他抱下來，高曾祖母一看情況危急，馬上用針灸替他醫治。病人昏睡了數日，經過高曾祖父一家細心地照料，終於痊癒。

這位官人姓華，是離此地不遠的一個大村子裡的富人。他感激店主的救命之恩，又看到這戶人家的生活實在太困苦了，便極力安排他們到華家墓園當看守。高曾祖父便收了「雞毛店」，搬到墓園去住。一家七口勤勤儉儉，不到二十年就買了耕牛和田地，五個孩子也都爭氣，娶妻生子，家道愈來愈興旺。後來，就發展成我們王家的世代福居「東莊」。

這故事是我十一歲那年父親說的。

那是個暮秋，父親說要帶我去一個地方，我興高采烈地穿上新夾襖，戴上絲絨小帽，跟著他坐著由長工駕駛的牛車前往。一路上狹道崎嶇，愈走愈偏僻，父親頻頻地指路，長工才不至於迷途。

車子在一處墓園旁邊的廢墟停了下來，廢墟上只剩下模糊的地基及幾個散亂的碾盤和石臼。墓園，一眼望不盡邊，園中全是高聳的柏樹林，風濤襲來，一派陰森森。

「這就是當年你祖爺爺給人看墳時住的地方。」父親凝神地說：「我們王家曾經在這裡一邊看墳，一邊給人耕田。」我只記得我在荒草地上走著，驚起墓園裡烏鴉的怪聲，一面思索祖爺爺一家怎能在這樣荒涼的地方過日子？那時，天色漸漸暗了，風，冷不防地吹掉我頭上的絲絨小帽……，我起了一陣寒顫。父親在我身後，用他寬厚的大手按住我的肩頭，說：「我小時候是你爺爺帶我來的，今天，我也帶你來。」

在另一篇「自傳」中，瘂弦提到：從祖父時代起，由佃農成為小地主，擁有薄田一頃，茅屋十數間。由於祖父死於匪患，家道隨之中落，到瘂弦小時候，家裡只有三間茅屋、一小塊自耕地，平時吃的是雜糧、紅薯，災荒一來，就只能靠豆餅和野菜過活了。

瘂弦的父親王文清，南陽簡易師範畢業，在本地的陸營中心小學當教師。雖然受的新教育不多，但他酷愛文學，尤其是「五四」以後的新文學，曾經為開封出版的一家雜誌寫過稿。他那未實現的作家夢，自然而然地就落在兒子瘂弦的身上。

瘂弦的母親蕭芳生，是平洛村的富家女，粗識文字，出嫁後只生瘂弦一個孩子，克勤克儉地隨著丈夫過活，是一個典型的賢妻良母式婦女。

儘管如此，蕭家卻頗有歷史淵源，是六百年前從山西遷來河南南陽平洛村的，一直保持著傳統的晉商文化。既種地，又做生意，講究做人要有高尚的品德，經商要有高尚的商德，這幾乎已成為蕭氏家族的家規。蕭芳生的先祖蕭子明經營藥鋪，家業很大。他一生樂善好施，品行高潔，臨終之前把欠自己債的人都請來，當眾燒毀借據。蕭芳生的父親即瘂弦的外祖父蕭紹武也開了一家中藥鋪，人稱「眼科先」，其醫術、醫德均為鄉人稱道。瘂弦幼年常住外婆家，非常喜歡那裡的文化氣氛。他曾按舅家的排號，給自己取了個名字，叫「蕭夢白」。杜甫〈夢李白〉詩，有「渭北春天樹，江東日暮雲」的名句，瘂弦也有夢一夢李白的渴望與期待，這或許是他後來享譽詩壇的原因之一。

比較而言，父親對瘂弦的影響要更大一些。瘂弦曾不止一次地宣稱：「對於我，在一切古舊裡，只有一樣新的東西——父親給我的新文學知識。」

那是一九三九年，瘂弦的父親與一批文學同好創辦了一份石印的文學雜誌——《黃河流域》。別看它名字取得大，其影響與銷路都只限於南陽縣內。所謂的編輯部，就設在他們王家。每次召開編輯會議，瘂弦的母親一大早就得準備吃食，瘂弦也幫忙在廚房裡燒火。正值抗日戰爭，父親和他的文友們開起會來，總是情緒激昂，每每辯得面紅耳赤。瘂弦對文學的興趣，就是在這種環境中培養起來的。後來父親去南陽縣城民眾教育館供職，分管「漢畫」（南陽畫像石）與圖書。為了吸引更多的人看書，他辦了個「流動圖書館」，把書放在牛車上，讓車把式趕著，到四鄉八保去巡迴展覽。坐在車上敲鑼，以鑼聲招來讀者，瘂弦主要工作是敲鑼、幫著父親發書，同時自己也讀書，是少年瘂弦最大的愉快。文學的種子，可能就是在那時撒進他心中的。

瘂弦六歲入楊莊營小學；九歲，開始使用學名「慶麟」，入陸官營村陸營中心國民小學；十三歲小學畢業後，就跟著父親到城裡去，就讀於南陽南都中學。因為家境貧寒，只能半工半讀，放暑假時則到鄉下去拾麥穗，往往一個麥季做下來，兩手全被麥芒刺破，其辛苦程度就不用說了。

在北國原野上長大的孩子，不免帶有北方人的野性、蠻悍和土氣，貪玩而且放縱。但父親對他要求頗高，庭訓極嚴，早就為他制定了目標——大學中國文學系畢業，努力寫作，成為中國文壇上的「亮角兒」。父親對瘂弦說：「你一定要把書讀好，至於學餼費不必擔心，我可以在你們南都中學的校門口開個文具店，加以解決。」

他給瘂弦講解《幼學瓊林》、《古文觀止》、《唐詩三百首》和一些新文藝小說、散文，使瘂弦養成了愛沉靜、喜冥想的性格。

父親的教育方式生動活潑：常常因為在屋子裡念書念得煩悶了，就帶著瘂弦和鄰家的孩子們到野地裡去放風箏，任他們自由組合，盡情遊蕩。等他們鬧夠了，玩累了，才讓他們在小溪邊坐下，打開書本，重新朗讀起來。父親還特別注意藝術性，每讀一段，便用嘴奏起歡快的鑼鼓點，作為每一段的間隔，引得孩子們發笑，對讀書自然產生了興趣。

待瘂弦年齡稍大一點的時候，父親開始教他寫文章，給他講解日記和作文的寫法，要他把一些精彩文章背誦下來，領悟其中的結構和意義，熟記美麗的形容詞，以便記日記或寫作文時摹擬或引用。

由於父親的教育與培養，瘂弦的作文水平迅速提高，從小學至中學，總是全班之冠。老師常在講評時朗誦他的作文，要全班同學向他看齊，使瘂弦成為同學們羨慕的對象。這使他更加傾心於文學，剛好這時又讀到不少由鄭振鐸主編的《小說月報》，對小說的興趣與日俱增，瘂弦暗下決心，長大後要當一個小說家。

一個偶然的機會，使瘂弦的興趣有所轉移。那是一個春日的午後，瘂弦從父親的書櫃裡翻出了冰心的兩本詩集：《繁星》與《春水》，還有陸志韋的《渡河》，那雋永的詩意，那自由的形式，那優美的節奏，一下子就把他迷住了。他手不釋卷，一連讀了好幾天，完全沉浸在一種得意忘言的狀態裡……詩的種子便是這樣悄悄地播種在他的心上。

這天作文課，老師出了一個題目：〈冬〉。瘂弦激動不已，寫了一首詩交上去，那是他生平寫的第一首詩：

冬

狂風呼呼，
砭肌刺骨；

一切凋零，

草木乾枯。

過幾天，作文本發了下來，以往的讚譽一句也沒有，只有如下的批語：「寫詩是偷懶的表現！」那個驚嘆號特別大，也特別刺眼。彷彿挨了一悶棍，從那以後，瘂弦再也不敢寫詩了。

轉折：顛沛流離數千里

一九四九年，是中國歷史的轉折點，也是瘂弦生命的轉折點。

頭年秋，瘂弦剛剛考入南都中學便遇到了戰火（宛西會戰）。學校一開始說打算遷到信陽，後來又說要到湖南的衡陽，頓時人心惶惶，亂成一團，學生們別無選擇，只有隨著學校向南方流亡。

生離死別的時刻，瘂弦和他的父母都沒有意識到事態的嚴重性，以至於事後若干年均悔恨莫及，無法彌補，痛成永恆。

那是一九四八年十一月的一個拂曉，瘂弦的母親一夜未眠，為兒子趕製行裝，那綿綿的母愛都寄託在密密的針線裡。父親從牆角挖出現大洋，給兒子做盤纏，再由母親將錢縫進瘂弦貼身的內衣中。瘂弦自己則只帶了一本何其芳的詩集《預言》，何其芳是他當年崇拜的偶像，他早期的詩，都受到何其芳的影響。

父親囑咐道：「你到南方去完成學業，我過段時間下鄉去把田地變賣掉，再和你娘一起南下找你。」

瘂弦點頭應道：「嗯。」

「別忘記，安頓好了，便捎封信來，將學校的地址寫清楚。」

「嗯。」

「出門在外，要注意身體，別跟同學吵架，多幫老師做事……」

「知道，知道，你都說了多少遍了！」瘂弦不耐煩地說，他此時的一顆心早飛到南陽城外、新奇的旅途上去了。

「嘭嘭嘭……」同學們敲響了窗門，在屋外大聲招呼：「王慶麟，出發囉！」

「你們等一等，我馬上就來！」瘂弦將背包往背上一撂，提腿就要跑出門去。

「急什麼？油餅還沒有全部烙好哩！」母親喊道。

「不要了，你和爹留下自己吃吧！」

「那怎麼行？要不，先將這幾個帶去……」母親邊說邊用粗紙包了七、八個熱乎乎的油餅遞過來。

「我說不要，就是不要。」瘂弦擺擺手，向門口走去。

母親急了，捧著油餅直往瘂弦身上塞。推推拉拉只幾下，油餅全部掉到地上，等母親再逐個揀起來時，大門敞開，哪裡有兒子的身影？

當天下午，瘂弦的父親和母親趕到城西三民主義青年團團部門前送行。母親將烙好的油餅裝在一個布袋裡，放在瘂弦的背包上。人頭攢動，人聲喧譁，不知離別傷心滋味的學子們都沉浸在一種青春結伴初次遠行的激動中。瘂弦怕同學們見笑，竟愁著臉作不勝其煩狀，也不和父母講話。直到出了城門，父母消失在街心裡，那最後的一瞥，也沒有流一滴眼淚。哪裡料到，此一別竟成永訣！淳樸、善良的父母親，就此永遠地失去了他們十七歲的獨子；瘂弦走遍天涯，再也見不到他的父親與母親了！

八十年代，有一次瘂弦與女作家三毛乘飛機去花蓮，旅途中談起一九四八年十一月離家的事。瘂弦說著，說著，就哭了；三毛聽著，聽著，也哭了。不久，三毛以此為題材寫了一首詩：〈楊柳青青——詩人瘂弦的故事〉，收入她在臺北皇冠出版社一九八八年七月出版的《鬧學記》一書。其中，重點寫到了瘂弦的離家：

那年兵荒馬亂方才起
　唬得爹娘心惶惶
小子不及定親家
　慌慌張張打發他
說起同學結伴走
　老娘漏夜趕行裝
厚厚褲子肥肥襪
　密密鞋幫打成雙
不言不語切切縫
　油燈點到五更矇
老爹牆角挖出現大洋
　老娘縫進貼身內衣裳
小子不知離別傷
　怨怪爹娘瞎張忙
只想青春結伴遠
　那知骨肉緣盡箭在弦
才聽得

　更雞鳴叫天放亮
就來了
　同學叩窗啟程嚷
三五小子意氣佳
　不見爹娘亂髮一夜翻蘆花
門前呼喚聲聲到
　灶上油餅急急烙
油膩膩
　粗紙包著遮上來
氣呼呼
　孩兒不耐伸手接
老娘擦眼硬塞餅
　哽說趁熱路上帶了行
推推拉拉幾番拗
　餅散一地沾白霜
娘撿油餅方抬頭
　孩兒已經大步走
娘呼兒可不能餓

人影已在柳樹大橋頭
娘追帶號扶樹望
孩兒身影已渺茫
那柳樹——
秋盡冬正來
寒鴉驚飛漫天嘩
爹娘哭喚聲不聞

雖然樸素無華，但卻揪心裂肺！對於死別，也寫得十分動人：

三十年大江南北
離亂聲訊終斷絕
南陽城外老爹死也沒瞑目
睜眼不語去向黃泉路
孤零老娘視茫茫
日日扶牆門前苦張望
樹青一年
娘淚千漣
我兒不死我兒不死

只看那青青楊柳樹
我兒必不死
　我兒在他鄉

那一年
村人討木要柴燒
　老娘抱住楊柳腰
只道這是我兒心肝命
　誰搶我拿命來拚
村人上前拖又說
　老娘跪地不停把頭磕

那——一——年
　樹砍倒　娘去了
　死前掙扎一哽咽
叫聲——「我兒」眼閉了

江湖煙雨又十年
　他方孩兒得鄉訊

只告你爹你娘早去了
爹死薄棺尚一副
娘去門板白布蒙了土中是一場

堪稱「字字血，聲聲淚」，讓人難以卒讀。

不幸的是，「計畫趕不上變化」，瘂弦所在的流亡學校壓根兒就沒去信陽，而是赴新野，奔樊城，沿襄沙公路直抵江陵，又乘小火輪溯江而上，在湖北省的宜都羈留了兩個月，復從公安沿澧水入洞庭湖，在長沙停了一夜，再乘火車到達冷水灘，最後在零陵住了下來。這時候南方的局勢急轉直下，戰火紛飛，山河阻隔，瘂弦一家人根本不可能團聚，瘂弦父親的希望徹底破滅了。

顛沛流離數千里，使瘂弦等學子艱苦備嘗，也領略到人情冷暖世態炎涼。時值冬季，飢餓和寒冷，在他們稚嫩的心靈中刻下了道道傷痕。為了填飽肚子，他們把從家裡帶出來的東西擺地攤變賣掉再去換食物。在渺無人煙的荒村野地，有的人挖到芋頭連泥吞下；有的人餓得頭昏眼花，失去理智，用石塊砸碎商店的玻璃櫥搶東西吃……到這時，瘂弦才想起母親烙的油餅，熱乎乎香噴噴油滋滋，那是怎樣的一種滿足，又是怎樣的一種誘惑呀！然而，卻再也摸不到聞不到吃不到了！離開家的那天，父親曾告瘂弦，路上碰到困難，可以去找一位他的好友——馬伯伯。在大雪紛飛的路上，正值瘂弦最冷最餓的時刻碰到了這位馬伯伯，豈料滿懷熱望上前招呼時，馬伯伯竟裝著從來也不認識的樣子走開了，這給初出遠門的瘂弦一個沉重的打擊。原來人性是會變的，友誼是靠不住的……

一九四九年春，瘂弦的流亡學校在湖南零陵復課。由於生計無著，哪有心思上課？一到夏季，蚊叮蟲咬，更加難熬。八月的一天，瘂弦與幾個同學上街閑逛，日過正午，他們還沒有吃午飯，其實早飯與前一天的晚飯喝的都是稀湯，肚子早就「咕咕」叫起來了。有個體弱的同學，讓大太陽一曬，便昏倒在地……

「今天的十字街口，怎麼多了個招兵站呀？」一個高個子同學眼尖，首先說出了他的「發現」。

「走，咱們過去看看！」瘂弦扶著那位體弱的同學，跟著大夥一起走過去。

一見圍上來這麼多青年，大鬍子軍爺咧著嘴笑道：「歡迎，歡迎，去臺灣當兵，隔天就出發！」

「臺灣在什麼地方？」

「你們招的是什麼兵種？」

「當了兵，還能繼續升學嗎？」

「我想跟家裡打個招呼，來不來得及？」

大家七嘴八舌地問著，大鬍子一一作答，他見這些「學生子」還有些猶豫，便問道：「你們還沒有吃飯吧？報不報名沒關係，先吃了飯再說。」

瘂弦等人早就注意到這個招兵站裡支著兩口大鍋，燒著豬肉與米飯，半年多沒沾葷腥的肚腸哪裡受得了這種誘惑，一聽大鬍子發話，馬上抓過碗筷，搶來瓢勺，裝起大肉與大米飯來。

好一頓飽餐！

吃飽了，也就決定了：當兵，到臺灣去！至於為什麼當兵？幹嘛要去臺灣？以後會碰到什麼難題？自己還能見到父母與家人嗎？……誰也不去想，誰也不去問。

就在這個八月，瘂弦隨軍到了廣州，再坐惠民輪到達臺灣。

那片生死難離的大平原

普列漢諾夫說：「每一個民族的氣質中，都保存著某些為自然環境的影響所引起的特點，這些特點，可以由於適應社會環境而有幾分改變，但是決不因此完全消失。」❶

瘂弦出生於河南省西南部的大平原，無論生活習慣、性格特點，乃至於創作風格，都受到那片大平原的影響，雖環境改變，時光流轉，也不會完全消失。

在離家南下之前，瘂弦從未見過火車、自來水和抽水馬桶，也未見過電燈、電扇、電影和一切與電有關的東西，當然也不知道冰棒為何物。

有一年，瘂弦的父親到省城去了一趟。瘂弦問父親：「爹！火車有多快？」

父親答道：「這樣說吧，你坐在火車上，衝著火車頭方向射出一支箭，那支箭準會落在你身邊。」看著瘂弦大眼直忽閃，怕他不明白，父親又補充道：「火車還沒有來，在二、三十里以外，只要你把耳朵貼在鐵軌上，就可以聽見它的聲音。」

一九四九年夏天，瘂弦流浪到湖南衡陽近郊，第一件事便是趴在鐵軌上「聽」火車。那隱隱約約並逐漸清晰的車輪聲，給了他多麼新鮮的感受，多麼巨大的驚喜啊！

到達廣州，瘂弦生平第一次看了場電影。那是在廣州中山公園附近的番禺中學，大操場上正在放映《中

❶ 見《普列漢諾夫哲學選集》第二卷第二七四頁。

國之抗戰》。瘂弦起初看得很不習慣，只覺得屏幕上的人臉變化無常，一會兒大了，一會兒又小了，十分奇怪。當時還不知道有「特寫」這回子事。

瘂弦走在廣州大街上，看見許多老廣在吃一種小棍棍，一次次放進嘴巴，又一次次抽出來，好像很燙嘴的樣子，可不，還直冒煙哩！心想：廣東人也真特別，大暑天吃這麼熱的玩意兒幹嘛？後來問同行的，才知道是「冰棒」。

隨軍從廣州坐船到鳳山，第一天晚上站衛兵，班長對瘂弦下命令：「王慶麟，十一點半把電燈關了！」就這麼一句簡單的命令，卻給瘂弦帶來極大的苦惱。首先，他不知道電燈怎麼關；其次，他也不懂什麼是十一點半。因為他不會看鐘，什麼長針短針，根本搞不清楚。為了擺脫這窘境，就故意大模大樣地對一位睡不著覺在燈下看武俠小說的傢伙說：「十一點半到了，請告訴我！」

然而，對於如何關電燈，瘂弦實在不好意思再問，只得將疑問憋在肚子裡。當看書人告訴他時間已到，憋得難受的瘂弦仍沒有想出辦法來。望著那盞高懸於天花板上的電燈，他不知已轉了幾個圈了。突然，情急「智」生，他將三八步槍上好刺刀，高高舉起，去戳弄燈泡旁的小耳朵……

瘂弦的欲蓋彌彰與弄巧成拙，並沒有避開看書人的眼睛，他站起來按了一下牆上的開關，大聲說：「在這兒哩，寶貝！」

二十三年以後，瘂弦為「現代詩人史料室」欄目寫了一篇文章：〈屋頂與繁星之間——物質生活與我〉，發表在一九七二年十二月《現代詩》復刊號上。他在文中回顧了這幾件事，並寫道：

由於我這土包子變愛麗絲的背景，所以我對於物質生活一向要求很低，吃的喝的穿的住的，愈簡愈好。我在美國留學住在每月二十五美金的小閣樓裡，不但室小如斗，而且沒有一處不碰頭的，整個住處以洗臉盆最大，事實上沒有盥洗臺，我在浴缸裡洗臉。我認為今天臺灣的問題是一般人物質生活過於奢侈，這種情況會帶來精神生活的貧乏。「有了屋頂，你便失去了繁星！」這是我早年的詩句，意思是說一個人如果沒有屋頂，那麼整個燦爛的星空是屬於他的，看星的人總會有較深邃的思想的吧？然一旦有了一個屋頂，一個華麗的屋頂，除了呼呼大睡外，看星的興致恐怕就沒有了。

就這樣，瘂弦離開了生他養他的那片大平原。隨著時間的流逝，空間的遠隔，對那片大平原的記憶不僅沒有淡化、模糊乃至消失，反而變得越來越清晰，越來越真切。

瘂弦曾不止一次地對人提起過那片大平原，臺北皇冠編輯群聯合策劃的《童年往事》(一九八八年六月)、鄭州大象出版社《尋根》雙月刊（一九九七年第一期）等書、刊都登載過，筆者也有幸聽到過他的介紹。

瘂弦說：

「我生長在河南西南部的大平原上，那裡叫做南陽盆地。我從小沒看到過山，不曉得山是什麼東西。有時候一場大雨，把空氣裡的灰塵都清掃得很乾淨時，遠遠的地平線上會有一抹藍顏色。小孩子就搬個小板凳，站在板凳上或爬到樹上大喊：『看山啊！看山啊！』……實際上，只不過看到一抹藍顏色。」

瘂弦專注的神態，立刻將我帶入了那美麗的意境。

「在我們那裡，『天晴三尺土，天雨一鍋粥。』下雨時，大家就穿泥屐、披簑衣，只有有錢人才帶雨傘。

「下雪時天氣酷寒，我們會把家裡的衣服統統都穿在身上，沒有說是外面罩一件皮大衣，裡面穿一件單衣裳的，而是把夏天的衣服不管單的夾的一層一層的統統穿在身上，因為沒那麼多的冬衣嘛！晚上睡覺，大棉被蓋了還不夠暖，就把五六件衣服套穿在一起的那個『衣服殼殼』搭在身上保暖。孩子們時代，早晨我們賴床不起來，媽媽便弄了一堆火，然後把『衣服殼殼』拿到火上烤，烤完以後幫我們穿上，好暖和啊！

「那裡的農民常常是大棉襖一穿，戰帶一繫就走了。再買個大餅塞到懷裡貼肉放著，隨時吃還是熱的哩！」

瘂弦沉浸在童年的歡樂中。

「我們的遊戲場就在高粱地裡、玉米田裡，有時候帶著狗去獵兔子。兔子在前面跑，我們在後面追，狗叫人喊，可熱鬧哩！

「我們的風箏相當大，上面還帶著弓弦。放上去後，風吹弓弦嗡嗡叫，地面上的人都聽得到。我們還把鞭炮捆在風箏的尾巴上，點著了讓它在天上響，噼哩啪啦，高興得大家直拍巴掌。

「我只要閉上眼睛，就能聽到童年時候的一片鳥聲。家鄉的鳥真多，每種鳥都有土名，『吃杯茶』、『老鴰』、『黃蘆兒』……而鄉下的孩子沒有一種鳥不認識的。

「我小時候很野，常常整鳥、捉麻雀。捉麻雀時，嘴巴不能張，因為麻雀躲在土坯的牆縫裡，如果你嘴張著看，搞不好一條蛇就鑽到你的喉嚨裡去了。所以，我們總是繃著嘴、閉著眼來捉麻雀。也有大孩子逮住烏鴉後，把烏鴉的眼睛挖掉，再讓牠在天空飛。鄉下孩子野蠻得很。」

回憶家鄉的四季，對瘂弦來說，是一種享受。

「春天來的時候，各種的花都開了。每一種花、每一種草，我們都叫得出名字，當然也是我們家鄉的土名，像什麼『狗尾巴草』啦，『牛屎花』啦，『刺角芽』啦……有不少花草可以吃，有的可以做草藥，我們就到田裡找這些東西。

「夏天，在池塘裡游泳是家常便飯。我們那裡游泳，沒有什麼蛙式、自由式，全是狗爬式，家鄉話叫『打撲通』。夏天常常發大水，從河的上游沖下許多東西來，我們就到水裡邊去撿，有板凳、木椅、西瓜……撿了以後就好寶貝。

「秋天秋高氣爽，到野地裡攏一堆火烤毛豆吃，最愉快。

「冬天，我們則躲在草屋裡，圍著長工講故事。我們叫長工『二大爺』、『大叔』，有些長工講故事講得可好啦，拿現在的話講，等於是個說唱藝術家、不識字的作家。有時候二大爺在磨坊裡，我們就幫他攏上火，請他講故事。二大爺就說了：『哎！吸袋煙，把心寬，肚裡的故事往外鑽。』我們聽了一個還要求他再說一個，二大爺又說了：『哎！吸袋煙，喝口茶，肚裡的故事往外爬。』

「我們那時候哪裡有什麼漢聲百科、童話書籍，統統都是從長工、佃農、祖母那裡得到的故事，我們都是這些故事養大的。」

提及祖母，瘂弦的眼中就流露出無限的深情。

「奶奶不僅會講故事，還會唱很多『唱兒』。我們說奶奶唱個『唱兒』吧！奶奶就唱了：『小白雞，皮兒薄，殺俺不如殺個鵝；鵝說，伸伸脖子長，殺俺不如殺個羊；羊說，四隻金蹄往前走，殺俺不如殺個狗；狗說，夜晚看家嗓子啞，殺俺不如殺個馬；馬說，備上鞍子人能騎，殺俺不如殺個驢；驢說，一天磨了三斗麩，殺俺不如殺個豬；豬說，一天吃你三升糠，一刀下去見閻王。』

「因為豬一天到晚光會吃不會做事，一點用處也沒有，所以就被殺掉了。意思是人要努力，要有用處。

「下雨天，我們都躲在家裡，有時候雨下得太多了，一連陰雨好多天，奶奶就用黃裱紙剪了一個拿掃把的紙人，大概有巴掌那麼大，掛在我們的屋檐上。風一吹，那個小紙人和手裡的掃把就飄呀飄的，奶奶叫它『掃天婆』。就是那個掃把好像把天上的雲都掃走了，讓天晴的意思。」

瘂弦還對我講述過他少年不識亂世愁扮刀客鬧鄉里以及逃學被教導主任當眾打板子的故事……大平原對他來說，實在是太重要了！

瘂弦喜歡吃孝感麻糖，即使到臺灣這個口味也沒變。常常站在海邊，一邊吃孝感麻糖，一邊遙望大陸，思念家鄉。由於來臺灣的麻糖師傅年齡偏大並相繼老去，這一享受沒有維持多久。

有一次，瘂弦有幸吃到了南陽蒸菜，連稱：「好吃，好吃。」不禁打開了話匣子，對人說道：「咱南陽每逢春天，大地回暖，滿地都是新芽的野菜。有葉子小小的薺薺菜、酸不溜丟的馬屎菜，最普遍的紅薯葉子，肥墩墩的狼尾巴蒿，猶如寶塔形的刺角芽，條條大根的蔓菁（油菜根），葉子窄長的掃帚苗……都是蒸菜的好材料。想起來咱家鄉也真夠苦的，尤其是糧食不夠吃的窮戶人家，春來了，不吃野菜吃什麼啊！」

他還談到南陽的地方戲高臺曲：「既富有詩意，又令人迷惘沉醉。」「記得有一位杜校長迷上了高臺曲，放棄校長不當，去唱花旦。還有那浪八圈、小白鞋等著名演員，唱、念、做、打樣樣能，演出效果特別好。看高臺曲著了迷，女人們做晚飯時，往往把麵條下到水缸裡；有位大嫂聽說鄰村在演高臺曲，抱起孩子就往唱戲的地方跑，經過西瓜田被瓜藤絆倒，跌了一跤，抱起孩子繼續跑。看完戲，發現懷裡抱的不是孩子，竟是一個西瓜，心想糟了，一定是跌跤時把孩子丟在田裡了，趕快到田裡找，沒找到孩子，卻找到一個枕頭，她抱起枕頭奔回家，發現孩子在搖籃裡睡得正甜哩。你說這戲迷不迷人？」「高臺曲的每一齣戲都詩意濃郁。如《藍橋會》：『走一山又一山山山不斷／走一嶺又一嶺嶺嶺相連／身背著琴劍書箱櫃／紅巒山好美景真乃可觀』，又如《李豁子離婚》：『俺早上出去去拾糞／回來看不到俺的女人／莫不是她跟人家跑了吧／俺想她不是那號的人』這些曲子的詞句像詩，鄉土味濃厚，是南陽文化的一大特色，含義深遠，令人回味無窮。」平時出差，坐長途車，瘂弦總忘不了帶上那幾卷高臺曲。他說：「錄音帶沿途播唱，心情特別愉快，旅途的疲乏一掃而空。」

來自那片大平原的生活習慣，還體現在吃相上。瘂弦在給老友莊因的信中，就這樣自我介紹過：「我吃飯風格是三種人的綜合——吃相：農人（可以蹲在椅子上吃）；食速：軍人（五分鐘得吃完，要衝鋒陷陣了）；食量：流亡學生（吃個賊飽，下一頓哪裡吃不知道）。」❷

即使退休，從臺灣移居加拿大，瘂弦也忘不了那片偏僻、落後又極具特色、飽含親情、鄉情的大平原。從一九九九年開始，他常給該國溫哥華《明報》的「明坊」副刊寫一些短文，其中就有好幾篇憶舊之作。如：〈出洋相〉，提到「聽」火車、看電影、關電燈等幾件事，詳情已如前述。〈藥櫃的回想〉，是對外公及南陽大調曲、醫藥文化的追思，全文如下：

> 月前逛古董店，看到一只老舊的藥櫃，店主說它是從河南省收來的，一聽說此物來自故鄉，好像故人重逢一般，勾起了我許多往昔的回憶。我凝視著它摩挲良久，心想，莫非它就是當年我外公藥舖裡的那一只？
>
> 我外公是一位鄉村醫生，對眼科尤其在行，人稱「眼科先」，意思是眼科先生。老人家幫人看病，不但醫術好而且只收藥材成本不收診斷費，由於這種關係，他名聲遠播，廣受鄉里尊敬。小時候，我常在他藥舖的藥櫃邊跑來跑去，看他替人把脈抓藥。外公還告訴我不少藥名，什麼膏丹丸散，我

---

❷ 見莊因〈吃的式微〉，《中央日報》一九九六年九月三十日。

> 都能分得清楚。記得他製的眼藥非常特別，是把藥膏裝入洗淨的蛤蠣殼中，再用蠟封起來，貼上商標行銷各地。
>
> 古人對好的行醫者常冠以「儒醫」的美稱，外公的藥舖就有一種文化的氛圍，門口的對聯是「但願世上人無病，何妨架上藥生塵」，橫披是「杏林春暖」；屋內香案上供奉藥王爺，藥王騎著白虎，法相莊嚴；正堂一側陳列的是藥書，多是一些手抄的密本，另一側則擺著樂器。閑暇時老先生會招來二三好友，唱幾段南陽大調曲。其中幾句對唱特別精采：「天作棋盤星作子，何人能下？地作琵琶路作弦，何人能彈？」「天作棋盤星作子，你如能擺俺就能下；地作琵琶路作弦，你如能定弦咱就能彈！」一個醫生有這樣的生活，可謂充滿高雅的人文趣味。這舊時代最後象徵的一只藥櫃，不知將流落何方？恐怕欣賞它的人不多了。時代改變了，如今的中藥舖，不管是室內的陳設，藥物的存放，都以實用為主，很少兼顧審美，那淡淡書香與中國藥草特有的清芬所混合的氤氳氣息，是很難再有的了。這是一種文化的失落。當西方的診所醫院，都在講求美觀和病人心理的今天，中醫文化的薪傳問題，似乎也該加以反思了。

從以上文章不難看出地域及地域文化對瘂弦的影響。所謂「一方水土養一方人」，不同的自然條件、不同的風土人情造就出不同的詩人與作家。

因此，野荸薺、紅玉米、蕎麥田、斑鳩、土地祠、棺材店……等那片大平原上的植物、生物、建築進入了瘂弦的詩篇。

因此，二嬷嬷、母親、乞丐、棄婦、坤伶、尼姑……等那片大平原上的人物、身世、命運在瘂弦的筆下躍動。

可以說：沒有那片生死離難的大平原，就沒有瘂弦和他的詩！

那些與詩結緣的日子

在零陵何仙觀時，瘂弦曾讀到一本艾青的詩集，他對其中的〈向太陽〉、〈吹號者〉、〈他死在第二次〉、〈北方〉等抗戰前後的作品十分喜愛。五十年後，在為溫哥華《明報》撰寫的〈說艾青〉一文中，他還提到過這些篇章。

從廣州渡海來到臺灣，瘂弦被編入陸軍第八十軍三四〇師一〇二〇團通信連當上等兵，由於駐防，有空閑時間，他的寫作興趣重新燃燒起來。不過只限於寫散文與短篇小說，尚未想到寫詩。真正想到寫詩，是在他們的壁報創刊以後。

士兵的生活是勞苦的，不是出操、訓練，就是站崗、放哨，平時又沒有什麼娛樂、消遣。瘂弦所在部隊的兵源多數來自流亡學生，讀書的風氣很盛。為了調劑生活，充實精神，大家合力創辦了一個類似報紙形式的壁報，每週出一期，連續出了五十多期，為時一年有餘，在部隊中影響不小。瘂弦是副刊編輯，馮鍾睿是美術編輯，為辦好壁報，二人均付出了心血與智慧。這些幼稚的「文化活動」，雖然微不足道，但卻給瘂弦一生的文學事業及編輯事業做好了準備。其時，瘂弦開始讀但丁、密爾頓、狄更斯、左拉、紀德等人的詩和小說，並嘗試寫詩，但沒有發表。

一九五一年雨季，部隊駐防林園，下雨天沒事，就躺在床上看書。瘂弦看了不少詩集，最感興趣的是朱湘譯的《番石榴集》、鍾鼎文的《行吟者》、墨人的《自由的火焰》、李莎的短詩等，並從中得到了許多啟示。一個雨季，瘂弦居然寫了厚厚的一本詩。他向同室的戰友朗誦了幾首，激起一片掌聲，都說他進步了，有的竟將他的詩背得滾瓜爛熟，這給了瘂弦極大的鼓勵，使他有勇氣也有信心繼續寫下去。但苦於無人指點，妨礙他進一步地提高寫作的水準。他打聽到詩人明秋水的通訊地址，把自己最滿意的幾首詩抄下來寄了去。不久便收到了明先生十分熱情的回信，不僅將他的詩用紅筆一一圈改，還教給他許多寫作時應抱的態度和方法，並贈給他一本自己的《駱駝詩集》，這使得瘂弦十分感動。四十六年後，即一九九七年五月，瘂弦首次訪問浙江，在美麗的西子湖畔見到了客居杭州的明秋水老先生，提及當年的指點之恩、扶掖之情，仍感激涕零，施禮頻頻。

一九五三年三月，瘂弦以士兵的身分考入政工幹部學校第二期影劇系。同時考上的，還有流亡時的同學、當兵時的夥伴馮鍾睿、李月亭等人。這是瘂弦一生最大的轉捩點，復興崗為他開啟了生命的大門。年方二十一歲的瘂弦，似乎這時才真正成人。

寫作是什麼？寫作是一種極特殊的勞動，是一種全身心的投入，是思想與感情的傾瀉，是智慧與能量的釋放，是時空的回溯與再造，是生命的體驗與歷險。本來瘂弦習慣於每天寫三首詩，由於政工幹部學校的功課十分繁重，這個數字難以達到。儘管如此，他還是利用了五天的課外活動時間寫了一首長詩，約四百餘行，參加全校的新詩比賽，一舉中的，獲第一名。學校召開了隆重的頒獎大會。當著全校師生的面，在一派熱烈的掌聲中，瘂弦紅著臉龐上臺領獎，獎品雖然只是一張獎狀、一枝鋼筆，但在他的眼中卻勝過了運動員的金牌、演藝圈的獎金。這是他頭一次意識到詩的重要與光榮，暗暗下定決心，一定要當一個傑出的詩人，為中國詩壇寫出更多的好詩。

也就是在這個時期，他以「瘂弦」的筆名，在《現代詩》雜誌上，公開發表了第一首詩〈我是一勺靜美的小花朵〉。他為什麼要用「瘂弦」這個名字呢？

秦慧珠〈瘂弦這一家〉（載《女性》一九八三年六月十五日）記下了瘂弦的「夫子自道」：

我高中時代很喜歡拉二胡，二胡的聲音是啞啞的，而「瘂」字通「啞」，因特別愛好這種啞啞的聲音，就取了「瘂弦」這個名字。典出陶淵明：「但識琴中趣，何勞弦上音」句，也就是無弦之琴的意思。這怪怪的筆名有一個好處，人們看過以後很難忘記。……

看來，這個筆名與二胡有關，與陶淵明有關，「也就是無弦之琴的意思」。劉捷以〈無弦琴〉為題，在《台灣新聞報》一九九八年九月一日發文，對這個筆名進行了分析與昇華：

「瘂弦」的筆名普遍，知其本名者反而不多，瘂者無音，弦者弦琴，無音的弦琴為何歌聲不斷，他的詩作為人愛讀，他有《瘂弦詩集》及頗多的研究著作。在《瘂弦詩集》的序文中他說「人生朝露，藝術千秋，世界上唯一能對抗時間的，對我說來，大概只有詩了」，又說「一日詩人，一世詩人」，可見他的人生觀無常及藝術品詩的永久性。

「瘂弦」兩字瘂無聲為否定，弦有聲表示肯定，有無相對矛盾，無聲之聲，無音之琴，頗有禪味。我以禪家的「無弦琴」作比喻，瘂弦的法性本體是佛家禪者的空、無、超越，現代哲學家稱「矛盾之自己同一」，「即非之論理」等，也是詩人的絕對超越精神。此種絕對無，超越的境涯在唐宋時代已有王維、李白、蘇東坡等諸多詩人體驗過，且有「詩為禪家添花錦，禪是詩家切玉刀」之譬喻。「瘂弦」我有「無弦琴」的直覺，辭典裡記載，梁昭明太子〈陶靖節傳〉，「淵明不解音律而蓄無弦琴一張，每酒過輒撫弄，以寄其意」。

李白詩：「大音自成曲，但奏無弦琴。」

劉捷的分析，是很有道理的，不過，筆者以為，在取筆名之初，瘂弦尚無如此高度，著眼點主要還在於，「這怪怪的筆名有一個好處，人們看過以後很難忘記」。

一九五三年八月，臺北的報紙上出現了一個與眾不同的招生廣告。它「壯闊」的版面上，除了招生內容，還將三十八位教授的名單全部附在上面，而這批集一時之選的教授群，可以說個個都是當時極具聲望的學者、作家和詩人。如：謝冰瑩、王平陵、王藍、梁實秋、錢歌川、沈剛伯、趙友培、紀弦、覃子豪、鍾鼎文、鍾雷、張秀亞等，那就是李辰冬博士創辦的「中華文藝函授學校」。瘂弦一看到這個廣告，就心動了。因為函授學校除「小說班」、「國文進修班」外，還專設了一個「詩歌班」，臺灣詩壇的頂尖人物都在教授名單中。於是，索簡章，報名，繳學費，被編入九十二人的詩歌班中。

詩歌班班主任原為侯佩尹，但上任不久便因故辭職，改由覃子豪接任。覃子豪畢業於北平中法大學，曾赴日本中央大學深造，是當時詩壇的一員健將，因出版詩集《海洋詩抄》而轟動一時。他的認真和全身心投入，使詩歌班的教學取得了顯殊的功效。函授學校出版的《中華文藝》月刊第二卷第二期曾經這樣介紹過覃子豪：「他擔任中華文藝函授學校詩歌班主任以來，可說是他為教育別人最辛苦的一個階段，為了每週趕寫一篇講義，他曾累得吐血，但是無數愛新詩的學生們，卻為他的精神感動得流淚。學生們對他的講義，視為至寶，跟他學習創作新詩的人都有顯著的進步。」瘂弦也跟其他學生一樣，對函授學校的講義相當珍愛，認為是引領自己走上詩創作康莊大道的一條捷徑。

覃子豪還在《青年戰士報》主編「詩葉」，瘂弦常常向該「詩葉」投稿，得到覃子豪的賞識。此後數年不斷得到覃的指導與鼓勵，更增強了瘂弦寫詩的興趣與信心。

《青年戰士報》先後發表了瘂弦的幾首小詩（瘂弦認為極為幼稚，不成篇章，沒有收存），但稿費太低，後來乾脆改為以郵票抵充。瘂弦每收到一次便積存起來，等積到十元之後，再拿到外面小書店去換九元鈔票。瘂弦認為覃子豪是「在我的文學生活上給我助益最多的前輩」，因此他對覃子豪於一九六三年不幸病逝，「一直有著衷心的哀傷與思念」。

政工幹部學校為學員們安排了到金門前線的實習。那段時間也是瘂弦寫作的另一個豐收期。他晚上值勤站崗放哨，白天可以睡三小時，他卻只睡一小時，其餘的時間全用來自修。住處是一個廟宇式的樓房改建的碉堡，瘂弦將射口邊的土臺子當作書桌，一坐就是二小時，看了不少的詩，也寫了不少的詩。

在金門，瘂弦的一部分同學參加了東山之戰，好友李月亭陣亡。他心中悲痛萬分，很想寫一首長詩來寄託自己的哀思，但一連數月竟未寫成……這使他意識到自己雖已寫了兩年的詩，但詩的修養仍然太差，促使他檢討自己，定下了嚴格的自我守則：首先，在詩的理論方面痛下苦功，寫心得，作札記；其次，要求自己把軍中瑣事、夥伴生活，以及每日所思所得一切生活細節，全都用新詩的方式寫下來，作為句法的練習，寫得最多時，每天可寫到八首。

一九五四年九月，瘂弦從政工幹部學校畢業，以少尉官階被分派到海軍工作，先後擔任過政工官、左營軍中廣播電臺的編輯等職。在左營，為了找一個適於寫作的環境，他和一位北平來的朋友佟國藻住在一間快要倒塌的廢屋內，兩張地鋪和一盞煤油燈，度過了許多冷風颼颼燈下苦讀的夜晚。他們嚴格規定：每天背誦一首唐詩、宋詞或元人的一闋小令，不管讀什麼書，都要作讀後札記。這個習慣，瘂弦一直堅持至今，把所有的札記疊起來，幾與人齊。那時候，他們常常身上一文不名，買不起書，只好借書來讀。碰到太貴太好的書，愛不釋手，就索性整本地抄下來。紀德的《地糧》、王爾德的《快樂王子集》、紀伯倫的《先知》、朗費羅的《詩選》、萊蒙托夫的全集等書，便是在那間廢屋裡抄下來的，這些手抄本至今還放在瘂弦的書架上，成了他最大的精神財富。

在左營軍中廣播電臺，他與洛夫同事，兩人頭對頭、腳對腳地睡在同一間宿舍裡，每天談文學，談寫詩。關於那段日子，洛夫後來憶及，稱：「創作熱情十分旺盛，寫詩就像百米賽跑，衝刺力甚強，不論白天或黑夜，也不管工作或休息，滿腦子都浮現著一些新奇的意象。」「正像著名畫家高更與梵高當年在大溪地同住一室互相比畫一樣，這種寫詩競賽既豐富了自己，也提高了詩藝。」❶

正因為如此，瘂弦的詩創作取得了一系列的成功：

一九五五年，以〈火把，火把喲〉一詩，獲軍中文藝獎金徵稿詩歌組優勝獎；

一九五六年，以〈冬天的憤怒〉一詩，獲中華文藝獎金長詩組第二獎、國軍詩歌大競賽官佐組優勝獎；

一九五七年，以三千行長詩〈血花曲〉，獲國防部文藝創作獎金徵文第一獎；

同年，以〈印度〉一詩，獲詩人節新詩獎；

一九五八年，以〈巴黎〉一詩，獲頒「藍星詩獎」……

瘂弦的努力與才華逐步奠定了他在臺灣現代詩壇的地位。一九五九年，年僅二十七歲的瘂弦加入了「中國文藝協會」為委員，並在香港國際圖書公司出版了他的第一本詩集《苦苓林的一夜》（後改名為《瘂弦詩抄》）。

---

❶ 見龍彼德著《一代詩魔洛夫》（小報出版社一九九八年十一月版）第一九頁至第二〇頁。

提及這本處女詩集，就得提及她的推介人——香港詩人黃崖。黃曾任香港《學生週報》主編，瘂弦則是經常的撰稿者，瘂弦寫詩的精神會那麼勇壯，是與黃的鼓勵分不開的。瘂弦堅定地認為，黃崖是自己最早的知音，也是一位燃燈者。

《苦苓林的一夜》運來臺灣只有三百冊，由於手續繁雜，擱在海關半年，等取出來時，封面都受潮腐爛了。瘂弦決定自己設計封面，把原先浪漫的、襲自徐志摩《翡冷翠的一夜》的書名改為《瘂弦詩抄》，書則分送親朋……

回顧與詩結緣的日子，瘂弦感慨系之。一九六五年他當選十大傑出青年，榮獲國際青年商會中華民國總會頒贈的金手獎，在為《傑出青年的故事》第一集（國際青年商會中華民國總會出版）寫的「自傳」中，他這樣寫道：

寫詩十四年，最初的那段日子，簡直廢食忘寢，一天到晚腦子裡就是詩，除了詩以外什麼也不想，晚上做夢夢到好句子就趕快記下，白天走路也帶個小本子隨時備忘，然後是瘋狂的讀書和做札記。到現在雖然談不上有什麼成就，但十幾年來為理想所付出的心血總算沒有白費。我的作品前後得過八次詩獎，部分作品並被譯為英、法、日、韓等國文字。我的詩結集出版的有四十八年香港國際圖書公司印行的《瘂弦詩抄》等。……

我常想自己為什麼會寫詩，一個土頭土腦，什麼都不懂從農村裡出來的孩子，剛出來時看見電燈會感到稀奇，看到冰棒以為冒的是熱氣，寧願走很遠的路也不敢坐公共汽車，怕自己坐不起。要是一直待在河南老家是否也會寫詩？在南陽，有平原，廣漠得單純，有親情，可化解自泥土中生長的野性。戰亂使人失去得太多，也得到很多。一路上的流亡生活，見到許多前所未見的，殺戮，搶劫，人性的卑微，國家的危難，以及自己身受的痛苦和委屈。假如我是個基督徒，會把這一切加諸我身上的苦難交託給宗教。但我只是農村裡一個野而又土的孩子，血管中有著父親血液裡文學的喜愛和敏感，再加上鄉村孩子的單純，很快也很容易的就吸取了戰爭所給我的一切，反芻以後就是我的詩。這是一股巨大的力量，使我因流亡而麻木的感情復甦，我開始瘋狂地寫，寫，寫！寫我們苦難的民族，寫我們蒙辱的山河，寫北方古老的鄉村和大野，寫戰爭，寫愛情，寫我們這一代中國人的悲憤和吶喊！有的詩幾乎是宣言式的，衝動的和激情的，在這種情形下就產生了長詩〈祖國〉、〈血花曲〉一類的史詩，而後〈京城〉、〈深淵〉、〈巴黎〉等詩，則是對現代人類精神生活敗壞的一種批判，而〈乞丐〉、〈土地祠〉諸作，則全係對於北方村野的讚歌。

一九七七年，瘂弦的詩作入選張默、張漢良主編之《中國當代十大詩人選集》，該選集由臺北源成文化圖書供應社出版。「中國當代」未含大陸與港、澳，僅限於臺灣。「十大詩人」依次為：紀弦、羊令野、余光中、洛夫、白萩、瘂弦、羅門、商禽、楊牧、葉維廉。張漢良在「序」中介紹了評選的標準，乃品質（「必須是好詩人，至少大部分作品是好的」）、歷史（「創作有相當的歷史」）、靈視（「詩人應透過創作，觀照世界與人生諸相，表現出詩的真理」）、影響力（「就對讀者的關係與文學史的意義而言」）四因素。他還特別解釋了一下：「上述四點，僅舉犖犖大者，入選的十位詩人未必每項具備，其層次亦有差異。就第二點而論，瘂弦曇花一現，創作歷史無法與紀弦相比，但其成就已經公認。……因此，編者在取捨時，盡量就各種因素作最周延的考慮。」

一九八二年，臺北的《陽光小集》詩雜誌舉辦了「誰是大詩人——青年詩人心目中的十大詩人」票選活動，目的在於評估現代詩在文學史的地位，肯定前行代詩人的成就。瘂弦亦以高票當選。

《陽光小集》的選舉辦法是：

一、由四十位已有明確文學成績之新生代詩人（限戰後出生，已由學校畢業者），就所有前行代詩人中推選十名，採不具名方式。

二、就得票數最高之十名詩人中，再分別以其單項成就：創作技巧（意象塑造、結構、音樂性、想像力、語言駕馭）、創作風格（使命感、現代感、思想性、現實性、影響力）予以評分，並略述票選原因，仍採不具名方式。

三、其各項評分經本刊統計、分析後，用以管窺前行代詩人在詩史之地位及對當代之深遠影響，並請專人撰文發表，以充實現代詩之文學史料。

四、《陽光小集》在第一階段票選時開列了前行代詩人名單（僅列民國三十年以前出生者）八十二名供參考。

票選結果（按得票數多少為序），「十大詩人」是：余光中、白萩、楊牧、鄭愁予、瘂弦、洛夫、周夢蝶、商禽、羊令野、羅門（按：瘂弦、洛夫票數相同，列資料時洛夫在前，第二階段「分項評分」問卷時瘂弦在前，表上同時注明：「不分排名」）。

對瘂弦的評語：

他以一本《深淵》停筆迄今，仍然具有廣闊而深遠的影響力，殊屬難得。當年眾人傳抄的詩集再度出版之後，維繫了他持久不斷的魅力，而在幼獅與聯副中對新人不遺餘力的栽培，也增加了青年詩人的向心力。在十項中，他各項所得的分數都在三、四名間，既沒有特別高的，也沒有偏低的，可見他的作品對各方面「照顧」周全，或者這正是瘂弦的迷人處吧！他被認為：「寓苦於甜，溫柔甘美如歌，現代感很強，氣氛尤其迷人，有很好的文字技巧，也獨具特色，其詩中有戲，戲中有批、有悟，塑造了現代詩的戲劇性。」對於他的停筆，有人大呼可惜，認為他自《深淵》之後迄無新作，致漸失影響力，但也有人稱他是「急流勇退的俊傑」，孰是孰非，只有靜待文學史的評斷。

一九九九年，瘂弦的詩集《深淵》被評為「臺灣文學經典」之一。此項活動旨在凝聚臺灣文學的共識，建構出一個新的文學傳統，由《聯合報》副刊出面，並與行政院文建會合作，邀集了近百位現代文學教授、作家、評論家、媒體編輯等，經過初選、複選、決選三重繁複的作業，終於選出了包括詩歌、散文、小說、戲劇、評論等三十部著作。同時入選「臺灣文學經典」的詩集，還有洛夫的《魔歌》、余光中的《與永恆拔河》、周夢蝶的《孤獨國》、商禽的《夢或者黎明》等。

「當掉你的褲子，保有你的思想。」

五十年代是臺灣現代詩的勃興期，詩人自由組合，詩社紛紛成立，詩刊相繼創刊。其中，以《現代詩》、《藍星詩刊》與《創世紀》三家規模最大、成績最豐、影響最顯。瘂弦與它們都有過淵源。如：他的好些詩是在《現代詩》季刊上發表的，除〈我是一勺靜美的小花朵〉外，還有〈預言〉（一九五四年秋第七期）、〈工廠之歌〉（一九五五年春第九期）等；他的〈巴黎〉一詩獲得「藍星詩獎」，一九五八年六月一日，《藍星》週刊二百期慶祝會暨「藍星詩獎」頒獎會在臺北市中山堂舉行，時為「創世紀詩社」的瘂弦與「藍星詩社」同仁吳望堯、黃用，「現代派」的羅門四人一起，從著名翻譯家梁實秋教授的手中，領到了由楊英風設計的、以一隻手背向外的纖纖女性玉手為主題、上端一顆鏤空大星星配以閃亮光芒的鋁製獎座。

「創世紀」成立於一九五四年十月，瘂弦是該詩社著名的「三駕馬車」之一。洛夫年長，二十六歲；張默次之，二十四歲；瘂弦最小，二十二歲。他們本著對新詩的狂熱喜愛與年輕人的蓬勃朝氣，白手起家，創辦了《創世紀》詩刊，改變了南部沒有詩的局面。

美國哲學家梭羅說過一句話：「當掉你的褲子，保有你的思想。」從編《創世紀》的種種困難中，瘂弦深深地體會到這不僅僅是一句名言，而且是為理想所付出的一種實際體驗，一種欣慰的慨嘆！

這個季刊沒有任何方面的資助，完全靠他們自己出錢維持。編校發行等也一概由三人負責，常常忙一整天就靠幾個饅頭、花生米和開水充飢。由於經濟拮据，最初幾年，可以說是在典當中度過的；半舊的腳踏車，起皺的西裝，時走時停的手錶……詩刊出版之前送進去，發餉後再贖出來，幾乎成了家常便飯。反復次數多了，也就不覺得臉紅了。

關於瘂弦在左營海軍營區中的窘迫狀況，張默在〈夢從樺樹上跌下來——瘂弦的詩生活探微〉（載《聯合文學》一九九七年二月號）一文中有過描述：

> 由於薪餉微薄，每月只能買幾塊肥皂和少許日用品，每個人有幾塊肥皂都記得死死的，放在內務包內，有時放在臉盆中。有一回他的肥皂不見了，不禁破口大罵：「哪個小子偷用了我的肥皂？我有一塊半肥皂，是哪個小子把我的半塊肥皂用光，又把我的一整塊用掉了半塊？」鄰兵聽罷，立即哄堂大笑。當時營區遼闊，有一天他對好友馮鍾睿說：最近越來越迷糊，常常騎著單車出去，卻走路回來；馮則順水推舟說自己更迷糊，常常步行出去卻騎著破單車回來。

後來，瘂弦到左營廣播電臺工作，北、中、南三地的詩友找他十分方便。接待詩友，總得請人家吃一碗大滷麵，為此瘂弦在附近每家小吃店都掛了一大串的欠賬。因為找他的人有增無減，越來越煩，他不得不採取這樣的辦法：一聽到電話鈴聲，就交代同室文友，說他不在。張默當時在陸戰隊《先鋒報》服務，警衛森嚴，找他的人很難進門，每每念及老友為《創世紀》借貸頂罪，總是感到慚愧與不安。

令張默難以忘懷的，還有這樣三件事：

那是五十年代中期，有一次《創世紀》出版後，瘂弦與張默二人找來籮筐扁擔抬到郵局去寄發，跟一位賣雞蛋的老太太撞上了，蛋白、蛋黃弄得滿雜誌都是。老太太索賠，攔住他倆不放，又哭又鬧引來許多圍觀者，直到張默回去借來錢，才好歹平息了這場「風波」。

一九五九年四月，《創世紀》第十一期在左營海軍印刷廠印製。他們雖然畫了版樣，但因為工人缺乏經驗，看不懂版樣，他和瘂弦兩人每天上、下午輪班站在排版工人旁邊看，一一指導排樣，連續站了四天才完成任務。就這樣從十一期到十五期，兩人每次出刊前都在印刷廠內站個三、四天，其辛苦可想而知。

一九六一年六月，《創世紀》第十六期已印好，由於印刷費沒有著落，不得已讓它在印刷廠的倉庫裡積壓了一段時間。這一期，有方思譯里爾克的〈旗手〉、葉維廉譯艾略特的〈荒原〉，詩友們和讀者都急等著先睹為快。實在沒有辦法，瘂弦和張默商量，決定兩人同時把手表、腳踏車送進當鋪籌款再取出雜誌。結果，這一期《創世紀》出刊晚了兩、三個月。

一九五八年六月，洛夫通過自學考取了位於臺北的軍官外語學校；次年七月派赴金門任新聞聯絡官；一九六〇年五月調海軍總部聯絡室。

一九六一年十二月，瘂弦被調回母校政工幹部學校，先在附設的晨光廣播電臺擔任臺長，後經審試合格，以少校官階任教影劇系，教授「中國戲劇史」、「名劇選讀」等課程。

一九七二年，張默由左營遷往臺北。

隨著三人的北上，《創世紀》的陣營移往臺北，編務也逐漸步入正軌，能按時出刊，每年固定四期。雖因經費短缺，中間休刊過二年零七個月（一九六九年二月至一九七二年八月），但很快就復刊了，並一直堅持到現在，成為「臺灣現代詩發展的特異現象」，也是中國新詩史上的一個奇蹟。

一九八八年一月，瘂弦曾引用白先勇的話說「《創世紀》是一條長命貓」，有九條命。多少年來，數不清的文學刊物倒下去了，只有這支「沒有薪餉的部隊」，還在文壇上苦撐。一個同仁刊物能有這麼久的持繼力，在中外文學史上恐怕也是少見的。

瘂弦認為，《創世紀》最大的特點，它是一個柔性的文學團體，用句老話形容：那完全是一種「以文會友」的結合，不獨立門派、也不講階級輩分，所謂社員只不過是在一起喝茶、飲酒、擺龍門陣、編雜誌而已。當年所有重要報刊都拒絕登詩，《創世紀》可說是詩人被逼上梁山的水滸。它裡邊三山五岳各路人馬都有，人人都是「爺們」，各人有各人的獨立風格，儘管有智多星吳用、黑旋風李逵、豹子頭林沖、花和尚魯智深，但絕對沒有自封老大的及時雨宋江。沒有宋江！這是《創世紀》可大可久的重要原因。

一九九四年九月，為慶祝《創世紀》創刊四十週年，出版了《創世紀四十年詩選》、《創世紀四十年評論選》與《創世紀四十年總目》三本書，並舉辦了一系列活動。瘂弦主持了「《創世紀》詩刊四十週年慶祝會」。

憶及當年，瘂弦說：「創刊那年，洛夫二十六歲，張默二十四歲，我二十二歲。當時我們都很窮，每月只有一百多元，而季刊一期要四百元，沒辦法，只有去借貸，跑當鋪。」「左營的幾家當鋪老闆對我們都很熟。當時我們唯一的儲蓄，就是當票。梭羅說得好：『當掉你的褲子，保有你的思想。』沒有什麼大不了的。」

「作為詩刊創辦人的另一半，」瘂弦說，「這些太太跟先生談戀愛最重要的回憶，就是幫忙校對、捆書、跑郵局、吃陽春麵。」

瘂弦還透露雜誌出版沒錢卻可以打廣告的秘密：張默跑到左營戲院花兩毛錢打找人的幻燈廣告，寫「創世紀出版了，洛夫速回。」而洛夫則跑到另一家電影院打一分錢都不要的廣告：「創世紀出版了，張默速回。」這麼打下來，少說也有幾百人知道《創世紀》了。

瘂弦說：「《創世紀》曾舉辦過一次作者交誼會，有五十七位詩友參加。如今，這些老哥都在座，都是坐五望六，更多的坐六望七年紀。大家在一起辦了大半輩子的詩刊，用『情同手足』一詞形容，不算過分。我們那一代人都是少小離家，在一起難免磕磕碰碰、吵吵鬧鬧，但交情卻是鐵打的。哥兒們常說，這世界已經夠冷，讓我們以彼此的體溫取暖。」

瘂弦的開場白，使原本熱烈的會場更加熱烈，各項活動也就此拉開了帷幕。

在左營期間，除參與《創世紀》的編務外，瘂弦與張默還合編過一本《六十年代詩選》。

那是一九六〇年的仲夏，瘂弦和張默相約去高雄大業書店看書，天將黃昏時，書店老闆陳暉突然走過來，請他倆到後面的小辦公室去坐坐，從而提出了編一本詩選的要求。

書名《六十年代詩選》，是瘂弦首先提出來的，張默完全同意，而選入詩作的年限則以一九五一年～一九六〇年為準。他們幾經研商，開列了一張入選詩人的名單，從覃子豪到薛柏谷，約二十餘人。約稿信於七月中旬發出，希望以四十五天時間把全部稿件收齊，然後再展開編選工作。不料信發出後，就聽到臺北藍星詩社一個重量級詩人的意見，認為該社好幾位優秀詩人被遺漏了。瘂弦馬上找張默商議，立即採取補救措施，如吳望堯等二人就是後來補充上去的。為了這件事，張默專程去臺北一趟，找葉泥、季紅商討全部入選者的名單。

八月底，他們在「四海一家」租了一間套房，帶去了大批參考書，開始了緊張的編選。除了尋章摘句，還要撰寫詩人小傳，日以繼夜，廢寢忘餐，一個月下來，兩個人都瘦了一圈。九月底完成，十月初將厚厚的一大包稿件交給陳暉，三個月後，也就是一九六一年的一月上旬正式出版。

該書封面由畫家馮鍾睿精心設計。馮鍾睿是瘂弦的中學同學與好友，在左營海軍營區共處一班。靠著這樣的關係，當然是召之即來，二十六位詩作者的畫像，皆是出於馮的手筆；而扉頁素描，則是余光中提供的保羅・克利的作品，充滿現代感。

此書出版後，佳評如潮，但因不少詩人未能選入，瘂弦專門寫信，張默同時簽名，向七、八位詩友致以遺珠之歉。三十五年後，張默與瘂弦重新檢視這部詩選，覺得當時雖屬前衛，但也有不少的盲點，引以為憾。例如：小評部分，雖用功撰寫，但有些詩人無年齡、籍貫，後人引用十分不便。

一九九九年九月，由瘂弦主編，張默、蕭蕭協助，由天下遠見出版股份有限公司出版的《天下詩選》，就大不一樣，大有改觀。

這本詩選的編印，是天下遠見出版股份有限公司主持人高希均教授主動向瘂弦提出來的。高教授以經濟學家身分馳名，也是詩的愛好者和支持者。面向非文學人口的天下發行網，為這部詩選定下基調：「我們編這部詩選想的對象不是圈內人，不是詩壇，而是廣大讀眾。」「適合高中以上程度讀者閱讀。」

此時的瘂弦已移居加拿大，為了使這部詩選能夠盡善盡美，他特別邀請老友張默、蕭蕭助陣，擔任編委。因為此二人，「他們對現代詩在臺灣的發展，有更細密且全面的觀察」。

經商定，書名定為《天下詩選》，選取一九二三～一九九九年發表的中文詩作（限生活於臺灣的詩人作品），入選詩人名單及詩作由三人共同審慎研商決定，共一百零一家，每家選詩一首，全書依主題內容分為「人性的映影」、「時間的約會」、「城市的邊緣」、「山水的驚艷」、「靜物的玄想」、「生命的觀照」、「情意的綻放」等七輯，每家除詩作外，並附有入選者的生平略歷、詩風簡介及入選詩作的品賞文字。這樣的安排，設想周到，體例完備，大大提高了書的參閱價值。

瘂弦為這部詩選寫了萬言長序〈新詩這座殿堂是怎樣建造起來的——從史的回顧到美的巡禮〉。經過一年的籌劃，終於面世，「專家不覺淺，一般人不覺深」，「清明有味」，各方面反應強烈，鼓動起新一波詩閱讀的熱潮。

到一九九九年年底，瘂弦主編、與人合編的書共計六十五種，其中詩選十五種，除上述二種外，尚有《中國現代詩選》（一九六七年）、《七十年代詩選》（一九六七年）、《中國現代文學大系・詩卷》（一九七二年）、《八十年代詩選》（一九七六年）、《詩學》第一輯、第二輯、第三輯（一九七六～一九八〇年）、《當代中國新文學大系・新詩卷》（一九八〇年）、《創世紀詩選》（一九八四年）、《八十一年詩選》（一九九二年）、《八十六年詩選》（一九九八年）等；小說、散文、戲劇、評論及其他選集五十種。

從事上述所有工作，都貫穿了梭羅的那句名言。

「常喜歡你這樣子，坐著，散起頭髮，彈一些些的杜步西」

愛情是怎樣到來的呢？

是由遠洋輪裝運來的嗎？「通風圓窗裡海的直徑傾斜著」；

是在蕎麥田裡長出來的嗎？「布穀在林子裡唱著」；

是從樺樹上跌下來的嗎？一個美麗的夢終於成了現實；

是全能的主賜予的嗎？掀開花轎前的流蘇，「發現春日坐在裡面」……

瘂弦的體驗是：愛情，當它要來的時候就那麼輕易地來了，牢牢地拴住兩顆心，使你欲罷不能，欲說還休。

那是一九五八年，瘂弦在左營廣播電臺當記者，有一次到海軍總醫院去採訪消息，偶然發現一個女孩坐在病床上看書，那副端莊、嫻淑的姿態把他吸引住了。

「橋橋，什麼書讓你看得這麼入神？連藥都忘記吃啦？」隨著銀鈴般的聲音，一個身段苗條的大姑娘走進病房，瘂弦認得她是總醫院一位姓張的護士。

「哦，《中國作家文選》，太巧囉，太巧囉！」張護士歡快地叫著，一屋子的人都受到她的感染。

「這話從哪裡說起，這『巧』字從何處來呀？」看書的女孩抬起頭來，一雙大眼忽閃忽閃。

「書中的一位作家，今天就在咱們的醫院，而且來到了你的病房。」

「是他嗎？」右手一指，連忙低下頭去。那羞怯的神態，使瘂弦心頭一熱。

「不敢，敝姓王，王慶麟，左營廣播電臺的記者……」瘂弦主動「自報家門」。

「嘩嘩嘩」的翻書聲，接著置疑的問話聲：「王慶麟？怎麼書上沒有這個名字？」

「我用的是筆名：瘂弦。」

「找到了，確實有這麼個怪名字。這首詩我昨天讀過，寫得很好，就是作者的名字怪怪的。」

「小姐，我能否請問您的芳名？」受到鼓勵的瘂弦，鼓起勇氣發問。

「橋橋，張橋橋。」張護士見橋橋有些羞澀，有些遲疑，便代她回答：「咱們醫院護士訓練班的高材生，最漂亮最可愛的女孩，也是我們醫院花費最多的病人。」

「張姐你——」橋橋瞪了張護士一眼，頭又低了下去。

瘂弦和橋橋就是這樣認識的。瘂弦每天送一束鮮花給她。對於少女的她來說，開始也談不上什麼愛情，直到兩年後，有一次在車站送橋橋回家，看著他遠去的背影，才產生了一種強烈的依戀與難以割捨的情緒。

一九六五年四月二十四日，瘂弦與橋橋在臺北舉行了婚禮。詩人周夢蝶送了他們一幅字：「修到人間才子婦，不辭清瘦似梅花」。確實是他二人的生動寫照。以後又送了兩幅，皆是周夢蝶的親筆。一幅是：「夫惟不伐，天下莫與汝爭能；夫惟不矜，天下莫與汝爭功。」另一幅是：「人在梅花月下立。」瘂弦都將它們裱起來，懸掛在客廳裡，烘托出溫馨、儒雅、高潔的氣氛。

關於他們的戀愛，二人事後都有回顧。

瘂弦是這樣說的：「當年我在左營的軍中廣播電臺當外勤記者，到海軍總醫院認識了當護訓班的學生橋橋。她經常生病，我經常去探望她。一來二往，就有了感情。考慮到自己的經濟狀況，兩人長跑了七年之久，才商議婚嫁，步上禮堂。」

有人問瘂弦喜歡哪一種典型的女性？瘂弦回答：「我喜歡的就是我太太這種典型的女性。她聰明、敏感、善良、樂於助人，凡是與她接觸過的人都喜歡她。只要對脾氣，她可以掏出心窩子，屬於那種坦率、誠懇、熱心、非常靠得住的類型。」

橋橋憶及戀愛，就神采飛揚。她說：「我一生就只有他這麼一個男朋友，我認識他時，根本料不到會嫁給他。因為我喜歡高瘦的，他既不高，又是個軍人，舉止浪蕩不羈，熱情狂妄，女朋友多，一口氣可以寄出幾封同樣的情書，使我懷疑他是個壞人。而我卻是個容易害羞的內向的女孩，人家的話說得稍微重一點，我就會好半天抬不起頭來。我平時不修邊幅，留兩條長辮子，穿大姐、二姐們穿舊的衣服，身體瘦弱，極不顯眼。我還喜歡幻想，看到彈珠就會想到繁星閃爍的夜空，有時甚至憐惜掉落的長髮。像我這樣的女孩，對他那樣的熱情奔放缺乏思想準備，有些受不了。我們在一起吃了四年的陽春麵，當他第一次向我求婚時，我拒絕了，因為他另有一個女友，美麗而且健康。然而，他沒有選擇她，而是選擇了我，這使我感到意外。我的母親起初沒有同意，擔心他微薄的收入養不活我的病身。結婚後，我的身體也未見好轉，他賺得多，我病得重。所以，我對女兒特別注意，千萬不要像我這樣，增加他的負擔。」

有人問他們的性格與脾氣，橋橋答道：「他的脾氣很好，我的脾氣有時很壞。他的嘴饞得很，一回家就要吃東西。只要雙腳邁進門檻，眼睛便沒了，鼻子、耳朵也沒了，整個人像個球滾到冰箱裡去。家裡是否乾淨，他根本不關心，也不幫我料理家務，只知開冰箱吃東西。我罵他，他不生氣，反說：『怎麼罵得這樣好聽，再罵一次讓我聽聽。』有時我說他笨，他分辯道：『我怎麼會笨，我在外面很會做事哩！』更多的時候，我覺得拖累了他，有愧於他。因為我犯起病來，他經常要三更半夜揹著我去敲醫院的大門……」

關於他們的愛情，二人都寫了文章，收入《幼獅文藝》一九六六年一月號「七對佳偶」小輯中。

先看瘂弦的文章——

「被害」者

一個沒有妻子的詩人時常在詩中寫出一位新娘來，可是一旦他結了婚，卻往往寫不出詩來。何以故？莫非是應了巴爾扎克那句話：「幸福殺害一切詩人？」

我就是一個「被害者」。問題的關鍵在於：沒有任何的辭章能與生活甚至生命的本身相抗衡；有時候，「過」一首詩比「寫」一首詩更美麗！

冬天的晚上，外面刮著老北風，兩個人躲在自己的屋子裡擁被而坐，嗑著瓜子，扯著閒天。這本身就有一種自足的美，沒有別的任何代名詞，只是這個，無須言詮。如果在這當口拋開你的伴侶翻身寫起詩來，我以為那才叫煞風景。

傍晚，夕陽中那人倚門等你。你載興載奔而來，見面的第一句話是：「晚飯煮好了沒有？」你聽別人說一千遍也許並無感覺，但臨到你自己頭上時就充滿「新義」了。

世人啊，我要大聲宣布：我結婚了，有淑女伴我以終老，我很滿足。在過去，從沒想到單單兩個人就能組成一個世界，它至廣至大，比宇宙還要深沉！我活著，感覺著，迷戀著，只不過沒有詩，沒有寫下來的詩——那生命的影子，你該不會傻到說這是頹廢。

冬天一過，屋後的山茱萸將這裡那裡盛開著，雀子們叫得人發愁，帶著我的短管獵槍和她藏了一季的胡桃餅，我們將跑到山頂去。在那裡，我們將寫一些……一些詩。——那或許是永遠不會發表的。

花非花

再看橋橋的文章——

總以為愛是那樣，總以為婚姻是那樣——我所想的那樣。既然都不是，你猜我快樂呢？還是哀傷？

那時他常來找我，但我想我是決不會嫁他的。他既不高也不瘦（我喜歡高瘦子），並且有許多女朋友，在我看來是個「壞人」。但那年他過三十歲生日，我帶了一束桂花和蛋糕去看他，他好高興，臨時約了幾個朋友來喝酒慶祝，切蛋糕時，他站在那兒直笑，兩個門牙長長的，好傻，完全不是我平時看到他的那種樣子。還有一次，我們在月光下散步，他看著月亮，走了好長一段路一句話也不說，慢慢哼起來，聲音低沉而優美，哼著哼著，歌聲全變成他對母親和故鄉的呼喚，聽得我的心緊緊的抽起來。側臉望他，也正有淚自眼眶滾落，透過松針的月亮在淚中碎成千百個。好像也不壞。從他做的許多事上，慢慢看出一個人的表面和內在完全是兩回事，而後在星子和月光下又走了三年，走出了細細的恨和滿滿的愛。

我愛月亮，山居，和空想。他說要為我造一間小茅屋在山坡上，屋外種棵大榕樹，樹下放把椅子，讓我整天蜷在上面思想和流淚。他將為我做一切。

婚後，他的確努力替我做許多事，洗青菜——洗好是揉成一團的；洗衣服——一件一小時；掃地——掃一半又去看書了。

時光使人成熟和衰老，他好像卻比幾年前更小，會傻笑，會做滑稽樣，會求你給他東西吃：「一點點，再一點點，就感激不盡。」會撫平你起落不定的情緒。最主要的是彼此在生活上的步調一致，他要適應你的，就是你自己所要適應的。幸福的生活，或者並不在完成你的夢境，而是當你發覺並非你的夢時，及時起來適應它，你就得到你要的一切了。

我沒有住成山坡上的小屋，但我知道它仍在，有一年的有一天，我們會在雲湧得最多的那個山坳裡找到它。你若到山裡去採雲，請不要走得太深，採得太多，因為會驚醒那朵雲根下銀鬚白髮的老公婆。

在七對佳偶的文章中，橋橋的這一篇被公認為寫得最好。瘂弦不止一次地感嘆道：「橋橋非常有才，可惜病把她毀了！」他曾經這樣對人介紹：橋橋從小身體不好，是有名的病號，左耳失聰，又患肺結核，住過六次榮總，開過三次刀，左肺切除，肋骨拿掉五根，她的病歷如果裝訂起來，可以像新、舊約聖經那麼厚。因此，當橋橋生下長女時，親友們都非常高興，認為是一個奇蹟。瘂弦對往昔生活的回憶，總有著晚上背她去醫院的情景，以前住在四樓上，常常是上下來回反復背。有一次橋橋在大年初三病倒了，整個新年就在醫院裡度過。懷二女時，橋橋腸阻塞，帶著胎兒還開了一次刀。倒是這小豆，X光照啊照的，一點影響也沒有。瘂弦說：橋橋就像我們中國，多災多難，什麼苦都受過；又像聖徒，之所以到人間來，是為了見證許多道理。

他們的長女景苹（乳名小米），於一九七〇年七月出生；二女景縈（乳名小豆）相隔十年，於一九八〇年七月出生。瘂弦自謂是北方人，吃五穀雜糧長大，所以叫女兒為小米、小豆，本來還打算有個小麥，因為橋橋身體不好不想了。給兩個女兒取名，有紀念家鄉的意義。苹是他外婆家村名平樂的諧音，縈是他家楊莊營「營」的諧音，瘂弦的童年就是在這兩個地方度過的。狄更斯有《雙城記》，瘂弦有「雙村記」，這使他頗以為自豪。

這樣一個四口之家，是非常和諧、美滿的。

瘂弦主外，橋橋主內。瘂弦的應酬多，常要橋橋一起出去，但橋橋寧願待在家裡做賢妻良母，把家務弄得清清爽爽，把孩子照顧得妥妥貼貼，讓瘂弦毫無插手的餘地，以至於瘂弦有時還要抱怨，橋橋的家事「做得過分好了」，影響到健康。

雖然較少外出，家裡卻常是高朋滿座。兩口子都好客，橋橋又善烹飪，一做就是十幾道菜，深受來客歡迎。尤其是她包的餛飩、下的素麵，吃過的人常久久難忘。

在家裡，他們兩人都很孩子氣。例如：橋橋使小性子的時候，瘂弦只要背著她在屋子裡轉三圈；或者把她抱起來，抱得很高很高，高到可以夠得著天花板，她就破涕為笑了。有時橋橋拐不過彎來，瘂弦便這樣想：「她是我女兒的媽呢！」就克制住自己，任她發作，父女三人一起受處分。有記者問橋橋：「你們夫妻之間有沒有過爭吵？」橋橋回答：「有是有，但吵不起來。人們是吵架、吵架，我們是只有我『吵』，而他不『架』。」

瘂弦特別疼愛孩子，父女在一起時常以詩作對話。例如：瘂弦說「眼睛」，小米就答「是黑色的溜冰場，周圍是欄杆，有時會下雨」。「枕頭呢？」小米答：「頭的沙發」。由於高興，把心肝兒、寶貝兒都掛在嘴上。

有一次他親親孩子的小嘴，她嫌父親的鬍子札，瘂弦故意皺眉：「小米，你嫌爸爸？」小米說：「沒有呀，我把它擦大嘛！」過了一會兒，他又親了親她，她仍有點兒嫌，但不好意思再擦，改用手指去按嘴巴。瘂弦問：「怎麼啦，又嫌爸爸？」小米說：「不是啦，我把它按進去嘛！」小豆比小米小十歲，有個朋友幫她算過命，說這孩子將來不得了，秀外慧中，三十五歲一鳴驚人，四十五歲掌握大權，千祥雲集，推算起來到那時瘂弦也有百歲了，所以他打算作人瑞，每天早上晨跑，好趕上老二的這一段榮華，對小豆更寵愛有加，要什麼給什麼。倒是橋橋主張「愛不能毫無保留，愛一定要有距離，愛不該是那麼表面化」。在一般人家，都是嚴父慈母，在瘂弦家則剛剛相反，是慈父嚴母，這是由他們的性格決定的，也是一個絕佳的組合。

瘂弦的詩，多數比較嚴肅深沉，只有一首〈給橋〉，抒發了他強烈而真摯的感情，是他唯一的一首情詩，為多家愛情詩選選載。

常喜歡你這樣子
坐著，散起頭髮，彈一些些的杜步西
在折斷了的牛蒡上
在河裡的雲上
天藍著漢代的藍
基督溫柔古昔的溫柔
在水磨的遠處在雀聲下

在靠近五月的時候

（讓他們喊他們的酢醬草萬歲）

整整的一生是多麼地、多麼地長啊
縱有某種詛咒久久停在
豎笛和低音簫們那裡
而從朝至暮念著他、惦著他是多麼的美麗

想著，生活著，偶爾也微笑著
既不快活也不不快活
有一些甚麼在你頭上飛翔
或許
從沒一些甚麼

美麗的禾束時時配置在田地上
他總吻在他喜歡吻的地方
可曾瞧見陣雨打濕了樹葉與草麼

要作草與葉
或是作陣雨
隨你的意
（讓他們喊他們的酢醬草萬歲）
下午總愛吟那闋〈聲聲慢〉
修著指甲，坐著飲茶
整整的一生是多麼長啊
在過去歲月的額上
在疲倦的語字間
整整一生是多麼長啊
在一支歌的擊打下
在悔恨裡

任誰也不說那樣的話
那樣的話，那樣的呢
遂心亂了，遂失落了
遠遠地，遠遠遠遠地

在地理與文化的雙重鄉愁中

生活有常規與非常規兩種形態。常規形態一切井然有序，起居按部就班，日子是數不清的平淡與重複，生命就在這些平淡與重複中折舊且磨損。非常規形態一切雜亂無章，行止尚待安排，日子是數得清的新鮮與突然，生命就在這些新鮮與突然中昇華並閃光。瘂弦的一九六六年至一九六八年，就屬於後一種形態。

一九六六年八月，瘂弦接到美國愛荷華大學「作家工作室」主任保羅・安格爾教授的邀請信，邀請他以訪問作家的身分，去該室作為期二年之研究。這個邀請太突然了，瘂弦一點心理準備也沒有。他新婚才一年有餘，琴瑟和諧，日子過得不錯。詩作連連獲獎：繼〈下午〉一詩獲香港一九六三年度現代文學美術協會新詩獎、〈一九三六詩抄〉一詩獲香港「好望角文學創作獎」（一九六四年）後，又於一九六五年二月獲「中華民國第一屆青年文藝獎金」，九月參加全國各界紀念國父百年誕辰話劇《國父傳》，飾演國父孫中山，十二月獲臺北話劇欣賞委員會舉辦之第二屆話劇金鼎獎（最佳男演員），當選「十大傑出青年」，一九六六年一月以軍中服務「忠誠勤敏卓著勳勞」，獲「忠勤勳章」一座……他的事業正蒸蒸日上。在這樣的狀況下，別嬌妻，走異邦，無異於「樂園的放逐」。然而，瘂弦還是接受了邀請。

九月十六日早晨，鬧鐘一響，橋橋就哭起來，哭得瘂弦心如亂麻。古人寫別緒離情的詩他讀過不少，竟找不到一首能貼合此時此刻的心情。松山機場風雨淒迷，飛機打個轉便鑽入層層雲障之中。瘂弦木然地坐在機艙裡，不明白自己究竟是為了什麼，要花這麼痛苦的代價。

十七日（美國仍為十六日）上午抵達舊金山。機場移民局官員人高馬大，態度和藹，入境手續簡單明瞭，給瘂弦留下極好印象。辦完手續後即打電話給友人葉珊，葉在加州大學柏克萊 (Berkeley) 分校攻讀比較文學的博士學位。

一小時後，葉珊開車來接瘂弦。葉說，外國旅客如果想對美國產生良好的第一印象，以選下列兩處作為來美的入口最為理想：一是從海上坐船進入紐約港，經自由神像遠望曼哈頓 (Manhattan) 區，可以看到典型的美國建築林，商業大都會雄偉奇恣的天際線；一是從舊金山下機，驅車穿過美麗山坡住宅區，經舊金山灣、金銀島附近一系列的大橋，前往柏克萊或奧克蘭，可以體會出機械的迫力和轟然之感。當他們從舊金山機場一路經過五彩繽紛火柴積木般的公寓建築，穿行於海灣大橋高聳的鋼鐵結構之間，瘂弦立即被美國之新之美鎮住了。

柏克萊，葉珊曾譯為「波克麗」，戴天則戲譯為「不可來」。其實此地水木清華，人文薈萃，最值得一來。瘂弦納悶：不知詩人從哪種角度來衡量這個幽靜的小城？中國學人如蔣夢麟、聞一多等早年都來此受過教育，蔣著《西潮》一再提及的「卜技利」，就是這個地方。美國著名作家傑克倫敦、史坦貝克、薩洛揚，也在此地度過學生時代，或留下生活的一鱗半爪。

柏城的房子順著小小圓圓的山坡迤邐而建，老圃苔徑，綠樹掩映，有極濃厚的西班牙情調。葉珊的家在離加大圖書館不遠的維琴尼亞街，一座藏在榆蔭下的小樓，在繁葉間隱現很能代表他的詩、他的人。

在葉珊的陪伴下，瘂弦觀覽了柏克萊分校的校區，登上了建於一九一四年、高三百零七呎、內懸十二個重量大小各異的銅鐘的鐘塔，並從塔上鳥瞰了加大的全部校舍、希臘劇場、各種學生兄弟會、姊妹會以及遠處的雙塢金山大橋，還接觸了長髮披肩、不辨雄雌、狀如電影羅賓漢的「嬉皮」們……在柏克萊停留的一週，令瘂弦難以忘懷。他與葉珊每晚都談到很晚才睡，葉珊酒量甚豪，每餐必飲。瘂弦覺得他跟金門服兵役時哨棚裡的那一位預備軍官王靖獻（葉珊本名）沒有什麼兩樣。

由於葉珊的介紹，瘂弦認識了葉的老師陳世驤博士。陳是加大中國文化研究所的主持者，也是在美中國學人中具有影響力的重鎮之一。他談鋒極健，對於我國三十年代的文壇掌故舊聞，知之甚詳。他編譯的《中國現代詩選》，二十年前便在英國出版。在北大授業期間，曾與我國早期詩人沈尹默相過從，著名詩人兼學者卞之琳、何其芳、李廣田等，則是他北大的同學。他又是夏濟安先生生前好友，幾年前夏先生在美病故，陳博士就把夏先生的遺體葬在他自己別墅的花園裡。站在陳家的陽臺上，一眼便可看到夏先生的墓。這一段重義氣愛朋友的文壇佳話，使瘂弦十分感動。夏濟安先生在臺灣主編《文學雜誌》時，瘂弦曾向他投過稿，想不到生前緣慳一面，等相見時其墓木已拱矣！

在柏克萊期間，瘂弦還見到了已獲文學博士學位的老友莊信正，與過去只有文字交往的詩人唐文標，使瘂弦頗感驚訝的是，唐文標寫得一手好詩，卻是一名數學博士。

九月二十一日，瘂弦離開柏克萊乘機飛愛荷華。是日天氣晴朗，萬里無雲。他從機窗口俯瞰美利堅的錦繡大地，赤褐色的加州平原，寸草不生的尼華達大沙漠，碧如瑪瑙的鹽湖，以及像棋盤那樣整齊的美國農莊……看著，看著，瘂弦的鄉愁濃起來，他想起自己的祖國、自己的大陸，「陸沉何必由洪水，誰為神州理舊疆」之句，不禁衝口而出……

來美國之前，瘂弦的外文程度是相當有限的，尤其是在說和聽方面。對於一個旅行者、訪問者來說，沒有比這更嚴重的了。他曾自嘲說，不諳熟所到國的語言，等於視而不見，聽而不聞，「訪」而不「問」，「考」而不「察」，「參」而不「觀」。

在愛荷華的第一年，瘂弦的精力幾乎完全花在語文上。他日以繼夜，虎嚥鯨吞，下狠心一定要找到一把鑰匙，去打開認識美國的大門。由於在臺灣時他學英文全靠自修，用的是「背生字，啃字典」的老辦法，純粹是視覺的，讀、寫尚可，聽、說則「完全不靈光」，因此初到時頗為尷尬，眾人聽安格爾說笑話，舉座哄然，獨瘂弦莫明所以，直到聶華苓女士翻給他聽，他這才仰天大笑，因而戲稱自己為 the man who laughed last（最後發笑的人）。三個月後才有所好轉，笑得最遲的人的笑聲逐漸提前了。瘂弦開始在課堂上發言，在各種酒會上談詩論劍，從容「策對」，往往語「驚」四座。春天，瘂弦獨自一人遊覽了芝加哥、華盛頓、巴鐵摩爾、普林斯頓、費城和紐約等地，看名勝、遊古跡，訪朋友，一路上與茶房小廝、街頭醉鬼、文藝青年、大學教授等周旋自如，絕少表達上的困難。兩個月之內，足跡印遍美利堅數大州，所見十里洋場花花世界，皆為《老殘遊記》、徐霞客所未識之境。

從一九六七年三月開始，瘂弦翻譯自己的詩。初期進展甚慢，一週僅得一、二首，到了這一年的冬天，差不多他自己認為像樣的東西都譯好了，共計七十三首，其中還包括折騰了他一個多月的〈從感覺出發〉和〈深淵〉等。瘂弦還試譯了王昌齡、劉半農、紀弦、楊喚、鄭愁予、商禽、管管等人的詩，有部分曾拿到「翻譯工作室」的課堂上討論，反應很好。瘂弦並且試著用自己作品的英譯投稿，有兩首（〈紀念覃子豪〉、〈復活節〉）被採用，登在普渡大學主辦的文學雜誌《四重奏》(*Quartet*) 上，這件事使瘂弦高興了好幾天。高興的因素與其說是由於作品本身，不如說是由於語文。

愛荷華大學的「國際作家工作室」(International Writers' Workshop)，實際上是該校原有「作家工作室」(Writers' Workshop) 的擴大和發展。「作家工作室」是保羅・安格爾於一九四二年創辦的。二十五年來，這個美國現代文學史上具有重要地位的作家研究機構人才輩出，不少從這裡走出去的作家均已成為文壇上舉足輕重光芒四射的人物。如：劇作家田納西・維廉士 (Tennessee Williams)，小說家佛蘭妮瑞・奧康納 (Flannery O'connor)，詩人士樂格拉斯 (W. D. Snodgrass) 等，都先後一次或數次榮獲普立茲文學獎。詩人唐納・傑士蒂斯 (Donald Justice)、羅勃特・麥塞 (Robert Mezey)，得過萊蒙詩獎，詩人維廉・史塔福 (William Stafford) 得過全美書獎。臺灣作家余光中、葉維廉、白先勇、王文興、歐陽子、葉珊、王敬羲等，均在此研究過，因此這個機構與中國文壇關係密切。

由於外國作家人數逐年增加，原來僅為美國本土作家而設的「作家工作室」實有擴充的必要，又因為本土作家與外國作家的需要不同，亦應另行成立一個機構來處理不同的問題。於是，一九六六年九月，在安格爾的主持下，一個針對外國作家而設計的「國際作家工作室」正式成立，廣邀中國、西德、法國、日本、菲律賓、印度、伊朗、土耳其、南斯拉夫、波蘭、阿根廷、巴拿馬、柬埔寨、新加坡、利比亞、伊索匹亞、烏干達等十七國作家來此，規模宏大，其意義已不限於美國本土，而成為世界性的了。

瘂弦在〈聶華苓訪問記——介紹「國際作家工作室」〉一文（發表於《幼獅文藝》一九六八年元月號）中，介紹了這一機構成立的目的、經費來源、徵選作家的標準、運作方式等。如：成立的目的，「是遴選世界各國的優秀作家，邀請他們來到這裡，提供他們一個理想的寫作環境」，促進他們的文學創作，同時「也藉這個機會，使不同國家的作家相互認識，了解」。經費來源，「除了愛荷華大學以外，主要的是安格爾教授從美國各種基金會、各企業機構、以及各個熱心文化社團那兒籌募來的」。徵選作家，「唯一的標準就是作品。他們有的是主動被邀的，因為他們在本國已經很有成就；有的是自己申請，而作品又被認為是最好的。每年我們收到數以千計從世界各地來的稿件或出版品，通常在年底決定下一年的人選」。運作方式，「主要的也是唯一的工作」是寫作；「再就是演講、討論、訪問、旅行、聚談」，「使作家們的文學觀念、表現技巧得到一種沖激和對流」；再就是幫助他們翻譯自己的作品和他們國家的名著，拿到堂上討論、修改，好的作品協助出版。

瘂弦在愛荷華期間，對美國作家大量向學府集中的趨勢以及美國詩壇的新流向作了研究。前者，瘂弦認為，只要社會和教育界給予作家以妥善的照顧，作家們不但可以做好他們份內工作——作品，同時也可以替國家培植下一代的文藝人才。另外，雖然有所謂「作家是天生的，不是訓練出來的」說法，但把有可能成為作家的人通過教育的方法使其真正成為作家，把已經成為作家的人變成更好的作家，愛荷華大學確已提供了一個成功的最佳例證。至於後者，瘂弦指出，艾略特提出的詩的客觀性、歷史感，已被今日強調主觀性、自我感的詩所取代。由於艾略特理論的逐漸失去影響力，美國詩的天下不再是定於一尊的局面，而是「群雄割據」的態勢。更因為新觀念新技巧衝擊的猛烈，新作家新作品湧現的快速，使得今日美國詩壇變成一個不易捉摸的流動體。在此基礎上，瘂弦列舉了「黑山詩派」、新超現實主義者的詩人群、主觀的意象派、自白詩派、行動詩派等詩派，並對各派的詩人、詩作進行了分析與評價。

瘂弦還向國內介紹了他在「國際作家工作室」交往的外國作家朋友，如日本詩人田村隆一、阿根廷正在走紅的女詩人伊麗莎白・艾斯康娜・格蘭薇兒、波蘭詩人賓考斯基、菲律賓小說家維奧夫瑞多・諾葉朵、南斯拉夫詩人馬蒂・奧根、西德青年小說家漢斯・克利斯托夫・布赫等，不僅轉達了他們的文藝觀與寫作特色，還翻譯了他們的詩及其他作品。與這些詩人、作家的「沖激和對流」，使瘂弦擴大了視界，更新了觀念，借鑑了技巧，真可謂獲益匪淺。

在廣泛接觸外國詩尤其是美國詩的同時，瘂弦對中國古典詩歌作了回顧，從《詩經》讀起，一直讀到吳梅村、黃遵憲，在一個更高的視點上，發現了中國文學的偉大瑰麗，足可傲視世界任何國家。

在〈旅人小札〉（載於《幼獅文藝》一九六八年元月號）中，瘂弦這樣寫道：

對於我橫在我面前的是對整個藝術觀念言語風格的大抉擇的問題。這問題甚至可以檢討到我自己十多年來所有寫過的那些東西，檢討到「五四」以後的新詩運動，詩的白話（胡適），詩的歐化——西方詩型、語法的大量摹仿（徐志摩）等等。過去國內音樂界有人說黃自一開始起步就錯了，我覺得有辱先賢，今天我也不禁對詩壇早期的歐化過程於中國新詩是否產生良好影響的這件事，深表懷疑了。

我以為極度歐化發展的結果，足可以使人擔憂到新詩中的中國傳統文學特性的消失。不要認為用中文寫的詩都是中國詩，用中國文字寫的詩也可能是外國詩，或中外任何國家都不認賬的，一種沒有國籍的畸形的作品。

詩是必須要有國籍的。文學中民族色彩的重要特別是當一個人離開自己的國土時才更強烈地體會到。我以為成功的作品首先必得成為「地方的」，然後成為「民族的」，既成為「民族的」，所以才能成為「世界的」。（屈原就是最好的例證）。先談中國化，再講現代化，沒有通過中國化的現代化，只會把我們的新詩帶向歷史的窮巷。無庸諱言我們離開我們自己的傳統太遠了，離開李白杜甫我們的詩祖詩宗太遠了。我們對中國古典作品研究得不夠，神往得不夠，繼承得不夠，發揚得更不夠，這才真正是有辱先賢。

在愛荷華的日子，瘂弦每天都給妻子橋橋寫信，他們來往的信件都編上號，可以裝滿一大箱子。就這樣，在地理與文化的雙重鄉愁中，瘂弦度過了在愛荷華的二年研究生活。一九六八年六月，他返回臺灣。歸途，遊歷了愛爾蘭、英國、意大利、希臘、印度、泰國、香港等地。一九九二年，當保羅・安格爾逝世時，瘂弦十分悲慟，滿懷深情地說：「保羅・安格爾先生是我的恩師，他對文學的熱忱、執著，對作家的尊重，影響了我一輩子。」

一九七六年九月至一九七七年十月，瘂弦再次去美國，到威斯康辛大學東亞研究所深造，獲碩士學位。

在此之前，一九七五年十二月，瘂弦去過維也納參加國際筆會，會後順道訪問了德國、丹麥、比利時、法國等國文藝界。

在此之後，瘂弦又多次出訪。一九八一年二月，與白先勇赴新加坡，參加第一屆「世界華文文學討論會」；一九八五年八月，到香港參加臺灣出版界主辦的書展活動；一九八六年一月，與葉維廉、漢寶德等人有二十天印度、尼泊爾之旅；同年五月，赴曼谷參加泰華文壇五四文藝節大節；十二月，訪問韓國；一九九三年八月，又有蘇聯之行。

……

目標的遠大決定了事業的遠大，視野的開闊導致了靈魂的開闊，借鑑的多樣影響到詩藝的多樣。正是以上兩次外出學習和一系列出訪，造就了瘂弦及其詩，特別是詩論。

弦歌不絕的編輯歲月

臺灣《聯合報・讀書人周報》一九九八年八月十七日「重建作家／作品現場」專欄，刊登了「瘂弦／編輯檯」專版。文首稱瘂弦「自浮動著地丁花與茴香草的蕎麥田散步而出」，卸下了詩人的桂冠，「卻選擇了編者的十字架」。一九六九年主編《幼獅文藝》，一九七七年接掌〈聯合報副刊〉主編，一九八四年擔任《聯合文學》社長兼總編輯，「瘂弦跨越三十年的文學編輯生涯，無疑形成一更巨大的磁場，牽動著時代的潮汐與風向，輻射成隱形的貫時性作品」。

用「弦歌不絕」來形容瘂弦三十年的文學編輯生涯，是再恰當不過的了。儘管他在一九六六年之後就不再寫詩了，但他是以詩的精神、詩的境界來從事文學編輯工作，可以說是詩的延續，是他生命中的又一個華彩樂章。

瘂弦停止詩的寫作，而從事文學編輯工作，從表面看，是出於友情，接受友人的邀請。如：一九六九年春，原《幼獅文藝》主編朱橋猝逝。一天中午，司馬中原帶著《幼獅文藝》的人找到瘂弦家裡，將他從午夢中喚醒，請他接下朱橋的遺缺，從此開始了他半生的老編生涯。司馬中原五〇年代初與瘂弦都在南部軍事單位服務，因參加營補習教育而培養出對文學的愛好並走上文學之路，由他出面當然奏效。次如：臺灣第一大報〈聯合報副刊〉的邀請。

一九七五年九月，張作錦升任《聯合報》總編輯，他通過楊牧向瘂弦間接表示，希望瘂弦進入他的編輯部，參與副刊的編務。張作錦早年也寫詩，筆名金刀，他與瘂弦曾在同一個學校唸書，原是非常接近的好友。他之所以通過楊牧相邀，是因為他覺得在學校時瘂弦高他一班，怎麼可以讓「學長」當自己的部下呢？瘂弦認為，這是作錦兄的謙德，也是他為人的可愛處。事實上離開學校之後，他雖然不再寫詩，但是在新聞方面的成就很大，向來為同儕所敬重；能進入他的「麾下」，特別是參與在文學上影響很大的〈聯副〉工作，應該是一件榮幸的事。

一九七六年夏，一個大熱天，張作錦和楊牧到漢中街一號幼獅文化公司找瘂弦。瘂弦將二位延至老周胖子餃子館，請他倆吃餃子。兩杯高粱下肚，張作錦就把邀請瘂弦進報館的事當面說了。〈聯副〉的重擔，不是一件小事，瘂弦自覺才疏學淺難以勝任。但那天酒喝多了，仗著酒精的作用，壯著膽一口答應下來。不過瘂弦告訴張作錦，自己正準備出國進修，手續已經辦妥，要一年以後才能回來。張作錦決定虛位以待。

一九七七年夏，瘂弦在美國威斯康辛大學東亞系畢業，結束老學生生活，正準備帶著妻女順道小遊一番。張作錦三番四次寫信，催瘂弦早日返臺「履新」。當時臺灣正爆發一場關於「鄉土文學」的論戰，當朋友們獲悉他即將回國接編〈聯副〉，有的表示「深慶得人」，有的為他捏一把汗，但大家都主張他應該回去。就這樣，從一九七七年十月接任，瘂弦一直幹到一九九八年八月，在〈聯副〉整整工作了二十一年。

考察瘂弦一九六九年後的表現，筆者發現，既是文學編輯工作選擇了瘂弦，也是瘂弦選擇了文學編輯工作。

初到幼獅，位於臺北市延平南路七十一號的編輯部屋子西曬得厲害，夏天稿紙常常被汗粘在手上。條件儘管艱苦，瘂弦卻是全身心地投入。每期雜誌出刊前，他都要花四天時間看一遍全本，有時只發現二個錯字。有新來的編輯笑「平均兩天挑一個錯字」的效率，瘂弦則堅持：「即使只看出一個錯字都有必要。

準確的校對是對寫作者的最高尊重。」

隨著業務的擴大，幼獅編輯部轉移到漢中街一號，西門町的心臟地帶，條件有所改善。按瘂弦的說法，是「在十里洋場辦清流雜誌」，他出任期刊部總編輯，不僅主持《幼獅文藝》、《幼獅月刊》、《幼獅學誌》，還創辦了一份《幼獅少年》，儼然「將軍背後的四面靠旗」。瘂弦把《幼獅少年》這本雜誌比喻為「正餐之外的水果」，涵蓋勵志、修身、益智、娛樂、生活等五大「維生素」，少年朋友不但愛吃，還能在其中得到所需要的營養。他還與編輯們一起研討各式絕招、配方，歸納出文藝、生活、科學、趣味四大命題，並由一九八三年起，按照四大命題方向，製作了科幻、環境、中國古典文學、電影、電視與廣播、民俗、科學等專輯；一九九〇年則配合節令規劃每月專題；一九九一年之後，又為迎接二十一世紀，設計了一連串的問卷調查，而推出「人生A計畫」、「少年的十二個大夢」、「實踐大夢的人」、「少年的煩惱」、「男女方程式」、「最愛俱樂部」等年度專題……上演了一齣接一齣的好戲，受到廣大讀者特別是少年讀者的歡迎。

如此的緊張，這樣的業績，瘂弦哪裡還有時間寫詩呢？

到〈聯副〉，正逢「鄉土文學」論戰因情緒化而引起的混亂。情緒需要冷靜，傷痕需要修復，文壇需要建設，這是盤旋在瘂弦腦海中的唯一想法。「一年來的我國文壇」是瘂弦親手設計的第一個專輯，目的在於肯定一九七七年度作家們的創作業績，以公正的文學觀點評價他們作品的價值。一九七八年四月，他主持了「尋找中國小說自己的路——小說的未來」座談會，廣邀青年作家發表他們對於小說創作的意見。八月，在溪頭召開「中國詩人的道路」座談會，探索中國新詩的未來走向。十月，推出「開拓文壇新氣象」專輯，以一系列的討論期待一個批評時代的來臨。稍後又舉行「傳下這把香火——光復前臺灣文學作家」座談會，這是光復以來臺灣省籍老作家第一次文學聚會，具有重大的歷史意義與深遠的影響。經過這一連串的建設工作，因論戰而帶來的不和諧氣氛已逐漸消逝，疲憊的論戰者紛紛重回書房，開始新的沉思，創造新的作品。

前輩作家俞大綱曾經勉勵瘂弦編刊物要「從傳統出發」，老藝術家顧獻樑囑咐他「你要告訴讀者，中國的古代，世界的現代」，他一直將這二位前輩的金玉良言作為他從事編輯工作的準則。如：一九七八年三月推出的「心影錄」專欄，就是希望通過傳記文學的方式顯示過去的時代精神。為此，他常常工作至深夜，繞室徬徨，苦思「心影錄」的子題，像：「少年十五二十時」（回憶少年時代）、「為誰風露立中宵」（回憶戀愛生活）、「畫眉深淺入時無」（回憶婚姻生活）、「常在春風化雨中」（回憶老師）、「寸草難報三春暉」（回憶親情）、「鐵馬冰河入夢來」（回憶軍中生活）等，希望引起讀者閱讀的興趣。在「世界的現代」方面，瘂弦設計的專輯是「世界文壇風向球」，發表了張伯權寫的〈彭巴草原的豐收季——南美新小說的風貌〉，並先後介紹了歐美和亞洲各國文壇的新人與新作，擴大了讀者的文學視野。一九八〇年十月，又增闢了一個大型的專欄「世界文壇大師作品掇英」，以糾正當時臺灣文壇回歸民族本位、擁抱鄉土現實卻又忽視橫的移植的偏頗。從一九七八年開始，更擴大對諾貝爾文學獎的報導，前晚九時宣布得主名單，第二天便出整版文章，這樣的做法前所未有，立即引起各報的仿效。

在長期的編輯工作中，瘂弦始終把發現新人、培養作者當作一項重要的任務。他說：「做為一個編輯人，他應該是一個真正的園丁，而不是戴了一身花招搖過市的假園丁。」「現代編輯人，應該逐漸擺脫對名家的依賴，把視野朝向廣大群眾，特別是青年群眾，在那裡有比作家書房裡更大的未知、更多的可能、更活躍的人性、和更嚴厲的挑戰！能創造新稿源，發現新作品，才是一個優秀的編者。」❶一九七九年十一

❶ 引自〈還不是回憶的時候〉，見《風雲三十年　聯副三十年文學大系史料卷》。

月，〈聯副〉第一次推出「新人月」專題，形式清新、活潑、熱情，注重作品的遴選、版面的處理和「編按」的特殊設計，立即受到青年群眾的歡迎。每篇新作，附以新人的近照與「新人的話」，還有二位前輩作家、一位「老讀者」的小評，加上「新人祝辭」和「徵稿詩」，把版面裝點得亮麗而優雅。瘂弦不止一次地對人說：「編『新人月』的那陣子，自覺是這四年中最快樂的一段時光，沒有應酬的飲讌，有的只是一種灌溉的喜悅。當編輯的樂趣是被我體會到了！」

繼「新人月」之後，瘂弦又於一九八〇年十月推出了「寶刀集」，參加的撰稿人就是參加聯副第一次光復前臺灣文學座談會的諸位先生，大家拿出來的都是新作品以示「寶刀未老」。該集的緣起是這樣的：一九八〇年七月二日，〈聯副〉舉行第二次光復前臺灣文學座談會，討論光復前臺灣文學中的民族意識和抗日精神，座談地點在剛收回國有三天的淡水紅毛城。這是帝國主義霸占中國領土的最後象徵，大家坐在歷史的風樓上，不禁感慨萬千。王昶雄先生回憶說，他生於淡水，長於淡水，但是從來沒有進過紅毛城，自己的土地卻不能進去，這就是「租界」，希望中國永遠不會再有「租界」。令人感動的是王詩琅先生也拄杖趕來，步履艱難，他的體力實在不能爬上山坡，但是謝絕別人攙扶，他要靠自己的力量一步一步踏上曾經失去的土地。散會時，夕陽滿山，老人、古堡、歷史的鄉愁，情景交融，如腳下的淡水流入大地的血脈。回到臺北，一行人到忠孝東路福星川菜館用餐，三杯下肚，王昶雄紅著臉激動地說：「我們是過去時代的人物，多年不寫東西，也不打算再寫了，自覺已經變成一堆已燃燒過的灰燼。但是，經過你們（〈聯副〉）的鼓勵，發現灰燼下竟還有火種在，我們還沒有燃燒透，我們要繼續燃燒，我們要全燃燒！」眾人一致附和道：「全燃燒！全燃燒！全燃燒！」當時瘂弦就提出了〈聯副〉「寶刀集」的計畫，大家約定半年之後交稿……這部書激起了全臺灣研究整理光復前臺灣文學的高潮。

瘂弦還有一個特點，就是不管編務多忙，總不忘到各大專院校去兼課，歷年教過的大學，達五、六所之多。他之所以到大學上課，一方面是教學相長，另一方面是藉此接近年輕人，從中培養寫作人才，向報刊編輯部舉薦新人。三十年下來，報刊、出版界（特別是副刊）都有瘂弦的學生，他們不稱瘂弦的職銜而以「老師」或「瘂公」呼之，新詩界則說瘂弦是「新詩教育家」，或「詩壇的名教練」。受到瘂弦啟發、培養的學生，有些已成為今日文壇的名家，早已青出於藍而勝於藍了。如：田園詩人吳晟、女詩人席慕蓉、杜十三、陳克華、鴻鴻等。

除此而外，瘂弦每天都要給投稿者寫信，不管是成名的作家還是不知名的年輕人，即使是對新詩完全不懂的初、高中學生，他也會照樣回信，為他們答疑解難。每天二十封，有時上班寫不完，他還會帶回家寫，一點兒也不覺得麻煩。儘管夫人橋橋討厭他寫信，瘂弦仍長年堅持樂此不疲。從事這樣的義務工作，要花去自己很多精力和時間，甚至耽誤了寫詩，但他無怨無悔，三十年來如一日，始終懷著傳道家的熱情，「傳文學之道」，喚起中國人血管中天生流淌的那股詩情，恢復我們民族固有的充滿書香詩韻的文化生活，為增加詩歌的人口，提高國民的素質而不遺餘力。

其實，瘂弦對報紙副刊的認識是很高的。瘂弦認為：「談到報紙副刊，對於倡導文藝創作風氣，呈現文藝成果，提供滋潤社會大眾心靈的精神食糧，厥功奇偉，值得大書特書。」他列舉了副刊的兩項特色，「是其他任何書刊媒體所難以相提並論的」：第一，副刊的容納量大而具持續性；第二，副刊發行量大而傳播廣遠。報紙副刊「已成為目前執文壇牛耳的重鎮」，「扮演時代文化的尖兵」❷。

所以，有《聯副三十年文學大系》的編輯。這件事在國內報業史和文壇上，稱得上是空前的壯舉。我

---

❷ 引自〈風雲三十年——三十年來中國現代文學之發展與聯副〉，見《聯副三十年文學大系》史料卷。

國有報業史以來恐怕沒有任何一家報紙做過類似的工作，也沒有任何一部文學大系有如此的宏大篇幅。瘂弦從一九八二年一月開始主編，邀請了六十六名專家學人參加，歷時大半年，就小說、散文、詩、評論、文學史料、總目及索引等七大類，編成堂堂皇皇二十八巨冊，每冊平均厚達七百餘頁，總字數約一千五百萬，幾乎可以算做一個奇蹟！

所以，有「世界華文報紙副刊學術研討會」的召開。此會由瘂弦策劃，由聯合報系、行政院文化建設委員會於一九九七年一月共同主辦，其主要目的乃是要消除一般人對副刊前景的疑慮，肯定副刊在現代報業中的重要地位，並為臺灣「副刊學」的建構開創契機，勾繪明日副刊的最新藍圖。這是一百年來中國有副刊到今天，第一次大規模的學術討論。會後，瘂弦與陳義芝主編了《世界中文報紙副刊學綜論》一書。

所以，有若干屆小說獎，「極短篇」、「大特寫」、「啄木鳥」、「傳真文學」、「新聞詩」、「第三類接觸」……數不清的探索，數不清的創意，數不清的革新。

「山中無甲子，寒盡不知年。」就這樣，二十一年、三十年過去了。繁重的編務並沒有壓垮他的意志，雖然頭髮白了，腰彎了，視力也茫茫然了，但是瘂弦仍然興致勃勃，把每一天都當做新日子來過。還有多少工作要做，還有多少新欄目待籌備，一切好像即將開始，一切似乎已經開始……

關於瘂弦的文學編輯成就，臺灣新聞界與文學界皆有定評。

作家王鼎鈞說：「好的副刊主編乃文學儐相，作家守護神，最後才是報社的得力職員。環顧海外海內，眾同業僅能具備其一其二，而您（指瘂弦）三美兼具，且又有增添，臺灣五十年代以來的文藝復興，您是個關鍵人物。文人至此，足矣至矣！」

《聯合報》社長張作錦認為：多年來，不管社會怎樣的變化或日漸媚俗，〈聯副〉以文學、文化為中心的立場不曾改變，不退縮也不徬徨，戮力為社會注入活力，而且也大大提升副刊對社會的影響力，和超越以往副刊是報紙附屬品的舊況。此外，聯副主編瘂弦個人內在的熱誠轉化成外在的行動，曾舉辦各項作家動態活動，徹底扭轉「靜態副刊」的傳統，塑造了新風貌，也縮短了讀者與作者的距離。

《文訊》雜誌一九九六年十二月號，以〈瘂弦榮獲新聞副刊編輯金鼎獎〉為題，發表了吳浩的文章，稱瘂弦「宏觀歷史，微觀現實，將〈聯副〉經營成一座眾神的花園」，並熱情讚道：

> 瘂弦有國際視野，有歷史感，而且具有前瞻性，做為一個副刊主編，他更好的條件是他有運動性格，但他不是個選手，而是一場運動的擘畫者，有時候又是一個很好的教練，在文化、文學的競技場上，不斷有新的比賽項目，他欣喜地看著迭創佳績的眾家好手們。
>
> 這二十年間的〈聯副〉當然是臺灣文學史一個重要的組成部分，對瘂弦來說，這是他一生最重要的志業，我們不會忘記他曾是一位傑出的現代詩人，更不會忘記他是一位優秀的報紙副刊主編。金鼎獎來的正是時候，但不足以彰顯他的貢獻，歷史將詳細記載他在文學上所做的努力。
>
> 當副刊學逐漸發展成一門學問，「副刊編輯」從理論到實務都有人在擘肌分理，「編輯家」必須被肯定，蕭蕭稱瘂弦「詩儒」，我在這裡則願意說他是副刊史上的「儒編」。

一九九八年五月，瘂弦榮獲第一屆「五四獎」之文學編輯獎。評審團代表沈謙教授說明，「瘂弦在編輯工作上稟持『長江大河挾泥沙俱下』的寬容」。瘂弦則表示，年輕時喜歡讀傳記及孫伏園先生編的〈晨報副刊〉，該副刊素有「紙上北大」及「文學的司令臺」之稱。也很敬佩趙家璧主編《中國新文學大系》，編輯群囊括了胡適、魯迅、蔡元培、鄭振鐸、朱自清、阿英等名家。瘂弦說，自己從三十七歲當編輯開始，大半青壯歲月都投入編輯工作，雖然要做孫伏園、趙家璧談何容易，但他對編輯工作卻無怨無悔。

八月二十二日，由九歌文教基金會和文訊、幼獅文藝等七個單位發起，於臺大校友聯誼社召開了「弦歌不絕——瘂弦的編輯歲月」歡送會，歡送瘂弦終於完全卸下〈聯副〉老編重任。在會上，文工會主任黃麗卿向瘂弦頒發了「華夏一等獎章」；朱天文、封德屏、鴻鴻獻花；〈聯副〉同仁將瘂弦〈如歌的行板〉一詩打成金牌，作為瘂弦的惜別紀念；老友張默則花了四小時又四十四分鐘，以毛筆手抄瘂弦長詩〈深淵〉相贈。

「我好像被稱作青年作家還是昨天的事，怎麼忽然間就老了？」瘂弦感慨系之地說：「我到學校演講，小朋友的印象記寫的是『慈祥』，除了一大把慈祥之外，什麼都不剩了，確實到了退休的時候。」

瘂弦提到妻子橋橋身體不好，旅加三年，已下無數通牒催促。他笑說，同在溫哥華的老詩友洛夫號稱「詩魔」，旅加是被妻子「伏魔」，此番他去溫哥華，則是被「收妖」，但他絕難忘記養他、成就他的臺灣。

瘂弦說，他會將這些年搜集的一些民間藝術品帶去，將房子布置得很中國，「進了門是中國，出了門是外國」，還準備掛幾幅字，包括「心閑尚嫌紅葉擾，氣靜猶笑白雲忙」及「萬松嶺上一間屋，老僧半間雲半間，雲自午夜去行雨，歸來方羨老僧閑」（大意），以便專心寫作。

瘂弦的致詞幽默而深情，使與會的文藝界人士開懷，並充滿新的期待。

聽到瘂弦退休的消息，許多人寫信、題詩致意。如：著名歷史學家、具有國際學術地位與聲望的許倬雲教授，從北美飛函給瘂弦，熱情地寫道：「兄主持筆政數十年，識拔人才，扶掖文風，厥功之偉勝於廟堂多矣。作為讀者，感激兄殫精竭力，費盡心血，辦好文壇重鎮。忝列友之末，又欽佩兄之偉績！」王鼎鈞以同音通押之法作七言兩首，為瘂弦功成身退作賀：

行板聲聲說痙弦，雕龍浴鳳最天然。修身恭儉溫良讓，過眼公侯伯子男。舉世忙爭梨大小，一軍莫問梅酸甜。孤雲眾鳥高飛盡，剩有詩篇萬口傳。

文運無常誓願興，從來大業成於恆。卅年雅頌繁華景，一字貶褒珠玉聲。天下何人不識我，陽關有地畫留名。而今謀隱休辭遠，明月清風自在行。

故鄉・家園・世界

隨著海峽兩岸關係的緩和，臺灣開放兩岸探親，一九九一年九月，暌違老家四十二載的瘂弦偕妻橋橋，回到了河南省南陽縣故鄉。

偏晌的南陽縣城，一輛裝滿書籍的牛車正緩慢地行駛在土路之上，除了掌鞭的車把式，車上還有一個管書籍的教師，一個手拿一面銅鑼的孩子。那孩子十一、二歲，每到一處人多的地方，便敲響銅鑼，告訴人們「流動書展」來了，他的父親——那位教師，也是這「流動書展」的發明人，就把來自縣民眾教育館的藏書分別遞到走近車前的讀者手裡……

「這個小娃兒就是我嗎？這位教師該是我一別多年日思夜夢的父親？」瘂弦喃喃自語，一頭興奮地撲上去，幻像瞬即消失，他抓住的只是一把土灰！

一九八四年瘂弦就已得知，他的父親於一九五七年被冠以「反革命」罪名判刑八年，流放到青海勞改營，一九六○年五月五日病故。他的母親也在五年後辭世。瘂弦雖然回到了故鄉，卻再也見不到自己的雙親，心中的悲慟一時難以形容。

瘂弦也曾尋找童年時代的老屋，但只找到一堵斷牆。後來，他以國軍授田證補償金在這堵斷牆舊址上新蓋了九間瓦房，供親戚們居住，同時也作為自己返鄉的臨時寓所。

這次返鄉辦的一件事，就是為祖父、祖母、父親、母親、叔叔、嬸嬸掃墓立碑。同時，重溫了一下鄉情。在陸營鄉楊莊營那幾天，瘂弦全吃家鄉飯：紅薯稀飯、芝麻葉麵條、漿麵條、胡辣湯。早上就用他堂弟的大豰簍粗瓷碗，盛一碗紅薯，圪蹴（家鄉土話，蹲下的意思）在門外的秫子堆上，邊吃邊和鄉親們拉家常，隨口吐在地上的紅薯皮兒，立即被小狗小貓搶走了。

瘂弦對記者說：「這次回臺灣要帶家鄉的芝麻葉。芝麻葉當菜吃，只有我們河南是這樣，別的地方只種不吃。」

聽他說一口南陽土話，記者暗暗吃驚他少小離家老大回，鄉音未改鬢毛衰，問他在臺灣說什麼話？瘂弦回答：「在臺灣說普通話，北京話，那裡叫『國語』。我當過十幾年播音員，普通話說得蠻可以的。回來了，就說家鄉話，說咱南陽話。咱南陽話很有特色，很有味道，詩人李季的詩中許多語言都是地方土語。鄉音親切。比如，老鄉們問我啥時回來的？我說，夜兒（昨天）啊。留我吃飯，我說，不啦，回家喝湯（吃晚飯）。」

瘂弦在故鄉的名聲是很大的，南陽一帶的詩人、藝術家和文藝愛好者紛紛趕來，排著隊伍請他簽名題字。瘂弦來者不拒，全部滿足。

他給女詩人廖華歌的題句是：「華歌是中華之歌。」因和詩人周同賓同屬南陽縣人，便題曰：「你我都是吃芝麻葉麵條長大的。」得知藍建家是曲藝家，便隨手拈來一段家鄉大調曲詞相贈：「天作棋盤星作子，何人能下？地作琵琶路作弦，何人敢彈？天作棋盤星作子，你要能擺俺就能下；地作琵琶路作弦，你要能定弦俺就敢彈！」給南陽作協秘書長孫幼才的題辭為：「天才是火，要搧才會旺。你就是南陽文壇上手拿大蒲扇的人。」看到王遂河的名字，他不加思索，一揮而就：「作為一條河，總要繼續流下去。」

來訪者彼此交換欣賞著題贈，一致感到瘂弦文思泉湧，妙語連珠。可瘂弦卻站起來，幽默地說：「總算把大家糊弄住了，累一身汗，慚愧！」調侃中帶著真誠。

故鄉的變化是巨大的，土路修成了公路，磚房代替了草房，特別是南陽縣城有了新建的工廠、繁華的市場，呈現出一派欣欣向榮的景象。但瘂弦記憶中最香的是媽媽手擀的麵條，最亮的是老屋裡的菜油燈，最懷念的是冬天下大雪的光景，大家挨在柴房裡講故事，唱河南小曲……然而如今，這些歷歷在目的往事，似乎永遠也不會重現了！

故鄉成了異鄉，主人變為過客，屬於自己的真正的家園在哪裡呢？瘂弦陷入了深思。

一九九二年八月、二〇〇〇年五月、二〇〇二年八月，瘂弦又三次返回故鄉，其中二次是帶女兒到南陽尋根：一九九二年帶回了剛從巴黎 ACADEMIE CHARPENTIER 美術學院畢業的長女景苹，二〇〇二年帶回了剛從加拿大卑詩大學畢業的小女景縈。瘂弦說：「故鄉就是母親，母親就是故鄉。」「我回故鄉，就是尋找母親，通過這種尋找，重溫故土鄉情。」然而，他卻在一九九四年偕妻、女移民加拿大，定居溫哥華。移民的主要原因，是為了妻子橋橋的身體：「橋橋早年生病開刀切除左肺，溫哥華空氣好，環境很適合她休養病體。」移民手續則在此前五年就辦好了，並買了房子，瘂弦先是臺北、溫哥華兩邊跑，直到一九九八年八月底從《聯合報》退休，才在溫哥華長住。

怎樣解釋這一矛盾現象呢？

一九九六年四月，瘂弦的好友、著名詩人洛夫也移民加拿大，定居溫哥華。洛夫以「二度流放」來解釋這一人生的重大變遷，「總之人在什麼地方，家就在什麼地方，國也就在什麼地方」。瘂弦見於報端的公開解釋，是〈世界華人文學一盤棋〉（錄音撮要）一文（載溫哥華《明報》一九九九年十月二十日）。其中，提到：

所謂根和家的觀念，已經在改變中，所謂「離散」的概念，已經要通過現代的詮釋才可以。今天我們的移民家庭不是一個病態家庭，是個正常的家庭。

我們有一種強韌的民族文化、倫理精神的傳承，我們中國人是世界人類的一個特例。給我打比方，就是猶太人。猶太人團結的條件，最重要的心理條件是教會，我們團結的方式是文化。……（從略）

在臺灣的海外作家，他們說我們是遠洋漁船上的文學船員，臺灣不是用很多遠洋漁船嗎？遠洋漁船有時出海打魚，在大船上有一年不回家的，半年回家，三四個月回一次家，把漁獲帶回來養家活口，你能說這不對嗎？所以，楊牧就說：「我是一個遠洋的文學船員，我是在一艘叫做西雅圖的船上工作。」白先勇也是一個遠洋的文學船員，在一艘叫做 Santa Barbara 的漁船上工作。每年把漁獲帶回家，我們的漁獲就是我們的文學作品。

在這裡，就牽涉到故鄉、家園與世界三者的關係。按照瘂弦的見解，故鄉是根，家園可在本土（包括大陸與臺灣），也可在海外，世界皆是我們活動的範圍，「世界華人文學一盤棋」，「我們團結的方式是文化」。接著，他介紹了李歐梵的「華人的世界主義」：「既以中國文化為思想上的根，但也接納多元文化的互惠關係，跨越了國家的疆界。」同時，指出：

當然，在海外堅持華人的文化意義，要付出很痛苦的代價，並沒有我想的那麼簡單，一盤棋要下得好不容易，搞不好便會變成了膚淺的樂觀主義。

所以說，在離散與歸屬之間，在擁抱與出走之間，在過客與歸人之間，在分與合之間，可以說

> 華人備嘗選擇與適應的困難。

可以看出，這種選擇與適應更多是精神層面的。故鄉，更多的是精神的故鄉；家園，側重的是精神的家園；世界，對詩人、文學家來說，追求的是精神的世界。瘂弦進一步論證：

> 在橫的方向上、空間上要找故鄉，在縱的時間上、發展上要找歷史的歸屬，這是人最大的基本人性。所以，一個充滿了空間感與時間感的、對於時空感覺最敏銳的作家，這樣的書，就變成了最大的主題，所以華人對自己所處的時間空間的敏感，如果把這個化為文學的話，一定成為華人文學一個很了不起的成就。

這就從人性的高度，充分肯定了精神尋求的重要性。文末提出，恢復五四一代青年的精神，「每一個人都像蜜蜂採蜜一樣，把我們採得的花粉，貢獻到我們母體的蜂房裡去」，充分流露了對祖國的一片深情。這也增強了我們的信心，不管什麼樣的意識（文前提到「海外都有本土意識的痛楚」），不管根的觀念怎樣變化（文中提到落葉歸根、斬草除根、落地生根等），「只要不放棄中文寫作，民族精神就不會失落」。

現在，我們可以得出結論：瘂弦的根永遠在中國，在中國文化，他把家安置在加拿大溫哥華，放眼的卻是世界，希望以在異國採集到的花粉，貢獻到母體的蜂房裡去，為了發揚民族精神，堅持中文寫作。當然，要做到這一點，並不是一件容易的事。

有人問起異鄉的生活，一向灑脫的瘂弦也忍不住黯然。他說，在臺灣住了半個世紀，早已把臺灣當成自己的家鄉，如今突然遠離，內心除了不捨，還有許多牽掛，「遙憐小兒女，未解憶長安……」瘂弦常常吟誦杜甫的名詩〈月夜〉，訴說自己的處境。

瘂弦有晚睡的習慣，在異鄉這成了一件惱人的事。一到深夜十二點，飢腸轆轆的他就強烈懷念永和文化街的小吃，想念街口那個賣切仔麵的婦人。燈光照在婦人的臉上，她熟練的煮麵動作，像電影一樣，一幕幕從腦際閃過，很想用力抓住，卻始終力不從心。儘管冰箱裡裝滿了食物，他卻一口也不想嚐。

唯一值得安慰的是，與他相交近五十年的詩人洛夫，也住在新居附近，兩家經常走動，是異鄉中宣洩鄉愁的好辦法。另外，《歷史月刊》前總編輯陳捷先也在加拿大。三人聯合香港去的兩位學者馮奮、梁錫華，在《明報》副刊開了一個名叫「五弦琴」的專欄，五人輪番上陣，各彈各的調，饒富趣味。

瘂弦在《明報》這個專欄上，先後發表的短文除前面提到過的〈出洋相〉、〈藥櫃的回想〉外，還有〈歷史小說的精神內涵〉、〈雙贏〉、〈時還「抄」我書〉、〈我們看戲去〉、〈副刊的由來〉、〈文人副刊〉、〈胡適看不懂現代詩〉、〈恐詩症〉、〈詩的「解」與「感」〉、〈人生十問〉、〈愛情文學〉、〈說艾青〉、〈想起《寶刀集》〉、〈憶「國際作家寫作坊」〉、〈亂中有序〉、〈戲劇與我〉、〈我也是香港作家〉等。下面，以〈雙贏〉為例，讓我們看看瘂弦的筆法與情趣：

> 日前，有幾位文友來寒舍訪問，指定要我這「老前輩」談談戀愛問題。環顧左右，我發現眾人中果然以我年齡最大，也就倚老賣老，大談起戀愛經來。戀愛經又稱戀愛觀，人人都有，但真正按照中心理論、既定計畫，步步為營、穩紮穩打的人實在不多。如果把人生比作下棋，那戀愛篤定是一盤險棋，楚河漢界，你來我往，下輸者多，下贏者少；下贏者可能為一時的得勝沾沾自喜，事後想想，發覺還是下輸了。其實真正的愛者應該不計輸贏，抱著「完整的戀愛應該包括失戀在內」的

態度，不管結局是分是合，是聚是散，能充分體驗胡適說的「醉過才知酒濃，愛過才知情重」的滋味也就值回票價了。

我曾把詩分作三個層界：抒小我之情，抒大我之情，抒無我之情。抒小我之情，最主要的主題便是愛情。中國的愛情文學，從《詩經》三百篇首篇〈關雎〉開始，已形成一個以「純真」為理想的傳統，男女相悅，桑間濮上，都視為一種最自然的感情流露。孔子說「思無邪」，這「無邪」二字，就是一種純真的精神。中國人表現愛情的傳統方式是含蓄的、溫婉的，是生命裡一種溫柔敦厚，不具西方人那種急切的色彩；愛是和諧、圓通、體諒、默契，而不是爭鬥；彼此是相容的，而沒有征服對方的意味。儘管並非每個人都是文學家，中國人愛的方式，卻絲絲縷縷充滿了文學的意趣，待月西廂，紅葉題詩，其唯美的程度就是一首生命的詩篇。值此世紀之末，一切價值都在動搖之中，但愛情仍是人類最後的神話，中國人應該傳承過往歲月裡的千種風采，再度把愛情放在最尊貴的位置，若說現代中國人已不會正確使用感情了？我不相信。

快散會時，有位年齡最小的女生問：「當年你同夫人戀愛誰輸？誰贏？」我「情急智生」地回答：「雙贏！」

文章比喻新鮮，論證充分，邏輯嚴密，語言樸實、生動，且具有幽默感。尤其是將愛情與人生、與文化聯繫在一起，不僅揭示了它的意蘊，也拓寬了它的內涵。

多年來，瘂弦就有一個心願，想把早年與學界、文學界交往過的一些重量級人物記錄下來，如：梁實秋、臺靜農、錢穆等，都是他想寫的，讓讀者進一步認識這些不因時光褪色，至今仍發光發亮的歷史人物。

他把書與資料都從臺北搬來了，運了三次才到溫哥華。幸虧住的地方有地下室，夫人警告不能把書報雜物亂到上面，所以瘂弦戲稱每天在地下室做「地下工作」。他的前期計畫，是給這些人物建檔，以後再將文章整理出來，同時也藉著這些被寫人的重要性，把自己的文學生涯串聯進去，形成另類的「回憶錄」。

瘂弦一向認為，寫詩不是詩人的專利，人人都可能成為詩人，只要有適合成長的環境，有熱心人從旁加以引導、誘發，就會走向寫詩之路。在溫哥華地區，對中國詩歌有興趣的年輕人，沒有臺灣那麼多，但退了休的人則不少。老了才學寫詩，會不會力不從心呢？瘂弦的看法是，年紀大的人，生命的反思力更強，可能比年輕人更適合寫詩。「最美不過夕陽紅，讀書寫詩多從容」。

應溫哥華中華文化中心的邀請，二〇〇〇年二月十九日至三月十一日，利用每週六上午十時至十二時，瘂弦開設了詩歌講座，上課四次，共十五講。講題如次：

詩的定義（中西詩觀的不同）

一、廣義的詩人與狹義的詩人（「寫」一首詩與「過」一首詩）

二、詩的生活與生活的詩（靈感產生的自因與他因）

三、詩的三層界（小我，大我，無我）

四、詩的美學效用與社會效用（純粹與博大）

五、詩的欣賞（解與感）

六、詩的創作（專業與業餘）

七、詩的批評（詮釋與匡正）

八、詩的朗誦（語言旋律與音樂旋律）

九、詩的習作一（內容）
十、詩的習作二（形式）
十一、詩的習作三（詩質）
十二、詩的習作四（謀句與謀篇）
十三、詩的習作五（詩的音樂性）
十四、詩藝的完成（文學的學業、事業與德業）
十五、結論

在課堂上，瘂弦就詩論詩，舉出作品作實例，不談空泛理論，不搬弄專業術語，以深入淺出的方式，使對新詩有認識者不覺淺，一般人不覺深。因而報名聽課的人特別多，一時傳為美談。

在此基礎上，瘂弦還準備寫一本詩話，題目定為《夜讀雜抄》，全是短語式的評論，有點像以前的《艾青詩論》。

儘管如此，人們最為關心的，仍舊是老詩人瘂弦何時開始執筆寫詩？這座奇特的「休眠火山」能否結束休眠，重新爆發？

在《蛹與蝶之間——我看新世代文學》（載臺灣《中央日報》副刊二〇〇〇年三月二十九日）一文中，瘂弦這樣寫道：

……有人打比方說青少年文學是「朝霞」工程、中壯年文學是「彩霞」工程、老年文學是「晚霞」工程，我顯然已經到了晚霞期。我有一首尚未完成的詩，其中兩句是「如果沒有晚霞，太陽會憤怒的掉下去」，太陽落山前一定要尋得滿天彩霞才甘心，所以我現在不停地放話說「我要寫詩了，我要寫詩了。」其實是給自己壯膽。各位千萬不要年紀輕輕的就說要「退出文壇」之類的話，有沒有進去都還不知道就要退出了嗎？寫作不要停止，停止是件很壞的事，因為寫詩固然很舒服，不寫詩卻更舒服，氣色變好了，身體也健康了。一寫詩什麼毛病都來了，李白看到杜甫又瘦了好多，就問他最近是否又寫詩了？詩人的形象在中國都是瘦骨嶙峋的，胖胖的就不像詩人，肥胖是詩人的羞恥，像我面團團的，自己照鏡子看著都彆扭，三日不寫詩面目可憎啊！什麼時候我變瘦了，就是要寫詩了。

在幽默、調侃之餘，瘂弦也認真地回答了人們的提問：「你退休後園子裡種什麼？」

我說「種詩」，萬事莫如寫詩急，當然寫詩要有寫詩的環境、心情，我家環境很不錯，五分鐘路程就有一塊森林保留地。每天早晨，我和一個加拿大老頭，他帶條狗，我們三個去散一個小時的步。有四條路通往森林，今天走哪條路，由狗來決定，運氣好可以碰到灰狼、蒼鷹，有時積雪未退但草已經抽芽了。老先生已經七十四歲，是開雜貨店的，他說：「春天已經在路上了。」後來《聯合報》〈讀書人〉版王開平訪問我，用了這句當標題。我把這篇拿給他看，還包括一些僑報訪問我的文章。他笑著說：「好傢伙，你還真是個人物啊！」散步時他說街角的房子不能買，我說為什麼？他說：「狗到那裡一定要尿尿。」有時轉了好幾個街角牠已經沒尿了，滴兩滴也算完成儀式……我們無所不談，在這種閑散的氣氛裡是應該有詩出現，我寫了之後總要找幾個老友看看，拿得出去嗎？拿不出去的話慢慢再營造修改，像煉丹那樣。

從這裡，我們不難看出，瘂弦對寫詩的重視，正苦心經營詩的環境、詩的氣氛，並且有了新作，只不過自己還不滿意，尚未到拿出來公開發表的時候。新作如不能衝出習作的階段，以鉛字形態公諸於世，則永遠是習作。「千呼萬喚始出來，猶抱琵琶半遮面。」詩儒瘂弦如能結束這一狀態，定能給人以新的驚喜。

熔岩在地下奔突，
烈焰在尋找出路。
發展越大，
受阻越大；
積蓄越久，
影響越久！

詩友們，讀者們，為了那個輝煌的時刻，讓我們繼續耐心地等待……

第二章 從西方到東方——瘂弦的詩

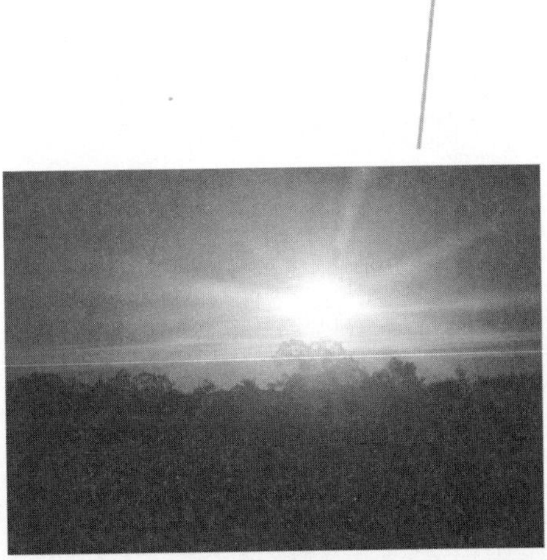

分析之綱：〈我的詩路歷程〉

一九八二年十月，《創世紀》第五十九期暨創刊二十八週年紀念號，發表了瘂弦的一篇創作談〈從西方到東方　我的詩路歷程〉，夫子自道，介紹了自己受西方文學影響的情形以及自己詩的變化，可以看作是理解與分析瘂弦詩的一個綱。

> 我寫詩的時候，正是整個文藝思潮承襲著五四運動流風遺韻的時代，雖然五十年代上距五四已有三十年，而五四的影響力——尤其是對寫詩的朋友——仍然非常巨大，五四的西化精神自然也震撼了我們。當時，我們對西方傳來的東西非常喜歡，對西方文學充滿幻想甚至可以說崇拜，在寫作上也一直向西走，像朝山人，像進香客，向西方頂禮膜拜，狂熱地擁抱西方現代主義的作品。像我，就受到西方許多作家的影響，如美國惠特曼，德國歌德與法國一些詩人，法國影響我尤其深。「影響」有一種極有意思的情形，往往一首詩、一篇小說或一段簡短的文字，就會對創作者產生奇妙的、精神上的感應或啟發，而「一知半解」的影響力大過「全知全解」。譬如我深受法國作品的影響，我卻不懂法文，正因為懂的少，對它的神秘與嚮往也就特別強烈，這也可以說是一種浪漫精神。歐洲文學史上有浪漫主義時代，它們常常強調兩件事，也是它們的特色：異國情調與對遠方不可知的事物的渴望和幻想，在浪漫派文學作品裡，有很多這樣的例子。在學術研究史上，全知全解非常重要，

但文學創作卻不然，有時一點小小的因子就是心靈開展的原動力。大詩人龐德，對中國的東西知道的很少，他翻譯中國詩，一半翻譯一半創作，寫出了介乎翻譯與創作之間的作品。也有人說歌德受中國的影響，但我想他對真正的中國恐怕知道的也不會太多，談到影響，大概也是浪漫精神式的影響。對遠方未知事物充滿幻想，是很多人會有的經驗，像我曾經寫過一系列描述印度、巴黎、倫敦的詩，當時我根本沒去過，卻寫得「活靈活現」的，後來一位朋友到芝加哥，還寫信來問：「你怎麼說芝加哥有第七街呢？我去找了半天，芝加哥哪有什麼第七街？」唐朝也有這樣的情形，許多邊塞詩人寫的都是他們沒有去過的邊塞。因此，我們可以說，「影響」不一定要懂原文或有系統性的研究以後才能產生。

在這裡，瘂弦涉及到兩個問題：一個是文學影響，一個是「一知半解」與「全知全解」的關係。

關於「文學影響」，艾略特早在他的那篇著名論文〈傳統與個人才能〉中就已指出：「詩人，任何藝術的藝術家，誰也不能單獨的具有他完全的意義。他的重要性以及我們對他的鑑賞就是鑑賞對他和已往詩人以及藝術家的關係。你不能把他單獨的評價；你得把他放在前人之間來對照，來比較。」❶一個詩人或一個作家要想不受到別的詩人或別的作家的影響是不可能的，正像不能抓著自己的頭髮離開地球一樣，他不可能離開他所生活的時代和他所處的文學傳統。詩人或作家的貢獻，就在於他對已往的詩人或作家的有益經驗的借鑑與發展程度，或云對傳統的繼承與改造程度。發展是建立在借鑑的基礎上的，繼承的目的是為了改造，也只有改造才能發展。而引導並統帥全過程的，是創新。一切為了創新，創新才是生命，創新才

❶ 見《艾略特詩學文集》（國際文化出版公司一九八九年十二月第一版）第二頁。

是靈魂。

正是從這一認識出發，艾略特在榮獲一九四八年的諾貝爾文學獎時說：「我們也別忘了，在語言造成隔閡時，詩本身可以給我們帶來一種克服隔閡的理由。一個能欣賞別種語言寫成的詩的人，也就能和使用該種語言的人們相溝通，此外就沒有再比這更好的溝通辦法了。我們不妨回顧一下歐洲的詩歌歷史，回顧一下一種語言的詩對另一種語言的詩的偉大影響；有些重要的詩人受到別國的詩的影響往往甚於自己國家的詩，我們也發現，很多國家的詩如果不是受到別種語言或別國詩歌的滋潤，常常會出現難以挽救的危機。」❷筆者以為，這段話可以作如下的理解：因為我們自小就生活在本國詩的傳統之中，對本國詩的思維方式、意象形態、語言策略等早已司空見慣，見「怪」不「怪」，一旦下筆，很難跳出前人的窠臼，也容易與同輩人雷同，達不到創新的要求。而別種語言或別的國家的詩歌，在思維方式、意象形態、語言策略等方面，均有很大的不同，可以給我們提供許多啟示，激發創新的靈感。有比較才有鑑別，別種語言或別的國家的詩歌中為我們漢語詩歌所缺少的東西，多數是我們要學習的東西，而我們漢語詩歌比別種語言或別的國家的詩歌的優長之處，也正是我們要重新認識與發揚之處。我們在學習別人優點的同時也看到了自己的優點，故有一個「從東方到西方」又「從西方到東方」的過程。

再說瘂弦大量發表詩並在詩壇上產生重大影響的時期，是他從大陸遷徙到臺灣的時期。地域上的隔絕，政治上的分離，文化上的斷裂，都使得他只能面向西方，從西方的哲學、西方的詩歌乃至西方的文化去尋找精神支持與藝術範式。何況現代主義的詩風在五十年代的臺灣已十分強盛。以紀弦為首的「現代」詩社，響亮地喊出了他們的口號：「領導新詩的再革命，推行新詩的現代化。」並由此提出了所謂的「六大信條」，

❷ 引自《諾貝爾文學獎頒獎演說集》（百花洲文藝出版社一九九五年四月第一版）第三六六～第三六七頁。

如：「我們是有所揚棄並發揚光大地包含了自波德萊爾以降的一切新興詩派之精神與要素的現代派之一群；」「我們認為新詩乃橫的移植，而非縱的繼承，這是一個總的看法，一個基本出發點，無論是理論的建立與創作的實踐；」「詩的新大陸之探索，詩的處女地之開拓，新的內容之表現，新的形式之創造，新的工具之發現，新的手法之發明；」……瘂弦躬逢其盛，不能不受到影響。

關於「一知半解」與「全知全解」，這牽涉到對詩的本質的認識。雪萊說：「詩之感人，是神奇的、不可理解的，越出意識之外，超出意識之上。」❸從某種意義上說，一切真正的詩都具有一種神秘的朦朧性，所以，十九世紀的法國批評家朗松曾提醒詩歌愛好者，要格外地珍惜「在詩歌中足以使傑作光芒四射的那點朦朧」❹。拿一位美國當代詩人的話來解釋，則更形象：「雖然詩可以像鐘表拆成零件，可是當你把它們再拼裝起來，它們仍然是無法解釋的。它們發出它們的『黑色聲音』，這就是一切偉大的詩所必有的共鳴——一種高深莫測的心靈神秘，我們只能以敬愛之心來接近它。」❺確實如此，有些詩是不能解的，如唐代李商隱的〈錦瑟〉與〈碧城〉等詩，一旦解釋得清清楚楚明明白白，隨著神秘感的消失，詩的魅力也就蕩然無存了。儘管這些詩不能解，但也不妨礙我們的欣賞，詩人的經歷、寫作背景以及字面上的意義，都為我們提供了信息與幫助。「一知半解」是相對於「全知全解」而言的，並非一無所知，甚至於一竅不通，它也在「知」與「解」的過程中，只不過「知」與「解」不全罷了。對於認識事物、研究學術來說，「一知半解」是不夠的；但對於寫詩，對於文學創作，卻夠了。因為它保留了詩的神秘感與朦朧性。神秘，可以

❸見《英國作家論文學》（三聯書店一九八五年版）第九七頁。
❹見朗松《方法、批評及文學史》（中國社會科學出版社一九九二年第一版）第一〇一頁。
❺見奈莫洛夫《詩人談詩》（三聯書店一九八九年版）第二八九頁。

使心靈開展；朦朧，則足以調動人的想像。而心靈開展、調動想像是詩的兩項必備條件。美國大詩人龐德通過學習中國古典詩而創建了意象派，就是一個典型的例子。

龐德是從美國詩人、東方學家費諾羅薩的遺孀那裡，得到費諾羅薩搜集整理並用英文詳注的一百五十多首中國詩歌的。他當時對中國的瞭解極其有限，可謂「一知半解」，一半翻譯一半創作，寫出了介乎翻譯與創作之間的作品《神州集》（由十八首短詩組成），轟動了美國詩壇，從而掀起了長時間的翻譯和學習中國詩歌的熱潮。龐德的這本書中有不少錯誤，如將李白的〈長干行〉譯為〈河商之妻〉，將「郎騎竹馬來」，誤譯為「你踩著竹製的高蹺，戲馬而來」，將〈黃鶴樓送孟浩然之廣陵〉中的「故人」誤為人名，「長江」則以為是「長長的叫作 **Kiang** 的江」。但他卻自稱「以李白為師」，學習他詩中的意象藝術，並歸納出中國古典詩的三種技巧，分別稱之為「全意象」、「意象脫節」與「意象疊加」，因此，他的譯詩也有佳句。如李白的「驚沙亂海日」，他譯為「驚奇。沙漠的混亂。大海的夕陽」；「荒城空大漠」，則譯為「荒涼的城堡。天空。廣袤的沙漠」。在此基礎上，他寫出了自己的名作〈在地鐵車站〉：

> 這幾張臉在人群中幻景般閃現，
> 濕漉漉的黑樹枝上花瓣數點。

美國詩中的意象派，就是以龐德為代表建立起來的。

在〈從西方到東方　我的詩路歷程〉一文中，瘂弦還談到了西化的歷史意義及缺點，自己受到哪些西方作家的影響，以及對超現實主義的態度……這些都將在對瘂弦詩藝的分析中談到，在這裡就從略了。

瘂弦的詩作怎樣分期？

在白靈、徐望雲著《瘂弦 鄭愁予詩歌欣賞》一書（廣西教育出版社一九九八年六月第一版）中，將瘂弦的詩作劃分為三個時期：「野荸薺時期」、「深淵時期」與「如歌時期」。

「野荸薺時期」：一九五三年～一九五六年。主要是《瘂弦詩集》的卷一、卷二與卷八，該書稱之為「鄉愁文學」，並指出：「……瘂弦是溫和中帶點陰柔的，他幾乎是以母親的心境寫出了『懷鄉之情』、『流離的悲苦』和『抗戰前後的人事物』，即使偶爾夾入西方的人名，基本上還是非常中國的，至少是東方的。」「另外，『野荸薺時期』是感性的，極富同情心的，關心的以外在的『人』、『事』、『物』較多，對人類的『人性』與『神性』還有一種嚮往，像〈春日〉、〈印度〉的內容就幾乎是一個信徒感人的祈禱詞。」

「深淵時期」：一九五七年～一九五九年。這是瘂弦創作的高峰期，兩年（一九五七年、一九五八年）中共寫了四十九首詩。作品「現代感十足，不只是技巧一項，『精神』上其實也現代化起來」，「就好像農業時代轉瞬間進入工業時代一樣，然而『土味』還在，他的音樂性（形式）、『繪畫性』（語言）、『戲劇性』（小說化）支持並使他不至於過度地『西化』，這也是他比別的詩人幸運的地方。這時期他對『超現實主義』有著浪漫的憧憬，卻只從一知半解和臆猜中得來，『跟普魯東他們也沒有多大關係，只能說是我們兩個（他與商禽）的超現實主義』」。

「如歌時期」：一九六〇年～一九六五年。這期間，瘂弦正忙著談戀愛，為生活打拼，六年間只寫了十八首詩，平均年產三首，《側面》輯中的六首是一天內寫成的。「此時期的詩作比前兩期冷靜、輕鬆、樸實得多，節奏再度放慢，並企圖從西方轉回來，對周遭生活投以更多的注視，詩風上不似『野荸薺時期』的濃甜、感傷，也不像『深淵時期』的繁複、激烈，他被人稱道的『戲劇性手法』在此時表現得更加精鍊和淋漓盡致，如〈C教授〉、〈上校〉、〈坤伶〉、〈下午〉、〈一般之歌〉、〈復活節〉等詩。」

在對三個時期的詩作的分析中，白靈、徐望雲也有許多獨到之處。如：「他的少年農村生活和後來的軍人生活是截然不同的生活形態，對他的詩作都有重要的影響。」

「瘂弦本身是學戲劇的，如何強調表現的客觀性，壓抑主觀的抒情，讓戴了面具、化了妝的『我』上場，充分展現另一個不同身份的角色，對他而言自是輕而易舉，角色一定就心領神會。要運用小說的筆法，以客觀事物並列呈現，作者需跳出自己，成為第三人稱或具全知觀點的旁觀者，這在詩中並不是容易的手腕，瘂弦在上述那些詩裡則都作了極佳示範……」

在羅葉的〈中國現代詩壇的一座熄火山〉一文中，對瘂弦的詩作是按「一九五三」、「一九五五～一九五六」、「一九五七」、「一九五八」、「一九五九・二月～五月」、「一九五九・六月～一九六五」這六個時段來加以評析的，也可以說是將瘂弦的詩作劃分為六個時期。

「一九五三」：〈我是一勺靜美的小花朵〉，「是詩人宣告他找到了他的土地」，由此可知『現代詩』早期的風格是清新婉約的」。

「一九五五～一九五六」：瘂弦的詩觀和技巧有許多是從影劇出發的，如〈婦人〉；在〈傘〉中運用了重複技巧；〈工廠之歌〉用的是音調強烈的快板。

「一九五七」：這一年是瘂弦轉變的一年，「收在《瘂弦詩集》中的作品共三十三首，好詩傾巢而出，

『瘂弦風』也就從那時候一直颳到今天」。「這一年的作品奠定了瘂弦的用韻」，在〈春日〉裡詩人用宗教式的祈禱來鋪敘，這種方式的發展，使〈印度〉一詩莊嚴而富於感情。〈殯儀館〉寫出了詩的「同情」，卻也忽略了「兒童」的口吻。〈懷人〉是悲劇性的發展，喜劇性的收場。〈水手・羅曼斯〉、〈乞丐〉、〈紅玉米〉是三首好詩。

「一九五八」：這年「也是瘂弦創作的旺盛期。收在《瘂弦詩集》中共二十首（含序詩），風格繼承了一九五七年而在文字上更加顯露出瘂弦的性格——更自由地表達自己」。散文詩〈鹽〉是他的力作，〈在中國街上〉是一九五八年瘂弦最重要的詩。對某些以地名為題的詩，提出商榷。

「一九五九・二月～五月」：「除〈協奏曲〉一詩外，其餘八首是瘂弦的『強打群』。」〈赫魯雪夫〉諷刺技巧熟練，〈那不勒斯〉是以地名為題的一首好詩，〈從感覺出發〉是瘂弦走完「中國街」後一首重要的詩，「而〈深淵〉是瘂弦掙騰的、激盪的情緒達到了最高點，難以想像的病症」；「瘂弦是將心裡的不快挖光了，而他也墜入了『深淵』」。「這首詩宣告了一個時代的結束！」這是瘂弦最值得紀念的一首詩。

「一九五九・六月～一九六五」：「〈深淵〉之後瘂弦最重要的詩我想是一九六一年的〈獻給馬蒂斯〉、一九六三年〈給橋〉、一九六四年〈如歌的行板〉。」風格的凝鍊、圓融、典雅。瘂弦詩與其他詩人的對比，如：〈修女〉與楊牧〈禁忌的遊戲〉；〈紀念T・H〉和鄭愁予的〈鐘〉；〈下午〉和楊牧的〈淒涼三犯〉；〈一般之歌〉和余光中的〈少年行〉；〈從感覺出發〉和方思的〈豎琴與長笛〉等。

羅葉在對瘂弦的詩作劃分為六個時期後，還專門指出了瘂弦詩的變遷期：

〈我是一勺靜美的小花朵〉→〈秋歌〉→〈印度〉→〈乞丐〉→〈在中國街上〉→〈深淵〉→〈給

橋〉」

羅葉認為：瘂弦「是從何其芳走出來的，年輕時的何其芳，仍有他值得懷念的地方」。這，不無道理。

在沈奇的〈對存在的開放和對語言的再造——瘂弦詩歌藝術論〉一文中，將瘂弦的詩作分為兩個時期：「早期」與「創造期」。

「早期」（二十五歲前）：這時的作品含有抒情的成分，既是「本體的、主觀的、情感與夢想的」，又「含有鐵的成分和金屬的力度」，「對存在的關注，對空虛的、逃避式的想像世界的質疑」。瘂弦的抒情是短暫的，「轉眼化解為『住了一夕的客棧』」，「重歸自身生存的這塊土地上所發生的一切，重歸現時當下我們自己的現代感」。

「創造期」（一九五七年～一九六五年）：「瘂弦進入他稱之為『成年』的，『建設我們的成熟』（〈現代詩短札〉）的創造期。」「由『野荸薺』而『鹽』，由海而淵，由活的掙扎而死的默然，由質疑而沉寂，由外而內，由『斷柱』而『側面』而『徒然』而再『從感覺出發』——迴聲之後必是寂然，詩性生命終成一潭『深淵』——」視野的宏闊與深沉，是創造期的特點。

沈奇特別強調：「處於創作巔峰期的詩人」，「由此展開的九年之卓然獨步的嚴肅寫作，以不足七十首（按收入《瘂弦詩集》一九八八年洪範版卷一至卷七計）精品力作，卻幾乎承載了那個時代的『一切』——從戰時的淒慘場景到政治高壓下的市俗生活，從『海洋感覺』到『一般之歌』，從『京城』到『庭院』到『土地祠』、『殯儀館』，從『中國街上』到世界都會，從省長、教授、上校到水手、修女、瘋婦、坤伶、馬戲小丑以及乞丐——從生存到死亡，從現實背景到精神特徵——以憂鬱的目光、以反諷的口吻、以流浪者的思維、以智者的言說，體驗、經歷、洞穿，把所有的人帶入發光的詩的顯示中，通過對個人生存窘態和公眾生存危機的獨特審視，揭示時代和民族的憂患並最終抵達生命最深刻的精神內容。」這一論斷，無疑是正確的。

在劉登翰、朱雙一著《彼岸的繆斯——台灣詩歌論》一書（百花洲文藝出版社一九九六年十二月第一版）中，也有「早期」之說，那是引證瘂弦的自述：「我早期的詩可以說是民謠風格的現代變奏，且有超現實主義的色彩，在題材上我愛表現小人物的悲苦，和自我的嘲弄，以及使用一些戲劇的觀點和短篇小說的技巧。」（《有這麼一個人》）但緊接著便提出：「這裡所說的『早期』，是指完成於一九六四年以前的那些作品。但由於一九六四年以後瘂弦已罕有新作發表，這也幾乎就是瘂弦對自己全部創作的概括。」

與此同時，劉、朱二君還寫道：「瘂弦寫詩很早，但創作時間卻不長。最早的作品是二十歲時的〈我是一勺靜美的小花朵〉。一九六五年他赴美國愛荷華國際創作中心學習，嗣後入威斯康辛大學獲碩士學位，轉向對於中國早期新詩史料的收集和研究，便不見再有詩歌發表。瘂弦寫詩前後大約十一二年時間。其主要作品都產生於二十五歲（一九五七）以後的六七年間。」這段話，是頗具說服力的。

以上四說，各有各的道理。比較起來，筆者傾向於第四種說法，即劉登翰、朱雙一的意見，不必分為兩個時期，也不需分為三個時期，更不用分為六個時期。原因有三：

其一，「瘂弦寫詩很早，但創作時間卻不長。」如果僅論寫詩，瘂弦在小學時代就開始了，本書第一章的那首受到老師批評的〈冬〉可以為證。然而，評論詩人的創作一般都以詩人公開發表的詩為依據。經瘂弦自己確認，公開發表的第一首詩是〈我是一勺靜美的小花朵〉，時間是一九五三年，瘂弦二十一歲（而不是劉、朱二君說的「二十歲」）。他發表最遲的一首詩——本書代前言考證為〈十月〉，時間是一九六七年，瘂弦三十五歲；如果只算他收入詩集的詩，發表最遲的是〈復活節〉，時間是一九六五年，瘂弦三十三歲；要是按《瘂弦詩集》「序」的說法：「五十五年以後，因著種種緣由，停筆至今。」發表最遲應為一九六六年，瘂弦三十四歲……所以，瘂弦詩創作時間大致在十二～十四年間（也不是劉、朱二君說的「十一二年時間」）。較之洛夫、余光中、羅門等詩人，確實太短了。

其二，如果將《瘂弦詩集》卷之八「二十五歲前作品集」，單列為一個「早期」，就寫作時間劃分，也不是科學的。因為卷之八中十七首詩，有五首是一九五七年二十五歲之作（〈短歌集〉、〈我的靈魂〉、〈遠洋感覺〉、〈海婦〉、〈蕎麥田〉），一首是一九五八年二十六歲之作（〈廟〉），一首是一九五九年二十七歲之作，真正屬於二十五歲前之作不過十首。而卷之一卻有一首一九五六年二十四歲之作（〈婦人〉）；至於一九五七年二十五歲之作，卷一、卷二、卷三、卷四、卷六都有。再說僅以一年之差來劃分階段也不妥當，早一年寫的並不見得比晚一年寫的差，如〈印度〉、〈乞丐〉、〈紅玉米〉等寫於一九五七年瘂弦二十五歲，均為羅葉稱道的好詩。所以，筆者認為沒有單列出一個「早期」的必要。如一定要劃出「早期」，瘂弦的詩作統統都算「早期」。

其三，這也正是本書代前言提出的奇特的「休眠火山」現象。瘂弦是這樣一種詩人，他的靈智一旦開啟，詩思就像火山一樣爆發出來，真可謂熱力四射，佳作不斷，很難分出其段落，也找不到其間隔。一旦有了段落，出現了間隔，那便是火山停止了爆發，休眠正式開始，我們只能懷著美好的希冀、殷切的期望，等待他的下一次爆發，想像他的又一番輝煌。屆時，我們才能真正地分出早期與晚期，從而對詩人的創作進一步作出更全面、更科學的評判。

下面，筆者就將瘂弦現有的詩作為一個整體，來分析他是怎樣從西方到東方的。

「向西走，去朝山，去進香。」

一九一九年五月四日，在中國爆發的一場愛國主義群眾運動，鑄就了「愛國、進步、民主、科學」的五四精神，並貫串於中國革命和中國現代化的整個進程之中。五四運動，特別是作為其重要組成部分的五四新文學運動，對於中國現代文學的成長和發展，具有不可估量的重要意義。

正如瘂弦所述，雖然過去了三十年，五四的西化精神依然強烈地震撼著他。「對西方傳來的東西非常喜歡，對西方文學充滿幻想甚至可以說崇拜，在寫作上也一直向西走，像朝山人，像進香客，向西方頂禮膜拜，狂熱地擁抱西方現代主義的作品。」「至少我個人就讀了很多譯詩，大概有幾十本吧！商禽和我都曾傳抄譯詩。那時像梁宗岱譯梵樂希（按：大陸譯作瓦雷里）的〈水仙辭〉、覃子豪譯的法國詩、余光中譯的英美作品、葉泥譯法國古爾蒙的情詩，都是我們年輕時候精神遨遊的天地。我尤其醉心西班牙詩人洛卡（按：大陸譯作加西亞．洛爾卡）——對他寫的遠遠的地平線、一匹小毛驢、一個復仇的人、一個黃黃大大快要落下來的月亮……等民謠風式的作品著迷極了，後來我嘗試把民謠的形式和氣氛帶入中國的生活，用中國的民謠來寫具有民謠風味的作品，這可以說明當時我對西方的學習。」❶

體現在寫作上，瘂弦對西方的學習經歷了從臨摹到借鑑，從專攻一家、數家到廣採百家、為我所用這樣一個過程。

❶ 引自瘂弦〈從西方到東方　我的詩路歷程〉。

在《瘂弦詩集》中，於詩後作者直接標明「臨摹作」三字的詩有三首：〈春日〉，「民國四十六年一月讀里爾克後臨摹作」；〈歌〉，「民國四十六年二月六日讀里爾克後臨摹作」；〈山神〉，「民國四十六年一月十五日讀濟慈、何其芳後臨摹作」。

關於這三首詩，一九九八年四月二十四日給筆者寄雲南作家董桃福一篇評論時，附信寫道：

> 文中提到拙作〈春日〉與里爾克〈秋日〉的關係。這乃是我的一首臨摹之作，我曾在詩後注明了的，最初本來想在詩題下加一個標題〈——擬里爾克〈秋日〉〉，後來改用詩後加注方式，那樣更清楚。另外還有〈歌〉和〈山神〉也是臨摹的，〈歌〉臨自里爾克，〈山神〉臨自何其芳。其實何其芳也相當程度的受到濟慈的影響，不過他沒有注明罷了。臨摹和改寫非常有意思，將來我再寫詩，還想「擬」一些古典作品，作為比較文學中西對照的「實例」。

在這裡，我們試以里爾克的作品與瘂弦的詩作一比較。

秋日

〔奧地利〕里爾克

主啊，是時候了。夏日如此之長。
把你的影子臥在日規上吧，
再在田野上放開風的馬韁。

命令那最後的水果更加飽滿；
再給它們加兩天南方的溫暖，
好把它們催向完成，再往那
濃冽的酒漿裡壓進最後的甜。

今日無房者，不再為自己造房，
今日孤獨者，將會長期這樣，
將會長醒，長讀，寫長長的信，
將會隨著飄蕩的落葉之群
在林蔭道上彷徨，彷徨，彷徨……

（飛白譯）

春日

瘂弦

主啊，嗩吶已經響了
冬天像斷臂人的衣袖
空虛，黑暗而冗長

主啊
讓我們在日晷儀上
看見你的袍影
在草葉尖，在地丁花的初蕊
尋找到你
帶血的足印

並且希望聽到你的新歌
從柳笛的十二個圓孔
從風與海的談話

主啊，嗩吶已經響了
令那些白色的精靈們
（他們為山峰織了一冬天的絨帽子）
從溪，從澗
歸向他們湖沼的老家去吧

賜男孩子們以滾銅環的草坡
賜女孩子們以打陀螺的乾地
吩咐你的太陽，主啊
落在曬暖的
老婆婆的龍頭拐杖上

啊，主
用鮮花綴滿轎子行過的路
用芳草汁潤他們的唇
讓他們喋吻

沒有渡船的地方不要給他們製造渡船
讓他們試一試你的河流的冷暖
並且用月季刺，毛蒺藜，酸棗樹
刺他們，使他們感覺輕輕的痛苦

嗩吶響起來了，主啊
放你的聲音在我們的聲帶裡

當我們掀開
那花轎前的流蘇
發現春日坐在裡面的時候

不可否認，瘂弦對里爾克的模仿是明顯的。從「祈禱詞」的形式，到整首詩的構思，乃至題材的選取、靈感的觸發，可以這樣說：沒有里爾克的〈秋日〉，就不會有瘂弦的〈春日〉。然而，二者的主旨、色調、情緒以及語言，卻又有不小的差別。里爾克的〈秋日〉，是一首詠孤獨的名作，通過寫秋的逼近，顯示存在對自然與人生的催促。反正都要走向最後的完成，還不如催上帝將過長的夏日攆走，讓秋季早點到來（故有影臥日規——即日晷——放開風韁之說），水果提前成熟，無房者不必蓋房，孤獨者永遠孤獨。儘管他用了「飽滿」、「溫暖」、「甜」等熱烈的字眼，反襯托出整個色調的清冷、情緒的落寞，語言極為精鍊，思想尤為深刻。瘂弦的〈春日〉，側重面在迎春，是對「空虛，黑暗而冗長」的冬天的厭倦，希望上帝加快時間的步伐，把冰雪（「白色的精靈們」）全部趕回老家（「湖沼」），讓大地早一點盛開鮮花，使男女老少都得到歡樂。儘管「沒有渡船的地方不要給他們製造渡船」，卻是為了「試一試你的河流的冷暖」；雖然「用月季刺，毛蒺藜，酸棗樹刺他們」，「輕輕的痛苦」反使他們珍視春日的甜蜜。不是麼？「嗩吶已經響了」，人們像迎接新嫁娘一樣迎接春日。色調是明麗的，情緒是激越的，語言是鋪張的，思想的深度固然不如前者，但卻以不同的人文、不同的風俗，展示了另一種風情、另一種畫面。難怪瘂弦說：「臨摹和改寫非常有意思，將來我再寫詩，還想『擬』一些古典作品，作為比較文學中西對照的『實例』。」

如果瘂弦僅止於此，那麼瘂弦就不是今日的瘂弦了。可貴的是瘂弦迅速地結束了他向大師學習的方式

——帶有模仿痕跡的臨摹階段，進入了對西方詩的自主選擇與全面借鑑。且以〈秋歌——給暖暖〉為例，試加說明。

秋歌

落葉完成了最後的顫抖
荻花在湖沼的藍睛裡消失
七月的砧聲遠了
暖暖

雁子們也不在遼敻的秋空
寫牠們美麗的十四行了
暖暖

馬蹄留下踏殘的落花
在南國小小的山徑
歌人留下破碎的琴韻
在北方幽幽的寺院

秋天，秋天甚麼也沒留下
只留下一個暖暖

只留下一個暖暖
一切便都留下了

在瘂弦的這首詩中，我們仍然可以看見里爾克的影響，但已經不是「祈禱詞」的形式，也不是整首詩的構思，而是里爾克的基本精神：時代的異化和對存在的祈禱。在里爾克的〈秋日〉中，由於存在的催促，一切都變得匆匆，自然是那樣蕭條，生命是那樣短暫，人所能為者只有祈禱；在瘂弦的〈秋歌〉中，荻花消失，雁翅遠去，秋天什麼也沒留下，「只留下一個暖暖」，然而就是這一點不同，「一切便都留下了」。可以說是瘂弦從自己的需要出發，選擇了里爾克對存在的態度，拿來為我所用。也包括詩的結構：〈秋日〉是三節，三行——四行——五行，如同日規上的影子在逐日加長，從而進入為存在導致的蒼涼境界；〈秋歌〉是五節，四行——三行——四行——二行——二行（第一行是重複，實際上等於一行），恰似日晷上的影子在逐日縮短，象徵季節與生命的短暫。但瘂弦是反其意而用之，由於留下了暖暖，短暫頓成長久，失去的均會得到。從中還透露出精神與物質的關係、瞬間與永恆的關係、生命之重與生命之輕的關係，其思想深度一點兒不亞於里爾克，就其輻射面與穿透力而言，甚至超過了〈秋日〉。這就是瘂弦的借鑑，為自己的創新服務。

由於里爾克的後期作品把各種主題都匯入了詩人的內宇宙，把外宇宙也抱在自己的心懷，包孕於自我之內，亦化為內宇宙。從而以向內的審視，代替了向外的觀察，使此岸與彼岸靠攏，生與死融合。瘂弦覺得與自己的氣質不合，對里爾克的借鑑就此止步，把目光轉向了其他西方詩人。

就是在〈秋歌〉這同一詩中，我們也可以找到濟慈的影響。十九世紀英國浪漫主義詩人濟慈，以「美」的歌手的姿態出現於詩壇，不僅描寫現世生活中一切富有感性美的事物，還力求創造出美的詩歌形式——鮮活的形象、優雅的意境、悅耳的音韻。他也有一首〈秋頌〉，分三章，每章十一行，總計三十三行。下面摘抄查良錚譯本的第三章：

啊，春日的歌哪裡去了？但不要
　想這些吧，你也有你的音樂——
當波狀的雲把將逝的一天映照，
　以胭紅抹上殘梗散碎的田野，
這時啊，河柳下的一群小飛蟲
就同奏哀音，它們忽而飛高，
　忽而下落，隨著微風的起滅；
籬下的蟋蟀在歌唱；在園中
紅胸的知更鳥就群起呼哨；
而群羊在山圈裡高聲咩叫；
　叢飛的燕子在天空呢喃不歇。

瘂弦說他喜歡濟慈的詩，這首〈秋頌〉不可能不對他產生影響。他的〈秋歌〉便是對「美」的詠唱，諸如「荻花在湖沼的藍睛裡消失」、「雁子們也不在遼夐的秋空/寫牠們美麗的十四行了」、「馬蹄留下踏殘的落花/在南國小小的山徑/歌人留下破碎的琴韻/在北方幽幽的寺院」……即使在憂鬱之中，也同樣能找到美，不過，瘂弦是以自己為主選擇濟慈的。濟慈強調感性，重視細膩的感覺，瘂弦亦如之；但濟慈反對理性，表示「我寧可要充滿感覺的生活，而不要充滿思索的生活」，瘂弦並未一味苟同，而是提倡感性與理性的結合，所以後來才寫出長詩〈深淵〉那樣的扛鼎之作。

瘂弦對西方的學習，可謂「廣結善緣」，英、美、德、法、俄、西班牙……二十世紀大部分重要詩人都接觸過，以西方的地名、人名為詩題的詩就有十五、六首，如〈希臘〉、〈羅馬〉、〈巴黎〉、〈倫敦〉、〈芝加哥〉、〈那不勒斯〉、〈佛羅稜斯〉、〈西班牙〉等，〈獻給馬蒂斯〉、〈赫魯雪夫〉等，以西方的典故入詩也不少，如〈耶路撒冷〉一詩中關於聖母聖子及其信使們的典故，〈倫敦〉一詩中關於耶穌的典故，〈鹽〉散文詩中關於退斯妥也夫斯基的典故等。在寫法上，既有浪漫主義，也有古典主義、現實主義，但更多的是現代主義，以至於自稱是「狂熱地擁抱西方現代主義」。這是因為「『現代派』(瘂弦解釋：『現代主義又稱現代派』)的最大成就，除了形式和語言的創新外，它用知覺表現思想，把思想還原為知覺的寫作方式，公認是十九世紀中葉唯美主義文學的一種深化和突破，充滿了前衛精神，具有很大的開創意義」❷。

最典型的例子就是寫於一九五九年五月的〈深淵〉，美國的中國問題專家費正清所編《劍橋中國史》稱其為中國的〈荒原〉。張默認為：這首長詩使瘂弦「創作令譽達到了巔峰的狀態」；「對作者而言，固然有其不平凡的意義；對詩壇而言，更有其開創新局面與閃著文學史的意識」❸。

❷ 引自瘂弦為《天下詩選》寫的序〈新詩這座殿堂是怎樣造起來的——從史的回顧到美的巡禮〉第二一頁。

關於這首九十八行的詩，瘂弦在《現代詩短札》（一九六〇年二月、五月發於《創世紀》第十四期、第十五期）中，說過這樣一段話：

對於僅僅一首詩，我常常作著它本身原本無法承載的容量；要說出生存期間的一切，世界終極學，愛與死，追求與幻滅，生命的全部悸動、焦慮、空洞和悲哀！總之，要鯨吞一切感覺的錯綜性和複雜性。如此貪多，如此無法集中一個焦點。

這企圖便成為〈深淵〉。

如像美國詩人威廉斯（W. C. Williams）那樣只把色點密集於「一輛紅色的手推車上」，在我，好像是「不甘心」的；我們底詩人圓熟的技巧原只為了表現看見那輛車子以及幾隻白色的雛雞在雨中的一剎那的感印，此外便再沒有更高更多的企求。

由於我不甘於此種素描式的小巧的完美，而企圖達到像T・S・艾略特的〈荒地〉（The Waste Land 按：即〈荒原〉）、〈空洞的人〉（The Hollow Men）那樣的博大性和深刻性，激越感和哲學感，而在我粗浮的觀照和生澀的傳達技巧的重重限制下，這觀念便造成我底失敗。

在一九九八年接受香港《詩雙月刊》王偉明的筆訪時，瘂弦也提到〈深淵〉這首詩：

我承認那是野心勃勃的一首詩，但當時我畢竟太年輕了，技巧跟不上我的野心，於是只好胡亂地衝刺奔突，河南土話說，「把吃奶的力氣都用出來了」，粵語說是生猛，「絕對不成熟，但是夠勁」，姚

❸ 引自張默〈試論瘂弦的深淵〉，原刊一九六九年十一月《新文藝》月刊。

一葦評說「好就好在不成熟，成熟，就不好了。」現在年輕一代詩人具有的主知與冷凝，是我們那一代所沒有的。終歸是我浪漫主義和存在主義的作品看多了的緣故吧，拜倫加上戴蘭・湯馬斯，還有一點點的卡繆。東方與西方，傳統與現代，要加以融會也不容易吧，不要太過刻意就是了。把這些沉重命題擺在面前，就不敢下筆了。有時，理論是跟在創作之後出現的。❹

筆者以為：瘂弦的「貪多」與「野心勃勃」，是想在一首詩中集現代派的思想與藝術之大成。這固然是一樁費力不討好的事，難免留下一些遺憾，但其志可嘉，其勇可讚，其神可傳。「把吃奶的力氣都用出來了」的結果，並不是瘂弦謙稱的「失敗」，而是他在另文中所說的「深化和突破」，「充滿了前衛精神，具有很大的開創意義」。

詩前所引薩特的話：「我要生存，除此無他；同時我發現了他的不快。」道出了全詩的主旨，即對存在主義的詩意呈現與知覺還原。薩特認為，人是絕對自由的，但這種自由只有在擺脫了與他人和社會的聯繫的條件下才能實現。他人和社會總是對個人自由的一種限制。「一方面我要設法從他人的掌握之中解放我自己，另一方面他人也在力圖從我的掌握中解放他自己；一方面我竭力要去奴役他人，另一方面他人則又竭力要奴役我。」❺薩特的思想尤其是關於「自我選擇」的理論，是第二次世界大戰的產物，曾經掀起西方現代派的第三次高潮，也符合五十～六十年代臺灣社會的實際，瘂弦〈深淵〉的哲學感便是從此而來的。

孩子們常在你髮茨間迷失

❹ 引自王偉明〈詩成笑傲凌神州——瘂弦筆訪錄〉，見香港《詩雙月刊》一九九八年十二月總第四十三期。

❺ 引自薩特《存在與虛無》H・E・巴恩斯袖珍英譯本。

春天最初的激流，藏在你荒蕪的瞳孔背後
一部分歲月呼喊著。肉體展開黑夜的節慶。
在有毒的月光中，在血的三角洲，
所有的靈魂蛇立起來，撲向一個垂在十字架上的
憔悴的額頭。

詩一開頭，便表現了對神的輕蔑，不是信仰克服肉慾，而是肉慾壓倒信仰，宗教的地位遭到了徹底的顛覆。這與薩特將上帝、神、命運從他的哲學中一律驅逐出去，規定人的本質、人的意義、人的價值應由人自己的行動來證明、來決定，是同出一轍的。

這是荒誕的；在西班牙
人們連一枚下等的婚餅也不投給他！
而我們為一切服喪。花費一個早晨去摸他的衣角。
後來他的名字便寫在風上，寫在旗上。
後來他便抛給我們
他吃賸下來的生活。

這裡，不僅有薩特的影子，還有加繆（臺灣譯作卡繆）的影子。同是存在主義的代表人物，加繆更側重於強調存在的荒誕，個人在荒誕的世界面前無能為力。

歲月，貓臉的歲月，
歲月，緊貼在手腕上，打著旗語的歲月。
在鼠哭的夜晚，早已被殺的人再被殺掉。
他們用墓草打著領結，把齒縫間的主禱文嚼爛。
沒有頭顱真會上升，在眾星之中，
在燦爛的血中洗他的荊冠，
當一年五季的第十三月，天堂是在下面。

由於肉慾的膨脹、人性的墮落、殺戮的泛濫，宗教、天堂全成了騙人的鬼話！展現在讀者面前的，是一幅多麼悲慘的圖畫。

雖然他沒有「說出生存期間的一切」，實際上讓一首詩（儘管是長詩）來承擔這麼重的任務也是不現實的，但主要的東西瘂弦都寫出來了。

下回不知輪到誰；許是教堂鼠，許是天色。
我們是遠遠地告別了久久痛恨的臍帶。
接吻掛在嘴上，宗教印在臉上，
我們背負著各人的棺蓋閑蕩！
而你是風、是鳥、是天色、是沒有出口的河。
是站起來的屍灰，是未埋葬的死。

這不是愛與死，追求與幻滅嗎？

沒有人把我們拔出地球以外去。閉上雙眼去看生活。

耶穌，你可聽見他腦中林莽茁長的喃喃之聲？

有人在甜菜田下面敲打，有人在桃金孃下……。

當一些顏面像蜥蜴般變色，激流怎能為

倒影造像？當他們的眼珠粘在

歷史最黑的那幾頁上！

這裡有的是生命的悸動、焦慮與空虛。

在夜晚床在各處深深陷落。一種走在碎玻璃上

害熱病的光底聲響。一種被逼迫的農具的盲亂的耕作。

一種桃色的肉之翻譯，一種用吻拼成的

可怖的言語；一種血與血的初識，一種火焰，一種疲倦！

一種猛力推開她的姿態

在夜晚，在那波裡床在各處陷落。

一系列象徵意象，都是關於「性」的暗示，這是瘂弦批判的重點，也是他較之前輩詩人深刻之處。這使我們想到弗洛伊德的論述：「伴隨文明而來的種種不滿，實乃性本能在文化壓力下畸形發展的必然結果。而

性本能一旦受制於文化，沒有能力求得全盤的滿足，它那不得滿足的成分，乃大量昇華，締造文明中最莊嚴最美妙的成就。如果人類在各方面都能滿足其慾樂，又有什麼能催促他把性的能源轉用在其他地方呢？他會只顧著快樂的滿足，而永無進步。」❻令人遺憾的是現代社會往往屬於後者，而不是前者。性的混亂（從前後文可以看出有賣淫，有通姦，還有亂倫），慾的猖獗，導致了道德的淪喪、社會的停滯。

這是深淵，在枕褥之間，輓聯般蒼白。
這是嫩臉蛋的姐兒們，這是窗，這是鏡，這是小小的粉盒，
這是笑，這是血，這是待人解開的絲帶！
那一夜壁上的瑪麗亞像賸下一個空框，她逃走，
找忘川的水去洗滌她聽到的羞辱。
而這是老故事，像走馬燈；官能，官能，官能！
當早晨我挽著滿籃子的罪惡沿街叫賣，
太陽刺麥芒在我眼中。

詩人的憤懣達到極致，詩人的撻伐鞭鞭見血。然而，他並沒有頹唐、喪失信心。在長詩的結尾，他以自嘲與反諷的口氣這樣寫道：

哈里路亞！我仍活著。

❻ 引自《性學三論》（臺北志文出版社一九八四年版）第一六二頁。

工作，散步，向壞人致敬，微笑和不朽。
為生存而生存，為看雲而看雲，
厚著臉皮佔地球的一部分……
在剛果河邊一輛雪橇停在那裡；
沒有人知道它為何滑得那樣遠，
沒人知道的一輛雪橇停在那裡。

實際上是正話反說，儘管生存如此艱難，世道這般無奈，我們還得生存下去，探索下去。希望寓於生存之中，理想就在探索之末。

在藝術上，〈深淵〉運用了現代派的各種手法，如：象徵、暗示、荒誕、反諷、「思想知覺化」、黑色幽默、超現實、主觀投射、節奏不斷的變動與跨越……等等，特別是詩的語言新鮮、奇特、富有創意，全篇充滿著警句式的獨白，意蘊豐厚，又張力強勁，影響、啟發了當時與後來的許多詩人，難怪不少評論稱〈深淵〉為「中國新詩的一座語言文字高峰」。不足之處，也在於警句、奇句過多，使詩的整體風格及內涵打了折扣；「要鯨吞一切感覺的錯綜性和複雜性」，反而削弱了這種錯綜性和複雜性。藝術的辯證法就是這樣，沒有不行，過猶不及，關鍵是要把握好度。此外，與艾略特的〈荒原〉比較，借取神話、歷史、戲劇性、故事不夠，影響了象徵幅度，弦外之音稍差。

「繞了個大圈子，認識了外面的世界，遂又回歸東方。」

寫現代詩的朋友，在經過一番西化的過程後，差不多在十年以前就有現代詩「歸宗」的觀念，要把現代詩回歸到自己的母體文學裡。從早年紀弦說現代詩是移植的花朵，是從西方來的，現代詩是橫的移植而不是縱的繼承，到後來的歸宗傳統，不但要橫的移植也要縱的繼承，真是繞了個好大的圈子才得到的結論。繞圈子的人自有他的限制，但是繞這個圈子還是有意義的。

這是瘂弦在〈從西方到東方　我的詩路歷程〉中的另一段話，道出了「出走」與「回歸」的關係：出走是急需的，回歸是必然的，出走會矯枉過正❶，回歸乃自然趨勢，只有繞了這個大圈子，才能得到正確的結論，找到提高詩藝的方法。

其實，瘂弦的回歸比別的寫現代詩的朋友要早。筆者在《一代詩魔洛夫》（臺北小報文化公司一九九八年十一月第一版）一書中，將洛夫的詩分為四個時期：抒情時期一九五四年～一九五八年；探索時期一九

❶ 瘂弦在〈從西方到東方　我的詩路歷程〉中的一段話，可資說明：「任何的文學革命，在革命期的過渡階段，都免不了矯枉過正，由於保守的、傳統的力量太強大，一定要有比實際上更強的力量去攻擊，再減去反彈力量，才能恰到好處。五四運動亦然，由於他們的矯枉過正，才使白話文學成就出今天的氣候。如果當時他們說文言也好，白話也好，不妨齊頭並進，可能就沒有今天這個白話的時代。至於向西走，去朝山，去進香，繞了個大圈子，認識了外面的世界，遂又回歸東方，也是矯枉過正之後很自然的現象。」

五九年～一九七三年；回歸時期一九七四年～一九九〇年；整合時期一九九一年以後。也就是說，洛夫是從一九七四年開始回歸的。標誌性的作品，是他的第五本詩集《魔歌》，以後還有《時間之傷》、《釀酒的石頭》、《月光房子》與《天使的涅槃》四本詩集。余光中最初的創作是從傳統出發的，他轉向「現代」是在一九五四年「藍星詩社」成立一年以後，作品大都集中於一九六〇年出版的詩集《鐘乳石》。但他在「現代」的路上並未走得太遠，一九六〇年就明確表示要和現代詩的「惡性西化」決裂，一九六四年出版的《蓮的聯想》和一九六七年出版的《五陵少年》這兩部詩集宣告了他的回歸。不過，余光中的回歸並未拋卻「現代」，他追求的是一種受過「現代」洗禮的「古典」，和有傳統背景的「現代」。瘂弦的回歸兆顯於一九五八年的一首詩〈在中國街上〉，成形於一九六〇年，如〈C教授〉、〈水夫〉、〈上校〉、〈修女〉、〈坤伶〉、〈故某省長〉等詩。他的出走與回歸都集中在一本詩集中，相距時間甚短，且界限較為模糊，堪稱臺灣詩壇的一個特殊景觀。

具體說來，瘂弦的回歸表現在以下幾個方面：

㈠從西方文化到東方文化

瘂弦對於這一變化，後來有所追述。在〈與文學同行——《聯合文學》的四個信念〉（發表在一九八六年十一月一日出刊的《聯合文學》二十五期）一文中，他寫道：「考察中外文學史，凡稱得上偉大作品的，除了具有文學的意義，也一定蘊涵文化的意義。」「作家有了文化意識，才能領悟藝術的真諦，寫出人生的波瀾壯闊與人性的錯綜複雜。」「從五四新文學運動到今天，將近七十年的歲月，中國作家摸索過許多道路，艱苦備嘗，卻始終未能建立起自己的思想體系與作品風格；在文學的思潮和技巧上，時而崇尚英美（新月社），時而效法德日（創造社），時而標榜蘇俄（左翼作家群），一直在外人的陰影下，扮演亞流的角色，最重要的原因，就是缺乏文化的意識。」因此，瘂弦提出對中國文化要重新省察評估。他認為：「早年被貶抑最多的儒家文化，仍然可以為中國的現代化提供最厚實的倫理基石。儒家對人性的認識，對高速度的工商社會，仍有回應的能力。儒家對道德的思辨與天人合一的哲學理念，內涵廣博豐富，也可以衍發出新的生命、新的意義。」「當然，所謂儒家文化，是指以儒家為首的中國傳統文化（孔、孟、老、莊等）；它具有最大的綜合性，含藏更新的能力，而不是排他的、一成不變的。在現代社會多元思想相激相盪下，中國文化有其顛撲不破的真理存在，這就是我們建立新文化體系的張本。讓我們從這裡出發，尋求屬於自己的美學與文學。」

從西方文化到東方文化的回歸，最早見諸於〈在中國街上〉一詩：

夢和月光的吸墨紙
詩人穿燈草絨的衣服
公用電話接不到女媧那裡去
思想走著甲骨文的路
陪繆斯吃鼎中煮熟的小麥
三明治和牛排遂寂寥了
詩人穿燈草絨的衣服

塵埃中黃帝喊

無軌電車使我們的鳳華銹了
既然有煤氣燈、霓虹燈
我們的老太陽便不再借給他們使用
且回憶和蚩尤的那場鏖戰
且回憶嫘祖美麗的繅絲歌
且回憶詩人不穿燈草絨的衣服

沒有議會也沒有發生過甚麼事情
仲尼也沒有考慮到李耳的版稅
飛機呼嘯著掠過一排煙柳
學潮沖激著剝蝕的宮牆
沒有咖啡，李太白居然能寫詩，且不鬧革命
更甭說燈草絨的衣服

惠特曼的集子竟不從敦煌來
大郵船說四海以外還有四海
地下道的乞兒伸出黑缽
水手和穿得很少的女子調情

以及向左：交通紅燈；向右：交通紅燈
以及詩人穿燈草絨的衣服

金雞納的廣告貼在神農氏的臉上
春天一來就爭論星際旅行
汽笛絞殺工人，民主小冊子，巴士站，律師，電椅
在城門上找不到示眾的首級
伏羲的八卦也沒趕上諾貝爾獎金
曲阜縣的紫柏要作鐵路枕木
要穿就穿燈草絨的衣服

夢和月光的吸墨紙
詩人穿燈草絨的衣服
人家說根本沒有龍這種生物
且陪繆斯吃鼎中煮熟的小麥
且思想走著甲骨文的路
且等待性感電影的散場
且穿燈草絨的衣服

在這首詩裡，有西方現代文化，也有中國傳統文化。前者處於攻勢，且咄咄逼人；後者處於守勢，已全線告急。二者的矛盾衝突，反映了當時的臺灣、今日的大陸所面臨的嚴峻考驗。從某種意義來說，現代化的取得是以傳統的喪失為代價的，現代人的精神空虛由茲而生。換言之，要在社會進步、物質豐富的同時，做到人生不虛、精神充實，就必須保有傳統的精華，並加以現代式的發展。這在經濟全球化迅速展開，文化殖民主義趨勢逐漸抬頭的當今，更顯得重要。

由於詩題是〈在中國街上〉，中國自然居於主要位置；詩人雖然用了調侃的語氣，且掩飾不了內心的無奈與悲哀，但仍透著重新省察評估中國文化的願望，和「從這裡出發，尋求屬於自己的美學與文學」的決心。「詩人穿燈草絨的衣服」，是中國新詩接受西方詩歌影響的形象化表述。燈草絨，又叫燈心絨，即面上有像燈心的絨條的棉織品，據考證這種技術是從西方傳過來的。衣服換了，人還是中國的詩人。「詩是無所謂新舊的，今日之新，即為明日之舊，當前的現代，即為將來的古典，」「一般所謂的新，其實是改變，改變常給人『新』的錯覺，且詩的改變，多是指詩形（詩的表現形式）的更易，詩質（詩的抒情本質），是永遠不會改變的。」❷類似「穿燈草絨的衣服」的句子，在詩中出現了八次，意在強調：詩形變了，詩質是絕不會變的。即使西方文化一時占上風，中國文化仍然要堅持，「伏羲的八卦」並未失效，儒家文化（「仲尼」、「曲阜縣的紫柏要作鐵路枕木」）還能為現代化服務。雖然「沒有龍這種生物」，正好表明龍是一種圖騰、一種精神的象徵。「思想走著甲骨文的路」，則可以理解為發揚中華民族的優良傳統。

(二)從眺望遠方到注視周遭

關於這一變化，不少論者皆有覺察。瘂弦本人雖未直接談到，但他在八、九十年代關於詩的論述，卻

---

❷ 引自瘂弦為《天下詩選》所寫的序：〈新詩這座殿堂是怎樣建造起來的——從史的回顧到美的巡禮〉。

為這一變化作出了解釋：「詩之現代與不現代，一來自文體的丕變，二來自對當下（此時此地）的關注，我們生活在臺灣，與臺灣的土地、臺灣的社會脈息與共；擁抱臺灣詩人的天職，也是我們創作的第一主題。」❸

請看〈上校〉：

那純粹是另一種玫瑰
自火焰中誕生
在蕎麥田裡他們遇見最大的會戰
而他的一條腿訣別於一九四三年

他曾聽到過歷史和笑

甚麼是不朽呢
咳嗽藥刮臉刀上月房租如此等等
而在妻的縫紉機的零星戰鬥下
他覺得唯一能俘虜他的
便是太陽

---

❸ 見《八十六年詩選》（現代詩社一九九七年版）序〈為臺灣現代詩織夢〉。

這首詩呈現了一個退伍軍官的生存境況。他曾經在抗日戰爭中為國做出過犧牲，於一九四三年在蕎麥田裡的一次最大的會戰中丟了一條腿。然而，他得到的是什麼呢？得到的不是高官、厚祿，也不是鮮花、掌聲，而是疾病（「咳嗽藥」）、衰老（「刮臉刀」暗喻鬍鬚長得快）與貧困（「上月房租」），只能靠妻子踏縫紉機做裁縫維持生計。「零星戰鬥」對應「最大的會戰」。前者為今，為生存而戰鬥，且有接不上活，生意蕭條之意；後者為昔，為保衛祖國（「蕎麥田」）而浴血奮戰，一腔愛國之情（「另一種玫瑰」）蒼天可鑑。他創造過歷史（抗日戰爭以中國人民的勝利、日本軍國主義的投降而宣告結束），卻為歷史所遺棄；他發出過勝利的豪笑，卻為生活所嘲弄。「甚麼是不朽呢／咳嗽藥刮臉刀上月房租如此等等」表面肯定，實為反諷。他太虛弱了，需要冬日的太陽暖和一下身子，偏偏太陽又使他聯想起當年日寇的太陽旗，未被強敵俘虜的他反被生存所俘虜……存在是多麼的荒謬，存在又是何等的無奈！

此詩語言極具張力，如「他曾聽到過歷史和笑」一句，就有多種解釋。余光中、黃維樑均把「笑」解為「嘲笑」，認為歷史只不過是「笑談之資」。鍾玲的看法剛好相反：「認為這『笑』應當是嘹亮的、豪情壯志的笑聲。」❹對詩中前五行的理解也有差異。余、黃二位基本上認為這首詩是諷刺戰爭的、嘲諷歷史的。黃維樑說：「蕎麥田，本是生產糧食，維持人類生命的地方，如今則成了戰場，人類在此拚個你死我活……充滿了反諷色彩。」鍾玲則認為：「相反的，歌頌了戰士英勇作戰的精神。」❺筆者對這二個問題的看法，已如上述，與余、黃、鍾三位又有所區別。這種多解釋、多義性，正顯示出瘂弦詩語言的魅力。

再看〈坤伶〉：

---

❹ 見《詩儒的創造・瘂弦詩作評論集》（文史哲出版社一九九四年九月初版）第一一六頁。

❺ 同前。

十六歲她的名字便流落在城裡
一種淒然的韻律

那杏仁色的雙臂應由宦官來守衛
小小的髻兒啊清朝人為他心碎

是玉堂春吧
（夜夜滿園子嗑瓜子兒的臉！）

「苦啊——」
雙手放在枷裡的她

有人說
在佳木斯曾跟一個白俄軍官混過

一種淒然的韻律
每個婦人詛咒她在每個城裡

詩人給我們勾勒的是另外一種人物，另外一種命運。這個女戲子色藝雙絕，十六歲便成名了，她唱的京劇《玉堂春》吸引了眾多的觀眾，但卻為男人們所輕薄，為女人們所嫉恨。即使紅遍天下，命運仍屬可悲。「一種凄然的韻律」，在詩的首尾兩次出現，充分流露出作者對她的同情。

「一體兩面」，是這首詩的基本寫法。「一體」，指女戲子本身；「兩面」分「按理怎樣」與「實際怎樣」。詩言其美，只突出了兩點：「杏仁色的雙臂」——光艷照人；「小小的髻兒」——意態憐人。按理說，這樣的美人「應由宦官來守衛」，暗示她可以像陳圓圓、董小宛一樣被皇室選入宮中，恩寵有加；或者被清朝的貴胄們所迷戀、追逐。然而，實際情況卻恰恰相反，男人們都把她看成為一個玩物，垂涎的只是她的色相，覬覦的是她的肉體。所謂「成名」，實乃淪落風塵；場場爆滿（「嗑瓜子兒的臉」「夜夜滿園子」），為的是嗑「瓜子兒的臉」（一語雙關，故在括號中又打了一個驚嘆號，「司馬昭之心，路人皆知」！）。他們的慾望得不到滿足，便散布流言蜚語，說她「在佳木斯曾跟一個白俄軍官混過」，不惜朝她頭上潑髒水。而這些男人的女人們，則妒火中燒，罵她為「賤婦」，詛咒她不得好死。「一體兩面」造成強烈的反差、尖銳的矛盾，女戲子不見容於社會與環境，她的悲劇是不可避免的。「苦啊——」既是《玉堂春》中的叫板，也是女戲子的自況，更是讀者的共感。「雙手放在枷裡的她」，是做戲，也不是做戲；是虛擬，也是實寫，更多的是象徵。女戲子的命運，亦代表了那一代人的命運。

再看〈C教授〉、〈水夫〉、〈修女〉、〈故某省長〉……皆是存在不同形式的顯現，不是幾千里、上萬里的外域、異邦，而是瘂弦周遭的人、周遭的生活，是他「擁抱臺灣、思考臺灣、感覺臺灣、表現臺灣」的詩的題材。

㈢從繁複緊張到簡潔輕鬆

這是上述兩個變化帶來的必然結果，也可以說是返樸歸真，是絢爛之後歸於平凡。瘂弦在他的《瘂弦自選集》（黎明文化事業公司一九七八年四月版）附錄〈有那麼一個人〉中寫道：

> ……一首好詩，其中每一個字對每一句應該產生作用，每一句對整首詩也都應該產生它應該產生的作用。換句話說，每一個個體對全體都應該貢獻力量，像圓球一樣，每一點都構成它的面，沒有一點是多餘的。一首好詩應該是一個有機體。同時，作品的虛實、疏密，配合也很重要，中國人最懂此道，像中國書法中的飛白，就是實中有虛，虛中有實的表現。若一個詩人希望他的詩每一句都「精彩」，到最後其效果卻是相反的。總要給讀者一個吸收的餘地。像〈阿房宮賦〉（當然賦都是比較的誇張）說的「五步一樓，十步一閣」，假若真有一個花園五步一幢樓，十步一座閣，人們一定受不了，因為太擁擠了。這也就是為什麼大的建築前面都有大廣場，否則，就顯不出建築有多偉大。每一句都要「語不驚人死不休」，這不好，應顧慮到整體的效果，而不是句句效果，不應有句而無詩。有句而無詩與有詩而無句，我寧可選擇後者。有些作品看起來每一句都很平凡，但到最後，整個詩的效果顯出來了。當然，有詩也有句那是最理想的。

在同一篇文章中，瘂弦還稱道：「中國古詩文字的應用簡潔極了，如：『一簾風月閒』。『一簾風月』之後，放一個『閒』字，中間什麼詞類都沒有，但你完全瞭解，絕不影響傳達，新詩裡恐怕這種情形還不太多。我想，這一部分，新詩應該向古詩學習。」

一九九八年年初，在為陳義芝的詩集《不安的居住》（九歌出版社一九九八年二月初版）作序〈學院的出走與回歸〉時，瘂弦再一次強調：「新的觀念是：一切從生活出發，從人出發，與其去找詩，不如去找人，人的更新，就是詩的更新！或曰：練字不如練句，練句不如練意（意境），練意不如練人；從人到意，從意到句，從句到字，形式出現，風格誕生！」

且將作於一九六五年四月的〈一般之歌〉與作於一九五九年五月的〈深淵〉作一比較，便可看出這一變化。

鐵蒺藜那廂是國民小學，再遠一些是鋸木廠
隔壁是蘇阿姨的園子；種著萵苣，玉蜀黍
三棵楓樹左邊還有一些別的
再下去是郵政局、網球場，而一直向西則是車站
至於雲現在是飄在曬著的衣物之上
至於悲哀或正躲在靠近鐵道的甚麼地方
總是這個樣子的
五月已至
而安安靜靜接受這些不許吵鬧
五時三刻一列貨車駛過
河在橋墩下打了個美麗的結又去遠了

當草與草從此地出發去佔領遠處的那座墳場
死人們從不東張西望
而主要的是
那邊露臺上
一個男孩在吃著桃子
五月已至
不管永恆在誰家樑上做巢
安安靜靜接受這些不許吵鬧

以上是收入洪範版（一九八一年）與晨鐘版（一九七一年）的全詩，二節十九行。原詩發表在一九六五年二十二期《創世紀》上，四節二十四行。原詩如下：

鐵蒺藜那廂是國民小學，再遠一些是鋸木廠
隔壁是蘇阿姨的園子；種著萵苣，玉蜀黍
三棵楓樹的左邊還有一些別的
再下去是郵政局、網球場，而一直向西則是車站
至於雲現在是飄在曬著的衣物之上
至於悲哀或正躲在靠近鐵道的什麼地方
五月已至

總是這個樣子的
而安安靜靜接受這些不許吵鬧

五時三刻一列貨車駛過
河在橋墩下打了個美麗的結又去遠了
當草與草從此地出發去佔領遠處的那座墳場
死人們從不東張西望

造化緩緩推動
喪鐘究竟為誰鳴？

而主要的是那邊露臺上
一個男孩正在吃著桃子
五月已至
而安安靜靜接受這些不許吵鬧

他們創造了這麼樣子的一個地球
然後一小點一小點地又把它偷走
從一隻長長的木匣子那裡

——你知道我說這話的意思？
而安安靜靜接受這些不許吵鬧

刪改後的定稿，比原作精鍊、簡潔、客觀、更富於表現力，這是不言而喻的。瘂弦承認，寫此詩「則是受了電影鏡頭運用的影響」❻。鏡頭推移由近到遠，又由遠到近，出乎詩人一心；意象組合有靜有動，動靜結合，以靜為主，寓意深刻。生與死的轉換，就在這「推移」與「組合」中從容地完成。題為〈一般之歌〉，透露了詩人的一種人生態度，即生也一般，死也一般，都不是什麼特殊、了不起的大事，不必看得太重，無需吵鬧喧譁，而應「安安靜靜接受」，從從容容處之。

與〈深淵〉比較，意象不是繁複而是簡潔，情緒不是緊張（即使面對死亡）而是輕鬆，節奏不是迅急而是舒緩，語言不是華麗而是樸實，色調不是濃甜而是清淡，主觀性、怪誕性蕩然無存，客觀性、戲劇性大大增加。綜觀全篇，只有一、二個警句，絲毫不像〈深淵〉那樣讓人喘不過氣來，正是詩人追求整體效果、重在練意的成績。儘管全詩大多數句子看起來都很平凡，整首詩給人的感覺卻很不平凡。〈一般之歌〉，確實非同一般！

❻ 引自《瘂弦自選集》附錄〈有那麼一個人〉。

集大成，爭取「國際、民族、本土的快速融合」

回歸以後怎麼辦？瘂弦的思考是：再度出走，再度回歸……循環往復，以至於無窮。在〈新詩這座殿堂是怎樣建造起來的——從史的回顧到美的巡禮〉一文中，他就這樣寫道：

接收西方現代派的影響是向西走，走到最後又走回到自己的文學源頭，這是一種自然現象，等到在文學本土意識上發展出一些作家，產生了一些作品，然後又感到閉塞、飢渴，又再度向西走，如此循環往復，十年、二十年盪來又盪回，這便是文學思潮的鐘擺效用。

對於東方和西方，瘂弦早在一九六〇年二月、五月寫〈現代詩短札〉時，就作過冷靜、客觀的分析。他說：

我們的情形自然與美國不同；我們雄厚的文化遺產值得向全世界自豪，但不可否認的，我們也在這龐大的累積中發現某些阻止前進的因素。我們的關鍵是：在歷史的縱方向線上，首先要擺脫本位積習的禁錮，並從舊有的「城府」中大膽地走出，承認事實並接受它的挑戰；而在國際的橫斷面上，我們希望有更多現代文學藝術的進香人，走向西方而回歸東方！❶

❶ 見《中國新詩研究》（洪範書店有限公司一九八〇年一月版）第六四頁。

在一九九三年六月寫的〈年輪的形成——寫在「八十一年詩選」卷前〉一文中，瘂弦作了進一步的發揮：

從現今的創作情況來看，我覺得幾十年來我們的詩壇從沒有像今天這麼富有信心，所有的爭論好像都結束了，試驗期的矯枉過正，革命期兩極化傾向已不存在，早年主張「橫的移植」的國際化，重視「縱的繼承」的民族化，以及稍後強調鄉土情懷的本土化，三者的界限漸趨模糊，這種經過長期痛苦演化獲致的必然的模糊，加速了不同文學觀點交集、融合的速度，我認為這是非常可喜的發展。在早年，上述的三路人馬是不相合，甚至對峙的，但通過創作的催化，不少人似乎已經發現到三者之間不可分割的依存關係。所謂國際、民族和本土，孤立起來看都不免有所局限，只有合在一起才能成其大，才容得下一個詩人遼闊的心靈視野，而在形式技巧的層面來講，只有多種形式的兼蓄並用，才能滿足創作者的藝術要求。文學史上重要的詩人，永遠是個集大成者，一件偉大的作品，既是本土的，又是民族的，而只有先成為本土的和民族的，才能成為國際的。❷

接下去，瘂弦從臺灣文壇的實際出發，充滿自豪地寫道：

……可以這麼說，今天的臺灣文學界早已與世界文化藝術潮流同步，我們的文壇，可以與任何國家平起平坐，西方什麼樣子的光怪陸離也嚇唬不了我們。我們再也不像西化時期那樣，對外來的東西頂禮膜拜照單全收，一種正確的辨別力、批判力是普遍養成了，任何新興事物，我們都可以加以選

❷ 引自《八十一年詩選》（現代詩季刊社一九九三年六月初版）。

汰、過濾，進行正常的轉化和吸收。經過了多少年的徬徨，對西方，我們瞭解夠多，包括它的缺點和局限；「浪子」和「孝子」都已從世界各地回到了自己文學的原鄉，我們已尋回到自己的信心。國際、民族、本土的快速融合，使我們的創作更富多樣性……❸

儘管這些科學的論述，在瘂弦寫作並編輯出版他的詩集時尚未完全形成，但要將橫的移植與縱的繼承結合起來，在古與今、東與西的交叉點上發展中國現代詩的理念則早就有了，這便是他的出走與回歸都集中在一本詩集中，相距時間甚短，且界限較為模糊的原因。

瘂弦是怎樣「集大成」，爭取「國際、民族、本土的快速融合」的呢？

前提：帶著故鄉去旅行

這個「前提」，見於一九九八年十二月香港《詩雙月刊》王偉明寫的〈詩成笑傲凌神州——瘂弦筆訪錄〉：「我一直主張帶著故鄉去旅行，帶著自己的文化去碰撞別人的文化，那才有立場，才知道比較與選汰，文化歸根、浪子回家才是向西方文學學習、巡禮的最終目的。」六、七十年代，瘂弦也講過類似的話。

筆者以為，有這個「前提」與沒有這個「前提」，情況是大不一樣的。舉例如下：

芝加哥

鐵肩的都市

❸ 引自《八十一年詩選》（現代詩季刊社一九九三年六月初版）。

他們告訴我你是淫邪的

——C・桑德堡

在芝加哥我們將用按鈕戀愛，乘機器鳥踏青
自廣告牌上採雛菊，在鐵路橋下
鋪設淒涼的文化

從七號街往南
我知道有一則方程式藏在你髮間
出租汽車捕獲上帝的星光
張開雙臂呼吸數學的芬芳

當秋天所有的美麗被電解
煤油與你的放蕩緊緊膠著
我的心遂還原為
鼓風爐中的一支哀歌

有時候在黃昏
膽小的天使撲翅逡巡

但他們的嫩手終為電纜折斷
在煙囪與煙囪之間

猶在中國的芙蓉花外
獨個兒吹著口哨，打著領帶
一邊想在我的老家鄉
該有隻狐立在草坡上

於是那夜你便是我的
恰如一隻昏眩於煤屑中的蝴蝶
是的，在芝加哥
唯蝴蝶不是鋼鐵

而當汽笛響著狼狽的腔兒
在公園的人造松下
是誰的絲絨披肩
拯救了這粗糙的，不識字的城市……

在芝加哥我們將用按鈕寫詩，乘機器鳥看雲
自廣告牌上刈燕麥，但要想鋪設可笑的文化
那得到淒涼的鐵路橋下

一九五八年十二月十六日

這首詩呈現了西方帶有資本性質的文明的兩面性：一面是科技的高度發達、物質的極大豐富，「用按鈕戀愛」，「用按鈕寫詩」，「機器鳥」（飛機）、「廣告」、「方程式」、「出租汽車」、「數學」、「電解」、「鼓風爐」、「鋼鐵」、「汽笛」、「人造松」……等文明的附產品為人們帶來了方便；另一面是物慾（特別是性慾）的極度膨脹、精神的嚴重匱乏，「上帝的星光」為「出租汽車捕獲」，「秋天所有的美麗」均「被電解」，連「松樹」都是「人造」，除了「蝴蝶」這座城市全是冷冰冰的「鋼鐵」，人的異化（淪為物的崇拜者和奴隸）是不可避免的。難怪有論者稱〈芝加哥〉一詩是瘂弦所寫城市詩中最「現代化」的，其內容和喻意幾乎成了全世界「現代化」都市的一個典型。

值得注意的，是第五節：

猶在中國的芙蓉花外
獨個兒吹著口哨，打著領帶
一邊想在我的老家鄉
該有隻狐立在草坡上

這一節一掃全詩灰暗、淒涼的色調，而放出明麗、溫柔之光，這是瘂弦的家鄉，這是可愛的中國！瘂弦就是帶著家鄉與祖國去旅行美國芝加哥的。儘管瘂弦寫這首詩時還沒去過外國，不是人遊而是神遊，以至於後來一位朋友（詩人黃用）到芝加哥後寫信來問：「你怎麼說芝加哥有第七街呢？我去找了半天，芝加哥哪有什麼第七街？」然而，仍然有力地說明，瘂弦是「帶著自己的文化去碰撞別人的文化」，是經過了「比較與選汰」，是「集大成」，是「國際、民族、本土的快速融合」。

當秋天所有的美麗被電解
煤油與你的放蕩緊緊膠著
我的心遂還原為
鼓風爐中的一支哀歌
有時候在黃昏
膽小的天使撲翅逡巡
但他們的嫩手終為電纜折斷
在煙囪與煙囪之間

這怵目驚心的景象，更是在與故鄉的對比後選擇並顯示出來的。性的放蕩昭示著道德的墮落，神道的式微表明了精神的崩潰。天使折翼與耶穌貶值（〈倫敦〉）、上帝蒙塵（〈巴黎〉）是同樣嚴重的警示：代表西方精神文明的宗教已失去它至高無上的地位，混亂、迷惑與無助是世界性的。

這首詩在運用典故上，也取得了較高的成就。「芙蓉花」，乃蓮（荷）的別名，也用來比喻女人的美貌。唐代元稹〈劉阮妻〉詩：「芙蓉脂肉綠雲鬟，罨畫樓臺青黛山。」今多指木芙蓉。由於湖南湘江一帶多木芙蓉，晚唐譚用之詩〈秋宿湘江遇雨〉，有「秋風萬里芙蓉國」之句，故湖南又稱「芙蓉國」。用在瘂弦〈芝加哥〉詩中，既有明麗的風景之稱，又有溫柔的故鄉之義。「狐」則使人聯想到蒲松齡的著名小說《聊齋誌異》，聯想到那些美麗的鬼狐變女人的故事，「狐」在這裡成了真情的象徵，從而對比出「按鈕戀愛」的虛假與不可靠，也呼喚出第七節的「絲絨披肩」，只有真實的愛侶、真摯的愛情才能拯救「這粗糙的，不識字的城市」（「不識字」是隱喻，指不重視人只重視物）。

以上兩個典故，都是中國的、純東方的，正好與詩前引文——美國詩人C・桑德堡（Carl Sandburg, 1878~1967）的兩行詩「鐵肩的都市／他們告訴我你是淫邪的」相映襯。前者的情調，還使人記起晉朝的陶淵明，那份自由與閑散、那種曠達與安逸；後者的引用，則流露出桑德堡的影響，其對都市的看法，其詩的抒情角度。二者的結合，就是縱的繼承與橫的移植的並重，就是東方詩藝與西方詩藝的融合。

「卷之三：無譜之歌」與「卷之四：斷柱集」中這類例子不少。

關鍵：將西方理論與中國實際相結合

瘂弦在接受香港《詩雙月刊》王偉明筆訪時承認，他曾經讀過許多西方現代派的理論著作，如：戴蘭・湯馬斯、卡繆。在為《天下詩選》作的序中，他提到西方的哲學家叔本華、尼采、柏格森、薩特與心理大師弗洛伊德，並指出：「本世紀幾個重要的文學思潮如表現主義、未來主義、超現實主義、存在主義文學、法國新小說、荒謬劇場等，都籠罩在現代主義的影響圈內。」但對瘂弦影響最大，用得最多的，是存在主義與超現實主義，他是將這二個文學思潮之理論與中國的實際（特別是臺灣的實際）結合在一起體現在他的詩中的。

先談存在主義。

瘂弦在〈現代詩短札〉中，如此寫道：

> 一個沒有妻子的詩人會在詩中寫出一位新娘來。詩，有時比生活美好，有時則比生活更為不幸，在我，大半的情形屬於後者。而詩人的全部工作似乎就在於「搜集不幸」的努力上。當自己真實地感覺自己的不幸，緊緊地握住自己的不幸，於是便得到了存在。存在，竟也成為一種喜悅。
>
> 新興藝術只會使人更加發狂。它發掘人類心中的魔鬼，或製造更多的魔鬼。
>
> 這些話是存在主義作家們常常說的：「人不過孤獨地『生存』，在一個上帝已死的世界裡，沒有絲毫價值。人愈知自己就變得愈壞。他們所能做的就是活下去，接受最壞的生活。」
>
> 是以我喜歡諦聽那一切的崩潰之聲，那連同我自己也在內的崩潰之聲。

眾所周知，存在主義是一種肯定存在是首要的或占第一位的理論。它正式形成於第一次世界大戰後的德國，廣泛流行於第二次世界大戰期間的歐美，由於法國著名哲學家、作家薩特等的倡導，而成為戰後文學中最具影響的一個西方文學流派。「存在先於本質」，「自我選擇」和「世界是荒謬的，人生是痛苦的」，便是薩特給存在主義提出的三個基本原則。雖然帶有濃重的悲觀主義色彩，也不乏認識上的片面性，但卻是人類思想文庫中的寶貴財富，影響著一代又一代人。特別是他那與生活、與「存在」緊密結合的「自我選擇」哲理更有強大的生命力，至今猶為人們有意或無意奉行的行事準則。

瘂弦關於詩人的全部工作就在於「搜集不幸」的說法，深得存在主義的精髓。恰似音樂中的不諧和音，人本身就包含著不可解決的矛盾：渴望無限，卻終有一死；洞察必然，而自身卻只是大自然的偶然產物（或云是被「扔到」這個同他對立的世界上來的）；憧憬神聖，卻又根除不了獸性。人若無這種渴望、洞察與憧憬，並非不幸（如動物）；人若有這種渴望、洞察與憧憬卻又無能為力，就非常不幸了。

瘂弦的心理原型，來自他早年的坎坷經歷，以及這經歷所帶來的負面人生與否定性思維。而憂鬱如影隨形，幾乎伴隨了他的一生。

只有憂鬱沒有憂鬱
是的，尤其在春天
沒有憂鬱的
只有憂鬱

——〈憂鬱〉

這確實是他的真實寫照。你想想，他顛沛流離數千里，從那片生死難離的大平原，來到這與母體隔斷的臺島上，有國難奔，有家難回，有雙親難以團聚……他能高興得起來嗎？「搜集不幸」，自然成了他的職責與使命。

由東海大學中文系學生葉含秋、陳湘玲、徐儁曼、蔡星婷在教師沈志方指導下寫成的論文《瘂弦研究》，傳達了瘂弦對「搜集不幸」的最新態度：

瘂弦承認年輕時的詩觀難免不夠成熟周延，但不認為搜集不幸的說法偏頗。他說搜集不幸可以是自己的，可以是他人的；可以是今人的，可以是古人的，也可以是未來的，在廣義上絕對足夠。詩人能從幸福中體會不幸，將不幸廣義化，所有時空局限的不幸都可成立。詩是一種抗議，一種意見的表達；沒有不幸就沒有詩。

在另一章「訪問記」中，瘂弦談得更具體：

那時候比較年輕，大概是為賦新詞強說愁吧！所以說「搜集不幸」。其實，詩人也不見得完全寫不幸的事情，寫幸福也是一個主題。當時，生命對我的衝擊力比較強，是把不幸誇張，享受之。詩人總是在幸福中也能找到不幸，所以才有詩。若對周遭生活很滿意、無意見，好像童話書中說的：「他們就過著幸福的生活」那樣，也就沒有詩了。廚川白村說：「文學是苦悶的象徵」，詩人大概是比小說家、戲劇家、散文家，更苦悶的工作者，因此，不幸是相當廣義化的不幸。時間局限、空間局限都是不幸。若將此不幸廣義化，那「詩人的工作便在搜集不幸」此句話應該是成立的。巴爾札克說：「幸福傷害一切詩人。」若覺得很幸福，沒有意見、堅持、抗議，那就沒有詩沒有文學了。

且看《瘂弦詩集》搜集了哪些不幸？有戰爭的殘酷：「燃燒彈把大街舉起猶如一把扇子」（〈戰時〉）；「很多黑十字架，沒有名字／食屍鳥的冷宴，淒涼的剝啄／病鐘樓，死了的妞兒倆／僵冷的臂膀，畫著最後的V」（〈戰神〉）。有政治的無情：「在哈瓦那今夜將進行某種暗殺！恫嚇在／找尋門牌號碼。灰蝠子繞著市政府的後廊飛／鋼琴哀麗地旋出一把黑傘。」（〈出發〉）「光榮的日子，從回聲中開始／那便是我的名字，在鏡子的驚呼中被人拭掃／在衙門中昏暗／再浸入歷史的，歷史的險灘……」（〈從感覺出發〉）有生存的空虛：「而我們大口喝著菊花茶／（不管那採菊的人是誰）／狂抽著廉價煙草的暈眩／說很多大家閨秀們的壞話／復殺死今天下午所有的蒼白／以及明天下午一部份的蒼白」（〈酒巴的午後〉）「這一切都是過客／她們全部的歷史止於燈下修指甲的姿態」（〈獻給馬蒂斯〉）。有死亡的恐懼：「零時三刻一個淹死人的衣服自海裡飄回」「——墓中的牙齒能回答這些嗎／星期一，星期二，星期三，所有的日子？」（〈下午〉）「很多等候在等候／久久望著／來時的路／死者的玻璃眼珠」（〈非策劃性的夜曲〉）。還有海難（〈死亡航行〉）、貧困（〈鹽〉）……等等。這些不幸，大部分取自中國，有大陸的，也有臺灣的，有歷史的，也有現實的，小部分取自外國，但也折射出中國的實際。

給人印象最深的，是瘂弦對小人物的命運的關注。如：

水夫

他拉緊鹽漬的繩索
他爬上高高的桅杆
到晚上他把他想心事的頭
垂在甲板上有月光的地方

而地球是圓的

他妹子從煙花院裡老遠捎信給他
而他把她的小名連同一朵雛菊刺在臂上
當微雨中風在搖燈塔後邊的白楊樹
街坊上有支歌是關於他的

而地球是圓的
海啊，這一切對你都是愚行

一九六〇年八月二十六日

這首詩寫社會最底層人的愛情與不幸。由於貧困，男方到遠洋輪上當水夫，長年飄泊在外，對戀人的相思只能寄托於月光，其鹹苦勝過鹽漬的海水；女方（妹子）淪落在煙花院裡，在忍辱賣笑之餘，苦苦地等待水夫掙足了錢回來為她贖身。他們的愛情是真摯的，「他把她的小名連同一朵雛菊刺在臂上」，她則「老遠捎信給他」，既是求救又是表明心跡。然而，結局卻十分悲慘：水夫尚未回來，妹子已被折磨致死。「雛菊」語義雙關，既是妹子的形象，又是妹子的命運（不堪風雨的摧殘）。「白楊樹」使人聯想到墓園，「街坊上有支歌是關於他的」，暗指妹子死了水夫尚不知道街坊鄰舍們的議論與同情。詩中二次重複「而地球是圓的」，是對地球雖圓人不圓的強調。「海啊，這一切對你都是愚行」乃是反語，愛情並非愚蠢的行為，造成這場悲劇的社會才是愚蠢的、應該譴責的！

修女

且總覺有些甚麼正在遠遠地喊她
在這鯖魚色的下午
當撥盡一串念珠之後
總覺有些甚麼

而海是在渡船場的那一邊
這是下午，她坐著
兵營裡的喇叭總這個樣子的吹著
她坐著

今夜或將有風，牆外有曼陀鈴
幽幽怨怨地一路彈過去——
一本書上曾經這樣寫過的吧
那主角後來怎樣了呢

暗忖著。遂因此分心了……

閉上眼依靠一分鐘的夜
順手將鋼琴上的康乃馨挪開
因它使她心痛

一九六〇年八月二十六日

這首詩從表面看是修女思春，因一束突來的康乃馨而打破了心靈的平靜。這束鮮花來自兵營，也許是一次邂逅，也許有多次樂奏（以「曼陀鈴」傳情），「遂因此分心了」。實際上是寫理智與情感的矛盾、教規與慾望的鬥爭，深入的是修女的內心。既有對幸福的嚮往，也有對前途的擔憂，既有被愛的喜悅，也有不能愛的煩惱……思來想去，沒有什麼可以依靠（「一分鐘的夜」極言其短），只有徒然的心痛。較之〈水夫〉的悲劇，這首詩確乎如詩人所言，「是把不幸誇張，享受之」，深度、力度皆有所欠缺。

此外，還有〈坤伶〉、〈棄婦〉、〈瘋婦〉、〈馬戲的小丑〉等詩，通過各種不同人物的各種不幸，展示了臺灣人乃至現代人的生存困境及價值取向，也是對存在主義理論的詮釋與再現。洛夫說得好：「人的真正價值與意義，比較不容易在很安定、很耽樂的環境中呈現出來，只有在最痛苦的時刻裡，人性的光輝才會彰顯出來。」❹人越是處於逆境，越是不幸，就越能體會到自己的真正存在，越需要自己去進行選擇，越能充分調動自己的生命潛能，做出平常時間做不出的事情來。

再談超現實主義。

一般認為臺灣最早提及超現實主義的是瘂弦寫於一九五八年一月二十九日的〈給超現實主義者——紀

❹見《聯合文學》一九八八年十二月第五十期〈因為風的緣故．午後書房訪洛夫〉。

念與商禽在一起的日子〉，但那只是一首詩，不是一篇論文。他真正論及超現實主義的文章是一九六〇年二月至五月發表於《創世紀》的〈現代詩短札〉中的一節，不過介紹得相當簡略。在一九八二年十月發表的〈從西方到東方　我的詩路歷程〉一文中，承認超現實主義對自己的影響很大，但不承認是「法國超現實主義在中國的傳人」。他解釋五十年代之所以接受超現實主義，是為了糾正四十年代詩的語言的口語化與內容的過分政治的偏頗。「同時，五十年代的言論沒有今天開放，想表示一點特別的意見，很難直截了當地說出來；超現實主義朦朧、象徵式的高度意象的語言，頗能適合我們，把一些對社會的意見、抗議，隱藏在象徵的枝葉後面，這也是當時我們樂於接受西方影響的重要因素。當然，我說喜歡超現實主義，並不是一成不變的接受，我曾提出『制約的超現實主義』，把超現實主義加以修正。事實上對超現實主義我仍然一往情深，但我認為超現實主義只能作為一種表現技巧而不能代表一切技巧。」

在西方現代派文學中，歷時最久的當首推超現實主義。它產生於二十世紀二十年代的法國，由於它在政治上不甘寂寞，在藝術上標新立異，僅僅半個世紀的時間，就從只有十幾個成員的巴黎小組，發展成為激盪歐、美、亞、非四大洲幾十個國家的國際性運動；它的影響也從詩歌，擴展到繪畫、戲劇、電影等文藝領域。它所提倡的「自動寫作法」固然不足取，由於刻意求奇導致文字上的過分晦澀亦應加以限制，但它挑戰傳統、拒絕規範、銳意創新的精神，注重直覺、夢幻、潛意識，對人的內在世界的深入開掘，超越現實、打亂時空、重新組合的技巧以及黑色幽默，仍然受到後人的歡迎，值得我們借鑑。

瘂弦對超現實主義的修正，是取其長處，去其不足，並與中國的實際相結合。主要表現有二：

一、將現代觀念安置在歷史背景之上，構成一種既真且謬的情境。如：

紅玉米

宣統那年的風吹著
吹著那串紅玉米

它就在屋簷下
掛著
好像整個北方
整個北方的憂鬱
都掛在那兒

猶似一些逃學的下午
雪使私塾先生的戒尺冷了
表姊的驢兒就拴在桑樹下面

猶似嗩吶吹起
道士們喃喃著
祖父的亡靈到京城去還沒有回來

猶似叫哥哥的葫蘆兒藏在棉袍裡
一點點淒涼，一點點溫暖
以及銅環滾過崗子
遙見外婆家的蕎麥田
便哭了

就是那種紅玉米
掛著，久久地
在屋簷底下
宣統那年的風吹著

你們永不懂得
那樣的紅玉米
它掛在那兒的姿態
和它的顏色
我底南方出生的女兒也不懂得
凡爾哈崙也不懂得

猶似現在
我已老邁
在記憶的屋簷下
紅玉米掛著
一九五八年的風吹著
紅玉米掛著

一九五七年十二月十九日

「紅玉米」，在詩裡是故鄉的象徵，也是「整個北方」和「整個北方的憂鬱」的象徵。它點燃了詩人兒時的記憶，也撕裂了遊子心上的傷痕。這種混合著甜蜜與辛酸的感情，是在南方（臺灣）出生的女兒所無法理解的，更是外國異質文化的詩人凡爾哈崙所無法理解的。它將伴隨著歲月的流逝直到詩人的終老，是一種永遠的誘惑，也是一種永遠的痛苦，更是一種現代的觀念。瘂弦將其安置在「宣統那年」（動亂不安的年代）的歷史背景之上，不僅讓「宣統那年的風吹著」，還讓「一九五八年的風吹著」，時空交錯，便構成了一種既真且謬的情境，使人在朦朧恍惚之中，感受到超現實主義之美。

類似的例子，在「卷之一：野荸薺」與「卷之二：戰時」中，還有不少。

二、將民族精神滲透於異域題材之中，追求一種似是亦非的效果。如：

巴黎

奈帶奈藹，關於牀我將對你說甚麼呢？

——A・紀德

你唇間輭輭的絲絨鞋
踐踏過我的眼睛。在黃昏，黃昏六點鐘
當一顆殞星把我擊昏，巴黎便進入
一個猥瑣的屬於牀第的年代

在晚報與星空之間
有人濺血在草上
在屋頂與露水之間
迷迭香於子宮中開放

你是一個谷
你是一朵看起來很好的山花
你是一枚餡餅，顫抖於病鼠色
膽小而窸窣的偷嚼間

一莖草能負載多少真理？上帝
當眼睛習慣於午夜的罌粟
以及鞋底的絲質的天空；當血管如兔絲子
從你膝間向南方纏繞

去年的雪可曾記得那些粗暴的腳印？上帝
當一個嬰兒用渺茫的淒啼詛咒臍帶
當明年他蒙著臉穿過聖母院
向那並不給他甚麼的，猥瑣的，牀笫的年代

你是一條河
你是一莖草
你是任何腳印都不記得的，去年的雪
你是芬芳，芬芳的鞋子

在塞納河與推理之間
誰在選擇死亡

在絕望與巴黎之間
唯鐵塔支持天堂

一九五八年七月三十日

寫的是巴黎，要害是性，滲透的卻是漢民族的道德標準與批判意識。詩中用了大量的象徵性意象，如「唇間輭輭的絲絨鞋」、「一顆殞星」、於子宮中開放的「迷迭香」、「谷」、「山花」、病鼠的「偷嚼」、「兔絲子」等，將慾的泛濫、性的耽溺寫得含蓄、婉轉又病態、憂鬱。詩的第四節與第五節直呼「上帝」，是對「牀第的年代」、物慾的文明的責問與抨擊。瘂弦在這首詩中，充分地發揮了超現實主義知覺感性化的長處，只作呈現，不發議論，一方面是給他所處的時代一種刺傷、一種震驚；另一方面也以隱含的憤怒和抗議導向新生的願望和抉擇。故詩的末節，有「唯鐵塔支持天堂」之句。詩評家均解釋「鐵塔」為巴黎的埃菲爾鐵塔，暗指法國的人文精神。筆者以為還是寬泛些詮釋為好，西方文明造成的精神匱乏、信仰危機，只有以東方的天人合一、物我兩忘，才能加以消解與救贖。筆者的這一議論未免離題，我在這裡要著重指出的是：瘂弦表面上寫的是巴黎，實質上寫的是臺北，是以異域題材表明他對現實的態度，其中包含著對都市化所帶來的負面影響的隱憂，那種似是亦非的效果、「一石二鳥」的感應，正是他修正超現實主義的成就。

像這樣的作品，在「卷之四：斷柱集」中幾乎全是。尤其是〈芝加哥〉一詩所顯示的中華民族精神，不同時空的交錯，似是亦非、似遠猶近的效果，更加典型，因前文已有分析，在此不再贅述。

方法：在東西方詩藝間尋找相同處

在〈有那麼一個人〉（《瘂弦自選集》附錄）中，瘂弦談到中國現代詩人對傳統的「反芻」：

就我所知，新詩人對中國古典詩詞的研究相當熱烈，臺北就有很多人專攻李商隱、杜甫等，而他們的現代詩都寫得很好。這情形顯示中國新詩人已漸漸擺脫過去對西洋文學「一廂情願」的階段，而歸宗於原來的傳統，也就是唐詩、宋詞、元曲下來一系列的詩文學。現代詩人認為新詩是中國詩歷史進展的必然，不再是西洋詩影響下的畸形兒，而是由中國文學母體上發展出來的新形式。因此，古典詩中很多手法，漸漸反映在當今詩人的作品裡，最顯著的像周夢蝶，在他詩中可見到舊文學更新發展的趨向。事實上，西方詩人一向尊重、熱愛自己的傳統，即使是很新銳的詩人，如嬉痞運動的嬉痞詩人，他們寫的詩野極了、怪極了，也不馴服極了，但提到他們的傳統時，他們都能如數家珍，朗朗上口。我國的新詩人也漸漸體會到對自己傳統的認識不夠，乃開始狂熱的研究古典詩，其中成績很好的像葉維廉，他以比較文學的觀點，對中國古典詩所做的研究，很有新的見地。他並將電影中的許多新技巧，拿來與古詩做比較研究，發現其中許多微妙的相同處，而這些研究為過去論詩者所忽略。類似這種的「反芻」，對中國新詩未來發展，將產生非常深遠的影響。

瘂弦本人也與葉維廉一樣，在東方詩藝與西方詩藝之間尋找相同處，藉以提高自己的詩的水平。他找到的相同處，即詩法有三：

一、民謠風

前面已有引證，那是瘂弦〈從西方到東方　我的詩路歷程〉一文關於向西方學習的一段話。在歷數了瓦雷里、古爾蒙等著名詩人後，瘂弦說：「我尤其醉心西班牙詩人洛卡（按：大陸譯作加西亞・洛爾卡）——對他寫的遠遠的地平線、一匹小毛驢、一個復仇的人、一個黃黃大大快要落下來的月亮……等民謠風式的作品著迷極了，後來我嘗試把民謠的形式和氣氛帶入中國的生活，用中國的民謠來寫具有民謠風味的作品，這可以說明當時我對西方的學習。」

葉維廉曾將《詩經・召南》中的一首短詩〈摽有梅〉與瘂弦的〈歌〉作了比較，得出「二者之音樂進程和調子是相似的」，〈歌〉採用了「重複變化」的傳統手法的結論❺。筆者以為，瘂弦的〈歌〉不僅可以與《詩經》的〈摽有梅〉比較，還可以與里爾克的〈沉重的時刻〉比較：

歌

誰在遠方哭泣呀
為甚麼那麼傷心呀
騎上金馬看看去
那是昔日

誰在遠方哭泣呀
為甚麼那麼傷心呀

❺ 見《詩儒的創造・瘂弦詩作評論集》第三六二頁～三六三頁。

騎上灰馬看看去
那是明日

誰在遠方哭泣呀
為甚麼那麼傷心呀
騎上白馬看看去
那是戀

誰在遠方哭泣呀
為甚麼那麼傷心呀
騎上黑馬看看去
那是死

摽有梅

摽有梅，
其實七兮。
求我庶士，

迨其吉兮。

摽有梅，
其實三兮。
求我庶士，
迨其今兮。

摽有梅，
頃筐塈之。
求我庶士，
迨其謂之。

附：譯文

梅子熟了

梅子成熟落地，
樹上還剩七成。
追求我的男青年，

快趁著吉日良辰。

梅子成熟落地，
樹上還剩三成。
追求我的男青年，
快趁著今日良辰。

梅子成熟落地，
拿只竹筐收拾。
追求我的男青年，
快把感情表明。

沉重的時刻

楊武能譯

此刻有誰在世上的甚麼地方哭，
無緣無故地在世上哭，
哭我。

此刻有誰在夜裡的甚麼地方笑，
無緣無故地在夜裡笑，
笑我。

此刻有誰在世上的甚麼地方走，
無緣無故地在世上走，
走向我。

此刻有誰在世上的甚麼地方死，
無緣無故地在世上死，
望著我。

通過比較，不難看出：瘂弦受到傳統與西方的雙重影響。民謠是詩的最早形式，雖未包容詩的全部秘密，但已探知詩的本質秘密，而這本質秘密是無論經歷多少世代都不會改變的。東方是這樣，西方也是這樣，如以少勝多、瞬間呈示、重複變化等。任何有成就的詩人，都受到過本民族民謠的滋養，並在對內與對外的傳承與借鑑中形成自己的風格。里爾克是這樣，瘂弦也是這樣。只不過〈歌〉較為呆板，不如里爾克詩深刻罷了。

〈乞丐〉、〈殯儀館〉、〈斑鳩〉等詩也有類似的情況。〈乞丐〉將「蓮花落」的調子嵌入詩中，但又區別於「蓮花落」。

誰在金幣上鑄上他自己的側面像
(依呀嗬！蓮花兒那個落)
誰把朝笏抛在塵埃上
(依呀嗬！小調兒那個唱)

酸棗樹，酸棗樹
大家的太陽照著，照著
酸棗那個樹

「蓮花落」在詩中是乞丐生存演出的道具。〈殯儀館〉取的是兒童的視角，用的是兒童的口吻：

食屍鳥從教堂後面飛起來
我們的頸間撒滿了鮮花
(媽媽為甚麼還不來呢)

括弧中的詩句在詩中連續出現四次，天真爛漫反增強了死亡的悲劇氣氛。〈斑鳩〉則直接用了民謠兒歌的調子：

女孩子們滾著銅環
斑鳩在遠方唱著

斑鳩在遠方唱著
我的夢坐在樺樹上

斑鳩在遠方唱著
訥伐爾的龍蝦擋住了我的去路
為一條金髮女的藍腰帶
壞脾氣的拜倫和我決鬥

斑鳩在遠方唱著
鄧南遮在嗅一朵枯薔薇
樓船駛近莎孚墜海的地方
而我是一個背上帶鞭痕的搖槳奴

斑鳩在遠方唱著
夢從樺樹上跌下來

太陽也在滾著銅環
斑鳩在遠方唱著

東方，西方，重複跳接；童話，幻想，朗朗上口。只是用典過多，妨礙讀者的理解。

以上例子皆說明瘂弦是「把民謠的形式和氣氛帶入中國的生活」，不是民謠的復寫或套用。但僅僅停留於此還不夠，現代詩所特具的張力與深度要求瘂弦更進一步，向西班牙詩人加西亞・洛爾卡看齊。

加西亞・洛爾卡是一個傑出的現代派詩人。他的最大特點，是把傳統的民歌要素和現代先鋒派的要素自然地結合在一起。民歌要素表現為安達盧西亞的濃艷色彩、原始激情、吉普賽歌舞的調子和節奏。現代派要素主要指弗洛伊德精神分析學、對非理性的表現、對潛意識的開掘，這些東西因社會、宗教等規範的壓制而激化，構成他詩歌的悲劇內容。既是原始的，又是現代的；既是政治的，又是心理的——洛爾卡的天才就在於將這些矛盾的因素融合為一，從而唱出了安達盧西亞的苦難、悲哀、活力與希望。

從瘂弦對洛爾卡的醉心與推崇，可以看出他已對民歌要素與現代派要素的結合給予了足夠的重視。如：作於一九六四年四月的〈下午〉寫生存的無奈與茫然，用了「拼湊」與「組合」的手法（這已經接近後現代了），將植物（「水葫蘆花和山茱萸依然堅持」）與人（「莎孚就供職在/對街的那家麵包房裡」，注意！不是一般的人，而是以歌唱愛情、友誼著稱的古希臘女詩人，且已改行做麵包了，號稱「第十個繆斯」的莎孚也不再輝煌，何況「我等」）、西方（「鐵道旁有見人伸手的悠里息斯」，喬伊思同名小說的主人公，大陸譯作尤里西斯，在此具有智慧、狡猾的雙重含義，連上帝都可以開玩笑，真理即錯誤，還能有什麼「更大的玩笑」）與東方（「紅夾克的男孩有一張很帥的臉／在球場上一個人投著籃子」，從希臘神話退回到中國現實）、精神（「我等或將不致太輝煌亦未可知」，「無所謂更大的玩笑」，是議論也是思考，屬於精神活動）與物質（「整門加農炮沉向沙裡」，威力再大發揮不了，「河水流它自己的」，不以人間得失為轉移）、生（「輝煌不起來的我等笑著發愁」，無奈只好苦笑，「鴿子在市政廳後邊築巢」，人視為重要的地方鴿子不以為意）與死（「在電桿木下死著／昨天的一些／未完工的死」）拼湊在一起，拆除了彼此的界限，凸現了人生的荒謬。「這麼著就下午了」，此句在詩中兩次出現，強調的是：時光易逝，意義難覓。「說得定甚麼也沒有發生／每顆頭顱分別忘記著一些事情」所謂「輝煌」、「玩笑」、名利、地位……都是過眼煙雲，人所能選擇的只能是性，只能是享樂。於是，「組合」完成。插在一、二節之間，二、三節之間，三、四節之間的括弧詩：

（在簾子的後面奴想你奴想你在青石鋪路的城裡）

（奴想你在綢緞在瑪瑙在晚香玉在謠曲的灰與紅之間）

（輕輕思量，美麗的咸陽）

到第四節合而為一，那個隔著簾子與「我」眉來眼去、家在「咸陽」（此處是泛指，家在異鄉）的美人（「奴」）終於掀簾而出，來到「我」的牀上。儘管有人淹死（「零時三刻一個淹死人的衣服自海裡飄回」），享樂照常進行（「伊壁鳩魯學派開始歌唱」，伊壁鳩魯是古希臘哲學家，主張人生的意義就是享樂）。這與存在主義的另一位代表人物海德格爾將人的基本存在狀態概括為「煩」、「畏」、「死」，認為「沉淪是人本身的一種規定」

何其相似乃爾！不過，海德格爾提出的「沉淪」，實際上是指「人的異化」，並非純粹高級的「原始狀態」的墮落。他要求人們把死亡作為促使自己意識到自己是單獨個人的門徑，要求人們通過死亡這個門徑，走到自己本真的存在。他的至理名言「人為死而在」，就是這個意思。瘂弦的〈下午〉尚未達到這個高度。儘管如此，其現代派的味道也夠濃的了。

以上這些，都是這首詩的現代派要素；至於民歌要素，則體現在那三個括弧中，使人想到江南的民間小調，想到中國的古典戲曲，既有重複又有變化，通俗易懂，琅琅上口。當然，二者的比例不夠協調，說〈下午〉是一首民謠風的詩未免牽強，但說它受到民謠的影響或吸收了民謠的有益成分，還是恰當的。這首詩體現了瘂弦將民歌要素與現代派要素相結合的努力，也顯示了瘂弦要繼續攀登詩藝高峰的雄心，可惜這一嘗試只進行了二、三首詩，便戛然而止，不能不使人感到遺憾。我們是多麼盼望瘂弦重新復出，東山再起，繼續他那甜美而憂鬱的歌唱啊！

二、戲劇化

在接受香港《詩雙月刊》王偉明的筆訪時，瘂弦說：「至於戲劇，它對我的影響就更大了，我在農村長大，小時候最快樂的事就是到廟會上去看社戲。稍長，又迷上了話劇，我那時認為天底下第一等的事就是戲劇，第一等的人物就是演員。大學時唸的是戲劇系，跟隨的老師有齊如山、俞大綱、李曼瑰、虞君質、王紹清、王壽康、張英、張徹、顧毅等名家，教我表演的則是崔小萍。按理說這麼強的教授陣容，應該調教出一個優秀的表演人才，但幾次考驗都證明我缺乏這方面的天份。雖然後來我也參加過歷史劇《國父傳》的演出（飾演孫中山先生），我還因為演出此劇獲得一九六五年『全國話劇最佳男演員金鼎獎』，但經過這次演出以後我更認清了一點，那就是：我不是當演員的料！從此『金盆洗手』不再有演戲的念頭。但這個戲劇情意結一直糾纏在我心裡，後來，我把戲劇的各種手法表現在詩裡，還喜歡到各處去朗誦詩歌，這可能也是一種失落後的心理補償吧。不過也有人讀了〈深淵〉懷疑我的人格有問題，因為詩中的那個『我』頹廢、墮落，心態卑下，這是沒有認識到詩中的我，只是戲劇角色的我，並非作者的我；作者對戲劇角色之我的詮釋，才是作者的我。這等於說，哈姆雷特、李爾王是莎士比亞也不是莎士比亞是同樣的道理。」

在《八十六年詩選》序〈為臺灣現代詩織夢〉中，瘂弦進一步論述道：「論者常謂戲劇是綜合藝術，其綜合內容中最多的成份，就是詩。在古代，戲劇和詩是不分家的，二者相輔相成、互為生發。一個時代的戲劇如果沒有詩的質素，就沒有高層次的美感和思想深度，同樣的，詩如果與戲劇脫離，就失去了驃悍動人的一面，也無法對廣大群眾產生親和力。有時候，一個新的文學運動是從戲劇點燃火種，然後才延燒到其他文類的。例如愛爾蘭的民族文學運動，就是從葉慈等人的戲劇為肇端的。葉慈是詩人，也是戲劇運動的弄潮者，他藉詩與劇二者的互動關係所產生的能量作基礎，帶動了其他文類，風起雲湧，創造了愛爾蘭的文藝復興。」「中國戲劇從宋以後形式初具，到了元代則大放光芒。元雜劇演出的基本程式是『唱作』，其劇本書寫的工具則是韻文，中國式的戲劇由此定音，建立了源遠而流長的傳統，不但在戲劇史上留下可貴的紀錄，也為中國的詩文學開創出另一種風華。有人說中國之所以沒有西方那種動輒數千行數萬行長篇敘事詩，是因為戲曲發達的關係；廣義的說，戲曲，就是中國的敘事詩另一種樣貌。這種觀察不無道理。」

瘂弦詩的戲劇化，既是他戲劇情意結在詩中的轉化，也是他對西方詩注重戲劇性與中國戲曲本身就是敘事詩這一共同點的歸納。

瘂弦提到的「詩中的我，只是戲劇角色的我」，使人想到愛爾蘭名詩人葉芝（瘂弦文章譯作「葉慈」）的「面具理論」。葉芝的自我抒情充滿了現代意識和感性，他為詩中的自我戴上了種種「面具」，如「乞丐」、

「小丑」、「粗漢」等，葉芝進入這些對象的內心，也便成了乞丐、小丑、粗漢等，他會按不同的身份去思去說去行。瘂弦的〈乞丐〉、〈瘋婦〉、〈馬戲的小丑〉、〈深淵〉都用了第一人稱「我」，顯然受到了葉芝的影響：

每扇門對我關著，當夜晚來時
人們就開始偏愛他們自己修築的籬笆
只有月光，月光沒有籬笆
且注滿施捨的牛奶於我破舊的瓦缽，當夜晚
　夜晚來時

——〈乞丐〉

你們再笑我便把大街舉起來
舉向那警察管不住的，笛子吹不到的
戶籍混亂的星空去
笑，笑，再笑，再笑
瑪麗亞會把虹打成結吊死你們

——〈瘋婦〉

在純粹悲哀的草帽下
仕女們笑著
顫動著摺扇上的中國塔
仕女們笑著
笑我在長頸鹿與羚羊間
夾雜的那些甚麼

——〈馬戲的小丑〉

哈里路亞！我仍活著。
工作，散步，向壞人致敬，微笑和不朽。
為生存而生存，為看雲而看雲，
厚著臉皮佔地球的一部分……

——〈深淵〉

由於戴上了面具，深入了角色，瘂弦就把這些人物（大多數是小人物）的處境、言行乃至靈魂都刻畫了出來。葉芝還有一些詩，雖然戴上了面具，依舊有詩人的聲音，詩人的聲音和面具的聲音形成復調，反映出內心的矛盾和豐富；作品不再是單聲部的，而是多聲部的。瘂弦亦有所借鑑，但還做得不夠。

瘂弦強調「詩是一種演出」❻，「我把戲劇的各種手法表現在詩裡」，使人想到另一位名詩人、英國的艾略特的創作實踐。艾略特喜歡把詩的人物放在戲劇性的場景中，不僅讓說話者滔滔不絕地自我表現，還有聽者的反應和思想，他的筆墨只用於有重要意義的片斷，給讀者一種身臨其境的感受，並參與人物命運的演繹。在詩中，場景、臺詞、潛臺詞都不著痕跡地混在一起，艾略特並不點明三者的關係，只在幕後導演。中國清代戲劇家李漁的劇論，不止於「文人把玩」的戲劇文學，而是「自我作古」地從「傳奇之設，專為登場」出發，提出「傳奇妙在人情」，「傳奇無實，妙在隱隱約約之間」，以及「求肖似」、「脫窠臼」、「立主腦」等……亦可作為印證。艾略特與李漁，對瘂弦來說，都不是陌生的。如〈鹽〉：

二嬤嬤壓根兒也沒見過退斯妥也夫斯基。春天她只叫著一句話：鹽呀，鹽呀，給我一把鹽呀！天使們就在榆樹上歌唱。那年豌豆差不多完全沒有開花。

鹽務大臣的駱隊在七百里以外的海湄走著。二嬤嬤的盲瞳裡一束藻草也沒有過。她只叫著一句話：鹽呀，鹽呀，給我一把鹽呀！天使們嬉笑著把雪搖給她。

一九一一年黨人們到了武昌。而二嬤嬤卻從吊在榆樹上的裹腳帶上，走進了野狗的呼吸中，禿鷲的翅膀裡；且很多聲音傷逝在風中，鹽呀，鹽呀，給我一把鹽呀！那年豌豆差不多完全開了白花。退斯妥也夫斯基壓根兒也沒見過二嬤嬤。

這首散文詩是瘂弦寫小人物的詩中最成功的作品，充分表現了他悲天憫人的博大胸懷，曾被無數選本

---

❻ 見《中國新詩研究》第二〇頁。

選入，為眾多學者與廣大讀者稱道。

整首詩就是一種戲劇的演出。有時間：滿清末年（「鹽務大臣」、「一九一一年」）；有地點：北方內陸（「海湄」離此「七百里」），鍾玲考證「大約在河北西部或山西東部太行山一帶」❼；有人物：農婦二嬤嬤、天使們、鹽務大臣、革命黨人，以及俄國作家退斯妥也夫斯基（二嬤嬤與退斯妥也夫斯基根本不相干，把二者連在一起是超現實主義非邏輯性組合手法。退斯妥也夫斯基關心下層疾苦，專擅拷問靈魂。代表作有《罪與罰》、《被侮辱和被損害的》等）；有場景：榆樹、豌豆地（第一場），海湄、榆樹、雪（第二場，又分遠景與近景），榆樹、豌豆地（第三場，與第一場不同者豌豆開花了，有野狗、禿鷲活動）；有道具：裹腳帶，二嬤嬤用之上吊，駱隊，鹽務大臣以之運鹽（那麼多鹽，卻遠在七百里以外，不給二嬤嬤一把）；有臺詞：「鹽呀，鹽呀，給我一把鹽呀！」（重複三次，前二次由二嬤嬤叫出，後一次在二嬤嬤死後，由「很多聲音」叫出）；有潛臺詞：「二嬤嬤壓根兒也沒見過退斯妥也夫斯基」，暗指二嬤嬤求告無門，「退斯妥也夫斯基壓根兒也沒見過二嬤嬤」，暗指以寫痛苦寫靈魂擅長的大作家卻不知道二嬤嬤的悲劇應感到羞愧……總之，戲劇的所有要素，這首散文詩都有，瘂弦並未指手劃腳，「只在幕後導演」，「傳奇之設，專為登場」。從開端（春天到了，二嬤嬤深受無鹽之苦。鹽雖小卻是生命的必需，以「鹽」概括巨大、全部的貧困。「只叫著一句話」是悲劇的起點），到上升部（豌豆不開花，地裡絕產，最基本的生活必需無法解決，生存危機加劇），到頂點（運鹽的駱隊不來，冬天倒是來了，等了一年的二嬤嬤眼已望穿望瞎，她得到的不是鹽而是雪），到下降部或轉向部（辛亥革命爆發，二嬤嬤上吊，上吊是緊張點），最後到結局（二嬤嬤的屍骨被野狗、禿鷲撕扯，屈死的靈魂仍在喊鹽，悲劇的氣氛更加濃重）……脈絡分明，起伏有致，完全符合西

❼ 見《詩儒的創造・瘂弦詩作評論集》第一一九頁。

方戲劇理論家弗雷塔克著名的「五部三點說」。

特別要指出的是，瘂弦在這首散文詩裡成功地採用了對比與反襯的手法，大大地加強了作品的深度與力度。其中，有東與西的對比，中國的農婦二嬤嬤與俄國的文豪退斯妥也夫斯基，效果已如上述；官與民的對比，二嬤嬤在生死線上掙扎，鹽務大臣卻在「七百里以外的海湄」逍遙，遠鹽解不了近渴，瀆職與草菅人命到何種程度！神與人的對比，二嬤嬤痛苦到十分，天使們還在開她的玩笑，神道式微，天理何在?!鹽與雪的對比，同樣是白，一個可救人命，一個則凍死人；黨人與窮人的對比，「一九一一年黨人們到了武昌」，「而二嬤嬤卻從吊在榆樹上的裹腳帶上」，走向了死亡。有評者認為是辛亥革命來晚了，否則二嬤嬤可以得救，筆者認為黨人們的行動在二嬤嬤上吊之前，最起碼也是同時進行的，說明這場革命無助於人民生活的改善，是很不徹底的。這與魯迅等對辛亥革命的認識是一樣的；熱烈與悲傷的對比，二嬤嬤在叫苦，天使們卻在歌唱，二嬤嬤已經瞎眼，天使們卻在嬉笑，二嬤嬤生前豌豆花不開，她死後卻開花了，難怪不少人讀到這裡會掉下眼淚；白與黑的對比，鹽是白的，雪是白的，豌豆花是白的，天使們的袍子也是白的，二嬤嬤的世界卻是黑的，「盲瞳裡一束藻草也沒有過」，一丁點生命的綠色都沒有，她只能死於這白色的無情的世界，在這裡提「白色恐怖」也不無道理；靜與動的對比，主要是在第三段，人死應歸於靜，但仍要對付野狗與禿鷲，仍靜不下來……以上八組對比都包含著反襯，不同的成分互為表裡又互為因果，本質即在其中，張力也在其中。

由於瘂弦主張「詩人的工作便在搜集不幸」，出現在他詩中的戲劇多數都是悲劇，使人想到美國現代戲劇的奠基人奧尼爾對悲劇的永恆追求。奧尼爾的悲劇是這樣一種悲劇，它只描寫人的失敗；成功地描寫了人的失敗，這也就創造了成功的藝術。在這真正的藝術中，不難找到悲劇的意義：悲劇使人驚醒，使人振作，使人更嚴肅地思考生命，更深刻地理解世界，從而擺脫狹隘與瑣碎，走向自由與崇高。奧尼爾說得好：「當人在追求不可企及的東西時，他是注定要失敗的。但是，他的成功是在鬥爭中，在追求中！當人向自己提出崇高的使命，當個人為了未來和未來的高尚價值而同自己內心和外在的一切敵對勢力搏鬥時，人才是生活所要達到的精神上的重大意義的典範。」[8]瘂弦對奧尼爾的悲劇是比較熟悉的，以詩追蹤前賢、大師也是順理成章的事。當然，他也受到他所稱道的中國元雜劇的影響，特別是以關漢卿《竇娥冤》為代表的悲劇的影響，不僅再現人所遭受的苦難，同時昂揚一種正義與人格趨向。這方面的例子在前面談存在主義時已經列舉，在這裡就從略了。

三、知與情的結合

一般地說，西方詩主知，東方詩主情。在歐洲，強調詩的知性，最早是由浪漫派之後的巴拿斯派提出來的，實質上就是十九世紀中葉以後風靡歐洲的科學精神，以冷澈的理智代替主觀狂熱的浪漫激情，很快便成為現代主義反對浪漫主義最重要的武器之一。在中國，自古以來就有強調純粹抒情不重知性的傾向，認為詩是透過具體而鮮活的意象，以表現一種純粹的心靈感應，以及一種超越文意的觀照式的境界，談不上什麼理念或主題。西方詩與東方詩各有所長，也各有所短。隨著時代的發展、詩藝的提高，到了二十世紀，雙方都起了變化。在西方，瓦雷里直接繼承並發揚了其師馬拉美對於純詩境界的執著創造和追求，將詩的抒情借助於藝術的魅力推向了一個極巔。艾略特提出了「思想感性化」、「客觀對應物」的理論，主張要形象鮮明、有血有肉的思想；為了表現特定的情感，必須在詩中找到其客觀對應物即與其對應的特定事物、情景或事件的組合，在主客觀之間形成同構的關係。他的長詩〈荒原〉，便是知與情相結合的經典之作。

---

[8] 引自《美國作家論文學》第二四七頁。

在中國，徐遲於三十年代提出了「放逐抒情」的口號，以實現現代詩表現上的「客觀性」、「間接性」、「小說化」和「戲劇性情境」，從而使詩不再以情動人而以思啟人，來達到「知性」的目的。紀弦認為：「現代詩的本質是一個『詩想』；傳統詩的本質是一個『詩情』。十九世紀的人們以詩來抒情，而以散文來思想；作為二十世紀的現代主義者的我們正好相反：我們以詩來思想，而以散文來抒情。」❾因此，他得出結論，「現代主義之一大特色是：反浪漫主義的，重知性，而排斥情緒之告白」，主張「冷靜、客觀、深入，運用高度的理智，從事精微的表現」❿。覃子豪反對「放逐抒情」，認為：「抒情並非浪漫派的專利品，是詩共有的特質」，「現代詩有強調古典主義的理性的傾向，因為理性和知性可以提高詩質，使詩質趨純化，達於爐火純青的清明之境，表現出詩中的含義，但表現非藉抒情來烘托不可」⓫。這就糾正了紀弦的偏頗，使理論周延、完整。洛夫則直接提出了知性與感情的融合一體。

對於上述的變化與趨同，瘂弦早有覺察，他不失時機地抓住西方詩與東方詩的這一相似之處，力主知與情的結合。一九七一年十二月，在《臺大青年》第四期答記者問時，他說：「詩可以給人兩種效果：一是引起感動，一是引起沉思。假如一個作品在讀完之後，這兩者都沒有的話，恐怕這作品在表現上、傳達上有問題。」一九七四年四月，《創世紀》第六十六期發表了瘂弦為蕭蕭編著《感人的詩》所作的序〈美·思·力〉，他寫道：「我常常用美、思、力三種質素來衡量詩。也就是說，詩在美感的疊現、思想的深度與動人的力量上掌握的深淺輕重，每每決定了詩的品質。美屬於浪漫、象徵主義的層次，思屬於古典主義的

---

❾ 引自紀弦〈從自由詩的現代化到現代詩的古典化〉，見《現代詩導讀·理論、史料篇》（故鄉出版社一九七九年版）。

❿ 引自紀弦〈現代派信條釋義〉，見《現代詩導讀·理論、史料篇》。

⓫ 引自覃子豪〈新詩向何處去?〉，載《藍星詩選·獅子星座號》（一九五七年）。

層次，力屬於自然、寫實主義的層次；能融匯或者具備其中一二的，便是好詩。而我們所說的感人，多少也是從這三方面來要求的。」一九八〇年八月二十七日，瘂弦寫的〈現代詩的省思——《當代中國新文學大系》詩選導言〉，對「未經冷卻的熱情」提出了批評：「詩情飽滿，感情充沛，這自然是作為愛國主題長詩的必要條件，但未經過濾和冷卻的情感在作品中率直的湧現，往往使整首詩充滿了呼號和吶喊，犯了浪漫派詩人無法制約感情、任其奔洩的毛病。」「熱情是好的，但未經冷卻的熱情，卻會焚燬詩作品應有的誠懇。」一九八二年十月，在〈從西方到東方　我的詩路歷程〉中，瘂弦將中國的現代派分為「前現代派」與「後現代派」，「前者發源於上海，後者奠基在臺北；就像西洋繪畫上的拉菲爾前派與拉菲爾後派一樣」。可見他對戴望舒、施蟄存、蘇汶與紀弦等的主張是有研究的，知與情的結合便是研究的結論。

最成功的例子，是寫於一九六四年四月的〈如歌的行板〉：

溫柔之必要
肯定之必要
一點點酒和木樨花之必要
正正經經看一名女子走過之必要
君非海明威此一起碼認識之必要
歐戰，雨，加農炮，天氣與紅十字會之必要
散步之必要

溜狗之必要
薄荷茶之必要
每晚七點鐘自證券交易所彼端
草一般飄起來的謠言之必要。旋轉玻璃門
之必要。盤尼西林之必要，暗殺之必要。晚報之必要
穿法蘭絨長褲之必要。馬票之必要
姑母遺產繼承之必要
陽臺、海、微笑之必要
懶洋洋之必要

而既被目為一條河總得繼續流下去的
世界老這樣總這樣：——
觀音在遠遠的山上
罌粟在罌粟的田裡

這首詩，以「……之必要」的句式，一口氣羅列出十九種對生活的態度，儘管情調不同，選擇各異，有莊有諧，有正有反，但生活卻不以人們的主觀意志為轉移，它仍然按照自己的規律發展下去，世界總是

善惡分明的。筆者所說的「生活」，既包括人生，也包括歷史，還泛指存在。詩中透露的人生觀與世界觀，既有焦躁、無奈，更有冷靜、執著。

瘂弦的十九個「之必要」，除了「溫柔」、「肯定」較虛、較抽象外，其餘全是具體而鮮活的意象。屬於物質的，有「酒和木樨花」、「加農炮」、「薄荷茶」、「旋轉玻璃門」、「盤尼西林」、「晚報」、「馬票」；屬於精神的，有「正正經經看一名女子走過」、「謠言」（自證券交易所傳出）、「懶洋洋」。或牽涉到政治：「暗殺」、「歐戰」；或聯繫到時尚：「談海明威」、「穿法蘭絨長褲」。有的是世代不變：「遺產繼承」；有的是生活習慣：「散步」、「溜狗」；有的僅僅只是一種生理現象：「微笑」；有的不過是一種自然現象：「雨」、「天氣」……儘管千差萬別，但卻有一點相同，就是這十九個必要都可以展開來，放手抒情，瘂弦卻對它們實行了制約，少則二字，多也不過二十二字，語言儘量精審，敘述十分客觀，褒貶非常間接（甚至不加褒貶），從而突出了「知性」。

結構上的變化，主要體現在第三節，這也是全詩最具思想性的部分。不管你這必要，那必要，都不如生命必要，而生命的本質就在於運動，你我既被稱為「河」總得繼續流下去。瘂弦在這裡將思想感性化，並用了象徵的手法：「觀音」象徵神道，雖然已經式微，仍在遠遠的山上；「罌粟」象徵罪惡，儘管未能滅絕，也只局限在田裡；一上一下，既尖銳對立也涇渭分明。「世界老這樣總這樣」並非一成不變，變的是生活態度、存在方式，不變的是生命繁衍，正壓倒邪。

值得稱道的，還有這首詩的形式。「如歌的行板」，乃音樂術語。「行板」(andante) 是最常用的速度，在意大利文中原為「行路」的意思，且指「徐步而行」，與 adagio 一樣常被用作樂章的名稱（約每分鐘六十四拍）。「如歌的」(cantabile) 表示風格如歌。以此為題，充分體現了瘂弦對音樂性的追求，事實上這首詩也是瘂弦作品中最具音樂風格的一首。重複，不必說，有十九個「之必要」，確保音韻鏗鏘；變化，「之必要」前的定語，二個字的用了七次（「溫柔」、「肯定」、「散步」、「溜狗」、「暗殺」、「晚報」、「馬票」），三個字的用了二次（「薄荷茶」、「懶洋洋」），四個字的用了一次（「盤尼西林」），五個字的用了一次（「旋轉玻璃門」），六個字的用了二次（「穿法蘭絨長褲」、「姑母遺產繼承」），由於用了標點符號因而介乎五個字～七個字之間的用了一次（「陽臺、海、微笑」），八個字的用了一次（「一點點酒和木樨花」），十一個字的用了二次（「正正經經看一名女子走過」、「君非海明威此一起碼認識」），十三個字的用了一次（「歐戰，雨，加農炮，天氣與紅十字會」），由於用了標點符號也可算作十三字～十六字之間，二十二個字的用了一次（「每晚七點鐘自證券交易所彼端　草一般飄起來的謠言」），且十分奇特：中間斷開，跨節，分行，一方面避免了冗長之感（起碼在朗讀上可以停頓一拍），另一方面也有象形、表意之作用（凸出謠言「草一般飄起來」，動感強，干擾大）。用過二次或二次以上的，多數是排比、對稱，讀起來悅耳便產生了諧和。至於詩行的長度，並未劃一，先短，再長，再短，再長，更長，短句構成長句，長句分成短句，再短，有齊，有不齊……形成的節奏，快慢有致，語調有別，且行，且歌，且舞，真是儀態萬方，風情萬種，給人以極大的美的享受。

由於俄國偉大的音樂家柴可夫斯基寫過〈D大調第一弦樂四重奏〉，其中的第二樂章就叫「如歌的行板」，瘂弦的詩不能不引起我們對那部傑作的聯想。該作的靈感來自一支動人的俄羅斯民歌——〈孤寂的凡尼亞〉，其特點是悠長緩慢，情感深摯。柴可夫斯基以之為主題，用復三段式寫成。第一大段與第二大段在音色和織體上均形成鮮明的對比，而風格又極其統一。第二大段在陰鬱的氣氛中有明朗的因素，流露出哀傷而熱切的祈求。變化再現的第三大段加了一個長長的尾聲，使斷續、嗚咽般的音調停在兩個清澈的和弦上，結束在夢似的空幻中。事情就是這樣奇妙，那著名的、富有俄羅斯民歌風味的主題，一經變奏手法的處理，情緒就顯得格外沉鬱、傷感。它在樂曲中的反復出現，竟將沙皇時代專制政治下人民的悲慘生活與難言的痛苦，表達得淋漓盡致。另一個俄國大文學家列夫・托爾斯泰聽到〈如歌的行板〉，激動得掉下眼淚。他讚嘆道：「我已接觸到忍受苦難的人民的靈魂深處了！」柴可夫斯基對此深感自豪。它不僅是〈D大調第一弦樂四重奏〉中最為精采的樂章，也是柴可夫斯基全部作品中最為人們喜愛的樂曲之一，甚至有人將其譽為柴可夫斯基的「代名詞」。

無可否認，瘂弦的同題詩較之柴可夫斯基的傑作，無論在民歌風味、思想深度、感情厚度上都要遜色一點，但足堪稱《瘂弦詩集》中最為精采的篇章之一，也是臺灣詩壇乃至中國詩壇最為傳誦的名作之一，難怪洪範書店於一九九六年編輯出版一套文學精品《隨身讀》，編選人鄭樹森便以《如歌的行板》作瘂弦的一本的書名。

知與情的結合，並不是一件容易的事，需要明確的理論指導、深廣的藝術積累、長期的創作實踐。瘂弦也有失敗之作，如他曾經對葉珊（楊牧）說：「〈給馬蒂斯〉這首詩頗造作！我們都很『假』。」〈唇——紀念Y・H〉、以及二十五歲前作品〈工廠之歌〉、〈劇場，再會〉等，寫得都不成功。瘂弦如能堅持明確、深廣、長期（這一點尤為重要），那就好了。

瘂弦詩之魅力，主要在於語言

關於瘂弦詩的語言，歷來便受到多家的讚賞與廣泛的好評。

辛鬱說：「瘂弦詩之所以有魅人之力，主要就在於它的語言。」❶

洛夫說：「瘂弦常常以一種很平常、平凡的語言，做不平凡的安排，他的語言是一種創造性的語言。」❷

商禽說：「瘂弦的語言有著甜美的感覺，同時它又有多方面的作用，譬如驚奇的感覺，不同程度的嘲諷感覺。」❸

沈奇說：「在瘂弦的詩中，對口語以及歌謠等民間語彙的巧妙運用和對敘述性話語之詩性資源的發掘與重鑄，達到了得心應手的地步。」❹

王晉民說：「從瘂弦詩作的整體來看，『甜』是瘂弦詩歌語言藝術的突出特色與迷人所在。而『甜』的

---

❶ 見蕭蕭〈剖析瘂弦作品：既被目為一條河，總得繼續流下去〉，《現代名詩品賞集》（臺北：聯亞一九七九年五月二十日初版）第二〇四頁。

❷ 同上，第二一〇～二一一頁。

❸ 同上，第二一三頁。

❹ 引自沈奇〈對存在的開放和對語言的再造——瘂弦詩歌藝術論〉，見《詩儒的創造‧瘂弦詩作評論集》（文史哲出版社一九九四年九月初版）第三九八頁。

主要表現即是詩語言音樂性的營造。」❺

概括起來，痖弦詩的語言——筆者以為——有以下幾個特色：

㈠原創性：對存在的神思與言説

語言是什麼？按照傳統的說法，語言是人創造的用以表達心中觀念的符號。由於有了語言，我們才能標明人之外的「世界」的萬事萬物，才能與他人交流思想、溝通感情。海德格爾不同意這種語言觀，它使語言「委身於我們的意願與驅策，聽任我們將之用來作為工具，對存在者進行統治」❻，完全喪失了語言的原初意義，否認了語言之為語言的本質。海德格爾認為：「所有存在者的存在都棲居於詞語，所以有了這樣的說法：語言是存在的家。」❼由於我們生活在公眾對話的世界，公共的傳播手段——廣播、電視、報刊主宰著一切，造成了所謂的「語言的暴政」，它扼殺著「思」，從而也就遮蔽了「存在」。我們需要的「言說」，不是受制於他人、雷同於整體、既無思想也無個性的言論，而是一種表達、一種行為、一種純粹地說出，這就是詩。「詩通過詞語的含義神思存在」❽，令死去的語言復活，讓凝固的觀念燃燒，使每一個詞語都成為充滿神秘力量的象徵，而完成詩的過程就是創造。「創造把晦蔽狀態帶入敞亮狀態，因為只有當晦蔽狀態進入敞亮狀態才會有創造」❾。

❺見王晉民主編《台灣當代文學史》（廣西人民出版社、廣西教育出版社一九九四年二月第一版）第六二三頁。

❻海德格爾〈關於人道主義的信〉，參見《存在主義哲學》（商務印書館一九六三年版）第九二頁。

❼海德格爾〈語言的本質〉，載於《走向語言之途》（德文版，斯圖加特，一九五九年）第一六六頁。

❽海德格爾〈荷爾德林和詩的本質〉，載於《荷爾德林的詩歌解釋》（德文版，一九四四年）第三一頁。

❾海德格爾〈追問技術〉，載於《演講與論文集》（德文版，斯圖加特，一九七八年）第三八頁。

瘂弦的看法，與海德格爾近似，這從他那句名言便可以瞭解：「當自己真實地感覺自己的不幸，緊緊的握住自己的不幸，於是便得到了存在。存在，竟也成為一種喜悅。」❿這從「感覺」到「握住」的過程，便是「神思」或簡稱「思」的過程，神思是通過詞語進行的，「不幸」即瘂弦的言說，正是這對「存在」的神思與言說，使他的詩的語言具有原創性。如：

很多黑十字架的夜晚
病鐘樓，死了的兩姊妹：時針和分針
僵冷的臂膀，畫著最後的V

——〈戰神〉

桅桿晃動
那銹了的風信雞
啄食著星的殘粒

——〈死亡航行〉

在有毒的月光中，在血的三角洲，
所有的靈魂蛇立起來，撲向一個垂在十字架上的

❿ 見《中國新詩研究》（洪範書店一九八一年一月初版）第四九頁。

憔悴的額頭

——〈深淵〉

真是戛戛獨造，既新且美（上舉三例都是一種淒美），聽未曾聽，見未曾見，給讀者的感官以極大的衝擊力。

在〈現代詩的省思——《當代中國新文學大系》詩選導言〉中，瘂弦寫道：「對於建立中國現代詩的語言新傳統，筆者一直相信準確與簡潔是創造語言的不二法門。所謂準確，便是法國小說家佛洛貝爾對弟子莫泊桑所說的：在每一件事物中找出最恰切的名字來。簡潔則如托爾斯泰的詮釋：沒有節度的觀念，就沒有真正的藝術家。」⓫這也相當於海德格爾的「命名」與「去蔽」。「命名」是對本源的回憶、向初始的回返，就像里爾克在〈致奧爾弗斯的十四行詩〉中描述的那種降臨於一切完美事物的情形一樣。它避免了那種表象性思維的膚淺抽象以及科學理論思維的平面結構，轉而趨向充分的具體、多重性的渾一。這就是瘂弦的不少重要詩篇不同的人有不同的解釋仁者見仁智者見智的緣故。如：〈秋歌〉中的「暖暖」，指的是什麼？是人？是物？還是精神？如是人，究竟是戀人？朋友？孩子？母親？〈上校〉的第一節：

那純粹是另一種玫瑰
自火焰中誕生
在蕎麥田裡他們遇見最大的會戰
而他的一條腿訣別於一九四三年

（「訣別」一詞用得多好！）是諷刺戰爭？還是歌頌戰士英勇作戰的精神？緊接著的第二節僅一行：

⓫ 見《中國新詩研究》第一六頁。

也有兩種解釋：或「嘲笑」，歷史不過是笑談之資；或「豪笑」，因打敗日寇、創造歷史而笑……〈如歌的行板〉中的十九個「之必要」，評者的意見亦不統一，有說是十九種生活方式，有說是高度文明社會百態，還有說是「分別展示了人的青年、中年和老年三個不同階段的心態和生活面貌」⓬……這種多義、多角度、多層次地理解，不僅不妨礙對作品總體的把握，反而大大地擴充了詩的容量。

「去蔽」是去掉晦蔽，恢復敞亮，獲得澄明。由於「語言的暴政」，人被囚禁在一種為強力意志和技術頭腦所支配的文化中，一切按「公眾」的「邏輯」辦，使用「公眾」的「語詞」，從事「公眾」的言說，在這種言說中，「存在」消失，淪入晦蔽。這種狀態如不改變，是很危險的。瘂弦對此早有覺察，因此，他主張：「文學的語言必定要通過自我才能形成風格。」「文學是創造藝術形象的工具，是人通過自己的感受、審美的意象，將之媒介化，用特殊的語言文字呈現，使審美者透過閱讀方式，經過再造性的想像，在腦中出現鮮明的形象，即是審美的感受。行文、作風、說話、用詞有個人的味道，風格於焉誕生，其間沒有一定的規則，用最自然的方式寫出自己的想法，不循用他人的濫調陳腔，通過自己內心的作品，就是新鮮的。」⓭他還進一步提出：「中國古典文學用過的詞句絕對要避免，成語絕對要避免。」⓮請看下列詩句：

我太太

⓬ 引自熊國華〈論瘂弦的詩〉，見《詩儒的創造・瘂弦詩作評論集》第三二八頁。

⓭ 引自瘂弦〈文字與文學的關係〉，載《幼獅文藝》一九九九年五月號。

⓮ 見《詩儒的創造・瘂弦詩作評論集》第三六〇頁。

像鷺鷥那樣的貪戀著
她小小的湖泊——鏡子

——〈蛇衣〉

遠遠的
荒涼的小水湄
北斗星伸著杓子汲水
獻給夜
釀造黑葡萄酒

——〈土地祠〉

春季之後
燒夷彈把大街舉起猶如一把扇子
在毀壞了的
紫檀木的椅子上
我母親底硬的微笑不斷上升遂成為一種紀念

——〈戰時〉

我們就在這裡殺死
殺死整個下午的蒼白

——〈酒巴的午後〉

哈里路亞！我仍活著。雙肩抬著頭，
抬著存在與不存在，
抬著一副穿褲子的臉。

——〈深淵〉

這都是原創性的他人筆下未曾有的意象，與中國古典文學的程式無涉，與成語無干，是通過痖弦內心的特殊的語言文字，給讀者帶來的是藝術的新鮮感，是我們樂於接受並高興參與再創造的新的審美信息。

㈡敘述性：對口語的運用與改造

敘述性，作為詩歌語言的一種重要策略，早就受到不少詩人的重視。袁可嘉在四十年代末期便指出：「以為詩只是激情流露的迷信必須擊破。沒有一種理論危害詩比放任感情更為厲害。」他要求「節制」熱情，「融和思想的成分，從事物的深處，本質中轉化自己的經驗」，「把它轉化到思想的深潛處，感覺的靈敏處」⓯。從那時起，傳統的線性的抒情方式便日漸為對詩的容納量與能指性最大限度的重塑所代替。到了

⓯ 引自《詩創造》詩論專號（上海星群出版社一九四八年六月版）第六頁。

五、六十年代的臺灣詩界，七、八十年代的大陸詩壇，運用並改造口語以增強詩語言的敘述性，更成為大多數詩人的追求。

瘂弦也批評過某些詩人「無法制約感情、任其奔洩」的毛病，認為：「制約、樸素、簡潔是中國詩的優美傳統，現代詩人應該繼續發揚這種傳統。」⑯這在某種意義上說，就是「反抒情」、重敘述。羅青說：「從一九六四年〈庭院〉發表之後，瘂弦的語言有了顯著的改變，文字上的花招及語調上的機巧漸漸消失，繼而起之的是質樸的造句與周密的詩想，發表於一九六五年的〈一般之歌〉與〈德惠街〉可為代表。」⑰這一分析是有道理的，不過瘂弦語言的改變不是在「一九六四年〈庭院〉發表之後」，而是在一九五九年〈深淵〉發表之後。如：作於一九六〇年八月二十六日的〈故某省長〉：

鐘鳴七句時他的前額和崇高突然宣告崩潰
在由醫生那裡借來的夜中
在他悲哀而富貴的皮膚底下——

合唱終止。

全詩只有二節四行，卻概括了某省長的一生。這位省長的為人、他在周圍人群中的口碑（所謂「崇高」實際上是一種諷刺）、他的鑽營與結局（所謂生前的「富貴」只換來死後的「悲哀」）……皆和盤托出。隨著

⑯ 見《中國新詩研究》第二一一頁。

⑰ 羅青〈理論與態度〉，見《瘂弦自選集》（黎明文化事業公司一九七八年四月版）第二四三～二四四頁。

喪鐘響起（不寫「鐘鳴七聲」而寫「鐘鳴七句」，暗用通感手法，將聽覺轉換為視覺，「七句」不僅是七時，也是一個週期，隱含惡貫滿盈之意），他強取豪奪來的權力、地位、威勢、榮耀、富貴及種種光環皆「宣告崩潰」。「合唱終止。」在這裡既是實指哀樂奏完葬禮結束，也是虛指由衷的譴責取代了違心的讚譽，其間也不乏世態掃描（有些下屬讚譽他是趨炎附勢、心懷叵測，一旦他「由醫生那裡借來」短得可憐的「夜」卻借不來壽命，便遠遠離開，唯恐避之不及）與道德評價（懲惡揚善，罪有應得）。在同一天寫的六首詩中，瘂弦都未用標點符號，唯獨在這裡用了一個句號，更顯得能指豐富、意味深長。而所有這一切，都是以易懂的口語敘述出來的，冷靜，客觀，沒有抒情（或云「未展開抒情」），確實發揚了「制約、樸素、簡潔」「中國詩的優美傳統」。

關於詩的口語化，瘂弦有過多次的聲明：「我的詩，一般說來比較口語化，當然這與普通的語言是不同的。」⓲是「從口語的基調上，把粗礪的日常口語提煉為具有表現力的文學語言，這比從文學出發要更鮮活。」⓳「詩的語言運用，可以打破常識的邏輯，卻不能打破聯想（象徵）的邏輯。語言文字是約定俗成的，它有可變的部分，也有不可變的部分；變動了不可變的，就影響了作品的傳達。」⓴如：

當電吉他開始扯著謊。

我們終於坐在沙發上，

⓲〈有那麼一個人〉，見《瘂弦自選集》第二五三頁。

⓳瘂弦〈現代詩的省思〉，見《中國新詩研究》（洪範版）第一六頁。

⓴瘂弦〈現代詩的省思〉，見《中國新詩研究》（洪範版）第一七～一八頁。

在晚報上的那條河中
以眼睛
把死者撈起。

——〈夜曲〉

在一堆發黃了的病歷卡中
在一聲比絲還纖細的喊聲下
背向世界的
一張臉
作高速度降落

——〈紀念T・H〉

而寫詩而玩牌而大發脾氣甚且這都不是問題
夢是一件事炸彈是一件事
所以一到了晚上

——〈所以一到了晚上〉

這些都是口語，明白曉暢；這些又都勝過口語，餘味無窮。特別是對「當」、「而」、「甚且」、「所以」等一類虛詞（另外還有「要是」、「要怎麼樣」、「於是」、「該有」等）的大量使用，充分發揮了它們在詩中的起承轉合作用，也增強了敘述的靈活性與隨意性，賦予語言以密度與張力。

其實，口語入詩在寫〈深淵〉之前也不乏其例。如：

我的弗琴尼亞是在床上
咀嚼一個人的鬍子

——〈倫敦〉

中國海穿著光的袍子，
在鞋底的右邊等我。

——〈佛羅稜斯〉

以濕潤的頭髮昂向喜馬拉雅峰頂的晴空
看到那太陽像宇宙大腦的一點燐火
自孟加拉幽冷的海灣上升

——〈印度〉

它們都是經過加工、改造的。尤其是一、三兩例，因詩人強調了主賓行為的動作性介入，加強了語言的動感，成為敘述性的又一個重要表現方式。

對於口語的運用與改造，還為瘂弦借鑑短篇小說的某些技法，如：捕捉細節、截取生活的斷片、刻畫人物等創造了條件。請看〈C教授〉（寫作日期與〈故某省長〉為同一天）：

到六月他的白色硬領仍將繼續支撐他底古典
每個早晨，以大戰前的姿態打著領結
然後是手杖、鼻煙壺，然後外出
穿過校園時依舊萌起早歲那種
成為一尊雕像的慾望

而吃菠菜是無用的
雲的那邊早經證實甚麼也沒有
當全部黑暗俯下身來搜查一盞燈
他說他有一個巨大的臉
在晚夜，以繁星組成

這首詩相當於一篇短篇小說。它捕捉的細節是「白色硬領」、「領結」、「手杖」、「鼻煙壺」——一個紳士所必需的「行頭」或「道具」；它截取的生活的斷片是C教授的一天，早晨整裝出行，晚上獨對孤燈；它刻畫的人物是一個經歷過戰爭的高級知識分子，渴望成名（「成為一尊雕像」）但卻一事無成（「雲的那邊早經證實甚麼也沒有」）。他的理想（詩中是「慾望」含貶義）是那場「大戰」斷送的嗎？抑或是他的性格——

志大才疏、脫離實際、想入非非——耽誤的（所謂「性格即命運」）？全詩用了客觀的第三人稱，抑制抒情，側重敘述，以其完整的故事、強烈的反差（尤其是第二節）打動人心。

對於敘述性這一新的語言策略，福建省詩評家陳仲義有過精闢的分析。他說：「敘事元素對詩人生態心態的大舉『入侵』，使現代詩某一翼顯出過程感很強的狀態，另一方面又使原本屬於敵對的勢力化解為可利用因素，使詩的展開方式出現了更廣闊的空間，少數詩人已把敘事元素當成詩組合的最佳構件，試圖以純客觀事象代替主觀意象，敘事性操作發展成『非意象』格局，更多的詩人則採取互滲的作法：即主觀意緒與客觀記敘相溶合。他們共同努力，很快把原來頗為對立頗為禁忌的東西提升為頗為流通的手段，這對於現代詩從初具規範的定型中繼續突圍不是又提供另一種啟示嗎？」㉑陳仲義還將這一敘事風貌歸納為「生態流向」與「心態流向」兩類，「前者更多的是人的外在行為狀態的記敘，後者則更多是人的內在心靈，潛意識的描述」。並著重指出：「敘事方式的發展不單停留於心態表層，而是繼續與各種潛意識、潛感覺、夢幻、超驗混雜一體，成為心態的『全息』曝光。」㉒相對而言，《瘂弦詩集》對「生態流向」表現得充分些，對「心態流向」嘗試得弱一些，特別是對現代社會現代人心態的「全息」曝光，希望在重握詩筆時有所加強。

㈢反諷性：對意象的選擇與搭配

對「反諷性」有多種解釋，筆者比較看重的是布魯克斯在〈反諷——一種結構原則〉中下的定義：反諷是語境對一個陳述語明顯的歪曲㉓。它含有幽默、諧謔、諷刺、調侃、揶揄的成分，但又不完全等同於

㉑ 見陳仲義《詩的嘩變》（鷺江出版社一九九四年六月第一版）第一五九頁。

㉒ 見陳仲義《詩的嘩變》（鷺江出版社一九九四年六月第一版）第一五七～一五八頁。

這些成分，它更多地體現為一種矛盾語義狀態，近似於悖論。由於西方新批評派的大力倡導，現代主義詩歌的大量實踐，已經成為現代詩人的一種哲學態度、思維方式，同時是當下詩歌的一種結構原則、語言手段。

瘂弦詩語言的反諷性，主要來自於對意象的選擇與搭配。他在接受東海大學中文系師生訪問時，談到：

現代詩重意象，廣義地說，一首詩是一個大意象，一句、一行詩是一個小意象。意象不應孤立，而是有機的聯繫。每個小意象，對大意象提供責任，少一個或多一個都不行。如此，一首詩才是有組織，有張力的。一首詩佳篇強於佳句；當然能二者並重最好。不能以辭害意，不能文勝於質，意象要準確且誠懇，才能達到詩的效果。因此，語言創新，要大意象成篇的創新，小意象成句的創新，詩才算完整。意象要有約制，不能揮霍，要精簡、精審處理。中國傳統詩人最會使用意象，用最少字數表現最大的內涵；以有限表無限。

當訪問者問他：「如果有詩人重複其意象，會不會失去其創造性？」瘂弦回答：

「象」存於自然中，人人得而用之；「意」亦有人生之共通性；問題是用什麼「象」才能表達出深刻的、幽微的、迴異於俗眼的情志事理，這就要看創造力了。[24]

瘂弦以意象結構反諷，有以下六種方式：

㉓ 見《新批評文集》（中國社會科學出版社一九八八年版）第三三五頁。

㉔ 見〈瘂弦談詩〉「下篇：訪問記」，載《幼獅文藝》。

其一，莊重與諧趣並置。如：

從火奴魯魯來的蔬菜枯萎了
巴士海峽的貿易風轉向了
今天晚上我們可要戀愛了
就是耶穌那老頭子也沒話可說了

——〈水手・羅曼斯〉

前面的意象莊重，後面的意象諧趣（「耶穌」與「戀愛」有什麼關係？與「蔬菜」、「貿易風」更是風馬牛不相及），並置在一節裡，就產生了亦莊亦諧的反諷效果。

在〈給橋〉那首愛情詩中，瘂弦狀盡了愛的溫柔與纏綿，由於「任誰也不說那樣的話」即「誰先離開人世」，更感到愛在世上的珍貴與「終有一別」的淒婉。在一、四節後各插入一句「讓他們喊他們的酢醬草萬歲」，以諧趣沖淡莊重，正是反諷的巧妙運用。因為瘂弦在一九八五年十月號《聯合文學》「愛情文學專號」上作過說明：西班牙內戰時反政府軍曾以酢醬草圖案作為袖章裝飾，「我不大相信睡在情人膝頭上的人仍會想著革命與救世；如果真有這樣的人，那就任他去吧——讓他們喊他們的酢醬草萬歲！」

其二，虛擬與實有相連。如：

我太太想把
整個地球上的花

全都穿戴起來，
連半朵也不剩給鄰居們的女人！
她又把一隻喊叫的孔雀
在旗袍上，繡了又繡
繡了又繡。總之我太太
認為裁縫比國民大會還重要。

——〈蛇衣〉

實有的意象是喜歡穿戴，虛擬的意象是戴盡全球之花，這是不可能的，也是可笑的。二者相連，幽默自生。「裁縫」豈能與「國民大會」相比？太太卻視它更為重要，不免有些滑稽。對太太的嘲諷是善意的，並充滿了昵愛。

其三，時間與空間錯位。如〈鹽〉的第三節：

一九一一年黨人們到了武昌。而二嬤嬤卻從吊在榆樹上的裹腳帶上，走進了野狗的呼吸中，禿鷲的翅膀裡；且很多聲音傷逝在風中，鹽呀，鹽呀，給我一把鹽呀！那年豌豆差不多完全開了白花。退斯妥也夫斯基壓根兒也沒見過二嬤嬤。

黨人們到武昌與二嬤嬤吊死，便是時間與空間的錯位。辛亥革命並未解救勞苦人民於倒懸，可見其不徹底。這是對「黨人們」的反諷。二嬤嬤活著的時候，豌豆不開花，因而斷了她的生計。二嬤嬤吊死之後，豌豆完全開了花，這是對大自然的反諷（老天無眼，上帝無用）。二嬤嬤身世淒苦，與以關心下層疾苦的俄國名作家退斯妥也夫斯基卻未謀面，這是不同時代、不同國家、不同地域的兩個人物的錯位，二嬤嬤卻上不了退斯妥也夫斯基「被侮辱與被損害的」名冊，足見其大不幸，這是對退斯妥也夫斯基的反諷。三個反諷，一個比一個有力，充分顯示出瘂弦的高度與深度。

其四，肯定與否定糾結。如：

赫魯雪夫，好人，是的，好人
他扼緊捷克的咽喉
為的是幫助他們的國家呼吸
他以刺刀和波蘭握手
又用坦克
耕耘匈牙利的土地
他的的確確是個好人

——〈赫魯雪夫〉

這是抽象肯定，具體否定，對赫魯雪夫的諷刺辛辣十分！

哈里路亞！我們活著。走路、咳嗽、辯論。
厚著臉皮佔地球的一部分。

沒有甚麼現在正在死去，
今天的雲抄襲昨天的雲。

——〈深淵〉

明為肯定，實則否定，是無可奈何的調侃，也是存在主義的自嘲。

其五，正面與負面對比。如：

觀音在遠遠的山上
罌粟在罌粟的田裡

——〈如歌的行板〉

「觀音」屬神性，自然是正面意象，「罌粟」乃毒品，無疑是負面意象，二者共處在一個語言場內，通過對比，形成彈性與引力。

鳥和它的巢
戰爭和它的和平

這是瘂弦喜用的語言方式，將兩種對立的因素集中在一起，也可以說是一件事物的兩面，既互相對比，又互相依存。如果把「鳥」理解為自由，那麼「巢」就是禁錮。戰爭誕生了使自己覆滅的和平，和平又常常受到戰爭的威脅。它們在自身的極限湮滅，又同時在自己的反面肯定自己。

其六，可能與不可能重組。最典型的要數〈在中國街上〉：

公用電話接不到女媧那裡去
思想走著甲骨文的路
陪繆斯吃鼎中煮熟的小麥

「公用電話」、「思想」、「吃……煮熟的小麥」都是可能的，「到女媧那裡去」、「走著甲骨文的路」、「陪繆斯」都是不可能的，詩人將二者強行組合在一起，不僅荒謬可笑，而且產生了一種帶有反諷味的戲劇性。

塵埃中黃帝喊
無軌電車使我們的鳳輦銹了

沒有議會也沒有發生過甚麼事情
仲尼也沒有考慮到李耳的版稅
飛機呼嘯著掠過一排煙柳
學潮沖激著剝蝕的宮牆

沒有咖啡，李太白居然能寫詩，且不鬧革命
惠特曼的集子竟不從敦煌來

大郵船說四海以外還有四海
伏羲的八卦也沒趕上諾貝爾獎金
曲阜縣的紫柏要作鐵路枕木

這些都是矛盾的意象，是可能與不可能的重組，瘂弦將它們選擇並搭配在一起，從而使自己詩的語言獲得了為新批評派理論家阿倫・泰特所神往的張力，即「一切外延力和內涵力的完整有機體」㉕。

㈣音樂性：對形式的迷戀與追求

華爾特・佩特在一八七三年寫過一句名言：「一切藝術都以逼近音樂為指歸。」㉖他的意思是：內容與形式混化無跡，乃藝術的最高理想。音樂所具有的暗示性、聯想性、流動性，恰恰是象徵主義詩人的嚮往與追求。艾略特十分讚賞瓦雷里對詩歌藝術形式的探索，在〈詩的音樂性〉一文中，認為瓦雷里堅持「將詩歌化為音樂……這是象徵主義的標準」，「詩歌與音樂之間並不矛盾」，並說：「如果其它藝術被認為是追求持久，音樂本身被認為是通向難以抵達的永恆，音樂可以被認為是對繪畫或者雕塑中所表現的靜點的一個嚮往。」㉗瓦雷里關於形式的論述在《論「幻魅集」》中，原文是：「……只有獨一無二的形式才能適應和追步於詩。只有聲音，節奏，詞語的物質性的涵概，詞語的濃縮性的效果以及詞語間的相互影響，依靠

㉕見《現代世界中的文學家》第七一頁。
㉖見《朱光潛全集》（安徽教育出版社一九八七年版）第三卷第一二三頁。
㉗引自蔣洪新〈論「四個四重奏」的音樂手法〉，見《湖南師範大學社會科學學報》一九九六年第六期。

其被一種確定的、確實的意義所吸收的屬性佔著統治地位。因此在一首詩裡，意義還不如形式重要，一旦將形式毀壞，便難以復原；但相反，意義的形式卻又是可以恢復的，它是一種被保留著的形式，或更確切地說它像是被讀者心靈所孕育的、作為詩歌的強力的源泉的思想或狀態的唯一而必然的表達方式或復製的形式。」㉘

瘂弦向來就很重視詩語言的音樂性。他說：「世界上傑出的詩作，中國的傳統詩，同一層次的內容，愈接近音樂的愈是最好的詩……音樂是高層次的部分，如果我們的現代詩在語言創新之外，也把握住音樂性，就可以逐步邁向成熟。至於如何尋找、創造現代詩的新節奏，也就是從前述的傳統語言、民間口語等處入手，琢磨，傾聽各種不同的語言，自然可以譜出現代的腔調。」㉙例如被眾多評家譽為「如聖樂般完美和諧」的〈印度〉。

馬額馬啊
用你的袈裟包裹著初生的嬰兒
用你的胸懷作他們暖暖的芬芳的搖籃
使那些嫩嫩的小手觸到你崢嶸的前額
以及你細草般莊嚴的鬍髭
讓他們在哭聲中呼喊著馬額馬啊

㉘ 見《瓦雷里詩歌全集》（中國文學出版社一九九六年版）第二七九頁。
㉙ 見《中國新詩研究》第一七頁。

詩一開篇便以真摯的聲音呼喚甘地這「印度的大靈魂」——馬額馬，生動，優美，帶有濃厚的宗教味。全詩的旋律與節奏就此形成。「從這裡開始，作者連續的為讀者展開了印度的大壁畫，他描繪出了印度絕妙的景色，純樸善良的人民，以及他們勤勞的生活。又以花草，蟲鳥，印度禮俗，點綴詩中，使色彩更為鮮明，使內容更具真實感。作者幾乎以『馬額馬』這神聖的名字，為心靈深處的呼喚，貫串在每一段詩中，加強了音樂的韻味，其感人處，亦基於此。」㉚

落下柿子自那柿子樹
落下蘋果自那蘋果樹
一如從你心中落下眾多的祝福
讓他們在《吠陀經》上找到馬額馬啊

這裡有節奏，也有變化。

馬額馬啊，靜默日來了
讓他們到草原去，給他們神聖的飢餓
讓他們到暗室裡，給他們紡錘去紡織自己的衣裳
到象背上去，去奏那牧笛，奏你光輝的昔日

㉚ 覃子豪〈評介新詩得獎作〉，見《詩儒的創造》第八頁。

到倉房去，睡在麥子上感覺收穫的香味
到恆河去，去呼喚南風餵飽蝴蝶帆
馬額馬啊，靜默日是你的
讓他們到遠方去，留下印度，靜默日和你

這裡有回環，也有複沓。

夏天來了啊，馬額馬
你的袍影在菩提樹下遊戲
印度的太陽是你的大香爐
印度的草野是你的大蒲團
你心裡有很多梵，很多涅槃
很多曲調，很多聲響
讓他們在羅摩耶那的長卷中寫上馬額馬啊

真是音韻鏗鏘，聲情並茂！總之，作為音樂的一些基本要素，這首詩都具備了，所以白靈認為：「在瘂弦諸多詩作中，可以讓人讀後有暖流貫穿全身、深深受到感動的詩，大概以這首〈印度〉為最。它不是喊出來、哭出來、怨出來、嘲諷出來、幽默出來或頑皮出來的詩，它是一唱三嘆從肺腑中歌詠出來的上選佳作。」31

31 白靈〈鋪在菩提樹下的袍影——「印度」賞析〉，見《詩儒的創造》（文史哲出版社一九九四年九月初版）第七二～

瘂弦特別喜歡用疊字、排句、重複句子、重複句式來製造節奏，「譜出現代的腔調」，使詩充滿音樂性。

疊字。〈遠洋感覺〉中，有「茫茫」；〈無譜之歌〉中，有「娜娜」、「啊啊」；〈水手・羅曼斯〉中，有「快快」、「狠狠」；〈給橋〉中，有「一些些」、「多麼地、多麼地長」。

排句。〈死亡航行〉中，有「老舊的海圖上、探海錘上／以及船長的圓規上」、「而當暈眩者的晚禱詞扭曲著／橋牌上孿生國王的眼睛寂寥著」；〈船中之鼠〉中，有「我們知道／而船長不知道」；〈酒巴的午後〉中，有「雖然女子們並不等於春天／不等於人工的紙花和隔夜的殘脂」、「復殺死今天下午所有的蒼白／以及明天下午一部份的蒼白」；〈羅馬〉中，有「整整的哭泣了一個下午／傑帕斯河也哭泣了一個下午」、「而金鈴子唱一面擊裂的雕盾／不為甚麼的唱著／鼴鼠在嗅古代公主的趾香／不為甚麼的嗅著」。

重複句子。〈三色柱下〉中，「理髮師們歌唱」出現了二次（一頭一尾）；〈鹽〉中，「鹽呀，鹽呀，給我一把鹽呀！」出現了三次（每節一次）；〈水夫〉中，「而地球是圓的」出現了二次（一在節外一在節內）；〈唇〉中，「玫瑰一樣悲哀的／悲哀的嘴唇啊」出現了三次（在每一節之後，像歌曲中的副歌）。

重複句式。〈巴比倫〉中，「我是一個……」重複了四次，分別為「黑皮膚的女奴」、「滴血的士卒」、「白髮的祭司」、「吆喝的轎夫」；〈耶路撒冷〉中，「……，在南方」在每節頭尾回環，全詩五節回環五次，亦即「小小的十字星，在南方」、「鴿子們叼來一枝橄欖葉，在南方」、「七個白色的童貞女，在南方」、「果子們都已成熟，在南方」、「每匹草葉中住著基督，在南方」分別出現二次；〈倫敦〉中，「乞丐在廊下，星星在天外／菊在窗口，劍在古代」（瘂弦詩一般不押韻，部分押韻就顯得相當突出）重複了二次，未改動一個字；〈芝加哥〉中，「在芝加哥我們將用按鈕戀愛，乘機器鳥踏青／自廣告牌上採雛菊，在鐵路橋下／鋪設

七三頁。

淒涼的文化」列於詩首，又重現於詩尾，重現時改了幾個字：「在芝加哥我們將用按鈕寫詩，乘機器鳥看雲／自廣告牌上刈燕麥，但要想鋪設可笑的文化／那得到淒涼的鐵路橋下」。

有些重複句子、重複句式是放在括弧內的。喜用括弧，是瘂弦的一大特長。如〈殯儀館〉中，「（媽媽為甚麼還不來呢）」用了四次，突出了一個不知生死為何物的孩子的感覺；〈給橋〉中，「（讓他們喊他們的酢醬草萬歲）」用了二次，相當於旁白，其作用已如前述；〈蕎麥田〉中，「（伊在洛陽等著我／在蕎麥田裡等著我）」用了三次，是另一場景、另一線索，與正文為並列時空；還有〈所以一到了晚上〉，“(How I learned to stop worrying and love the bomb)” 用了二次。其他的括弧句都不重複，或補充說明，或交代背景，或分出主客，或穿插過場。多數用得好，如〈坤伶〉、〈下午〉、〈無譜之歌〉、〈苦苓林的一夜〉等；少數用得不好，如〈水手・羅曼斯〉。

瘂弦還十分注意語氣、語感，以增強詩的樂感。如〈那婦人〉：

那婦人
背後晃動著佛羅稜斯的街道
肖像般的走來了

如果我吻一吻她
拉菲爾的油畫顏料一定會粘在
我異鄉的髭上的

短短六行，卻充滿強烈的動感，語氣跳脫而靈動，語感急促而欣喜。究竟是油畫還是真人？既真且謬，一時難以分清，我們似乎聽到了一支牧歌，心甘情願地做了俘虜。

以上這一切，集中起來便構成了與內容「混化無跡」的形式，瘂弦詩的音樂性正是對這形式的迷戀與追求。有人認為：「旋律是形式的內部，形式是旋律的載體。在詩裡，不但從形式感中能體驗音樂的節奏，反過來從音樂節奏的內部屬性中，我們也可以捕捉到一些類似形式（體式）的東西。」而將瘂弦詩的形式分為四類：

一、祈禱的祝歌。如〈春日〉、〈印度〉、〈京城〉等。

二、民謠風。如〈協奏曲〉、〈乞丐〉等。

三、快板。運用多鏡頭變換的詩，如〈下午〉、〈一般之歌〉等。

四、行板。如〈如歌的行板〉、〈阿拉伯〉、〈三色柱〉等。[32]

就其論述與分類，皆不難看出札實的功底與思想的鋒芒，但還不夠完備，完備的是瘂弦本人。且看他在《天下詩選》序中的兩段文字——

> 韻文不等於詩，這問題是早已解決了的。但詩是近於音樂的文類，把舊的格律打破，只是打破律格，並不是把詩的音節（音調和詩節）完全廢除，而是改變方法，採用一種自然音調與自由的排列方式創造韻律感。「新月派」詩人要建立新格律，意義在此。
>
> 總之，新詩句子的長短是不確定的，句裡的節奏乃是根據內容意義與文法邏輯區分的，所謂「新的

---

[32] 引自袁文杰《存在與開放——論瘂弦的詩歌創作》。

聲調既在骨子裡」，也就是一種內在的音樂性的講求。「本來不姓張，為了押韻才姓張」，古人押韻押得滿頭大汗，實在夠辛苦，新詩人是不必受那種罪了。不過舊詩人的格律套式可以一再使用，新詩人創造的新形式卻是隨著一首詩的誕生而誕生，也隨著一首詩的完成而死亡，每一首都要特別創造一個形式，比起舊詩人來，顯然更為「辛苦」了。㉝

誠哉斯言，如：一連十九個「……之必要」、人稱新詩史上「異形」的〈如歌的行板〉，全詩十四節、被張默譽為「十四條遊龍」旋轉飛舞的〈深淵〉，無抒情、無說明、完全是樸實客觀呈現卻又富有樂感的〈一般之歌〉，寫得最成功的散文詩〈鹽〉，為葉珊目為轉折點的〈給R・G〉，在〈側面〉與〈斷柱集〉二輯中體現對人類苦難終極關懷的篇章……無一不是對新形式的創造，它們是不能代替的，也是不能重複的。正是從這個意義考慮，筆者特別服膺意大利文藝復興時期詩人塔索的論斷：「沒有人配受創造者的稱號，唯有上帝與詩人。」

㉝ 見《天下詩選》（天下遠見出版公司一九九九年九月第一版）第二六頁。

第三章 回答今日的詩壇——瘂弦的詩論

瘂弦詩論的重要性

瘂弦認為：「喜歡詩並創作過詩的人，對於詩是永遠不會忘情的。」儘管他這麼多年來沒有寫詩，但一直在從事詩論的寫作，實踐著他「一日詩人，一世詩人」的格言，堪稱「未曾一日離開詩」。

關於瘂弦的詩論，據筆者瞭解，主要有以下幾家的評述：

茶陵〈傳薪一脈在筆鋒——讀瘂弦的《中國新詩研究》〉（載《中國論壇》月刊十三卷十、十一期，一九八二年二、三月出版）。他認為：「《中國新詩研究》的出版，使我想起了弗洛斯特的名句：『林間有兩條路，我選擇了人跡罕至的一條。於是，一切的景色迥異。』瘂弦先生當年走的是人跡罕至的路，而且一路上百廢待舉，經過他辛勤整理，如今景色已大別於前。在臺灣他是這條道路的先驅者，將來任何人撰寫中國現代文學批評史，都不能無視本書。」

古遠清〈既尊重傳統又反叛傳統——評瘂弦的《中國新詩研究》〉（載《南都詩刊》一九九一年第一期）。開頭便說：「詩人研究詩歌理論和評論詩人詩作，是一種很值得提倡的做法。因為詩人有直接的創作經驗，研究起理論問題容易和創作實踐掛鉤，不容易產生玄學的傾向。另方面，詩人的藝術感覺比一般人敏銳，評品起詩人詩作來容易搔到癢處，不容易出現『隔』的情況。大家知道，詩人從事詩歌理論批評也有其困難之處。因為搞理論批評要有一定的理論修養，不能光憑靈感寫作。它是一種冷靜的、充滿理性的活動，需要的是科學而不是大膽的想像和誇張，但這一點，並難不倒有理論準備和功底扎實的詩人。近些年來，不少臺灣詩人在從事新詩理論批評方面做出了突出的成績，著名詩人瘂弦著的《中國新詩研究》（一九八一年洪範書店），就是這方面的代表。」

鄒建軍〈瘂弦：縱橫交匯成大江〉（選自《台港現代詩論十二家》，長江文藝出版社一九九一年四月出版）。文末指出：「瘂弦的詩歌理論相當豐富，除以上所談之外，舉凡詩的鑑賞、詩的表現、現代史詩、大眾傳播時代的詩，都有獨到的研究。瘂弦的詩觀是屬於臺灣現代派中比較溫和穩健的一支，但『溫和』並非沒有銳氣，『穩健』並非沒有稜角。瘂弦，其弦不啞，雖久已封筆不寫詩，詩論卻還是繼續寫的。即使不再寫了，也會傳之久遠的。就其詩論家的地位，在臺灣可以與洛夫、白萩、張默、蕭蕭齊坐，在大陸可以和孫紹振、何其芳、呂進共飲。」

萬登學〈深入的科學的省思——試論瘂弦的《中國新詩研究》〉（載《創世紀》一九九五年第一一〇期）。其「前言」這樣寫道：「在中國現代詩的發展上，瘂弦是一個不能不提到的重要詩人，他對於現代派詩歌的卓越建樹，早已得到公認。然而，也正因為他那出色的現代詩創作，使人們僅僅注意了身為臺灣『十大詩人』和《創世紀》『三駕馬車』之一的瘂弦，而忽略了他作為一個現代派詩歌理論家的建樹。他的詩論並沒有引起詩壇注目，顯然是因為他的詩作強烈的光輝，如果我們靜下心來仔細的潛入進去，我們會覺得《中國新詩研究》十分有味，耐人咀嚼。雖然瘂弦先生在這部論著的『自序』中再三表示謙遜之意，然而它那豐富的內涵、精深的見解、鞭辟入裡的剖析，無疑是一部相當有力的著作，對於現代詩理論的研究向縱深發展做出了可喜的突破和研究。」

廣西師範學院中文系研究生袁文杰《存在與開放——論瘂弦的詩歌創作》（該論文完成於一九九七年四月）。其中的第五章：「詩學堂奧，詩者自見——瘂弦詩學觀評介」，專門評述了瘂弦的詩論及詩學觀。他說：「瘂弦是詩人，也是很重要的詩論家，一九六〇年二月發表在《創世紀》第十四期，及五月第十五期的〈詩人手札〉，一九七一年發表的〈詩人與語言〉，以及八十年代初出版的專著《中國新詩研究》是他至為重要的詩論，它們比較充分地表達了詩人的詩觀和對詩歌創作中各種重要問題的看法。對此，臺灣著名理論家羅青評價說：『關於理論方面的文章，他寫得很少，但以質觀之，卻不乏精闢的見解與洞燭機先的精神。』」綜觀瘂弦的詩論，其經驗貢獻與教訓主要體現在三個方面的省思上：即「詩歌發展方向」、「現代詩的內向品質」與「現代詩的外向品質」。在對此三個方面逐一分析之後，袁文杰總結道：「總的來說，瘂弦仍有他需要繼續實踐不斷完善的一面，但其詩學觀無不體現了一個獻身於文學的真正詩人對於藝術境況和發展的深切關注，瘂弦是有責任心的，其言論也閃爍著灼人的光芒，有著很高的思辨力與預見性。他忠誠的詩心與嚴肅的省思，無不讓人感慨並引為榜樣。」

無名氏（卜乃夫）〈繆斯形與質的解構〉（載《青年日報》一九九八年三月三十日至四月一日）。該文對瘂弦《中國新詩研究》一書分卷進行了評析，重點突出了「卷之二」的〈現代詩的省思——《當代中國新文學大系》詩選導言〉，其間二次以世界級的大詩人（如葉芝、艾略特、瓦雷里）為參照係數，增加了瘂弦詩論的含量。

無名氏對瘂弦的詩藝與詩論都十分讚賞。當瘂弦於一九九八年八月自《聯合報》榮退之時，他連續寫了三篇文章，推崇瘂弦的批評文章與詩論，分別發表在《青年日報》、《台灣新聞報》上。在〈第一流的評論家——惜別瘂弦〉中，他寫道：「我覺得，瘂弦批評文章，最突出的特色，是他的文體和風度。人們自然會說，最重要的應是批評深度，瘂弦評文當然有深度。就區區所見中國新文學史上的一些評文，以及臺灣近十數年的論評文字，瘂弦評文的深度絕不會弱於它們，有時其深度的頻率甚至超過它們。」關於瘂弦評論的文體，他認為「獨樹一幟」，「既非學院派式的一臉嚴肅，引經用典，亦非故作深奧者的文字晦澀艱深，更非說教者的大言炎炎，滿紙訓誨，他的評文輕鬆、親切、活潑、洋溢人情味，且虛懷若谷，誠意畢露」，他稱之為「清談派」，具有「清談化散文化的魅力」。在〈瘂弦的批評風度與深度〉中，無名氏將瘂弦批評的風度歸納為四種特色：「其一異常尊重文壇前輩。其二是殷殷提攜後輩。其三是評文洋溢溫柔敦厚的春風氣氛。其四是表現寬大的胸襟（亦即深度）。」他還按最簡單的常識，「所謂『一針見血』或『入木三分』之類的點穴方式」，來衡量瘂弦論評的深度。在〈黯然銷魂者別而已——淺談瘂弦的詩論〉中，無名氏用這樣幾句話描畫了瘂弦的詩論：「瘂弦並未像十九世紀英國大詩人雪萊，精雕細琢的極盡探索之能事的撰過〈論詩〉名篇。他也不似雨果藉克倫威爾為題，發表了他的洋洋大觀的浪漫主義宏論。他更沒有效法二十世紀的法國普魯東公開揭櫫『超現實主義宣言』。由於他並不想獨標一幟，特別積極宣揚他的理想詩論，（這可能與他自稱的性格有點疏懶相關）因而他只是雨點式的不時、不斷灑落他的一些詩觀點，而我們搜集這些雨點，幾乎是替他『形成』一套『詩論』。」在此基礎上，無名氏概括瘂弦詩論的特色為：一，「是多元化的、綜合性的、最廣泛的兼收並蓄的理念，因而提升了詩的素質與內涵」；二，「是它的現實性、具體性、應用性」。

與他的詩相較，瘂弦的詩論尚未引起更多的學者、批評家的關注，以至於厚實如《彼岸的繆斯——台灣詩歌論》（劉登翰、朱雙一著，百花洲文藝出版社一九九六年十二月第一版）、《中國當代新詩史》（洪子誠、劉登翰著，人民文學出版社一九九三年五月第一版）、《台灣當代文學史》（王晉民主編，廣西人民出版社、廣西教育出版社一九九四年二月第一版）等專著幾乎沒有提及。

與他的《中國新詩研究》一書相較，瘂弦散發於各報刊的詩論、詩人論、詩評、讀書札記、為詩選或詩集寫的序與跋、佳作賞析、創作談、答雜誌社問、答記者專訪、在有關會議上關於詩的發言……等等，尚未引起詩壇的足夠重視。這類文字，形式多樣，數量驚人（字數遠遠超過《中國新詩研究》一書），大凡中國新詩的歷史流變、形質建構、藝術規律、批評制度、當下課題、未來方向、詩性修養等等人們關心的問題都涉及到了，可以說是全面地回答了今日的詩壇，其中多有真知灼見，智慧閃光，且自由瀟灑，文采斐然，集學院與草莽為一體，將東方與西方相結合，不僅豐富了中國現代詩的理論，而且可以直接指導詩的創作。瘂弦早就該出第二部、第三部乃至更多部詩論專著了，否則任其散失，水銀瀉地，珍珠墜海，實在可惜！如果忽略對這類文字的研究，對於中國詩壇，乃至中國文學，也是一大損失。

據筆者不完全的搜集，瘂弦有創見、有價值的文章，主要有以下一些：

《詩學》第一輯〈弁言〉，一九七六年；

〈建立中國詩學——關於聯合文學詩學專題〉，一九八五年；

〈現代詩與現代藝術的匯流〉，一九八九年；

〈年輪的形成〉（寫在《八十一年詩選》卷前），一九九三年；

〈創世紀的批評性格〉，一九九四年；

〈為台灣現代詩織夢〉，一九九八年；

〈他的詩．他的人．他的時代——論商禽《夢或者黎明》〉，一九九九年；

〈新詩這座殿堂是怎樣建造起來的——從史的回顧到美的巡禮〉，一九九九年；

〈一日詩人，一世詩人——我的終身學習歷程〉，二〇〇一年。

喜瑪拉雅有聲文學系列《瘂弦談詩》，一百二十分鐘。

富有玄機、輕鬆活潑的讀書札記有二個系列：

《夜讀雜抄》，一九八三年至一九八四年；

《記哈克詩想》，二〇〇一年至二〇〇二年。

為詩選或詩集寫的序與跋數量更多，較有影響的有以下一些：

〈大眾傳播時代的詩——杜十三《地球筆記》的聯想〉，一九八六年；

〈待續的鐘乳石　序白靈《大黃河》〉，一九八六年；

〈新的風景——「湄南詩園」創刊序言〉，一九八七年；

〈為永恆服役——張默的詩與人〉，一九八八年；

〈回到中國詩的原鄉——楊平「新古典」創作試驗的聯想〉，一九九一年；

〈河的兩岸——敻虹詩小記〉，一九九二年；

〈詩人的歷史感——寫在張默編《臺灣現代詩編目》卷前〉，一九九二年；

〈新詩話——序老友向明的箚記〉，一九九三年；

〈詩是一種生活方式——鴻鴻作品的聯想〉，一九九三年；

〈戰火紋身〉，一九九四年；

〈湖畔——《四重奏》小引〉，一九九四年；

〈脫咒與創發〉，一九九五年；

〈天空・大地・河流——讀楊平、馮杰、田原三家詩小引〉，一九九六年；

〈深耕東方——金良植女史中譯詩集小引〉，一九九七年；

〈內斂的光——讀林廣詩小記〉，一九九七年；

〈詩路獨行——莊因詩集《過客》讀後〉，一九九七年；

〈迤邐的詩情——為臺灣第一條詩路而寫〉，一九九七年；

〈用詩尋找母親的人——悼念梅新〉，一九九七年；

〈學院的出走與回歸——讀陳義芝《不安的居住》〉，一九九八年；

〈新世代的跨越——讀杜十三的新作《新世界的零件》〉，一九九八年；

〈城市靈魂的居所　序陳家帶詩選《城市的靈魂》〉，一九九九年；

〈漂泊是我的美學——林幸謙生命情結的文學省思〉，一九九九年；

〈以詩為情・以情為詩——龔華作品《花戀》的內涵與向度〉，二〇〇一年。

……

下面，筆者就按《中國新詩研究》、瘂弦的幾篇重要文章、瘂弦的「雜抄」與「詩想」、瘂弦的序與跋之順序，進行梳理與評析，看看瘂弦在哪些地方有所創新，在哪些地方有所突破，在哪些地方尚嫌不足，從而探討瘂弦詩歌理論的主要特色與歷史地位。

至於那些創作談、答雜誌社問、答記者專訪、在有關會議上關於詩的發言等，在前面二章已有所引述，在第四章還要提及，在本章便從略了。

傳薪一脈，自成一家：《中國新詩研究》

關於此書的緣起，瘂弦在「自序」中提到，始於一九六六年一月，他在《創世紀》詩刊上開闢的〈中國新詩史料掇英〉專欄。當時之所以連續介紹廢名、朱湘、王獨清、孫大雨等多位詩人，「主要是覺得，由於戰亂，使中國新文學的傳統產生了前所未有的斷層現象」；在臺灣，「三、四十年代作家的作品與資料極為稀少，年輕的一代，對那個時代的詩作幾乎沒有任何的認識，這對我們承繼、發揚與創新文學傳統的使命而言，並不是件有利的事。因此我以為有把自己多年的珍藏公諸同好的必要」。這無疑是一件好事，有其積極和深遠的意義。但下文緊接著，「對於淪陷在大陸的作家」，「兼致我的懷念與同情」，「在這些作家中，除了少數與中共沆瀣一氣外，其他的可以說都與政治沒有甚麼關係」，這就需要辯正了。筆者完全理解瘂弦在當時臺灣的處境與歷史局限性，也認可他在獲得新資料（如綠原並未過世）後，「仍然保留最初發表時的面目，未加改動」，「是希望能藉此顯現自己早年在史料極度缺乏的時候所摸索的痕跡」。然而，筆者也要鄭重聲明，對他曾經有過的貶共、反共，即使是字面上的，也是不能苟同的。正是這種政治偏見，影響了他的理論的純度和可能進一步達到的高度。令人可喜的是，瘂弦後來（特別是九十年代）的詩論、詩評較少這種偏見，更加客觀、公正，充分顯示了一個頂尖詩人兼評論家的自覺與成熟。

「自序」還介紹了這本書的分卷。卷之一：詩論。〈現代詩的省思〉，是應天視出版社主編《當代中國新文學大系》詩選的導言，「也代表這些年來我對詩的一些思索與省察」；〈現代詩短札〉，「可以代表我廿多歲時讀詩與思考的記錄」。卷之二：早期詩人論。共十一篇，第一篇〈禪趣詩人廢名〉到第十一篇〈芙蓉癖的怪客——康白情其人其詩〉，寫作時間相隔達十數年，發表時間相隔九年半。卷之三：史料。係一九一七年至一九四九年中國新詩書目的整理。瘂弦特別說明：這份〈中國新詩年表〉，曾參考過日本學者今村與志雄在《中國現代文學選集》第十九冊中所作的〈中國詩年表〉。

「自序」的最後一段，頗有意味：

> 這許多年來，因著種種緣由，我中止了創作，所幸我的工作一直未曾離開文學，以之濟助我個人的文學生活，未嘗不失為一種方式——雖然對創作生活來說，這真是何其微末的救贖方式。這冊書容或是一個缺乏方法的工作者的記錄，然而念及書中每一份資料的蒐求，每一個日期、每一處地名的考證，念及行文之際孜孜不已的狂熱……除了自我救贖的心情而外，總還有些甚麼罷！美國現代小說家約翰・齊福曾有這樣一句話讓我沉思許久：「彷彿生命之力是離心的，它使人越來越遠離其抱負和純潔的回憶……」但願我所有的嘗試，可以掩蓋住小說家嘆息的聲音，也許微不足道，然而，生命的力量何嘗不是這樣一點一滴地回歸、凝聚？

這表明：瘂弦雖然中止了詩的創作，但並未離開文學、離開詩。他是將詩歌理論以及對中國新詩史料的蒐集、整理，對中國新詩人的研究，當做是對創作的一種救贖方式，以其旺盛乃至狂熱的生命力而從事之的。這何嘗不是創作?!這何嘗不是詩?!特別要提到的，是瘂弦肯認與崇尚「我所有的嘗試」，都是生命力的「回歸、凝聚」，對應約翰・齊福的「離心」、散失，「可以掩蓋住小說家嘆息的聲音」，可見詩的特別重要、詩人的特別神聖！詩不僅僅可以救贖文學，還可以救贖世界。

卷之一：詩論

〈現代詩的省思——當代中國新文學大系導言〉

這是瘂弦首次從文學史的角度，對中國新詩所作的全面的考察，也是他詩歌理論中的一件帶綱領性的作品。

全文分「新詩運動一甲子」、「關於當代中國新文學大系詩選的編選說明和補充」、「海外的華人詩壇」三部分，重點在第一部分，筆者的梳理與評析也在這一部分。

瘂弦寫作此文的時間，是一九八〇年八月二十七日，距新詩的誕生期，正好是六十餘年，故題「新詩運動一甲子」。他從一九一七年一月一日，胡適在《新青年》雜誌二卷五期上發表〈文學改良芻議〉一文，「從此，中國的新文學運動邁出了第一步」談起，轉述「論者每謂『新文學運動』為『白話文學運動』」，提出「新文學運動改革重點（或者說是比較有成效的地方）是詩與戲劇」，新詩（白話詩）是「五四運動的尖兵」、「文學革命裡成就最大的環節」。接著，寫道：

> 從民國七年《新青年》登載胡適、劉半農等八首新詩，到葉紹鈞等主編的《詩》（月刊），中國的新詩相當成功地奠定初基；其後，創造社、新月社、文學研究會詩人群相繼崛起，無論題材、語言、表現形式都有很大的突破，對西方詩壇，也有相當程度的瞭解——如新月詩人之於英詩，創造社之

於德國詩，文學研究會對於法國、印度作品……都做了大量的翻譯、介紹與批評，擴大了中國新詩的視野；特別是新月派詩人孜孜於追求新詩的音韻與節奏，試圖建立中國新詩新的格律，在在豐富、壯大了文學革命的內涵。

這些論述，都是確切的、適當的。但對左翼文學與「三十年代」、「四十年代」的評價，卻有偏差與片面性。因為十九世紀中葉以來中國所遭受的屈辱與苦難，是世界上任何一個國家任何一個民族都難以比擬的，救亡圖存便成了壓倒一切的大事，也是中國現代文學包括中國新詩不可迴避並要著力表現的一個命題。有學者稱「五四」的新詩革命，要解決的不僅僅是語言與形式（文體），更主要的「是為了實現啟蒙，從而達到救亡的目的」❶，可謂一語中的。中國的左翼文學由此而生，儘管它「陷入政治的狂熱」，藝術上顯得粗糙，但其挽救危亡的用心、喚醒民眾的激情、易於接受的技巧還是應該肯定的。在此基礎上發展起來的解放區文學，雖然也有這樣那樣的缺欠，但在嘗試文藝與民眾相結合，激勵民眾、團結民眾、抵禦外侮、爭取新生方面，還是發揮了很大的作用。

與此同時，筆者也要指出，正是這種特殊性，直接影響到以啟蒙為宗旨的文學革命：對國家和民族命運的關懷往往超過了對個人命運的關懷，社會的解放常常壓倒人的解放，個人的現代化總是要讓位於國家和民族的現代化。這就使得中國新詩在相當長一段時間裡偏重於擅長揭露時弊的現實主義與容易鼓動煽情的浪漫主義，而忽略甚至於排斥更接近詩的本質的現代主義。在語言策略上，則推崇明白、易懂的大眾化，貶抑暗示、多義的小眾化，不恰當地抬高詩的教育作用，忽視了詩的審美功能。

❶ 見劉登翰〈中國新詩的「現代」潮流〉，《東南學術》二〇〇〇年第五期。

然而，現代主義的詩潮是不可阻擋的。它是中國新詩誕生的前提，也是中國與世界詩壇接軌的需要。它儘管處於邊緣與支流地位，卻以其新鮮的觀念、特異的手法、罕有的美質，不斷地滲透進主流形態的現實主義、浪漫主義的領域，吸引著並改變著越來越多的詩人。在五十年代以前，比較集中的就有三次：二十年代中期以李金髮為代表的象徵派，以「心靈失路之叫喊」與對現代都市文明的批判意識，拓寬了新詩的創作天地。他們對法國象徵派詩歌技巧的借鑑，加強了為胡適等寫實主義所偏廢的詩美建設，也是對普羅意識的影響、創造社的誤導，把浪漫的情緒變成空洞叫喊、無節制渲泄的不滿與糾正。三十年代以戴望舒為代表，包括何其芳、卞之琳、馮至及後來赴臺的路易士（紀弦）、番草（鍾鼎文）在內的一批詩人的現代派，以都市的「漂泊者」和「尋夢者」的姿態出現，取法於中外詩歌傳統的審美趨向，提倡「純詩」，藉以反撥新詩的過分意識形態化，和過於注重格律、形式而重新受到束縛。四十年代以穆旦與西南聯大詩人群為主，從昆明到上海、北京掀起的又一次現代詩大潮。他們把個人的現代化與國家、民族的現代化結合在一起，將個人生存的反省融匯在對社會的批判之中，「追求一個現實、象徵、玄學的綜合傳統」（袁可嘉語），既是對中國新詩某些缺欠（如對現實的冷漠、對政治的說教、媚俗、濫情等）的矯正，也是與世界詩歌潮流的接軌。以上三波，對中國新詩的衝擊是猛烈的，其影響也是巨大的，我們必須引起足夠的重視，並給予充分的評價。

筆者高興地看到，在十九年後，瘂弦為《天下詩選》所作的序〈新詩這座殿堂是怎樣建造起來的——從史的回顧到美的巡禮〉中，論及新詩的歷史，既系統、全面、妥帖，又富於科學性：

一九一八年，也就是五四的前一年，《新青年》雜誌率先改刊白話文章，小說、議論文字之外，也兼及新詩。胡適除了發表他的白話詩作外，並進一步提出詩體大解放的主張，認為中國詩歌要想起死回生，必須打破五言七言的格式，打破平仄，廢除押韻，另外就是重視域外詩歌作品（如美國意象派的詩）的譯介，以便從中學習別人的長處。胡適這些大膽而富創意的文學觀念，立刻引起了文壇競寫新詩的熱潮，康白情、劉半農、劉大白、朱自清、冰心等，都是那個時期湧現的詩作者。這些人的新詩，無論題材、內容或表現技法，都令人耳目一新。雖然少數作品因無法完全擺脫舊格律的影響，而現出「小腳放大」的窘相，引來國故派的嘲笑，但基本上說，這場文學革命第一回合是成功了。當年黃遵憲揭示的創造「古人未有之物，未闢之境」，五四新詩人群顯然都做到了。

新詩運動對中國詩歌總的發展來說，可以稱得上是大破大立。胡適之後，詩的後續建設工作，更有另一批俊偉之士經營拓殖，成效卓著；而幾個重要文學社團的成立，也起了很大的推動作用，如「文學研究會」（一九二一）的提倡為人生而藝術，主辦《小說月報》及《詩》月刊，推展小詩的創作；「創造社」（一九二一）的主張尊崇自我，張揚個性的浪漫主義，開拓自由詩的審美領域；「新月派」（一九二三）的重視人生的愛、美與自由，提倡新格律；「普羅詩派」（一九二八）的指出改造社會新途徑，反映勞工疾苦，謳歌革命；「現代派」（一九三二）的捕捉現代感覺，表現自我，講求語言的創造和意象的經營；「七月詩派」（一九三七）的打擊黑暗，歌頌光明，敏銳地反映大眾生活；「九葉詩派」（一九四五）的強調形象思維及詩的獨創性，借重西方現代詩歌的某些表現手法，抒寫中國的苦難現實等。每一個文學社團都擁有自己的詩人群，都留下可觀的作品。中國的詩歌革命運動，到一九四九年年底，可說已大致完成。一九四九年以後，由於政治上的巨變，中國新詩形成不同地區各自發展的局面，但殊途同歸；詩人們忠於文化傳承、忠於詩藝、創造完美的詩歌的心志都是一樣的。地緣上的分合，從文學史的長程發展來看，可能並不重要。屈原、李杜的後裔血濃於水，海峽兩岸，加上各地華人文壇，這全世界漢語詩歌的大家族，是永遠分不開也不必分開的。

〈現代詩的省思〉一文，對臺灣現代詩運動及其影響的分析，是正確的。由於紀弦、覃子豪、鍾鼎文等元老級詩人的倡導，余光中、洛夫、瘂弦等重量級詩人的響應，五十年代中期至六十年代，在大陸幾近滅絕的現代詩在臺灣掀起了大潮，其規模聲勢之大、時間跨度之久、對西方詩藝移植之全、藝術探索方式之多，都大大超過了前三波。現代詩從邊緣進入了中心，從支流變成了主流，並一直影響到今天的臺灣詩壇。真正稱得上是「傳薪一脈」，接續了從「五四」開始並多次中斷的現代主義香火。

現代詩的又一次大發展，出現在七十年代末到八十年代的大陸。發端於對十年文革動亂的反思、對自身生存荒謬的體驗的所謂「朦朧詩」，興盛於史無前例的開放與交流。由於開放，西方的藝術思潮尤其是現代主義與後現代主義大量湧入，既給中國詩人提供了大量的參照係數與廣泛的探索自由，也造成了一時的困惑、混亂與無序。由於交流，兩岸四地的詩壇進行了溝通與互補。在這裡，特別要提到的，是臺灣的現代詩運動給了大陸詩界以極大的啟發與觸動，成為中國新詩又一次現代主義大潮的動因之一。儘管現代詩在大陸詩壇仍未取得中心與主流地位，但它的巨大存在與迷人魅力已獲公認，「現實主義與現代主義相結合」、「尋找和建構中國現代主義的中國方式」、「建設中國式的現代詩」的呼聲越來越響。加上海外華文詩歌的方興未艾，一個經由對接和整合的大中國現代漢詩的高潮必將出現在新的世紀。

瘂弦〈現代詩的省思〉一文的突出貢獻，筆者以為，在於文中提出的四點省思。

一、對於現代與傳統的省思

瘂弦通過中國現代詩壇三十年來曾發生過好幾次的文藝論戰，否決了「絕對的全盤西化和國粹派」兩個極端，提出了自己的真知灼見——

「事實上，傳統與現代，一如河川的上游與下游，是生生不息的傳承與呼應，文學就在這樣的綿延裡不斷地演化、發展；因此，每一時代的文學，相對前一個時代是新，相對後一個時代便為舊，形式容或變化，本質與精神依然有相通或一致之處。也就是說，作者唯有根植在舊有廣袤的泥土裡，吸取傳統的精華，再對現階段有所自覺與體認，才有可能從而創造出新而現代的作品。」

「然而，傳統並不單單靠『繼承』，它必須經過『反芻』的階段，必須花心血來尋求它底真髓，說得大膽些：真正的傳統精神就是反傳統。傳統精神是不斷的求新、創造過去沒有的東西，如果我們一成不變的維繫傳統，不敢批評與變化，甚至『文必秦漢，詩必盛唐』的一味泥古、抄襲傳統，那不是我們對待傳統應有的態度。……膽小而盲目的對傳統抱殘守缺，不但滯塞了文學『史』的發展，也使一件藝術品失去它在時間上的地位。唯有選擇性的吸收傳統、進而駕馭傳統，才能更新傳統、創造新的傳統。」

「現代中國詩無法自外於世界詩潮而閉關自守，全盤西化也根本行不通，唯一因應之道是在歷史精神上做縱的繼承，在技巧上（有時也可以在精神上）做橫的移植。兩者形成一個十字架，然後重新出發。內容方面，透過現代人的世界觀去認識生活，尋找新的素材、演繹新的主題——像是落實回到民族與鄉土，自前輩既有的價值成就中突破出來，或者發展中國文學傳統中所沒有的『正視人生的宗教觀』（夏志清《中國現代小說史》序，頁一三）……把現代中國人表現情感的、思維的、生活的、哲學的、道德的方式傳達出來，並向更博大的題材挑戰，從抒情到詠史，從殊相的點擴而為共相的面，輔之以精確的語言，動人的節奏，現代中國詩於焉而在。」

以上這些論述，都是很有見地的。

首先，傳統與現代是一個動態的過程，我們不能用一成不變的、僵化的眼光去對待。所謂「上游」與「下游」，是指同在一條河川之中，很難截然分開。傳統影響現代，現代發展傳統。新與舊是相對的，昨日之舊醞釀了今日之新，今日之新何嘗不是明日之舊？「流水不腐，戶樞不蠹」，只有立足於動，才能正確解決傳統與現代的關係。

其次，傳統中有不變的因素，也有可變的因素。不變的是一個國家、一個民族的人文精神與審美本體；可變的是文學的內容與形式，如詩的題材、語言和格律。作家、詩人的使命就是要揚棄那些可變的因素，繼續傳承並進一步探索那些不變的因素。所以，我們說一個傑出的作家、詩人，既脫離不開傳統，更不會為傳統所束縛。

第三，創新是連接傳統與現代的橋樑。新陳代謝是宇宙的普遍規律，也是詩的規律。傳統需要更新，不更新的傳統不成其為傳統，而是僵死的教條、扼殺自由的鎖鍊。沒有規範，追求規範，一旦形成規範，又會走向它的反面。所以，瘂弦對傳統不提「繼承」，而提「反芻」、「反傳統」，實則就是「創新」，是洛夫所謂的「脫胎換骨」❷。對「傳統」要作現代式的發現和發展，而當「現代」成為「傳統」之時，對它的「更新」、「反芻」又提到了議事日程，如此循環往復以至於無窮。

第四，現代中國詩或云中國現代詩應該走什麼樣的道路？因為是現代的，它必須與世界詩潮接軌，參與全球化交流；因為是中國的，它就得與民族詩學掛鉤，突出本土性特徵。這決定了我們的基本策略，是

❷ 洛夫認為「創新不只是改革，不是小腳放大，而必須要脫胎換骨。」見《洛夫精品》代序〈詩的傳承與創新〉（人民文學出版社一九九九年九月第一版）。

橫的移植與縱的繼承相結合，即將外國詩（特別是西方現代主義和後現代主義）的新鮮經驗與中國詩（上自《詩經》下至當代）的優秀傳統融匯在一起，在中外寬可全地球的橫座標、古今長達幾千年的縱座標所構成的立體的交叉點、迷人的金十字上，發展現代中國詩。

二、對詩的語言創新的省思

對詩的語言，瘂弦是很重視的，但並不迷信。這從他早年的札記中，便可以看出：「當我們說詩是語言藝術，只是強調語言在詩中的重要性；它並非絕對而唯一的存在。因此，永遠是內在的藝術需要來激引遣詞與造句：作家先決定要表達甚麼，然後依此選擇最妥貼的語言。是詩人創造了語言，而不是語言創造了詩人。」尤其是最後一句，相當精彩，道出了詩人與語言的正確關係，也極具針對性。因為迷信加上「對語言產生拜物情緒」的情況，至今猶存，他們不明白「語言的重要性只有在實踐創作這個意義上才存在，誤本為末，移手段為目的，不但作賤了詩，也作賤了語言」。瘂弦借此批評了技巧主義、形式主義的偏向，提出「建立中國現代詩的語言新傳統」，「相信準確與簡潔是創造語言的不二法門」。

準確與簡潔（節度），原本是中國傳統詩歌的特色，經瘂弦闡釋，又吸收了外國文學、外國詩的優點，成為中西交融的一個重要方面。他的闡釋，筆者在第二章分析瘂弦詩的語言時引述過，無疑是精闢的。但筆者在這裡要補充一點，就是當年在西南聯大任教的英國著名詩人和理論家威廉・燕卜蓀所強調的「歧義」是詩歌語言的固有特徵。科學符號與語言符號的根本區別，就在語言符號的這種「歧義」性。這也是偉大和不朽的詩篇對同一時代或不同時代的讀者能產生不同意義的原因。對語言「歧義」的把握和運用，實際上就是開放語言自身。英國現代詩人W・H・奧登，就是一個突出的典型。他那戲劇性的、獨白的場景和抒情方式，把現代人的敏感、複雜和深刻表現到了極致，不僅在他那個時代引起不同的反響，還在相當長時間在不同的國家得到不同的回應。穆旦受奧登的影響，著力表現無法解決的生命衝突和心靈矛盾。在一九四二年後的一段時間，更從語言的歧義走向人性的歧義，同時返回到語言自身，形成語言——人性、人性——語言的矛盾循環過程，折射出四十年代中國的一部分知識分子對「生存選擇」與人的現代性的感受和思考。

此外，瘂弦關於「復活傳統文學的語言（當然是選擇性的）」、「活用民眾的語言」、「表現語言的音樂性」、「詩的語言運用，可以打破常識的邏輯，卻不能打破聯想（象徵）的邏輯」等論述，都是不錯的，由於前一章已經提及，在此不再展開。

三、對於創造現代史詩的省思

瘂弦將中國古典詩與西方敘事詩作了比較：中國抒情、短小，西方敘事、長大。「但這種比較，並不意味著中國古典詩有什麼缺點，相反的，由於中國古典詩著重抒情比較不著重說理的敘事，遂比西方詩具有更大的純度和精確性，成為世界上最經濟、最簡潔的文學。」也正因為此，「中國新詩人雖然嚮往西方長詩的形式，但在血液裡，仍不自覺的流著中國古典詩抒情（短詩）的傳統，偶有較長的試作，大半不成功」。

對於西方長詩，瘂弦也能一分為二：「西洋詩雖以長篇巨構見勝，但不少長詩每每侵犯到歷史和小說的領域，大量揮霍語言的結果，使得詩素稀薄、張力鬆弛，缺乏形象的演示而流於觀念的直陳，大而無當，徒然成為淡而無味、令讀者無法終卷的散文。」與此同時，瘂弦也以敏銳的目光，注意到在一九〇〇年以後，這些缺點有所修正。

筆者最欣賞的，是下面一段分析：

> 早期中國新詩人試作長詩失敗的最大原因，是他們僅僅理解到長詩的量的擴張，而沒有理解到長詩的質的探索，誤以為長詩只是在敘述一個事件的發展，而忽略了長詩精神層面的表達，也就是他們未能注意詩質的把握。同時，他們對西方一九〇〇年以後新史詩的發展也缺乏認知；事實上，西方詩從T．S．艾略特以後便起了巨大的變化，那便是西方詩人把作為長詩中敘事的任務完全讓給了歷史和小說；長詩不再作事件的敘述，使事件成為次要的部分，而把重點放在事件後面的精神背景上。一首現代的長詩，與其說是紀錄事件，毋寧說是紀錄人性的歷史和現代人心靈遨遊的歷程。如以表現西方文化沒落與現代人精神生活衰竭的艾略特長詩〈荒原〉，便是一個典型的例子。這種變化，使西洋的長詩修正了過去的缺點，而達到前所未有的精純和嚴密，換句話說，現代的西方詩人是以製作短詩同樣嚴格的態度來製作長詩的。

視野開闊，立論新穎，有理，有據，顯示了瘂弦詩人而兼學者的風範。

瘂弦還對已經出現的長詩（特別是歷史題材的）提出了他的體會和看法。其中，不乏閃光的思想和精闢的論點。如：

「愛國主題的長詩，不能過分注重意念的傳達；意念誠然好，但未曾化為藝術形象的意念，在欣賞上的共鳴度和說服力往往不高。」

「不少愛國主題的長詩，詩情飽滿，感情充沛，這自然是作為愛國主題長詩的必要條件，但未經過濾和冷卻的情感在作品中率直的湧現，往往使整首詩充滿了呼號和吶喊，犯了浪漫派詩人無法制約感情、任其奔洩的毛病。」

「語言是手段，藉此手段以完成傳達意象的目的。在時下不少歷史題材的長詩中，仍然有過分依賴語言的傾向，文字上的花拳繡腿，總給人以技巧化的印象。」「只見性情不見技巧，才是最高的技巧。」「謹慎的使用語言是詩人最大的武器。」

「生活的深度就是詩的深度，沒有生活就沒有詩。」

「中國傳統詩講求『堂廡』，西洋詩人講究 vision（視境或靈視），批評家常常用此一標準來衡量作品的高下。筆者以為，我們的歷史題材的長詩也應在堂廡和視境上再加擴大。」

略感遺憾的是，瘂弦論述的對象僅限於臺灣，如果擴大到大陸，甚至擴大到包括港、澳、海外各地區華文詩，將更加精確，更加全面。

關於長篇敘事詩，筆者還想作些補充。

長篇敘事詩，是詩歌的一個重要品種。其主要特點是對社會現實作概括的反映，既有敘事的內容，又有長篇的構架，還有情感與哲理的滲透。

總觀中外詩歌史，優秀的長篇敘事詩不勝枚舉。如：但丁的《神曲》、歌德的《浮士德》、拜倫的《唐璜》、普希金的《葉甫根尼・奧涅金》、馬雅可夫斯基的《列寧》、葉夫圖申科的《媽媽與中子彈》等。中國現代的有：馮至的《吹簫人的故事》、艾青的《吹號者》、李季的《王貴與李香香》、聞捷的《復讎的火焰》、郭小川的《將軍三部曲》等。儘管這些佳作也可以分為主情型、主事型、情事相結合型三種，但它們有一個共同特徵，即毫無例外都是詩人成熟時期的作品。在小說界，凡是成熟的小說家多數都寫了或正在寫長篇小說；在詩歌界，凡是成熟的詩人是否也應該考慮並著手寫長篇敘事詩呢？因為長篇是人生閱歷的發展、生命智慧的昇華、藝術經驗的積累。何況我們所處的時代，科學技術突進，生活方式驟變，國際形勢動盪不安，核戰爭威脅依然存在，人們的心靈急待療傷與撫慰，需要更多的宏篇巨製，歡迎更好的敘事長詩。

四、對詩的社會性的省思

關於詩的社會性，歷來是一個爭論不休的問題。「文學研究會」提倡為人生而藝術，「新月派」中的某些人主張為藝術而藝術，認為「藝術雖不是為人生的，人生卻正是為藝術的」。在階級鬥爭尖銳、救亡圖存嚴峻的時代，後者的弊端似乎更大一些，它使人迴避現實，意志消沉；但前者也不無片面性，它以機械配合和藝術粗糙為代價，後來竟使詩成為政治的附庸和工具。瘂弦的看法，比較全面，也比較辯證。他說：「社會意識是文學的重要品質之一，但卻不是唯一的品質；社會意義是批評文學作品的重要標準之一，但卻不是唯一的標準。」「真正的社會意義，應該自組成社會的『人』裡探求、出發。」「我們卻不能要求詩應該表現什麼、描述什麼，而必須在自由的前提下，任隨詩人以一己之才性、氣質，去寫他自己的真誠感受、對人生奧秘的認識。也唯有在這種情形下產生的作品，社會屬性才有它真摯的情感與意義。」瘂弦以李清照的詞、杜甫的詩為例，來說明他的觀點：

> 我們或者可以從「博大」與「純粹」來區分優秀詩人的屬性：博大詩人抒寫共相，社會性較大，其作品具有直接的社會功效，杜甫可以為代表。純粹詩人描繪殊相，社會性較少或全無，如李商隱、杜牧、李賀。兩者純由詩人的才性氣質來決定，絲毫無法勉強。例如大部分的女性詩人，陷於生活範圍與才質，多「純粹」而不「博大」，但她們的作品卻能玲瓏剔透，教人印象深刻；勉強她們「文章合為時而作，歌詩合為事而發」（白居易〈與元九書〉），可能適得其反。須知純粹個人的作品，由於它提高了人們精神生活的深度，淨化、美化人生，因此也就具有一種間接的社會功效。

瘂弦的這種區分，為我們鑑別優秀詩人的屬性提供了一個標準。詩壇需要「博大」，也需要「純粹」，二者都係優秀，並無高低之分，「純由詩人的才性氣質來決定」。所以，他主張「最好的方法，是讓詩人寫自己的詩，寫他真正相信與體驗過的心路，無論小我大我、個人社會，總不忘通過那是初極也是終極的自己。社會責任、歷史感，都應該在作家的感性生活裡慢慢培養出來，猶如風吹水流的自然，不必勉強」。

這裡，需要指出的是，瘂弦對魯迅的批評（早期小說很有影響力，「但後來他過份強調社會意識，把文學寄託在政治狂熱上，放棄小說，改寫雜文」，「是很大的遺憾」），值得商榷。首先，魯迅在他的一生中，特別是後期思想最成熟的年月裡，以大部分生命與心血傾注於雜文創作，是與內憂外患的中國國情分不開的。正如他在《且介亭雜文．序言》中所云：「現在是多麼切迫的時候，作者的任務，是在對於有害的事物，立刻給以反響或抗爭，是感應的神經，是攻守的手足。」其次，對魯迅雜文的重大意義，應有足夠的估計。它並非一般的「政治狂熱」，也不能簡單地與小說作類比。魯迅雜文涉及的問題極其寬廣，涵蓋了現代中國人生活的各個方面，可以說是現代中國社會、政治、經濟、歷史、哲學、宗教、道德、文學、藝術的「百科全書」。特別是它對中國現代國民之文化心理、行為準則、價值取向，以及國民性、「中國的大眾的靈魂」真實而深刻的描繪，使其成為一部中國的「人史」。魯迅雜文幾乎包括從古到今所有可用於現代的文章樣式，是這一切文章形式的創造性綜合，也是他一生文學成就的綜合顯示。第三，魯迅在三十年代集中精力從事雜文創作時，並沒有放棄小說創作。他不僅有過寫作中、長篇小說的計畫，而且在一九三四年至一九三五年連續寫了五篇取材自歷史與傳說的小說，與二十年代所寫的〈不周山〉（後改為〈補天〉）等三篇合輯為《故事新編》，以其鮮明的探索性、活躍的想像力，對他在《吶喊》、《彷徨》中建立的規範進行衝擊，無論思想性還是藝術性都達到了一個新的境界。要不是一九三六年十月十九日早逝，魯迅先生還將創造新的輝煌。

瘂弦關於「真正的詩人不能尾隨流行，而應本著良知寫作，發揮文學自由的特性與創作文學的大用」的議論，雖然發在二十年前，今日看來，仍然有其現實性。「雖然，我們掩卷三思，仍然承認，對於一個苦難的民族，我們期待博大詩人的產生，似乎要比期待純粹詩人來得迫切。」這段話，同樣適用於當前。中華民族的偉大復興，太需要文學的振興，太需要博大詩人的帶動了。

瘂弦為五、六十年代的歐化傾向、作品晦澀所作的兩點說明，是必要的，也充分顯示了他的歷史眼光與動態思維。文末「海外的華人詩壇」，資料翔實，對研究華文詩歌乃至中國新文學，大有好處。

〈現代詩短札〉

這是瘂弦二十多歲時讀詩與思考的記錄。一九六〇年二月與五月，分二次發表於《創世紀》十四期與十五期，當時題為〈詩人手札〉。那是一個現代主義風行的時代，瘂弦自謂：「我也未能免除時代給我的影響與限制，其中有很多觀點，在今天看來已經不合時宜了；不過我還是堅持不改少作的原則，除了調整幾個標點，其他一概照舊，以存其真。我們也許曾經生活在一個偏執的時代，但如果沒有那時候的矯枉過正，可能也不會有今天反省與修正後的恰到好處。」瘂弦的態度是嚴肅的，認真的，充滿了歷史實證主義精神，應予肯定。

「短札」採取了中國傳統詩話的形式，既是短小的札記，又是微型的詩論，既自由隨意，又突出重點，加上幽默的措辭、散文詩式的語言，讓人在審美的愉悅中靈光一閃，悟出一些詩的至理。

這種形式，也為著名學者錢鍾書所喜愛。錢鍾書認為，歷史地來看，不少人所構建的理論體系，往往經不住時代的考驗，如一座大建築物一樣會隨時代的推移而坍塌，但剩下的一些材料卻能經受時間的考驗而不毀壞，這就是中國詩話歷久不衰的長處。同時，這種札記式的方式，靈活多樣，可長可短，不拘一格，可以合情合理地掉書袋，而不受整個框架的限制，非常適合他的特點。大量的古今中外的文學材料，構成一座取之不盡、用之不竭的寶山，任他在山中自由徜徉，隨意開掘。

瘂弦的〈短札〉共十六則，論述的要點分別為：

一、理論要注意現代(modern)，即理論的更新。詩要現代化，理論也要現代化，不能囿於傳統，畏懼創新。如果「本時代的肩膀上頂著一個上一代的頭顱」，「滿足於陳年的鼻煙和書齋中的樟腦味」，保守，僵化，便會停步不前，釀成悲劇。瘂弦用托爾斯泰晚年講的一個故事作了雄辯的說明。只相信橋柱不相信船的人，「最後一個個掉在河裡，淹死了事」。這一思想認識，頗符合當代提倡的「與時俱進」的精神。

二、沒有感性的真實，便無法來品評現代作品。這無疑是對的，但什麼是「感性的真實」，如何從感性上升到理性，如何從生活進入詩？則說得過於簡略、過於模糊。

三、從未產生過一個沒有臍帶的作家。也就是說，任何作家都是有傳承的。「作家和那些擺脫不了的名字婚媾，而後企圖仳離。」瘂弦的這句話十分生動地說明了傳承的過程。他對紀德兩段話的引用，突出了藝術借鑑對創新的重要性。

四、現代詩重在「感」，而不重在「解」。這是因為「科學（包括一切自然科學和社會科學）是智性的，藝術是感性的，科學需要理解，藝術訴諸感覺。以純理性的思維作用去『解』詩，正如以感性能力去研求科學，同樣緣木求魚，抓不住問題的核心」。此外，「現代詩的另一困難（並非它本身的困難），是它所展示的常不是大家共有的或舊有的情感經驗，或大家早已具有而不自覺的情感經驗」。增加了「解」的難度，亦應給予考慮。遺憾的是，在七十年代末到八十年代的大陸，有相當多的人以「不可解」一詞來貶低甚至否定實為現代詩的「朦朧詩」；更有甚者，至今仍有人固執著去「解」詩，而不知去「感」詩，其詩觀的滯後是驚人的。

五、詩人的全部工作似乎就在於「搜集不幸」的努力上。錢鍾書也有近似的看法。錢鍾書曾說「從文學史的眼光看來，歷代的文學主流都是傷痕文學。成功的、重要的作品，極少歌功頌德，而是作者身心受到創傷、苦悶發憤之下的作品。」❸如果將瘂弦的話改為「詩人的主要工作就在於『搜集不幸』」，就更周延、更準確了。

六、不可貪多求全。出自〈深淵〉一詩的創作談。

七、對普羅文學的評價。多有偏激與片面性。但「詩，究竟不是一面戰旗」提得相當好！

八、詩應紮根在生活中，不能為藝術而藝術。

九、詩與散文的區別。「散文缺乏詩的絕對性，詩有著比散文更多的限制，更大的壓縮和更高的密度，更嚴格的提煉和更嚴酷的可能。」「其實散文與詩的分野重要的是在實質上，比如散文詩，它絕非散文與詩的雞尾酒，而是借散文的形式寫成的詩，本質上仍是詩。」提出：「散文的侵蝕性是很嚴重的。現代詩人的藝術之一，或者就是在於排斥此種侵蝕和保持作品的『張力』上。」這些，都不失為真知灼見。但筆者以為，既要看到詩與散文的區別，也要看到詩與散文的聯繫，矛盾在一定的條件下會相互轉化。口語入詩，科技術語入詩，敘述性入詩，都增加了詩中的散文成分，或者說促成了詩的散文化（注意，是散文化，而

❸ 引自王吟編著《走出魔鏡的錢鍾書》（金城出版社一九九九年一月第一版）。

不是將詩寫成散文），使詩紮根在生活中，保持新鮮與活力，堪稱革新詩的重要途徑。然而，一旦越出了界限，破壞了壓縮與密度，削弱了語言的張力，則由詩走向非詩，抵制散文的侵蝕又成了首要的任務。

十、大眾化。瘂弦主張作家、詩人不能落在讀者的後面，應當「儘量向前跑」，讓讀者來追你，「讀者的閱讀興味就在於『追』的這一點上」。引領審美潮流，提高閱讀水平，這只是問題的一方面，而不是問題的全部。對於讀者的反映、讀者的需求還是要關注並考慮的，這樣的「領跑」才會有吸引力，並取得明顯的效果。

十一、詩與科學的關係。瘂弦認為，詩不能隨科學的進化而機械化，為詩壇敲響了警鐘。但科學對詩的影響，負、正皆有，不是一小則詩話就能講清楚的。特別是在現在，電子媒介高度發達，信息化無遠弗屆，電子詩、網路詩、廣告詩天天都在衝擊著傳統形態的詩，我們該怎樣應對？如何抓住機遇，又如何迎接挑戰？確實值得研究與討論。

十二、詩的批評。「批評乃是一種藝術，它不是某一作品的附麗，而是一種獨立的存在。或者說，一種與『創作』價值相等的創造。」瘂弦維護了批評的尊嚴。「我們不斷的『爭吵』，我們不停的前進。這便是一部文學發展史。」語言活潑而俏皮，說理自然而有力。

十三、現代詩的流派，達達主義與超現實主義及其對潛意識世界的表現。「值得注意的恐怕還是自達達主義死灰中重行燃熾的超現實主義」，從瘂弦的理論主張不難看出他詩藝的借鏡。

十四、科學與現代藝術的隔膜，以及現代文學藝術發展上的阻力。對新興文學的嘲笑與漫罵，引起瘂弦的憤慨與抗議。

十五、反對偽詩。「詩的作偽現象自始即是一種為文字而文字的飽食病。」「那是一種對靜觀、追索，與心靈勞動的怠惰和逃避，一種誣蔑詩之莊嚴的玩謔作風，一種藝術的敗德者。」瘂弦在譴責這種文字遊戲的同時，為藝術技巧中的「晦澀」或稱「有意的晦澀」正名：「晦澀乃是一種不得已。或者說，晦澀乃是基於作者為求達到某種強烈藝術效果時之表現上的必須。」「如像夢面上的浮雕，有時候一首詩所產生的唯一感應便是茫然。而準確有效地傳達了此種茫然，那首詩的駕馭者便可說是獲致美學上的完全勝利。」這使筆者極自然地想到洛夫，他對現代詩中的「晦澀」也有類似的看法。在《魔歌》詩集自序〈我的詩觀與詩法〉中，他這樣寫道：「文學史中，晦澀的詩所在多有，而且多為大詩人的作品。如果就詩的構成而言，晦澀因素甚多，諸凡暗喻，象徵，暗示，以及形而上的與禪詩等手法，都是造成程度不等的晦澀的原因。無論如何，我們不能僅以『看不懂』此一理由而否定其潛在的意義與價值。」

十六、對現代主義新興藝術和現代詩的發展充滿信心。以美國為例：「美國現代文學藝術（特別是詩）在廿世紀國際文壇地位之重要，已被譽為世界的『第八奇蹟』。」聯繫中國的實際：「我們雄厚的文化遺產值得向全世界自豪，但不可否認的，我們也在這龐大的累積中發現某些阻止前進的因素。我們的關鍵是：在歷史的縱方向線上，首先要擺脫本位積習的禁錮，並從舊有的『城府』中大膽地走出，承認事實並接受它的挑戰；而在國際的橫斷面上，我們希望有更多現代文學藝術的進香人，走向西方而回歸東方！」這是瘂弦讀詩與思考的結論，也是我們奮鬥與努力的方向。

與瘂弦的〈現代詩短札〉相比，錢鍾書的《談藝錄》不盡相同。它在傳統的詩話形式中包含了新的思維方式，克服了傳統詩話的經驗式、漫興式、欣賞式的缺點，由經驗上升到理論，成為運用中外系統的理論分析與批評之作。同時，還避免了傳統詩話「見樹不見林」和新批評家「見林不見樹」的短處。錢鍾書的風格就是這樣，他對中國文學一貫不變的理論認識，往往以無數的「小結裹」體現，無數的「小結裹」

構成一個理論的「大判斷」，「大判斷」也蘊涵在每一個「小結裹」裡。因此，可以說《談藝錄》又是傳統詩話的發展與創新。錢鍾書就是在這種形式中貫通中西，縱橫古今，對中西文學作「打通」式的研究，開一代風氣。

與錢鍾書的《談藝錄》相比，瘂弦的「短札」未免顯得零星、單薄、不成體系，它更接近傳統詩話，具備詩話所有的優點與缺點，但在思想的敏銳性、青春的執著性、藝術的前衛性上，並不比錢鍾書遜色多少。由於短小、精悍、活潑、自由，其所起到的「輕武器」、「小夜曲」的作用，反倒是錢著所缺少的。

卷之二：早期詩人論

這是瘂弦對中國新詩史上早期詩人的評論，旨在接續因戰亂而產生斷層的中國新文學傳統，為一批特色鮮明、成就卓著的現代詩人定位，並從中探討中國新詩發展的軌跡及值得注意的問題。

早期詩人論共十一篇，按照在《創世紀》詩刊上發表的期數與時間順序排列，並以一句既形象又精鍊的話概括其特點。依次為：〈禪趣詩人廢名〉、〈苦命詩人朱湘〉、〈長安才子王獨清〉、〈未完工的紀念碑——孫大雨的「自己的寫照」〉（此篇以作品為題，與其他諸篇略有不同）、〈開頂風船的人——《手掌集》的作者辛笛〉、〈濺了血的《童話》——綠原作品初探〉、〈中國象徵主義的先驅——「詩怪」李金髮〉、〈早春的播種者——劉半農論〉、〈從象徵到現代——戴望舒論〉、〈蛹與蝶之間——過渡期的白話詩人劉大白〉、〈芙蓉癖的怪客——康白情其人其詩〉。這十一位詩人政治態度不同，人生道路各異，其在詩壇上的影響及知名度也有較大的差別，瘂弦為什麼選擇他們，又怎樣評論他們，對今天有哪些啟示？確實值得我們研究。

選擇的標準

歸納起來有三條。

一是歷史感。在〈芙蓉癖的怪客〉中，瘂弦寫道：「我覺得一個研究文學史的人，必須具有歷史感，這樣才能找出一個作家的真價值，給予其應得的地位與公正的評價。接觸一首詩，首先要知道這首詩出現在那一個年代，作者當時的文學環境是怎樣的，跟他同時的作家在寫作上的表現又是怎樣，以這種必要的條件作基礎來討論康白情，才是公正的。」儘管康白情有「芙蓉癖」（抽鴉片的惡習），當過四川軍閥劉湘的旅長，還開過「四川土產行」，賣過榨菜，但瘂弦並不因人廢詩，仍將其入選，並給予較高的評價。

我們知道康白情作品出現的時間，是本世紀十年代的末期，彼時白話文學革命發生不久，中國新詩僅僅是一個剛剛冒出土來的幼芽，在文學上另闢蹊徑，本來就是件困難的事，在康白情之前，藝術上可資參考的前例，可供接受的影響，恐怕只有胡適、沈尹默、劉半農等三、四位詩人的少許作品而已。中國新詩第一次出現於民國六年，康氏的詩則大部分寫於民國八年和九年，這在文學發展的史的意義上，是不能不予以注意的。要知道，康白情的詩固然簡陋，但是千萬不可忘了，那個時代的整個詩壇都是簡陋的。如果沒有早期詩人的盲目摸索，勇於接受失敗的嘗試，中國新詩便不會從草創到壯大。沒有康白情，可能就沒有較後的「新月派」，就是有，也要遲上許多年。我們絕不可要求在康白情的時代出現徐志摩，也絕不可要求在徐志摩的時代出現王辛笛和穆旦；沒有四十年代的王辛笛和穆旦，五十年代的鄭愁予便會姍姍來遲了。這就是我所謂的歷史感。

這是實事求是的，尊重歷史的，也是言之成理的。

二是現代性。在〈從象徵到現代〉中，瘂弦談到了世界現代主義文藝思潮對中國詩壇的影響，重點介紹了由施蟄存、杜衡、戴望舒三人主編的《現代》雜誌對詩的具體主張：「《現代》中的詩是詩。而且是純然的現代的詩。它們是現代人在現代生活中所感受的現代情緒，用現代的詞藻排列成的現代詩形。」接著，他指出：「《現代》雜誌這樣『前衛』的理論，自然不容於左翼集團，而受到猛烈的抨擊，說他們逃避現實，內容貧乏、空虛。現代派的詩是以戴望舒《望舒草》（民國二十一年夏）的出版開始進入高潮，而以《烙印》（民國二十三年三月）的出版後漸趨沒落。」瘂弦還提到「民國二十五年（一九三六）十月，戴望舒挾現代派的餘威，與徐遲、路易士（紀弦早年筆名）創辦《新詩》雜誌」，以及北方的馮至、梁宗岱、孫大雨、卞之琳等人也擔任該刊的編委，「不僅意味著新月的開始現代化，也象徵著南北詩人的合作與團結」，「共同為中國新詩的現代化而努力」。該刊與《現代》雜誌一樣，具有全國性影響，「一直出到一九三七年六月才因八一三滬戰而停刊」。可見瘂弦推崇的新詩，是以現代主義詩的美學原則創作的詩，是前衛性即現代性，是對全球現代化大潮的呼應。正因為如此，他不僅選擇了大名鼎鼎、詩壇上人人皆知的李金髮、戴望舒，還選擇了少有人知、近乎默默無聞的廢名、朱湘、王獨清、孫大雨。

三是藝術品質。在〈濺了血的《童話》〉中，瘂弦認為：「整理史料，最重要的意義，就是為過去的人物作歷史定位，給予公正的評價。綠原在我國四十年代的詩壇上自有其不可忽視的地位。他雖然為胡風所倚重，為『希望社』的論評家們所吹捧，但綠原作品之所以能站立起來，乃是由於其作品中的藝術品質，而不是因為偶然的機緣和時會。」這是切中肯綮的。在詩歌史上以及文學史上，起決定性作用的永遠是作品的藝術品質或云藝術質量，而非創作數量。當然，數量也會影響質量，沒有量的積累就不會有質的飛躍，但時間可以淘汰數量卻淘汰不了質量，讓歷史與後人記住的只能是那些名篇、精品，而不是數量以及作品之外諸如權位、炒作之類的東西。恰似唐代的張若虛，儘管功名不顯，生時就未能編集成書，卻以一首〈春江花月夜〉而名傳千古。即使是這首好詩，也是在他身後好幾百年的明朝才逐漸為人所識，到了近代，更被聞一多譽為「詩中之詩，頂峰上的頂峰」，聲名大噪，再也不衰。正因參透了這個道理，瘂弦比照音樂史上的「一曲音樂家」巴妲茜芙絲卡（Tekla Badarzewska），稱孫大雨〈自己的寫照〉這首沒有寫完的長詩為「一座未完工的巨大紀念碑」。讚揚他氣魄雄渾，筆力深厚，「一反新月派（雖然他自己屬於新月派）那種個人小情感的花拳繡腿，粗浮的感傷，和才子佳人式的浪漫腔調」；「以紐約城的形形色色，用粗獷的筆觸，批判地勾繪出現代人錯綜意識的圖像，為中國新詩後來的現代化傾向，作了最早的預言」。

評論的角度

與選擇的標準有關，也是三個方面，即三種角度。

一、文學史的角度。在〈長安才子王獨清〉中，瘂弦將「五四」前後我國新詩的發展分為三個時期：「第一個時期是萌芽時期，即胡適之出版《嘗試集》、劉大白出版《郵吻》以後的白話詩運動時代；第二個時期是成長時期，我國詩壇有了徐志摩、朱湘的新月派，創造社的浪漫派，李金髮的象徵詩，戴望舒、杜衡諸人的現代派，是新詩的蓬勃年代；第三是抗戰時期，詩壇轉入一個有著現實主義傾向的時代。第一時期和第二時期，新詩走的是一條純粹性建設性的道路，到了第三個時期，整個的民族投入了神聖的抗戰，為了喚起民眾共赴國難，中國新詩產生現實主義的傾向，乃是一種必然的發展。」這是新詩的分期，也是文學史的分期，現在來看，也是科學的、切合實際的。瘂弦就是從這樣的角度來評論王獨清的。他認為王獨清是「創造社轉變期中的犧牲者」。創造社從浪漫運動過快地轉向為「普列塔利亞文學」的宣傳部，沒有足夠的時間寫出怎麼重要的浪漫主義的詩來。作為創造社中堅分子、長安才子的王獨清在這一轉變中作了不必要的彷徨，「在一種無所適從進退維谷的情況下，荒廢了他的後期寫作生活」。基於這一分析，瘂弦指出：「王獨清的詩，不管是材料與處理方法，都具有典型的浪漫主義的特色。」「但王獨清作品所接受的影響，並不止於浪漫主義，在他的作品中還可以找出法國象徵派的投射。」並且喜歡「在詩中加入大量的外國文字」。評劉大白，也是從文學史談起，說他是「一個先後受到黃遵憲的『詩界革新』和胡適的『文學革命』雙重影響下的過渡期人物」。「他初期作品的格調，雖刻意求變，力求創新，但終不能完全擺脫舊文學的羈絆……雖然就今日的眼光來看，這類放大了的小腳能不能稱之為新詩尚是問題，但如從史的觀點衡量，這種新舊嬗遞的過渡現象自是無可避免的。」瘂弦用「蛹與蝶之間」來比喻這種現象，十分形象，也十分生動。文末說劉大白並不能算白話時期最好的詩人，「但就融舊詩音節入白話，利用舊詩情景表現新意這一點上，劉大白是有其貢獻的」，言之鑿鑿，頗具說服力。

二、比較文學的角度。在〈中國象徵主義的先驅〉中，瘂弦回顧了二十年代初期詩壇的情形：「當時除了劉半農、康白情、俞平伯、劉大白等『小腳放大』的白話詩，汪靜之的愛情歌謠，冰心的泰戈爾式的哲理小詩，徐志摩、朱湘、聞一多的英式浪漫和郭沫若透過日文接受來的德式浪漫（雖然他也受了點惠特曼的影響）外，幾乎看不見象徵的影子。」同時點出李金髮詩的淵源：「如果不是他把法國詩人波特萊爾(Charles Baudelair)、魏爾倫 (Paul Verlaine) 的象徵詩風帶進詩壇，不經過此一過渡，則中國新詩的現代化運動，恐怕不會那麼早的發生。」還以法國超現實主義領導人布魯東 (Andre Breton) 為佐證，「作為一個詩人他也許失敗了，但他所提出的方法卻開拓和豐富了詩的視野」，從而推論道：「根據上述的例子，我們便不難瞭解像李金髮這樣變革期的詩人，總有其不可避免的缺失，也說明了我們不必因其缺失而否定他的重要性的理由。」在論戴望舒的那篇文章中，瘂弦將中國現代主義的先導詩人李金髮與戴望舒作了比較：

> 首先敏感到詩的表現問題的是在法國受象徵主義影響的李金髮。李氏以隱喻、暗射的技巧，企圖造成一種魏爾倫 (Paul Verlaine) 式的，音、色交錯的美感，但並不成功。這個時候，戴望舒出現了。戴望舒出現的意義，還不單單在於他的作品突破了李金髮的異國情調，把法國風味的象徵詩中國化的這一點上，更重要的是：他的出現預告了一個新的時代，一個無論在藝術精神上和藝術形式上的、中國新文學現代主義時代之來臨。

在接下去的篇章中，瘂弦進一步探幽入微：

> ……戴望舒和李金髮的提倡象徵主義，乃是不約而同的個別行動，但同樣是講求象徵，戴就比李成功，戴望舒的輕盈流麗，與李金髮的僵硬遲滯，恰成一個強烈的對比。姑不論藝術的品質如何，單從語言的角度來看，李詩首首都應該送入「文章病院」，戴詩在修辭上就比較圓潤。究其原因，筆者認為戴望舒得力於中國古典文學語言與歐洲文學語言二者的結合與融會，李金髮的缺點則是此兩種語言交互影響下的囫圇吞棗、消化不良。戴起步較晚，在文學觀念上恐怕還受了點李的影響，但在象徵詩的實驗上，戴的成就卻在李之上，這是詩壇所公認的。

有比較，才有鑑別；有鑑別，才有脈絡；有脈絡，才有發展。瘂弦可謂深明此理，擅用此道也。

三、文本的角度。在〈禪趣詩人廢名〉中，瘂弦有一句名言：「當星移物換灰塵落定，決定一個作家真正價值的將永遠是作品的本身。」以文本為主，一切從文本出發，正是瘂弦早期詩人論的基本原則。如是，他概括並提煉了十一位詩人的詩藝，並為之定位——

廢名：歸入「孤絕的作家」一類。「廢名的世界是一個幽玄的世界，廢名所使用的語言是『禪家的語言』。」「廢名作品的特徵是大量運用我國古典詩詞、戲曲或者散文，從陳舊的詩文中挑出一些可以『重新燃燒』的字句，使用一些可以構成新的聯想的典故，或加以引申，或賦以新義，而造成新的效果和感動。」「另一特色是口語運用，」「廢名的詩即使以今天最『前衛』的眼光來披閱仍是第一流的，仍是最『現代』的；筆者甚且還可以臆測，透過系統整理和介紹，廢名的『身價』可能愈來愈高。」

朱湘：作風大都深沉悒鬱，絕望憤世，像英國悲觀詩人霍斯曼(Alfred Edward Housman)。朱獨創的「印象」的風格、白描式的手法，很少見於另一些新月派詩人的詩中，顯示了我國較後期的新詩的某些傾向。「在新詩形式的開拓上，朱湘恐怕是五四以來白話詩人中試驗最力的一個人……另外，朱湘在翻譯方面的貢獻也是不可埋沒的。」

王獨清：詩藝已如前述。

孫大雨：同上。

辛笛：「辛笛的詩是二十年代到四十年代中國純正詩流一貫發展的代表。」能秉持一己的文學信仰不為政治流行病所惑，卓然獨立，誠屬可貴。「辛笛接受的是完整的學院教育。」他的作品當然也就受了西歐的影響。「但他對由西方移植來的技巧，經常能作適切的運用和處理，使其具有中國的風味。在現代詩壇高唱向傳統『歸宗』的今天，辛笛的作品無疑為我們提供了一個範例。另一方面，他的詩又能脫出學院派過份理論化的羈絆，而具有生活的深度和廣度。」

綠原：「縱觀《童話》這本集子，每一首詩都流溢一種年輕人的夢幻和憧憬，語言清澈，節奏明快……是流麗自然的『天籟』。」

李金髮：「中國新詩壇第一個象徵主義者，當年被稱為『詩怪』的李金髮，他在新詩發展史上的重要地位是不容忽視的。」「李金髮恐怕是五四運動以後，引起爭論最多的一位詩人。」「純粹以文章的角度來看，李金髮顯然不是一個好的文章家，但是，在他缺乏鍛鍊的語字背面，卻有著充沛的詩素和豐富的藝術品質，李金髮作品之所以受重視理由也就在此。當然，更重要還是他在文學思想方面的創造性。」瘂弦借用覃子豪的話點明這「創造性」，就是「他確曾從法國象徵派學到較之創造社和新月派更為高明的表現技巧與塑造意象的方法」。

劉半農：「劉半農先生是中國新詩運動初期，最早的幾位播種者之一。」「他具有詩人的氣質和才分，對於口語也有獨特的駕馭力。雖然他的白話詩，某些地方不可避免的也犯了那個時代的通病，但他的絕大多數作品，都能在完成新形式（語言）之外，抓住了詩之所以為詩的某些本質。」「單以白描手法（「白話詩」的最大特色）這方面而言，劉半農顯然是一位大家，雖然，他作品的量並沒有他同時代的詩人多。」劉半農的散文詩，劉半農研究民歌並創作民歌，「是想傳承我國在野文學的寶貴傳統，運用俗歌（民歌與兒歌）的內在生命特質，聲韻和調子，來創造一種新的方言文學。劉半農認為這種文學才是最真摯最動人的文學。」

戴望舒：詩藝已如前述。這裡要補充的是瘂弦對戴詩風格發展的評述：《我底記憶》、《望舒草》為前期的代表，浪漫和象徵；《災難的歲月》為後期的代表，由於抗戰的激發，感時憂國，「他的詩，再也不是柔美的小夜曲，而是激烈的獅子吼！」「早期輕清的象徵色彩，代之以厚重的剛健風格。」平實，嚴肅，堅忍，深沉，走向了成熟。「除了寫詩外，戴望舒在譯學界也極富聲譽。有人甚至認為戴氏在譯述方面的成就，超過創作。平心而論，戴望舒並不能算是那個時代最重要的詩人，創作的量太少是最大的原因。但如加上他在翻譯上的貢獻，理論上或運動上（成立現代派、倡導現代主義）的事功，他的重要性便不亞於與他同時期的任何大家。而他對後世的深遠影響，也是無法估計的。」

劉大白：詩藝已如前述。

康白情：新潮社的要角，新詩方面的代表作家。與胡適、傅斯年、羅家倫、俞平伯等「於新詩寫作只是玩票性質」相比，「真正專業寫詩的，只有一個康白情」。初版於民國十一年三月、再版於十二年一月的詩集《草兒》，「在二十、三十年代的詩集中，這恐怕是最厚的一本了」。其中，劣作不勝枚舉，「使康白情成為早期新詩最大的一個病例」，但也有一些極好的作品，「給以後的詩壇帶來深遠的影響」。白描的方式，戲劇的表現，以音節取勝，講究色彩的節奏……「總之，我以為康白情作品最難得的地方，是他的詩表面看起來，像是一覽無遺的散文，但其內在卻有一種超過描摹意義之上的反射性，從看似客觀的平面記述中，流露作者主觀的投影。」「《草兒》的歷史意義，不在作品本身的價值，而在於作者敢於試探的精神和態度。」

科學的方法

瘂弦的「早期詩人論」，在寫作方法上也比較科學，給了我們一些啟示。

從蒐集史料入手。在本書的「自序」中，瘂弦謙稱：「本書的三卷文字，談不上是嚴肅的研究，只能說是一種史料的蒐集，也就是把我自己天涯訪書所蒐求的一點成績，供給將來研究中國新詩的史家們參考，也讓關心、喜歡新詩的朋友，分享我對新詩不渝的情感。」這段話，也透露出了他的寫作乃是從史料的蒐集開始的。為了介紹劉半農，瘂弦藉赴美進修的機會走訪了威斯康辛大學、芝加哥大學、西北大學、哥倫比亞大學、耶魯大學、哈佛大學、普林斯頓大學、華盛頓大學、史坦福大學、加州大學柏克萊本校等十多所學校的東方圖書館……所有藏有中文書籍的地方都到過了。正是在這豐富資料的基礎上，瘂弦於一九七七年八月與十二月分別編選出版了《劉半農文選》與《劉半農卷》。用同樣的方法，加上友人的幫助，瘂弦還蒐集了有關朱湘、戴望舒的史料，於一九七七年五月與八月分別編選出版了《朱湘文選》與《戴望舒卷》。為了研究李金髮，他四處求援。夏志清為他影印了《為幸福而歌》（一九二九年上海商務印書館「文學研究會」出版）；黃伯飛查了好幾家圖書館，為他尋到《異國情調》（詩、散文、小說合集，一九四二年十二月重慶商務印書館印行）；婁子匡寄贈了李金髮主編的一本民謠集《嶺南戀歌》（一九七〇年臺灣東方文化書局重印）；傅敏將珍藏多年的《為幸福而歌》初版本借他閱用。這些書就連李金髮自己都沒有了，實在珍貴之至。另外，葉珊、唐文標、劉紹銘、翺翺、王潤華、董橋、莊因等也提供了許多資料。更為難得的是，經瘂弦多方打聽，在一個朋友處得到了李金髮十五年前在美國的舊址，就試投了一封信去，居然得到了回信，令瘂弦喜出望外。在連續通了好幾封信後，李金髮對瘂弦在信上提出的二十個問題一一作答，並寄給他許多珍貴的照片。這份〈答瘂弦先生二十問〉及照片均發在《創世紀》詩刊三十九期（一九七五年一月出版），是研究李金髮的重要資料。下面試舉幾例說明——

答第二問：「至於我的詩是無可否認的象徵派作品，然起初只知是一種體裁，無所謂象徵派、頹廢派，而今已垂五十年了。我無寧說我的詩為神秘派。我於一九二五年讀了很多意大利鄧南遮的詩集，亦覺其很有神秘氣息，國人更看不懂了。」

答第五問：「我刊行過三本詩集——《微雨》、《食客與凶年》、《為幸福而歌》，前二者是周作人介紹給北新書局出版的，前面已經提過。後者是在上海時得鄭振鐸的助力出版的，當時『文學研究會』的人很多，我多半不認得，他們說我的詩他們看不懂，我滿不在乎，只認為他們淺薄而已。每一個時代凡創始之事業，必有人反對或譏諷，到頭來必得大白於天下。羅丹當年的黃銅時代，人皆譏其從人屍上脫胎出來的，諸如此類之事，數見不一見，又何足氣憤哉。」

答第十六問：「我於痛定思痛之餘，比較滿意的是最後的一部《為幸福而歌》，那裡有無涯的幻想，喁喁的情話，令人生出無限的想像，不像初期的作品《微雨》，如無轡之馬，人們攻擊最多的亦在此處。」

以上這些「夫子自道」，都為我們深入探討李金髮的詩藝創造了條件。這份訪談，也可以作為〈中國象徵主義的先驅〉一文的重要補充。

與人生體驗結合。瘂弦認為：『「印象批評」較好的地方是他根據人生而非根據學問。最壞的批評是根據學問。」根據學問，就是從概念出發，以固定不變的理論框子去套個性不同的詩人。根據人生，就是從實際出發，通過對詩人的生平、在文壇上的活動，特別是他的人生體驗的考證與分析，探討其思想發展的軌跡與藝術風格的形成。在評辛笛的那篇文章中，瘂弦借用了森林社的編者在《中國新詩》上對《手掌集》的介紹，來體現這一「根據」：

作者從事新詩創作已有十餘年，憑著他對人生體味的深切入微，憑著他湛深的修養和熟練的表現手法，使他的詩有一個獨特的風格。他的詩裡沒有浮面的東西，沒有不耐咀嚼的糟粕，他把感覺的真與藝術的真統一成一個至高至純的境界，使人沉緬其中低徊而忘返，他那柔和清新的筆觸，對於遣辭使字和內在的節奏都是十分完美的。

評戴望舒的詩，更是與戴的人生體驗緊密地結合在一起。瘂弦先介紹了戴的生平、在文壇的活動、與左翼作家的宿怨，繼而著重指出：「《災難的歲月》在內容和表現手法上與《我底記憶》、《望舒草》時代完全不同。造成他詩風轉變的因素，最重要的動力是抗戰的激發。一九四一年，日寇占領香港，他在異族的鐵蹄下過著災難的歲月。他被日軍逮捕入獄，雖受盡了痛苦和折磨，卻不為武力所屈服，甚至題詩獄中，以渲泄滿腔孤憤，更道出他身在煉獄，心懷祖國的心聲。」在比較了早期與後期的風格變異之後，瘂弦深有感觸地寫道：

> 這說明了一個具有藝術良知的藝術家，他的藝術，常常不是從流行的思想出發，而是從他自己的生活經驗和認知出發。通過親身的感受，使他作品的美學要求和現實意義緊密地結合在一起，這跟與戴望舒同時那些純粹從觀念或教條出發的所謂新寫實主義作家的虛偽作品是不同的。一個真正的藝術家，他永遠不會因遷就一個生硬的觀念而放棄他的本份——寫他真正相信的，真正體驗過的。不管是寫小我，寫大我，寫個人，寫社會，總不忘通過那個是初極也是終極的自己。

正因為如此，瘂弦對孫大雨的資料難覓，生平不詳，未能深入瞭解其人生體驗而感到遺憾。「從孫大雨的湮沒，更可看出史料編錄工作是多麼重要；當時的人如果疏於整理，後來者只有感嘆『余生也晚』了。」

旁徵博引，一分為二。十一篇文章，篇篇都有引證。例如談孫大雨的長詩〈自己的寫照〉，引用徐志摩特別推崇的一段話；談康白情的詩，引用俞平伯的意見作為「最好的注腳」；談李金髮的詩，先後引用了朱自清在《中國新文學大系・詩集》「導言」、李輝英在《中國現代文學史》、覃子豪在〈論象徵派與中國新詩——兼致蘇雪林先生〉中的三段話；談劉大白的詩，引用了周作人與趙景深的讚譽……其中，引用得最多、最精闢的要數朱自清。如《中國新文學大系・詩集》「導言」認為李金髮「講究用比喻，有『詩怪』之稱（《美育雜誌》二期黃參島文），卻又不將那些比喻放在明白的間架裡。他的詩沒有尋常的章法，一部分一部分可以懂，合起來卻沒有意思。他要表現的不是意思，而是感受和情感；彷彿大大小小紅紅綠綠一串珠子，他卻藏起那串兒，你得自己穿著瞧。這就是法國象徵派詩人的手法，李氏是第一個人介紹它到中國詩裡。許多人抱怨看不懂，許多人卻在模仿著。他的詩不缺乏想像力，但不知道是創造新語言的心太切，還是母舌太生疏，句法過份歐化，教人像讀著翻譯；又夾雜著些文言裡的嘆詞語助詞，更加不像——雖然也可說是自由詩體裁……。」在一九三七年六月一日北京出版的《文學雜誌》上，朱自清介紹廢名：「廢名先生的詩不容易懂，但是懂得之後，你也許要驚嘆它真好。有些詩可以從文字本身去了解，有些詩非先了解作者不可。廢名先生富敏感而好苦思，有禪家與道人的風味。他的詩有一深玄的背景，難懂的是這背景。……無疑地，廢名所走的是一條窄路，但是每人都各走各的窄路，結果必有許多新奇的發見。最怕的是大家都走上同一條窄路。」在《中國新文學大系・詩集》「導言」中，朱自清還評論戴望舒：「……取法象徵派。他譯過這一派的詩。他也注意整齊的音節，但不是鏗鏘的而是輕清的；也找一點朦朧的氣氛，但讓人可以看得懂；也有顏色，但不像馮乃超氏那樣濃。他是要把捉那幽微的精妙的去處。」除此而外，還有好幾處，均為高妙之論、貼切之評，一經瘂弦引用，更加閃灼生輝，既提高了為文的學術性，也增強了思辨的說服力。難得的是瘂弦始終保持清醒的頭腦，一貫堅持獨立的精神，對自己所研究的對象，哪怕是名重一時的巨子，都能一分為二，有褒有貶，有揚有抑，不跟風，只唯實，這方面的例子前面多處提及，這裡不再贅述。

通過「早期詩人論」，瘂弦發表的創見尚有以下一些：

「孤絕的作家常常是精緻的創造者，而這種精緻又每每與大眾絕緣。這幾乎是無法兩全的，凡是一般性高的作家，其作品的純粹性必然較低；而純粹性高的作品又常常不具有一般性。對於廢名而言，我們說他接近讀者，毋寧說他更接近批評家，而那少數的讀者，更少數的批評家，只要是能進入廢名世界的人，卻是有福的。」

「朱自清認為禪家是主張『離言說』的，他們最終的目的是把嘴掛在牆上，雖然如此，他們卻能識得語言的特性，不管是虛實順逆，在表面的矛盾下自有其內涵的一致。」

「雖然前衛作家不一定是最好的作家，但前衛作家往往是影響較大的作家。」

「真正有智慧的詩人，往往不囿於一種方法，而是把各種方法融於一爐而集其大成。」

「筆者也認為衡量一個作家，不是因為甲寫了千軍萬馬，就是大詩人，乙寫了一朵小花，就是小詩人。千軍萬馬與一朵小花，只要在藝術上表現得完美無瑕，都是大詩人。文學是從殊相到達共相的過程，不管你寫什麼，點的或面的，局部的或全體的，個人的或民族的，只要寫得好，都有社會意義。」

「筆者以為在那個年代寫詩的人，差不多都是抱著『但開風氣不為師』的態度，僅憑著一股熱情，縱筆寫來。」

與「卷之一」的詩論、「短札」一樣，瘂弦的「早期詩人論」文筆清新、雋永，語言典雅、質樸，風格穩健、審慎，由於不時加上一些軼話、傳說、趣談，使文章活潑、輕鬆，並具有幽默感。如：

有一段關於劉氏的軼話是文學史家們所津津樂道的：原來，在「文學改良」之前，劉半農是一位鴛鴦蝴蝶派（禮拜六派）的作家，曾用「半儂」的筆名（從這兩個字，就可以想見他當時的文學趣味！）

發表過不少才子佳人式的小說和筆記。胡適、陳獨秀發起文學革命時，劉氏一反鴛鴦蝴蝶派作風，改名「半農」，大寫白話詩和擁護文學革命、攻擊舊文學的文章，當時有人對他說一句：「你懂什麼？也有資格來提倡？」他一氣之下，跑到法國巴黎大學唸了個博士回來。對於這段傳說，李長之（迫迂）在〈劉復〉一文中說：「那個一氣就去法國之氣，是一個多麼可貴之氣；這氣不是驕傲，而正是謙虛；他反省自己之無學，從根本來研究語言。」

有聲，有色，有敘，有評，生動不過，風趣不過。次如：寫康白情「以一個少年中國學會會員，五四運動的健將之一，中國新詩壇的先驅者，當年選拔赴美深造的『新五大臣』，堂堂『新中國黨』的黨魁」，竟然改弦易轍，甘心做軍閥的幫閑者，並抽上了鴉片。在引用過現代文學史家陳敬之的一段話後，瘂弦如是寫道：

旅長幹了一年，康白情又轉任劉湘兼理的一所行政機構裡的幕府（秘書長），繼續過著寄人籬下的生活，渾渾噩噩的混日子，直至國民政府北伐統一，他才出川，到上海再度改行經營商業，開了一爿「四川土產行」，賣起榨菜來了！但詩人賣榨菜的本事似乎比他當旅長也高明不了多少，沒多久，土產行因為資金周轉不靈而宣告歇業，自此康白情即落魄春申，欲振乏力。按理，做舊式帶兵官的人，荷包總不會太空。具有詩人氣質且沉淪於鴉片榻上的康白情，旅長任內於銀錢方面雖未能「免俗」，但數字怕亦極為有限。因此，土產行關門後，他即銷聲匿跡，除了偶爾在鴉片館裡看到他與二三癮君子吞雲吐霧以外，康白情失去了一切文學或非文學能力，徹底的淪落了。

有嘲，有諷，有苦，有淚，忍俊不禁，感傷不已。

瘂弦的「早期詩人論」也存在一些缺欠。如：對早期詩人的選擇尚不夠全面，有一定的片面性；對浪漫主義、現實主義的評論過於偏激，忽略了一些重要詩人如郭沫若、聞一多、馮至、艾青等在當時的作用與影響；對某些歷史問題的論爭如「第三種人」與左翼作家的論戰、現代派與普羅文學的分歧等的評判過於簡單化，有時失之公允；十一篇文章的水平並非完全一致，有的以印象代替評論，有的太重資料的羅列，有的資料蒐集不足……這與當時史料極度缺乏，中國新詩理論尚未成熟，作者過於年輕是分不開的。儘管如此，筆者還是要為瘂弦的理論膽識、開拓精神、藝術眼光、務實作風而大聲叫好。沒有瘂弦當年的墾荒，就不會有詩壇今日的豐盈，沒有先驅探索的缺失，就不會有後輩整合的完美。中國的新詩是這樣走過來的，中國的新文學也是這樣走過來的。另外有一點特別值得敬佩的，是瘂弦在《創世紀》開闢〈三十年代新詩史料掇英〉專欄的那些年，正值臺灣戒嚴時期，大陸三十年代作家作品被官方列為禁書，他未經政府「有關單位」同意，私自開放查禁書刊資料，是要冒著極大的危險的，此種「盜火者」的精神與勇氣，非常難能可貴，值得稱讚。

卷之三：史料

這是瘂弦整理的一份〈中國新詩年表〉，是他數十年訪書覓史勞作的結晶，也是中國新詩書目研究的重要收穫。

年表按內容設項，有「年代」、「主要事項」、「文學關係重要事項」與「政治、社會上之重要事項」四種，以簡表的形式較好地處理了新詩與文學、新詩與政治及社會的關係；從中不難看出新詩的時代背景、新詩在社會及在文學中的位置，新詩與政治、經濟、文學的相互影響，這是較為簡明也較為科學的。

年表按時間排列，上起光緒二十年（一八九四），下至民國三十八年（一九四九），共五十五年，半個多世紀，基本上囊括了中國新詩的醞釀、萌芽、成長與發展等幾個階段，勾勒出了中國新詩的大體輪廓與運行軌跡。

就年表所載書目而言，有詩集、詩刊、詩論、詩評、詩翻譯乃至重要的詩作，類別齊全。對成書與作品，瘂弦都注明了書名、作者、出版社甚至出版人、出版性質（如「自費」），便於查找。對詩人、詩評家、翻譯家，瘂弦還簡錄了他們的活動情況、主要觀點與逝世年頭，為文學史的梳理及詩人詩作的研究提供了方便。

整理〈中國新詩年表〉是一項宏大而又繁瑣的工程。因為地域的限制（兩岸長達三十餘年的不相往來、禁止通郵），加上官方查禁書刊所造成的資料的流失，難免使搜集、研究工作有所遺漏與不夠周全，然而卻絲毫影響不了它的先行地位與開創意義。瘂弦的精神可嘉，瘂弦的功不可沒。

治舊與新於一爐，為現代詩織夢：瘂弦的九篇文章

《詩學》第一輯〈弁言〉

大型詩刊《詩學》，是瘂弦與梅新共同主編的詩歌理論刊物，也是臺灣第一本討論現代詩也討論古典詩的刊物，因經費關係，只出了四輯就停刊了。第一輯於一九七六年十月由巨人出版社印行，〈弁言〉為瘂弦所作。全文不過八百餘字，主要是講《詩學》的辦刊思想，相當於一篇發刊詞。其中，值得引起注意的是第二段：

> 每一時代的文學，相對前一個時代是新，相對於後一個時代便是舊，新與舊的關係一如河川之上游與下游，它絕非兩個孤立的個體，而是一種永續，生生不息的連鎖，其發展是自然史式的——芽不抽，葉無從生，花不落，果無由出，傳統自有其廣大的意義，但盲目拘泥的對傳統抱殘守闕，不過徒然滯塞了文學發展的歷史體系，在這歐風美雨漫天揮灑的今日，全盤西化固然要不得，但中國詩已無法自外於世界詩潮也是無可置疑的。如何在歷史精神上作縱的繼承，在技巧方法上作橫的移植，才是創作現代詩者所應深思長慮的。

論述辯證，提法全面，比喻生動，語調親切。如果與〈現代詩的省思——當代中國新文學大系導言〉對照，其對舊與新、傳統與現代二者關係的概括，實源於這篇「弁言」。

另外，瘂弦的用詞也比較講究：「把傳統與現代、舊詩與新詩融一爐而治之」，既「融」且「冶」，表明不是一般的混合，而是新的創造。唯此，才能「在執著的追尋中建立中國的美學和詩觀」。

〈建立中國詩學——關於聯合文學詩學專題〉

於一九八五年六月《聯合文學》第八期刊出，署名「編輯室」，實乃瘂弦手筆，全文一千六百餘字。旗幟鮮明地提出了「建立中國詩學」的主張，儘管切入點是古典詩，卻係現代詩的發展基礎。

古典詩在文學史上，是個瑰麗無限的寶藏，也是最具特色與影響力的主流，可惜由於過去缺乏科學精神的整理，使它的美與特質並未完全發掘出來。因此，現代文學批評家今後的重要工作之一，應該是全面而廣博的整理奠定古典詩的美學基礎，這也是發揚中國文學傳統最有意義的方式。完整的理論建立了，現代詩就更能從這個厚實的基礎上出發，擷取傳統詩觀、詩法的精髓，開創更廣闊的道路。

這在經濟全球化伴生的文化一體化的當今，更顯得重要，因為文化的一體化往往是以西方文化的中心地位、話語霸權乃至後殖民主義的面貌出現的，對第三世界的傳統文化是一個嚴峻的挑戰。如果不建立「屬於中國的詩學」，不探索出「中國古典詩的優良特質、表達技巧」，並加以創造性的繼承與發展，中國現代詩就很難在世界詩壇上佔有一席之地，更遑論「領一代風騷」了。瘂弦在一九八五年就提出了這個問題，可見其眼光與識見都是非凡的。

至於「中國古典詩的優良特質、表達技巧」究竟怎樣？瘂弦摘引了周策縱、葉維廉二人的片言以管窺豹。周「論及古典詩省略主格、動詞、缺乏時態等特質給予讀者想像回環餘地的特色」。葉指出，「中國詩用未定位、未定關係的語法，是為了給讀者自由想像的空間，也讓詩充分發展它的多義性；更重要的是，詩人與客觀事物接觸時，是活動而不靜止的，不是概念和意義所能包容的，因此讀者品詩時，也應該『先感後思』。」這些看法，對我們欣賞古典詩、創作現代詩都有幫助。

〈現代詩與現代藝術的匯流〉

收入美術論叢《文學與藝術》一書中，該書於一九八九年六月由臺北市立美術館印行。全文約一萬二千四百餘字。瘂弦在此文中指出：「現代詩與現代藝術有重新匯流的可能性；我說『重新』匯流，是說詩與其他藝術類型（特別是音樂與戲劇），在古代本來就是交會在一起的。」他從「詩與歌的結合」、「詩與畫的結合」、「詩與戲劇的結合」、「詩與大眾傳播形式的結合」等四個方面，分析了這一「可能性」，提出了不少好的意見，也涉及到一些詩人、詩作，視野開闊，並具有史料性，只不過缺少一些理論深度。

〈年輪的形成〉（寫在《八十一年詩選》卷前）

《八十一年詩選》，作為臺灣的年度詩選，由向明、張默主編，現代詩季刊社於一九九三年六月出版。

瘂弦寫於卷前的這篇文章，約五千六百餘字。它從「年選的編輯」談起，提及「詩人康白情一九二二年八月在亞東圖書館出版的《新詩年選》，恐怕是五四新文學運動到一九四九年三十年間第一本也是唯一的一本新詩年選……」等資料，也介紹了臺灣年度選集近十多年來的出版情況及本年度詩選的產生過程，充分顯示了作者的歷史感與責任心。

本文的主要價值，在於論述了「橫的移植」的國際化、「縱的繼承」的民族化以及鄉土情懷的本土化三者之間的關係，提出了「國際、民族、本土的快速融合，使我們的創作更富多樣性」的重要主張，豐富並發展了中國現代詩的理論。由於第二章「從西方到東方——瘂弦的詩」中已有過分析，在此不再重複。

〈創世紀的批評性格〉

此文為瘂弦、簡政珍主編之《創世紀四十年評論選》所作，該書由創世紀雜誌社於一九九四年九月在臺北出版，另有副題「——代跋」。約四千字。

「草莽加學院，秀才遇見兵」，這是瘂弦對《創世紀》批評性格之形成的概括，形象、生動、新穎、貼切！全文就是從此句出發，先敘《創世紀》是血色的（相對於《現代詩》的綠色、《藍星》的藍色、《笠》的土色），「那是因為早期《創世紀》創社的詩人幾乎清一色是軍人」，「是不折不扣的『草莽派』」，「也是屬於『把腳後跟磨破』（取自高爾基和羅曼羅蘭的軼事）的一群，他們沒有任何機會坐在文學院教室或大學圖書館裡，在光滑的橡木書桌上磨破袖子！有的只是永遠走不完的、通向茫茫天涯無限綿長的坎坷道路。而他們每個人的背後，幾乎都有一段悲情故事，這真實的生命體驗，成了他們最大的創作資源。」正是因為這樣，「使人特別勤於思索生命的終極與文學的奧義」，「對知識特別飢渴」，「再加上五、六十年代海洋文化的衝擊，驅使他們走向知性。他們常常把西方文學新思潮與自己身處的社會環境相比證，在創作中不能盡情盡意傳達的，就用理論批評的形式表現出來」。「他們提出的文學主張，不但在當時予人以新銳的印象，即使今天來看仍不嫌陳舊。」接著，提出了一個觀點：

> 在文學影響上，常常是半知半解影響最強烈，中國思想對歌德和龐德的影響，就是最典型的例子，歌德、龐德對中國的認識來自「距離的美感」，如果是全知全解，那他們只適合當研究東方的學者，不可能成為吸納中國美感的詩人了。

這個觀點的精闢，是因為它把握了詩的本質，突出了創造性思維的特點，早在一九八二年十月〈從西方到東方　我的詩路歷程〉一文中，瘂弦就提到過：「而『一知半解』的影響力大過『全知全解』。」筆者在本書的第二章已對此作過詳細的論證，在此不再贅述，只想指出一點：時隔十二年，瘂弦將「一知半解」改為「半知半解」，不僅僅是用詞更加準確，也是思考更加完善了。瘂弦對此是頗有自信，也頗為看重的：

> 我曾檢視四十年來《創世紀》的批評文章，發現十一期（一九五九年四月）改版以前所出現的評文，大多是詩人創作之餘對表現技法的一種模糊的理論試探，你也可以說這是半知半解的產物，但我認為好處也就在這種半知半解，這種以感性審度理性、以創作印證理論的方式，正可為日後他們全知全解的理論體系，創造出最好的發展條件。

緊跟著筆鋒一轉：「一個重要的變化是，十一期以後，學院派文學逐漸出現，不少秀才（如葉維廉）跑到兵的陣營中來，他們把西方現代文學的批評觀念，整本大套地搬進《創世紀》，自此，《創世紀》的國際視野擴大了，批評的體質改變了。草莽學院兩路人馬共振互動的結果，產生了一種前所未有的、具有新特色的批評風格，這種全新的批評品種，其形成和演化的歷程，值得將來的文學史家深入研究。」

這種批評風格之最大的特色，就是把來自學問的批評和來自經驗的批評進行了融合，將兩個相異、相矛盾的批評理念辯證地統一在一起。因為「離開創作實際的批評是一種架空理論，而沒有理論提示的創作其發展潛力有限，只有以創作引發批評，以批評指導創作，才是文學發展的正途」。

這種批評風格之直接的效應，就是促成了學院詩人和草莽詩人的調整和變化。學院詩人「那種為學術而學術、為理論而理論的嚴冷作風逐漸消失，取代的是人文氣質的親和、溫煦，在邏輯思考之外，加上一份善體人意的柔情」；草莽詩人「逐漸發覺『唯草莽主義』在藝術發展上的局限，而一個個開始『學術化』起來」。

這種批評風格，既是《創世紀》經過四十年創作與批評的相互激盪而建立起的風格，也應是我國詩壇乃至文壇值得提倡的風格。此文的寫作也是這種風格的體現，有印象批評，也有理論分析，是瀟灑、自由的美文，也是縝密、獨到的詩論。

〈為臺灣現代詩織夢〉

這是瘂弦為臺灣《八十六年詩選》所寫的「序」。該詩選由瘂弦、陳義芝主編，現代詩季刊社於一九九八年五月出版。「序」約七千四百字。

本文首先對臺灣現代詩作了評估，從而提出了「詩之現代」的標準：「一來自文體的丕變，二來自對當下（此時此地）的關注」。然而，對二者如何互動，則發揮不多，使我們難以進一步把握瘂弦的意圖。

關於現代詩的「現代」，一直眾說紛紜。國外早有論者指出那種「現代主義」只能稱為「近代主義」，所謂的「現代詩」也只能稱為「近代詩」。這恐怕側重點主要在於時間，因此，袁可嘉在他的那本《歐美現代派文學概論》（廣西師範大學出版社二〇〇三年一月第一版）中，就明確地寫道：「按照世界史的通常劃分，現代泛指十九世紀末葉到現今大約一百年這樣一個歷史階段，也是西方自由資本主義發展到壟斷資本主義的時期。」洛夫的側重點不同，在〈建立大中國詩觀的沉思〉（載一九八八年《創世紀》七十三、七十四期合刊號）一文中，他認為：「現代詩之所以現代，基本上是我們站在當下時空的交點上，透過現代經驗的反射，和對現代人生的觀照，以一種審美的、獨具匠心的語言形式，呈現出直接的感受和深沉的思考。」瘂弦的看法和洛夫是一致的，只不過沒有洛夫說得那樣具體。但對民族性與世界性的關係的論述，卻顯示了創見與魄力：

> ……現今傳播媒體星羅棋佈，使原來認定的地域性與世界性之界限趨於模糊，一隻蝴蝶的撲翅也會引起滔天的海嘯。事實上，我們每個人都有兩個國家，一個是自己民族的，一個卻是叫做「地球」的行星；現代，原是「全球性依存」的時代。臺灣現代詩的自主性，並非關起大門把一切排拒在外，而是走向「世界族」，進入二十一世紀那巨大宏偉的文化結構中，成為人類新史詩的一部分，在舊神話與新預言之間，參與另一次的文藝復興。

為了對詩的前景作更遼闊的展望，瘂弦提出五點芻議，為臺灣現代詩壇織夢。

(一)批評制度的提升

瘂弦強調詩的批評的要義有二：一是詮釋作品，二是匡正文風，並據此指出臺灣詩壇在批評方面的成績與不足，「深盼學人批評家和詩人批評家攜起手來，為我們這一代的詩文學建立法典，以他們豐厚的學養、銳利的見解、前瞻的洞識，為詩的時代豎立標竿。」

(二)中國詩學的建構

內容與〈建立中國詩學——關於聯合文學詩學專題〉一文相同，舉例乃至大部分文字也相同。時隔十三年，似應有所發展，或在措辭上避免重複。

(三)現代詩劇的編製

瘂弦論述了戲劇和詩的關係，回顧了中國戲劇的歷史，指出：「廣義的說，戲曲，就是中國的敘事詩另一種樣貌。」呼籲：「以今天臺灣現代詩人抒情功力的高強，很多人都具備了詠史的能力，而參與現代劇場，正可發揮這方面的創作潛力。放棄戲劇這麼有力的傳達形式，毋寧說是現代詩人的損失。」

(四)新詩音庫的創設

這是一個具有建設性與根本性的創意，因為「文人在傳達其思想、感情時，不外用兩種形式，一為寫的語言，即文字；一為說的語言，即講演或對話」。前者汗牛充棟，後者寥寥可數。而說的語言與直接書寫的文字有很大的不同：「說的語言通常較淺白化、口語化、易於瞭解；說者經常將其思想簡短化、系統化、精華化，一本書的內容，常可在一場演講中有清晰的輪廓；由於說的語言當初均有對象，因此容易揣摩說者之說話節奏、語氣，乃至表情和幽默，讓人感到可親、感染、說服力會更強。」所以，瘂弦建議：利用發達的資訊科學，有計畫的製作一系列的錄音帶或錄影帶，建立新詩音庫，並稱之為「一大功德」。

為了因應音庫的設置，瘂弦還大力提倡朗誦詩的創作，整理收藏校園民歌，這些也都是必要的。

㈤電子網路的開發

網路詩是高科技的產物，也是一種新的「書寫」方式，瘂弦對其一分為二，既肯定它的成績（「低廉的溝通方式」，「平民化的風格」），也揭示它的隱憂（「最大的問題是寫的人太多，造成良莠不齊、魚目混珠的現象，使閱讀的人眼花撩亂，無所適從」，需要編輯整理，加以選汰），在指出「文字，永遠是寫作者的重要場域。詩的創造來自詩人的心靈，不來自那一堆帶電的機器」的同時，也承認「電腦寫作是大勢所趨，除了因應與接受，似乎別無選擇」。在電腦普及的今天，瘂弦的論述更具有現實意義。

以上五點芻議，既適用於臺灣詩壇，也適用於整個中國詩壇。

〈他的詩．他的人．他的時代——論商禽《夢或者黎明》〉

刊於《創世紀》一九九九年夏季號（一一九期），約一萬四千餘字，分「商禽與超現實主義：斷裂年代的盜火者」、「商禽與散文詩：文學試驗田裡的荷鋤人」、「商禽與《夢或者黎明》：踩出來的詩想」三部分，是一篇很有分量的文章。

關於超現實主義，瘂弦在本文中的論述較之以前他在〈現代詩短札〉、〈從西方到東方　我的詩路歷程〉等文中的論述更為完備。他分析了超現實主義產生的時代背景、思想根源與發展演變，對這個一度影響世界的文學藝術流派作了客觀、公允的評價。「一般認為，超現實主義是從達達主義演變而來，這兩派前衛文藝思潮的興起，與當時的時代背景關係密切。蓋自第一次世界大戰後，知識分子感到人類希望的幻滅，虛無的哲學大為流行。達達派的文學藝術家憤世疾俗，刻意與傳統決裂，對社會的一切既定規範予以顛覆。超現實主義者則致力追索人類文化生活經驗的先驗層界，突破由理性和意志所建構的現實觀，並從潛意識、夢的世界與人類的本能出發，希望創造一種絕對超然而又絕對真實的境界。」「超現實主義在臺灣得以充分發展，歸功於一個詩社兩個畫會和一名憲兵。一個詩社是前輩詩人紀弦主持的『現代詩社』，兩個畫會是李仲生和他的學生們創立的『東方畫會』和劉國松、莊喆、楊英風、馮鍾睿、胡奇中等組織的『五月畫會』；一個憲兵就是商禽。」「商禽雖然把超現實主義當成他文學的初戀，但經過一段時間的瞭解之後，他發現了這一派思想的局限。事實上超現實主義的內容相當複雜，如果不經選汰，照單全收，就會陷入形式主義的泥沼。」「超現實主義的催化劑是戰爭，但該派作家對戰爭的回應卻不夠鮮明，除了消極的憎惡和逃避，很少看到強力的介入與批判，像阿拉貢和艾呂雅那樣投入抗敵運動的作家畢竟很少，大多數的超現實主義作家是形式的耽溺者，他們是高蹈的，遠離苦難人群的，文學對他們而言只是知識階層的一種自謔，並無深刻的人文意涵，這與人道主義者商禽的人格、情志，絕對是違背的、扞格不入的。」……以上這些段落，都講得確切、到位，特別是下面一段更為精彩：

夢和潛意識世界的呈現，語字間偶然遇合美感的追尋，自動性技巧的擊發，黑色幽默的設計，從形式的層面看都是好的，可資借鑑的。不過只有這些是不夠的，現代人複雜感情的跌蕩、驚跳，不是客觀地加以反映就算完事，一個負責的文學藝術者，為了更忠於心靈、忠於生活，在意象的枝葉背後總要埋藏一些深厚的東西，或曰哲學，或曰文化，或曰宏大的社會歷史內涵，而這些，在超現實主義作家的作品中是比較稀薄的。至於該派有些作家拿超現實主義當工具來搞無產階級革命，那更是匪夷所思了。

正因為如此，對超現實主義，瘂弦贊成「有條件的引進或通過批判的接受」；「而商禽和張默，他們一向把超現實主義當作技巧之一，而不是唯一的技巧」；特別是商禽，「對超現實主義，他能入也能出，有破也有立，所以才能在美學上獲得那樣高的成就」。

關於散文詩，瘂弦認為：「散文詩是典型移植之花，其品種來自域外，第一個試種的人是魯迅，試種成果是他的名著《野草》。……它的問世，為中國新文學中從未有過的散文詩立下範式，可惜後來者從之不多，未能使此一新興的詩體得到進一步發展。……直到五〇年代商禽出現。」瘂弦讚揚商禽：「比起魯迅來，他顯得更有創發的銳氣，更具革命性，不但在美學的取向上變得多元化，題旨內容也從魯迅說的『小感觸』，深化為社會的批判、歷史宿命的反省和救贖。早年由文學前輩所開闢的小徑，到了商禽的時代，已拓展成一條大路，散文詩這塊新粘土，已被新一代塑造成型，可以與詩的大家族其他成員平起平坐、各領風騷了。」「一開始，他就確定散文詩是一獨立的文類，認為散文詩，乃是借散文的形式所寫的詩，是詩，不是散文，這正如借劇的形式寫的詩是劇詩不是詩劇一樣，僅是一種形式的轉借，不存在質變的問題。歷來對散文的誤解，都是因為沒有從詩質上去考察，認為詩一旦離開了格律（韻）就變成散文，其實這種『唯韻詩觀』的不合理，早在紀弦組織現代派的時候就提出了。」「用散文作詩的形式，可以把詩從舊格律意識和僵化、封閉的語言陳套中解放出來，使詩人可以風流雲走、隨心所欲的寫作，創造更自由更開放的空間。早年受紀弦影響與鄭愁予、林泠、辛鬱、林亨泰等從事現代主義運動、稍後借火於超現實主義技巧的商禽，一向主張新內容的呈現，新工具的發明，他在詩藝上的突破，證明散文詩這比有韻詩更柔韌的容器，可以伸縮自如地裝填更多現代人紛繁、複雜、多變的感情生活內容，在世紀交替社會發生結構性改變的今天，散文詩勿寧說是更具有現代精神的，它之所以應運而生，自有其時代因素。」……以上這些意見，從總體看都是對的，但還不夠嚴密，尚可作些探討與補充。

其一，散文詩是適應近、現代社會人們敏感、多思、複雜、縝密等心理特徵而發展起來的一種近代文體。第一個正式用「小散文詩」這個名詞，並有意採用這種體裁的，是法國詩人波特萊爾（Charles Baudelaire, 1821～1867）。他認為散文詩「足以適應靈魂的抒情性的動蕩、夢幻的波動和意識的驚跳」。儘管我國一千多年前就有類似散文詩的作品，但不能叫作散文詩，真正的散文詩乃是從外國引進的一個品種。它最早見於一九一五年《中華小說界》第二卷第七期用文言翻譯的屠格涅夫四章散文詩，譯者為劉半農，但未標明「散文詩」字樣，而是列在「小說」欄內。直到一九一八年《新青年》雜誌第四卷第五期，發表了劉半農翻譯的印度作品〈我行雪中〉，才在文末說明這是一篇結構精密的散文詩，「散文詩」這一名稱從此開始在中國報刊上出現。對於這一文體的性質和特點，《文學旬刊》在一九二二年曾有過理論探討，西諦（鄭振鐸）、滕固、王平陵等人都發表了意見。

其二，「五四」時期，除魯迅外，劉半農、徐玉諾、許地山、焦菊隱、徐志摩等人都有散文詩發表，魯迅、郭沫若、茅盾、朱自清、冰心、郭風、柯藍等作家的散文詩在我國新文學中有相當的影響，其中思想和藝術成就最高、影響最大的是魯迅的散文詩集《野草》。商禽接續魯迅的傳統，並予開拓、創新，其間的傳承關係，值得我們好好研究。

其三，關於散文詩的定義、特點、語言、結構、走向、美學等，筆者一九九二年二月寫過一篇〈論散文詩〉❶多有涉及，現擇其部分簡述如下：

散文詩，顧名思義，是具有散文特點的詩，或者說是散文體的詩。

散文詩是詩，而不是散文（如果是，就得改名為詩散文）。它具有詩的主要品性，並兼備散文的一些特點，是詩與散文的結合。

散文詩的特點主要有四：

一、短小集中。一般篇幅都不長，基本結構取短小的形態。由於發端是小感觸，歸宿往往是大世界，故十分強調題材的高度概括，感情的集中噴射，思想的聚焦燃燒。

二、活潑自由。它具有詩的許多長處，但又避免了詩的一些短處。如：詩長於抒情，短於敘事，它既長於抒情，又能敘事，不僅注意神似，而且注意形似，做到了形神兼備；詩長於暗示，短於議論，它既長於暗示，又能議論，在情、理、美、非理性的融合上有更廣闊的天地；詩長於表現，短於再現，它既長於表現，又能再現，具有生活情趣，寫生筆墨。這一些，均來源於詩與散文的結合，可以說散文詩是一種最能借鑑與汲取別種門類優越性的藝術品種。

三、細節描寫。這種細節是富有詩意的散文性的細節。它以描繪化區別於詩的細節，以單純化區別於散文的細節，以心靈化區別於小說的細節。它是感覺化的生活斷片，缺少過程性、豐富性，擁有形象性、象徵性，「足以適應靈魂的抒情性的動蕩、夢幻的波動和意識的驚跳」。

四、形式上，不受固定格式的束縛，不分行，不押韻，不要求鮮明的外在節奏，只保持和諧的內在節奏，按文意分段，打標點。

❶ 發表於中國文聯《文藝界通訊》一九九二年七月號，收入龍彼德《散文詩藝術技巧一百種》一書中，該書北京華齡出版社一九九八年九月出版。

散文詩的語言兼有詩的語言的特徵與散文的語言的特徵，而以後者為主。換一種說法，散文詩的語言是詩化的散文語言，即在散文的基礎上，吸收了詩的許多有益的成分，如暗喻、象徵、暗示、餘弦、歧義等，融匯貫通後的產物。……

正因為散文詩的語言處於詩與散文之間更靠向於散文，這就帶來了它的另一個特點：可釋性。不必像對待某些現代詩那樣搞什麼注釋、導讀，也經得起翻譯的考驗，衝破國界與語言的限制，在更大的時空裡發揮作用。

雖然散文詩包含有詩與散文兩種不同文學樣式的不同特徵，但在結構上卻偏向的是詩，而不是散文。從散文詩形成的那一天起，就存在著兩種走向。一是走向詩，越來越像詩；一是走向散文，越來越像散文。隨著時代的變化，各門藝術有相互趨近、相互滲透的趨勢。在這種情況下，我們一方面既要指出散文詩的關鍵是詩與散文的結合，而詩的成分與散文的成分並不是半斤八兩，一半對一半。往往在語言上偏向散文，在結構上偏向詩（或乾脆說：散文的語言、詩的結構），外殼是散文，內核是詩。另一方面又不要急於定於一尊，兩種走向都可以試驗，各種探索都應該鼓勵，讓實踐作出有效的檢驗，讓時間得出正確的結論。

在文章的第三部分，瘂弦對商禽的著名詩集《夢或者黎明》作出了評論。既談到「他的那些奇想和怪點子」，也談到「他作品中的人文精神」，還談到他「如何處理社會觀與藝術觀之間兩極化的矛盾」。特別是第三個問題，具有十分普遍的意義。在國際文壇，因思想性與藝術性的無法平衡，而造成大量進步作家的傷害，像聶魯達那樣成功的例子實在太少了。「商禽的作品和聶魯達有很多異曲同工的地方，但我覺得在政治取向上商禽比聶魯達似乎更超然一些。我們可以稱商禽是一位廣義的左派（我覺得每一位作家都應該是一個廣義的左派），廣義的左派是社會的良心、群眾的代言人，不是官僚體系的扈從……」這一段話講得相當好，相當有分量！

〈新詩這座殿堂是怎樣建造起來的——從史的回顧到美的巡禮〉

此為瘂弦主編《天下詩選：1923～1999臺灣》之「序」，該書由天下遠見出版股份有限公司於一九九九年九月出版。加上附錄「本文參考書目」，約一萬五千字，是規模較大、文字較多的一篇詩論。

全文分「楔子」、「詩歌改良的前奏，從黃遵憲說起」、「新詩的誕生」、「臺灣的新詩」、「怎樣欣賞新詩」、「關於本詩選」等六部分，確實如副標題所示，「從史的回顧到美的巡禮」，全面、系統地論述了中國新詩誕生、成長、發展的過程，涉及並回答了有關新詩的十一個問題，思考而且發表了許多富有科學性與建設性的意見。具體表現如下：

一、確立了黃遵憲的地位

〈現代詩的省思——當代中國新文學大系導言〉的開篇也提到過黃遵憲，但只一句話，未免過於簡單。本文從「十九世紀後半葉的中國詩壇，擬古、因襲之風彌漫」談起，交待了「詩界革命」運動的背景。「一八六八年，此一運動的倡導者黃遵憲首先發難，向終日埋首故紙堆中無病呻吟的『俗儒』們展開批判，並以『我手寫吾口』、創造『古人未有之物，未闢之境』，以及在舊詩體中開發新內容、廣納新名詞為號召，展開一項有理論主張、也有創作實踐的詩歌改良運動。」

對黃遵憲的文學改良，瘂弦以歷史實證主義的方法進行了分析，儘管還稱不上「詩界革命」（「詩的革命，應該是從思想內容到語言形式全面的脫胎換骨，不是舊瓶裝新酒」），「帶有過度性質和歷史局限」，「但他的出現，無形中為後來的五四新文學運動，新詩的發軔，作了最好的先期準備，對隨之而來的真正的詩歌革命，明顯的產生了催生的作用」。從而為黃遵憲定位，這是恰如其分的。

二、論述了新詩的誕生

新詩的歷史，「始於五四白話文學運動」。早已成為文學史家們的共識。瘂弦認為，一九一七年一月，胡適在《新青年》雜誌發表〈文學改良芻議〉一文，提出八項主張，「那多半是衝著舊詩而發的」，這也有道理。因為「五四」文學革命在創作實踐上是以新詩的誕生為突破口，而新詩運動則是從詩形式上的解放入手的。這也是對晚清黃遵憲詩歌改良運動經驗教訓的總結，並在此基礎上做出的戰略選擇。胡適還有一篇帶綱領性的文章〈論新詩〉，進一步提出：必須「推翻詞調曲譜的種種束縛；不拘格律，不拘平仄，不拘長短；有什麼題目，做什麼詩；詩該怎麼做，就怎麼做」。後來，他又將上述主張概括為「作詩如作文」，要求打破詩的格律，換以「自然的音節」；要求以白話寫詩，不僅以白話詞語代替文言，還要以白話（口語）的語法結構代替文言的語法結構，並吸收外國的新語法，也就是要實行語言形式與思維方式兩個方面的散文化，新詩便是這樣產生的。

胡適是當之無愧的第一「白話詩人」，他的〈鴿子〉，與劉半農的〈相隔一層紙〉、沈尹默的〈月夜〉等八首詩於一九一八年一月在《新青年》四卷一號上問世，是中國公開發表的第一批新詩；他在一九二〇年三月出版的《嘗試集》，是中國的第一本新詩集，雖然還殘留著從傳統詩詞中脫胎、蛻變的痕跡，但已將「詩的散文化」與「詩的白話化」統一在一起，實現了「詩體的大解放」。正如瘂弦所言，在胡適的帶動下，康白情、劉半農、劉大白、朱自清、冰心等掀起了競寫新詩的熱潮，他們的作品，「無論題材、內容或表現技法，都令人耳目一新」。故瘂弦說：「這場文學革命第一回合是成功了。」「新詩運動對中國詩歌總的發展來說，可以稱得上是大破大立。……」這一大段話說得很精彩，由於前面已經引述過，在此從略。

三、勾畫了臺灣的新詩輪廓

由於「日本佔據臺灣長達半個世紀」，基本上可以劃分為兩個階段：日據時期與光復以後。日據時期，漢文教育被迫廢止，書刊改用日文，只剩下一批寫漢詩（舊體格律詩）的詩人，「以廟宇、祠堂、會館、書院或私塾作掩護，默默地延續文化的薪火」，雖然保守、創意不大，「但他們為喚起大眾民族意識所作的貢獻，具有深遠的文化意義，值得肯定」。

瘂弦隨即指出：「根據陳少廷的研究，臺灣的新文學運動，萌芽於一九二〇年在東京的臺灣留學生所創辦的《臺灣青年》月刊，正式開始於一九二三年發行的《臺灣民報》。《臺灣民報》創立時，正當祖國五四新文化運動大獲全勝、各方面都在從事建設之際，在一種強烈的影響和鼓舞下，臺灣文壇也醞釀出一場文學革命，其中的弄潮者，就是詩人張我軍。」這是重要的考據，也是歷史的定位。

接著，瘂弦介紹了號稱「臺灣文壇的胡適」的張我軍的主張（「白話文學的建設，臺灣國語的改造」）以及他所造成的新舊文學的大論戰。一九三〇年前後，新文學正式成為文壇的主流。等到一九三五年「風車詩社」成立，引進法國超現實主義，倡導主知的現代詩，《綠草》詩刊創辦，臺灣新詩的體貌已清晰呈現。「由於漢文教育的斷層，此一階段的臺灣詩人均使用日文寫作，不過他們只是把日文當作純粹的工具來使用，所要表現的，仍然是臺灣的情、中國的心。」所以，瘂弦斷言：「因此臺灣文學中的日文作品，應視為中國文學的一部分。」這個歷史認定是符合實際的，絕對沒有問題的。

光復以後，「由於報章雜誌的停刊日文，臺灣文學作家因語言上的無法跨越而暫停創作，埋頭於中文的學習」，文壇一度寥落。隨著紀弦、覃子豪、鍾鼎文三位大陸名詩人來臺，組織詩社，創辦詩刊——《現代詩》（一九五三）、《新詩周刊》（一九五一）、《藍星周刊》（一九五四），推展詩運，「彌補了一九四五到一九五〇年這一段青黃不接的空白，開展出臺灣文學另一個全新的時代」。等到《創世紀》詩刊（一九五四）成立，《笠》詩刊（一九六四）創刊：「臺灣新詩運動已形成獨自的文化氣候，不管是創作、理論、翻譯的出版和運動，各方面都已粲然大備，相對於大陸改革開放前因政治禁忌所造成的詩壇萎縮情況，臺灣的詩，儼然居於中國詩歌的主流位置了。」瘂弦統計，「這其間在臺灣出現的詩刊有一百五十餘家之多」，「可謂人才輩出，眾聲喧嘩」，因此他「說這近半世紀的臺灣詩歌榮景，是中國詩史上的一個小型的『盛唐』」，其自信與自許溢於言表。

四、探討了新詩的藝術規範

體現在他關於新詩的十一個答問之中。

①新詩之「新」，「其實是改變」，「多半是指詩形（詩的表現形式）的更易，詩質（詩的抒情本質），是永遠不會改變的」。瘂弦歷數中國詩歌的詩形：「從先秦的《詩經》、《楚辭》，兩漢的賦與樂府民歌，魏晉南北朝的詩和駢文，隋唐五代的詩和民間歌賦，宋代的詞，遼金元的雜劇和散曲，明清兩代的詩與傳奇，一直到新詩的出現，詩體一直在改變，但詩的抒情本質，從來就沒有改變過。」他的視野是開闊的，詩的界定也相對寬泛。「詞就是詩，沒有什麼餘不餘的」，這用不著解釋，自然是「詩歌在形式上的一種變體」。「賦和駢文雖含較多的散文性質，但廣義的說它是中國古代的散文詩，也是可以成立的。」將雜劇和傳奇（筆者理解不是唐宋時期的短篇小說，而是明清以唱南曲為主的戲曲形式）從戲劇中分離出來，說「就是

中國式的敘事詩或劇詩，增加了敘事、演示的功能，但並沒有脫離詩的抒情本質」，這是痖弦的創見。

②詩的本質是抒情。「至於有些新詩人提出反抒情，那只是反對老式的抒情方式，不是反對抒情的本身，他們乃是要以新語言、新形式、新感覺、新的詮釋觀點來抒情。」

③舊詩可以寫，但是，「舊詩作為主流的時代是過去了」。

④新詩的名稱：「相對於過去的舊詩，稱新詩；相對於文言詩，稱白話詩；相對於格律詩，稱自由詩；至於現代詩，乃是指一九四九年以後的新詩。各種不同的名稱，都有人用，而其中新詩用得最普遍，沿用既久，也就變成五四之後出現的新詩體的定稱了。」

⑤新詩的分期：「一九一九到一九四九年為『新詩時期』；一九四九到現在為『現代詩時期』。」其依據是：「我的印象中，現代詩一詞是五、六〇年代新詩受到西方現代主義影響後才出現的。」實際上，西方對現代主義的分期與沒落，至今仍爭論不休，客觀上也導致了對中國現代主義詩的界定含混而不統一。袁可嘉認為從一九一七年胡適〈文學改良芻議〉引述意象派信條開始，中國現代主義詩就未間斷❷；孫作雲在一九三五年就稱戴望舒等《現代》詩人的作品為「現代派詩」❸；鄭敏則指出：「四十年代現代主義新詩在整個中國新詩史中佔有高峰地位。」❹她進一步寫道：

四十年代中國現代主義新詩與三十年代的戴望舒等所辨的《現代》雜誌沒有明顯的直接聯繫，以當

❷ 見袁可嘉〈中國與現代主義：十年新經驗〉，刊北京《文藝研究》一九九八年第四期。

❸ 見孫作雲〈論「現代派」詩〉，載《清華周刊》四十三卷第一期，一九三五年五月十五日。

❹ 引自鄭敏《詩歌與哲學是近鄰——結構—解構詩論》（北京大學出版社一九九九年二月第一版）第二二四頁。

時青年現代主義詩人群來講，他們中多數對戴望舒中期所宣傳的詩歌理論是生疏的。他們更多的是從四十年代傳入中國的西方文藝思想中接觸到當時的世界詩潮。因此一提中國現代主義新詩就和三十年代的《現代》雜誌聯繫在一起是一種很大的誤解。中國的現代主義真正進入創作的成熟，而且留下自己的足跡的是四十年代，這裡有歷史的因素，文化素質的因素。只有當第二次世界大戰迫使中國和世界產生了文化的血液循環時才可能使中國新詩發生這樣一次震動。封建意識的統治仍然很強烈的三十年代是不可能產生真正的現代主義詩歌，對於三十年代來說浪漫主義與法國早期象徵主義是更容易得到共鳴的。因為這兩種文藝思潮都還沒有要求面對極其冷酷、嚴峻、醜惡而複雜的現代現實，赤裸裸的現實。中國新詩由於對古典詩語美的長期依戀，在三十年代初期，也還沒有能產生表達這種現代意識的語彙，因此只有在四十年代的新詩中才找到現代主義所要求的直接的強烈的詩語。❺

鄭敏的分析有理有據，筆者也贊同她的觀點，狹義的或嚴格意義上的現代詩從四十年代開始。不過，瘂弦對新詩的分期也是對的。一九四九年，不僅是一個政治分割的重要年代，也是一個文學分段的重要年代，一九四九年後中國現代主義就進入沉默、潛伏乃至停滯狀態，直到七十年代末才重新喧嘩、躍動，在大陸掀起了近乎臺灣五十年代中至六十年代的現代詩大潮。

⑥現代詩的含義：「『現代詩』又有廣、狹二義，廣義指當代的新詩，狹義指以現代主義詩的美學原則創作的新詩。」按照瘂弦的這種看法，說中國現代詩應當從一九四九年算起，與說中國現代詩從四十年代

❺ 引自鄭敏《詩歌與哲學是近鄰——結構—解構詩論》(北京大學出版社一九九九年二月第一版)第二二六～二二七頁。

開始，並不是不可調和的，也許前者強調的是廣義，後者著重的是狹義。

⑦中國新詩在語言上的發展之路：「一是將傳統古典詩詞的語彙加以重鑄，激發出新的生命力；二是廣為吸納外國語法加以轉化，以增強中文的表達功能；第三條道路是從中國民間歌謠、俗文學語言傳統中吸取養分，創造新的民歌風格。」瘂弦說得很全面，尤其是第二、第三，在某些力主「回到漢語」的專家那裡，往往有些不自覺的忽略。瘂弦說得好：「所謂洋腔洋調，應當是第二條道路沒有走穩妥所造成的結果。話又說回來，其實洋腔洋調只要用得恰當，用得絕妙，用得富有創造性，也沒有什麼不好。魯迅的小說和散文裡，就有一些日本影響的日腔日調，但是他用得好，不那麼用不行。有時一個外來語法在中文裡簡直找不到同義詞來，非直接搬過來用不行。如果確有藝術上表現的必要，偶爾有那麼一點兒洋腔洋調，也是應該被允許的，至少是可以容忍的。等到有一天我們的中文變成世界上的強勢語言時，漢學家、外國作家寫起文章來說不定也會中腔中調的。」至於民間歌謠、俗文學語言，當然也屬於「回到漢語」之列，但持有此主張者似強調不夠，瘂弦在喜瑪拉雅有聲文學系列〈瘂弦談詩〉中就專門談到過說唱文學、數來寶、信天游的語言，肯認它是新詩語言的營養之一，值得我們重視。

「回到漢語」的提法，有其針對性與緊迫性。因為對漢語性的忽略，對漢語詩歌傳統和文化傳統的強行斷裂，是造成新詩語言混亂、貧乏乃至缺乏創造活力的主要原因。「回到漢語」，就是要在全球化的語境中，認真遵循漢語言的藝術規則，充分發掘和表現漢語之美，進一步展示中國新詩在世界詩壇上的獨特光彩。這是一個積極的理論命題，也是一個急待實踐的課題。

⑧西方現代派對臺灣的影響。除了幾個詩刊、幾家文學雜誌外，還包括現代主義的藝術在內，「都從現代主義的藝術思潮得到借鑑與啟示」。「一般來說，這些年來西方現代詩對臺灣新詩的影響，正面意義多於

負面意義。」瘂弦從臺灣的實際出發，進一步總結出了向西走再回來再向西走「如此循環往復」的「鐘擺效用」，從實際上升到理論，從現象進入到規律，不僅對臺灣詩壇有指導作用，對中國詩壇也有指導作用。

⑨現代文學的一種趨勢：文類界限的模糊化。「這是必要的模糊，建設性的模糊。」「由於文類特性的相互轉移，詩人，特別是現代詩人，也大量的把其他文類和藝術類型的表現方式，引進新詩裡來，把散文的敘述性、生活性，小說的現實感、臨場感，戲劇的衝突和張力結構，電影的蒙太奇手法，音樂的組織肌理（最常被借用的是賦格形式），繪畫的色感和線的運行觀念，全部納入新詩，融一爐而冶之，由此創造出小說的詩，音樂、繪畫、甚至建築（講求節的勻稱、句的均齊）的詩來。多元的表現要以多元的方式來詮解，綜合鑑賞的時代來臨了。可以誇張地說，如果一個對詩沒有認識的讀者，今後連欣賞現代小說都可能會發生問題，連話劇、電影都會看不懂了，要欣賞今日新詩，讀者最好做一個文學的泛愛論者，一個『藝術的多妻主義者』（余光中語）。」

瘂弦的洞見與分析，是符合與相對論、量子力學並稱為二十世紀三大發現之一的混沌論之基本原理的。事物的現象有以下四種：1.有序；2.模糊；3.混沌；4.雜亂無章。混沌是模糊的必然結果，它是雜亂無章的前兆，也可以說是過渡階段，但它始終只是過渡狀態，並非意味著只能向雜亂無章轉化。越是尖端的科學和技術，就越難以表明其含義。只要引導對頭，就能過渡到新的有序。因此，有這樣的說法：「亞馬遜河流域的一隻蝴蝶搧動翅膀，會掀起密西西比河流域的一場風暴。」雖然作為單個的人都不具備傳統意義上控制者的力量，但我們都擁有微妙影響的蝴蝶力量。混沌論重新評價和解釋了創造的精髓，凸出了個體及自發的細小行為，給人心胸寬廣地看待世界的眼光和啟示。何況「其他文類和藝術類型」對詩的影響，遠勝過一隻蝴蝶搧動翅膀，瘂弦的結論是具有充分說服力的。

⑩好詩的標準：「一首詩的詩格高不高，首先要看意境高不高，而意境來自對生命的體會，生活的深度；生活的深度就是意境的深度。顯示出這樣的深度，就是好詩、真詩；沒有這樣的深度，就是壞詩，甚至假詩。」「另外，我們也可以思想性、藝術性、創造性，作為檢驗一首詩的三大標準。『思想性』指人生的體會、美學的演示、哲學的蘊涵；『藝術性』指形式和內容表現精確、完美的程度；『創造性』則是考察作品的創新，與過去或同時代的作家相比，有無獨特的突破與創造。」

⑪新詩的詩形。瘂弦提到「新月派」詩人要建立的新格律詩，「並不是把詩的音節（音調和詩節）完全廢除，而是改變方法，採用一種自然音調與自由的排列方式創造韻律感。」（具體文字已在第一章談瘂弦詩語言音樂性部分引用過）而瘂弦是提倡自由詩的，且十分強調新詩形式的一次性。筆者以為，他說得還不夠周延，需要加以補充。

「新月派」詩人要建立新格律詩的主張，以聞一多於一九二六年五月三十日在《晨報副刊詩鐫》第七號上發表的著名論文〈詩的格律〉為代表。他說：「詩的所以能激發情感，完全在它的節奏；節奏便是格律。」他認為：「詩的實力不獨包括音樂的美（音節），繪畫的美（詞藻），並且還有建築的美（節的勻稱和句的均齊）」。至於「格律的原質」，可以從視覺和聽覺兩方面來講，二者又是息息相關的。「譬如屬於視覺方面的格律有節的勻稱，有句的均齊。屬於聽覺方面的有格式，有音尺，有平仄，有韻腳；但是沒有格式，也就沒有節的勻稱，沒有音尺，也就沒有句的均齊」。聞一多還特別指出律詩與新格律詩的區別：「律詩永遠只有一個格式，但是新詩的格式是層出不窮的。」「律詩的格律與內容不發生關係，新詩的格式是根據內容的精神製造成的，」「律詩的格式是別人替我們定的，新詩的格式可以由我們自己的意匠來隨時構造。」

何其芳是繼聞一多之後力主現代格律詩的堅定者。他在一九五四年發表的〈關於現代格律詩〉一文中，寫道：「雖然自由詩可以算作中國新詩之一體，我們仍很有必要建立中國現代的格律詩。」針對「新月派」實行的單純限字說，何其芳發難，提出了「限頓說」。他說的「頓」就是音步（而非音步之間的表示停頓與間歇的概念），因為「現代口語的基本單位是詞而不是字，而且兩個字以上的詞最多」；「並不一定像我國古典詩歌一樣固定以兩個字或收尾的一個字為一頓，而可以從一個字多到三四個字為一頓」。提倡「以有規律的頓來造成節奏」，「不講究字數的整齊，只要求頓數的規律化」，另外，必須「有規律地押韻，不贊成搬運外國的無韻的格律詩」。

何其芳的主張，引起大陸詩歌界的幾次大討論，到八十年代又出現了「現代的完全限步說」，試圖將聞一多與何其芳二說的利好融匯在一起，以更加順應現代口語的特點。「所謂完全限步說，是指以音步（不是字）為著眼點，在限定音步數量的同時又兼顧幾種音步的有機配合，從而構成步數與字數的統一，音節與字句的和諧，節奏與造型的協調，以便最大程度體現內容的精神，進而求得內容與形式的完美統一。」❻

關於以上三說的得失，筆者不想過多地評論，只想指出：根據他們的主張，中國詩壇先後出現了一批又一批現代格律詩，其中不乏優秀之作，但從新詩的詩形來看，數量最多的、詩人們常用的仍然是自由詩。同時出現了這樣的現象：當自由詩過分自由的時候，詩壇呼喚格律詩；當格律詩過分嚴謹的時候，詩壇又呼喚自由詩。中國新詩就是在這種自由——格律——自由、反限制——限制——反限制的往復循環中前進的。一些行之有效的新的詩體，便在這一過程中產生，如：五四時期出現至今仍為詩人們運用的散文詩，二十年代《繁星》（冰心著）、《流雲》（宗白華著）式的小詩、七、八十年代又被洛夫命名為「唐人絕句式」

❻ 引自程文〈從〈死水〉及〈詩的格律〉略談聞一多實驗新格律的得失〉，該文刊《淮陰師專學報》一九八七年七月第三期。

的小詩，大陸寫政治抒情詩常用的樓梯詩（這種詩體以前又稱為「馬雅可夫斯基體」），為馮至、「九葉派」詩人成功採用的「十四行」詩（與樓梯詩一樣屬國外引進並加以改造），余光中、瘂弦擅用的民謠詩，因「新月派」帶頭一度暢行的有韻、順口、大體整齊的「豆腐乾」詩，五、六十年代在大陸盛行的民歌體詩、長篇敘事詩，八、九十年代興起的思辨型抒情長詩，九十年代初由洛夫首創、張默等臺灣詩人試驗有效的隱題詩……等。身處海外的華人詩人、華裔詩人還將因所處的地域與文化不同，在自由與格律的矛盾中，創造出新的詩體來。多元，多樣，不拘一格，恐怕是中國新詩最大的特色。但它的基本形態又可以自由詩與格律詩二種來概括（筆者不同意在此二種之間再分出一種「半格律詩」，因為這個「半」是很難界定的）；如果從創造、創新的角度出發，瘂弦的話是絕對正確的，「每一首都要特別創造一個形式」，既不能重複別人，也不能重複自己，這種新形式「隨著一首詩的誕生而誕生，也隨著一首詩的完成而死亡」，詩人的工作太艱難也太偉大了！

〈一日詩人，一世詩人——我的終身學習歷程〉

收入泰山文化基金會企劃的《生活處處是學習》一書，該書於二〇〇一年四月由臺中市晨星出版有限公司出版。泰山文化基金會多年來致力於心靈教育、家庭教育等文教活動，持續舉辦「照亮心靈」系列講座，瘂弦此文就是根據應邀演講整理而成的，約一萬五千字，分「詩人的界域」、「獨樂樂不如眾樂樂的詩生活」、「提升到文化層次的詩美學」、「多元學習，永續鮮活的詩生命」、「一輩子的鮮活詩人」等五部分，全面介紹了他的終身學習歷程。由於他對詩人的看法、對詩人的詩生活的見解等筆者將在本書的第四章作專題論述，這裡只評析其詩論部分，主要是三個方面。

其一，詩應該大眾化。

瘂弦將新詩與舊詩作了比較：在中國過去舊詩是人人都寫的，將軍會寫詩叫「儒將」，中醫能寫詩叫「儒醫」，商人能寫詩叫「儒商」，可見詩在古代社會的重要價值。以前還有以詩開科取士，以詩作為飲宴或政治聚會場合的共通語言，展示了中國古代「詩生活」的普遍，新詩遠不能望其項背！新詩的特點是專業化，只是一批新詩人在寫，其他人視而不見並不在乎；雖然報紙副刊上有新詩，但很多人連看都不看，又因為有些詩看不懂，放棄了！「所以詩就愈來愈小眾化了，這是詩人的損失。」新詩專業化後，所謂詩壇漸漸變成一個同人詩社的一群人，他們自己辦詩刊、辦同人刊物，「『以彼此的體溫取暖』，卻少了普遍的共鳴」，「讓詩人與大眾嚴格區分了起來，詩不再成為生活的普遍愛好」。所以有人說：今天寫新詩的人比讀新詩的人還多！雖然誇張，「如果真的變成這種情況，那是詩壇的悲哀」，所以瘂弦呼籲：「詩還是應該要大眾化的。」

筆者注意到：新詩誕生之初，是「平民化」的，這從胡適主張「充分採用白話的字、白話的文法，和白話的自然音節」，「做長短不一的詩」便可看出，但後來遭到康白情的置疑，康認為詩具有不同於散文的思維，並同時提出了「詩歌是貴族的」❼命題。初期象徵派詩人更把它發展到極端，強調詩的領域是「一般人找不著不可知的遠的世界，深的大的最高生命」，它就不可能是「大眾（平民）」的，而只是少數、個人的，精神探索、藝術試驗的領地❽。從此，「平民化」或稱「大眾化」與「貴族化」就構成了新詩爭論的

❼ 見康白情〈新詩底我見〉，《康白情新詩全編》（廣州・花城出版社一九九〇年版）第二二九頁。

❽ 見穆木天〈譚詩〉，《穆木天詩文集》（長春・時代文藝出版社一九八五年版）第二六三頁。

一個焦點，時起時伏，此消彼長，一直持續到現在。筆者傾向於這樣一種意見：「平民化」側重詩的輻射面，「貴族化」側重詩的藝術性，二者各有利弊，無可厚非，從發展新詩的總體需要出發，似應提倡「平民化」與「貴族化」的結合，「大眾化」與「小眾化」的統一。

其二，詩的三個層界。

瘂弦概括為：「純粹抒情的小我內省」、「博愛群體的大我關懷」、「哲學深度的無我觀照」。按照年齡劃分，第一個層界是在年輕的時候，第二個層界在中年，第三個層界差不多接近晚年了。「所以詩人一定要長壽，藝術成就才大，其實所有的藝術家都是如此。」小我、大我、無我這三個層界並無高下之分，「詩人抒那一層界的情，是根據各人的氣質不同而有所偏重的」，「但是，無論是大我或小我之情，到了最終極的時候一定有哲學出現」。「所以這三個階段也不是像刀切西瓜一樣，分得乾淨俐落，它是彼此滲透在一起的」，「不一定千軍萬馬才是有大我，一粒沙也是可以見一整個世界的」。「在詩寫作的最初，詩人與詩人之間所比的可能只是章法、句法等語言形式的問題，到了最後完成的時候則是比人格和精神，即是詩裡頭所體現的整個文化意涵和思想視域。」以上這些論述都是很精當的，充實和豐富了現代詩的詩美學。

其三，詩要向其他藝術類型學習。

瘂弦的說法十分生動：「從詩到詩，影響只是一桶水，倒來倒去愈倒愈少，如果從其他方面拿東西的話，就不僅是加法，而是一種乘法了。」他列舉的學習內容有：向電影學習，向群眾學習，詩歌朗誦的學習，詩人要走進劇場（即學習戲劇創作），詩與歌的結合（即參與歌詞的寫作）等。

造極的詩情，圓融的智慧：瘂弦的「雜抄」與「詩想」

「雜抄」是指《夜讀雜抄》，「詩想」是指《記哈克詩想》，都是瘂弦的讀書札記，只不過寫作與發表的時間前者早一些後者晚一些罷了。率性而為，短小精悍，自由活潑，靈光時顯，是二者的共同特點，當得起「造極的詩情，圓融的智慧」這樣的稱譽❶。

《夜讀雜抄》

共三篇，總七則，分三次在《詩人季刊》十六期（一九八三年十一月出版）、十七期（一九八四年三月出版）、十八期（一九八四年八月出版）上連載。《詩人季刊》的主編是陳義芝，瘂弦是應他之約寫的，在形式與寫法上都保持了《現代詩短札》的風格，發表後讀者反應不錯，可惜寫得太少了。

三篇都有後記，分別記錄了他閱讀的書籍及「雜抄」的來源。如第一篇的「後記」：「近讀作家劉西渭（李健吾）的詩論和詩人馮至的一些散譯，對於他們早在四十年代於中西詩學就有那麼深入的觸及與思

❶ 這是臺灣《詩人季刊》編者按的評語。原文為：「這是瘂弦繼《詩人手札》後，關於詩的最新考察，薈萃造極的詩情與圓融的智慧；總卷名為《夜讀雜抄》，自本期起於《詩人季刊》連載。」見《詩人季刊》十六期一九八三年十一月出版。

考，敬佩不已。我這輯短札，不過是攀援住他們的竹竿，所開放的幾朵小小牽牛花而已。無以名之，名之曰『夜讀雜抄』。」這既是第一篇（形象・語字・詞類）的「後記」，也相當於這三篇的總「跋」。第二篇（語言・形式）的「附記」（即「後記」）點明是讀紀德的《論古典主義》和評論家茹拜（Joubert）的《思維錄》所作的札記；第三篇（個性・性別）的感悟來自康白情的詩話和伍爾芙女士談婦女寫作的散文。

七則札記，論述的要點如下：

形象。「從觀念到詩的演化是一種美學上的邏輯程序，也即形象誕生的程序。觀念的內容只說明一個人對生命推理的深度，形象的內容卻可說明他對生命感覺的深度。推理的直陳不等於詩，感性的演義才是詩。」「詩的魅力來自形象的魅力。」

語字。「作家一生的最大戰鬥便是與語字的戰鬥。」「詩人在寄託、灌注自己給語字之前，一定要瞭解語字的性質、它的產生條件、它的最大容量和極限，以及碰到放任或制約兩個完全不同的對待後的變化與結果。這是詩人的先決智識，也是最後的課題。」

詞類。針對「很多詩只是一些比喻的堆積，詩人變成了一個只會『打比方』的人」，提出慎用形容詞。此則用語繞口，似有表述未清之嫌。

語言。「治語言像治田，經過長年累月的耕用，會使土壤貧乏，莊稼歉收；要想繼續保持肥沃（創新），必須往更深處去翻掘。」比喻十分新穎！「語言的深度就是思想的深度；深度的語言，其本身就是思想。」講得好。將語言問題看作是思想的問題、是作家人格要求的問題，這是對的。「還不是技巧的問題」，「還不是修辭學的問題」，這兩個「還不是」似應改為「不僅僅是」。

形式。重視形式，但「並非意味著形式可以決定一切」，我們需要的是內容與形式的統一。

個性。「成功的作品是作者全人格的投影。」「而人格的完成有賴於個性的執著，人格是個性的。」這是常理，論者皆能言及。「詩人執著於他的個性，使其向偏方面、終極處發展，詩人便完成了他作品的人格。」這是瘂弦的創見，言人所未能言。

性別。「宏偉的文學頭腦常常是半雄半雌結合。純男性或純女性的頭腦，每每缺乏較高的創造力。」「在傑出作家的人格的顯影裡，一定有兩個人：男人和女人。」在中國，論者從未以這種觀點歸納過我們的作家，使人不能不佩服瘂弦的獨創（雖然是得自伍爾芙的啟發）與大膽。

《記哈克詩想》

大部分文稿完成於花蓮縣東華大學附近的一個小村子——記哈克，是瘂弦在東華大學任駐校作家時的產品。該村因長遍記哈克樹而得名，原為臺灣阿美族所居之地，以「記哈克」題讀書札記既形象，又有象徵性，使人看到來自土地深處的大自然的力量，也使人想到一個古老的民族之傳統與現代。

這是一個系列，以談詩為主，也談文學、歷史、藝術乃至人生，於二〇〇一年、二〇〇二年在〈聯合報副刊〉以專欄形式發表後，引起強烈反響，其知識的淵博、見解的獨到、議論的活躍、行文的灑脫，受到廣大讀者的歡迎。

筆者見到的十七篇，論述的要點如下：

〈神話復興〉。「神話所代表的意義，是它形象地顯示出在民族發展的進程上，曾經有過一個童年，一個歷史的童年。」這個「童年」的比喻用得相當好，因為童年是最純潔的，也是最富於夢幻色彩的。儘管它的可塑性大，隨意性強，但更接近於人的本質，或者說人的本質在這一階段沒有受到遮蔽、污染、扭曲，最本真，最自然，因而也最可貴。瘂弦希望有更多的詩人將神話演示為文學創作，無疑是在強調詩的原創性，使現代詩壇呈現另外一種風貌，勃勃有生氣。

〈想起聞一多〉。對聞一多建立新格律詩的主張予以肯定：「那年代，太多人誤解了『絕端的自由』、『絕端的自主』的真正含義，濫用形式自由、任意揮霍字句的結果，幾乎使新詩淪為一種簡易、粗淺的文學體裁。聞一多的出現，是新文學運動詩的方面第一次藝術的反動，也代表紊亂中新秩序的建立。」提出「類似聞一多之死這樣一個關係到一九四九年之後兩岸分治的重大事件，似應列為專題研究」，不是與文學而是與歷史的關係更密切一些。

〈從穿衣服到寫詩〉。從德國作家席勒一七九三年〈論美〉長文中關於穿衣服的一段妙語談起，引申出詩「它重要的特質，便是自由，詩的美，是要把自然本性從語言枷鎖中完全解放後才能產生。換句話說，詩不是被製造的，而是被發現的。」詩要突出個性，更要注意整體的和諧。詩人與詩的關係，恰似衣服與穿衣服的人的關係，「沒有誰為誰服役的問題，也沒有異己影響和他律的問題，一切服膺於自然，共同融入一個宏大的結構中，各個部分都必須限制自己，來彰顯整體的作用，使一切相一致。」否則，就不是詩的，美的，瘂弦的詩美學由此出焉！

〈詩是一種製作，一個未知〉。對上文作了補充：由於詩有著太多的未知性，屬於絕對個人化的心靈操作，任何的方法論都無法涵蓋，切不可拘於一法、定於一尊，顯示了瘂弦思想的開放、胸懷的博大。

〈從造園想到寫詩〉。通過對法國公園整齊劃一、日本庭園過於人工化、蘇州名園彼此重複等缺欠的批評，質疑征服自然、再造自然的傳統觀念，尖銳地指出：「歷史只不過是人與自然衝突鬥爭的一個過程，而人類永遠居於敗北的一方。不尊重自然，人便是微不足道的塵埃、螻蟻，一切靠造形所從事的摹仿，都是沒有意義的。」這是與時俱進的新思想，在環境污染、生態失衡、人類生存受到威脅的當今，更具有現實意義。由此論及寫詩：「大自然井然有序的永恆脈息，除了身臨其境無法翻譯、轉述，更無法替代。能成功傳達其奧秘的，絕對不是人工的庭園，而是詩的創造，只有詩，才稱得上第二自然。」而詩人的重要課題，「是突破現實的囹圄，服膺宇宙的整體，追尋人與自然共享的生命秩序……所謂再造自然云云純屬一種自我感覺，事實上只有詮釋和彰顯的份，除了歡喜讚嘆，不可能有其他的能耐了。」可謂一針見血。文末說近五十年來的世界文學欠缺的內涵是崇高感，更加發人深省。

〈寫詩像戀愛〉。立論新穎，並具有哲學性。「說詩人是不停戀愛的人，不過詩人愛戀的對象，並不限於人，日月山川、花草樹木、鳥獸蟲魚，以及諸般抽象事物，都可能使他茶飯不思、神魂蕩漾，付出戀人一般的痴狂與激情。」這是美國女詩人瓦薩・米勒為詩人下的定義。什麼是詩人泛愛的真正動機？「最重要的原因，是詩人所關注的不是對象的本身，而是對象中的他自己。那些形式和意象，只不過是詩人與自我對望，與自我交談的假借而已。」這是瘂弦的解釋，解釋就是發展，是對前人、旁人的超越。「但要想解開自我這個大謎團並非易事。」瘂弦引證了哲學家、物理學家的話，論證科學與詩的區別與一致，得出這樣的結論：「詩可能是開發自我眾多方式中最『有效』的方式，」再以弗羅斯特的經驗「一首詩的開頭，就像陷入愛情一樣」作結，反問並回答：「這世界有誰能拒絕戀愛呢？然則，寫詩吧！」曲折婉轉，翩然驚鴻，文筆如此鮮活，真個少見！

〈飛白的趣味〉。「飛白書的最大特點，是文字筆畫輕微不滿，或中空，或斷續，絲絲露白，看起來就像枯筆疾掃而過的樣子，呈現一種意到筆不到的特殊氣韻。」這是中國傳統書法藝術中使用的一種技巧，瘂弦將它與電影、戲曲唱腔、詩文朗誦加以比較，從而得出不同藝術門類互補互動的啟示，也有助於提高詩藝。

〈波赫士談片〉。介評了阿根廷著名作家Jorge Luis Borges 波赫士（大陸譯為博爾赫斯）的兩段話（出自同一篇訪問記）：一是被問到自由詩和格律詩的創作難度何者較高？他說，自由體最難。「因為如果作者沒有內在的驅動、撞擊，就無從引發旺盛的詩情。激越，永遠是自由詩的生命。」而格律詩往往有理性的策劃，有形式與韻律可以依賴，可以緩進的製造完成。二是提到莎士比亞對他的影響，波赫士說，「做為一個小說家，莎翁對他的影響僅在語言的魅力方面，而不在於故事情節和人物刻繪」。介紹的前提是選擇，評論的關鍵是我見，以上兩段話都顯示了瘂弦的眼力與功底。只不過對郭沫若的評價有偏頗。郭沫若的第一本詩集《女神》出版於一九二一年八月，只比胡適的《嘗試集》晚一年另五個月，如果不算合集與詩選，該是中國新文學史上的第二本新詩集，如果算上合集與詩選，郭沫若、宗白華、田壽昌的《三葉集》出版於一九二〇年五月，許德鄰編《分類白話詩》也於同年出版，郭沫若的詩也算得上是最早的新詩之一。胡適的白話詩重在詩體的解放，詩質則較為匱乏，且對舊詩的破壞勝過他對新詩的創建，缺乏飛騰的藝術想像力，因而如茅盾所言，大都「具有『歷史文件』的性質」❷。而郭沫若的《女神》集破壞與創造於一體，它既呼應了「五四」狂飆突進的時代精神的感召，又真正反映了那個狂飆突進的「五四」時代。它的嶄新的自由體形式，儘管受到過惠特曼的影響，但不能說是：「東施效顰」。因為在「絕端的自由，絕端的自主」❸主張下，集中的五十餘首詩作，幾乎每一首都有自己的形式，很少重複；與此同時，又注重詩內在的情緒

❷ 引自茅盾〈論初期白話詩〉，見《文學》八卷一號（一九三七年一月一日出版）。

❸ 引自《沫若文集》第六卷（北京，人民文學出版社一九五九年版）第八七頁。

的節奏和每一首詩自身的韻律，故每一首詩又都給人以齊整、和諧的統一感。從這個意義出發，文學史家認為，「五四」時期與《女神》相媲美的只有魯迅的《吶喊》，故稱二者是並置的「雙星」。另外，《女神》的藝術想像力給新詩插上了飛騰的翅膀，郭沫若借助「泛神論」將自我、自然與神三者融合在一起，形成了他浪漫主義、個性主義的詩歌觀念。這些，都標誌著白話新詩已完全掙脫了舊體詩的藩籬，開始進入了創造自己的經典化作品的歷史階段。因此，稱《女神》為中國現代新詩的奠基之作，是並不過分的。遺憾的是，郭沫若這種開一代詩風的勢頭並沒有保持下去，反而以數量壓倒了質量，以標語口號取代了藝術性，由於他的地位和影響，導致了中國現代新詩（主要在大陸）的倒退，這個歷史的教訓值得我們永遠記取。

〈百無一用是詩人〉。此文發在二〇〇一年十二月二十日〈聯合報副刊〉，但其立意主幹乃至一些基本文字早在一九九二年六月臺中縣文藝作家協會印行的《現代詩點線面》一書中，就以〈詩有什麼用處?〉為題著文體現出來了。前後二文對照，可知「百無一用是詩人」乃是反語，詩人率性而為，真誠，思維帶有非理性（「也就是因為這種非理性的特質，才能寫出好詩來。」），因而不喜歡教書，不適合做官，也不會做生意。不過，「對詩人而言，寫詩如果求其有用，反而不容易寫出好詩」。一九九二年之文指出，詩是「無用之用」。詩人有言志與載道二種，言志的詩人是純粹的詩人，載道的詩人是博大的詩人。二者的作品都有社會性：博大型詩人的作品表現大我的關懷，是直接的社會性，如屈原、杜甫等，「他們作品普遍有一種感時憂國的精神，十分可貴，他們的心靈活動是詩魂，也是國魂」；純粹型詩人，「表面上看似只關心小我，但小我的殊相中，也有大我共相的意義……我們需要這種詩人來印證我們的人生經驗，他們是另外一種代言人，與大我詩人同樣具有意義，同樣『有用』」。所以，瘂弦稱「詩還是有用的，一種無用之用」。瘂弦立論特別，論證似反常實嚴密，始終不離詩的藝術規律，給人的印象反而更深，收到的效果反而更好。

〈自我思考與寫作〉。從德國哲學家叔本華的言論得到啟發：「建立自己的思考結構體系是寫作的不二法門。處在今日的世界，與其在眾聲喧嘩下莫衷一是、無所適從，不如在自己的園子裡種一株思想之樹，哪怕是一莖小小幼苗，也抵得過那攀援在別人枝幹上的千丈青藤！」說得精彩極了。全文一千四百餘字，閃光溢慧之處隨處可見，似信手拈來。如：「他（按：指叔本華）認為，作家一定要為事（所思所感）而寫，而不要為寫而寫；前者是創造的藝術家，後者只是一個為把方格子填滿的匠人。文學，永遠是為了思考經驗的傳遞而存在的。」「別人的思想與你自己的思想相比，有如史前植物的化石遺痕之與春日盛開的燦爛花樹。」「學者是在紙上閱讀的人，而思想巨擘和文化大師，則是直接在世界這部生活大書之中閱讀的人。」讀這樣的文字，簡直是一種享受！何況它還教了我們一些讀書的方法、做學問的方法，乃至做人的方法。

〈偶像的黃昏〉。這是重讀《野草》的感悟，也是研究魯迅的心得。「隱士與戰士，本是魯迅性格的兩個面相，在青燈獨對、吃蓮花為生，與熱血奔湧、抽刀向敵之間，存在著極大的複雜性與矛盾性，唯其複雜，所以豐富；唯其矛盾，所以充滿緊張與激情。這也是魯迅文學最富意趣、最值得玩味的地方。」講得相當準確、相當到位，又富於文采，為魯迅研究開拓了新的思路。「知識分子（古代稱士）是一個獨立人格的個人，他要永遠做一個廣義的左派，成為社會良心的象徵，不為一黨一派發言傳聲，而為一切的弱者鳴不平，即使被燒死在火刑的柴堆上也無怨無悔。《野草》詩集，成功的傳達了主人翁的這個氣質，也流露一種廣大的悲憫，一種連敵人也包括在內的悲憫。這樣的思想傾向，使一個原屬小品式的製作，呈現史詩般的深沉與雄渾。五四時期新詩作品很少有這樣的成就。」這一段評價也相當警闢、相當充分，有助於加深我們對《野草》的理解。文末針對「他在彼岸被尊為神，在此岸卻被貶為鬼」的不同「待遇」，提出「把我們的大師還原為人」，也是適時的，切中肯綮的。

〈重讀高爾基〉。既充分肯定了前蘇聯大作家高爾基「艱苦的自學歷程，卓越的寫作風格，特殊的人格魅力，以及長期參與革命事業和文學運動的種種貢獻」；也深刻反思了高爾基主持正義為作家藝術家請命而得罪專橫的統治者終於罹難的悲劇，即文人角色錯位的悲劇。成熟的作家，在政治上往往是天真、幼稚的，一旦文學與政治發生碰撞，失敗的必然是文學。

〈從抒情到詠史〉。體現了瘂弦的辯證法：「文學的遞嬗大概脫離不了一個規律，那就是任何的理論發展到最後，一定會產生極端化的現象。輕視思想的純詩運動也不例外。對一個苦難民族如我中華民族而言，過分的強調詩的純粹性是一種奢侈，因此，在我們的國度，不可以說帶有思想傾向或現實改革意圖的作品是低層次的。」在此基礎上，瘂弦提出：「精緻有餘、博大不足的我們的詩壇，如果想突破現狀，在歷史縱深和地緣拓展上作更大的概括，……一定要重新評估自己，發現自己，而在風格上從純粹到博大、從抒情到詠史的轉變，是必要的了。」結尾詩意，別開生面：「老月琴伴奏的民歌謠曲，驚堂木拍打下的『說書』、『講古』，其間隱藏的可能是一個戴斗笠的荷馬，不識字的繆斯。土地孕育詩人，好詩，永遠是生活的牧歌，歷史的預言。」

〈細節的藝術〉。引經據典，從西方到中國，從小說、散文到詩，說明細節的重要性。「總歸一句話：世界上沒有不可入詩的題材，也沒有不可用詩串連起來的細節。」

〈一首詩的背後〉。提倡從作家的未定稿本去學習寫作，詳盡披露該作品一步步修改、完成的過程。

〈從大章魚想起的〉。揭示了西方文藝界存在著的「弱肉強食」現象。無數小藝術家為一個大藝術家工作，他們的創意經過大藝術家的吸收與改造，變成了大藝術家這條大章魚的養料，所幸中國不是這樣。筆者以為，在商品經濟充斥一切的今天，大陸也出現了這樣的現象，國人（特別是藝術家）不可盲目樂觀了。

〈最早的與最好的〉。想起李金髮的詩，「許多人抱怨看不懂，許多人卻在模仿著」，這就是它的魔性與吸引力。瘂弦由此得出結論：「在文學史上，任何一個新思潮或新形式的出現，每每帶有革命的性格，偏激或矯枉過正不可避免。『最早的』雖不一定是『最好的』，但卻可以促成那些最好的。早起趕路的李金髮功不唐捐。」

瘂弦的《記哈克詩想》與《夜讀雜抄》雖然同屬讀書札記，但在形式上還是有區別的：「雜抄」純係詩話，「詩想」近乎隨筆；「雜抄」篇幅更短，七則中最短的三百字，最長的也不過八百字，「詩想」較長，一般都在一千二百字以上，有的近二千字；「雜抄」重在一得之見，寫法較為集中，「詩想」旁徵博引，夾敘夾議，借事抒情，更加隨意、跳脫。二者比較，筆者更喜歡「詩想」。

當做正式作品，顯示獨到詩觀：瘂弦的序與跋

二〇〇一年十一月十七日，瘂弦給筆者來信提到：「這些年，可能是年紀到了，或者是因為編副刊的關係，為人寫了不少書序。我寫序的態度深受古人影響，非常認真，把序當做正式作品看，並將我的文學觀、人生觀等，都放在當中了。」

瘂弦為人寫的書序與跋，不限於詩，還有散文、小說、報告文學、回憶錄、評論、書信、幽默小品、極短篇、警句、戲劇、遊記……等，由於品種繁多，涉及面寬，這裡檢視、點評的僅限於詩，就是如此，數量也不算少，只能扼要析之。

正如瘂弦所言，他為人所寫的這許多序與跋，沒有一篇人情應付之作，全是正式作品，較之他以前寫的詩論、詩話、《夜讀雜抄》、《記哈克詩想》、詩人論、詩評等毫不遜色，其中有的篇什甚至有過之而無不及。例如：

〈回到中國詩的原鄉——楊平「新古典」創作試驗的聯想〉，為楊平詩集《空山靈雨》之序，該詩集於一九九一年十二月在詩之華出版社出版。序長一萬字，是一篇典型的詩論，集中論述了古典主義與「新古典」詩歌這個重要的理論命題。該序分三個層次論述：先談西洋文學史上的古典主義，廣義是泛指一切崇尚古代希臘羅馬作品美學原則的創作傾向，狹義是指文藝復興之後，十七、十八世紀興起於法國、風靡於全歐、與浪漫主義對立的文學藝術流派，為了與前者區別，稱之為「新古典主義」。無論古典主義，還是新

古典主義，其主張都有一個共同的特點：「尚古或復古；以理性主義作為美學立論的核心，認為文學藝術的美必須來自理性、符合理性，無論是作品的內容或形式，一定得通過嚴謹穩定的法則，才能體現理性的光輝。」其次談中國傳統文學的古典主義，從唐、宋到明、清，「主要是革除文學上的華靡作風，凸顯作品的教化、倫理功能，建立以儒家文學觀為中心的道統文學；在這種強調之下，固然產生不少明白曉暢、文法工整的散文和詩作，但貴古賤今的結果，難免使文學之所以為文學的美學本質逐漸喪失，最後把文學變成名教與道德的附庸。」中國新詩雖有七十多年的歷史，但我們還沒有過西方式的、浪漫與古典交替發展的現象，沒有出現過古典主義，也就沒有新古典主義。第三談近年臺灣詩壇出現的「新古典」：「我想與上述的中西古典主義或新古典主義沒有什麼關聯。我所理解的新古典，應該是統攝在『現代』的前提之下，對詩的語言、題材乃至意境上進行中國化的一種試驗與省思，不是尚古、復古，也跟文學教化論南轅北轍。」瘂弦從文學史的角度，回顧了中國新詩除了向西方文學借火之外，「中國化」的試驗也不斷有人從事，且成績顯著。「中國化試驗也即所謂的現代詩的新古典作風，所代表的是詩人們對中國母體文化（文學）的孺慕之情，這是新詩到達成熟階段的必然發展，值得給予最高的肯定。」聯繫臺灣詩壇的實際，他指出：「古典中國對年輕一代的作家仍有強烈的召喚力，仍有非常遼闊的精神空間有待開拓，仍有很多可能性有待證實。民族文學的爝火，只要有人繼續添柴加薪，便會愈燒愈旺，楊平與跟他具有同樣想法的年輕一代詩人，在這方面的努力是深具意義的。」在此基礎上，他為楊平的新古典詩歸納出七個特點：1.小詩的形式；2.風雅的意境；3.中國傳統生活情調和審美趣味的探求；4.古典文學語言的重鑄和再造；5.山水自然的靜觀與感悟；6.東方哲學（禪學）、理趣的表現；7.古典秩序和現代生活的衝擊。層次分明，界限清楚，思考周密，有理有據。

筆者理解，新古典或新古典主義實際上是對中國的傳統文化、人文精神、特別是古典詩學的重新認識、全面篩選和創造性繼承，是中國新詩誕生八十餘年來時常遇到並必然要經歷的過程，與其說它是一種「主義」、「主張」或「詩學」，不如說它是一種「流向」為好。在新詩草創的初期強調西化是必要的，沒有這一矯枉過正，就沒有中國詩體的大解放。但隨著食洋不化的出現，洋腔洋調的泛濫，「中國化」便成為普遍的呼聲與當務之急。無論提倡「橫的移植」，還是堅持「縱的繼承」，都是為了創新，為了促進中國新詩的現代化。正確的態度是將此二者結合起來，在不同的階段各有側重。在當前，傳統文化斷裂，漢語詩歌界人文精神普遍匱乏之失衡，部分作者盲目崇外摹仿之風盛行，力主新古典或新古典主義是很有必要的。至於怎樣入門，如何試驗，具體操作？是一門很大、很深的學問，詩人楊平已摸索到他個人的經驗，學者吳開晉通過對大量華文詩實例的分析，以「東方智慧的延伸」為題，總結出兩種形態四種方式：「第一種形態是外在的和內在的東方文化神韻均很濃郁，有一種古色古香的味道；第二種形態只是借用東方文化的因子（如神話傳說、歷史人物、古跡名勝、古籍文典、民俗民風等），或調侃、反諷社會現實之弊端，或張揚生命意識，體現詩人的心靈搏動。」「這兩種形態又大致有四種不同的表現方式。其一是，歌詠或正面表現東方文化之精華，是東方文化全面回歸的認同；其二是，以傳統文化為契機，總結歷史發展之教訓，以反諷、調侃現實生活之種種弊端發出不平則鳴的強烈呼聲，給世人以警策；其三是，以東方文化之物象為載體，展現一種生命的律動，蘊聚生命勃發之氣，或者滲透進禪道精神，追求與大自然的融合無間與天人合一的至高精神境界；其四則是體現了對古老的東方詩學的繼承和拓展，或追求古詩詞、山水畫的意境美，或尋求語言和詩體形式上的古典風味兒，給人一種既熟悉又新穎的美感力。」❶評論家陳仲義在對各路人馬各自

❶ 吳開晉〈東方智慧的延伸——當代華文詩歌的一種發展趨向〉，見《山東大學學報　哲社版》（濟南）一九九七年二月。一～六頁。

的絕招逐個分析後，指出：新古典主義的實踐、主張、信條雖然各門紛呈，但總體朝向可以取得共識，即：「重啟與開放古典人文精神在當下的新意；繼承與光揚古典詩學精萃在現代向度的轉化；激發母語詩質與外來文化互撞中的活性；於傳統最富生機的部分尋找變異的突破。」他同時寫道：「這種把握的具體關節還在於：如何使某些頗具活力潛質的古典詩學元素，融匯到當代詩歌寫作與理論中，不是機械的搬套，而是如魚得水似的，經由詩人理論家的努力，完成其創造性轉化功能。」❷理論探討的活躍，創作實踐的豐富，相信會給中國現代詩壇帶來更大的收穫。

瘂弦也論述了東方精神，那是在〈深耕東方——金良植女史中譯詩集小引〉中，韓國現代女詩人《初萟　金良植詩選》，由許世旭、金學泉譯，於一九九七年三月在創世紀詩雜誌社出版。「小引」即「序」，約二千八百字。瘂弦在此文中寫道：「臺灣詩友對金良植作品之所以一見如故，引為藝術知音，最重要的是因為她作品中飽含濃烈的東方精神。從世界文化板塊上考察，韓國和中國、日本的文學家在幾千年的審美實踐中，早已形成共同的審美思想體系。這思想體系的重要內容有：各國歷史先賢聖哲的文化思想，孔子的倫理意識，道家的清淨無為，佛家的自我觀照，禪宗感覺與邏輯相剋相容的別才別趣，以及東方人親近自然、標舉興會、重視頓悟、倡導率真的生活理念等。這樣的體系，與西方的文化、美學迥然有別。而在寫作的方法上，東方文學特別重視道、氣、情、志、文、質、神、境……的建構，對於語字的選擇，意象的塑造，感情的抒發，形式的設計，都有一套簡潔、濃縮的藝術方法可循。這一套文法源遠流長，東方的詩人、藝術家，人人熟悉，人人善用。一直到今天，特別是東亞幾個文字、文化歷史演進關係密切國家的現代詩人，依然把這樣的審美體系視為創作的圭臬。」瘂弦熱情讚揚「金良植對東方美學和詩學是如此的

❷引自陳仲義《扇形的展開　中國現代詩學譾論》（浙江文藝出版社二〇〇〇年二月第一版）第八五頁。

具有信心」，實際上也表明了他自己的信心。「是的，東方詩人隨著西方笛聲起舞的時代早該結束，我們自己豐厚的文學遺產，足可開發出新的生命，亞洲現代詩人應該在我們的思想體系中向世界發言，輻射出東方的藝術光輝，唯如此，我們才能對世界文學作出重大的貢獻。」這與其說是他的感觸，不如說是他代表中國以及亞洲現代詩人發表的宣言！

這篇文章也寫得相當漂亮，其中有一段屬於「閑筆」：

這些年，金良植與臺灣詩友交遊甚篤，由於彼此的氣味相投，她成了臺灣詩壇最親密的朋友。她差不多每隔兩、三年就要來一次臺灣，有幾次還攜她的夫婿同來。她先生蔡虎錫（我們叫他老虎），據說有中國血統，有一次金良植還在餐會上出示一份有關虎錫先生家族歷史的漢文典籍，證明確為中華後裔，如假包換。那晚，大家圍著這位高麗漢子，浮一大白，唱完了阿里郎，又唱茉莉花。

文字不多，氣氛全出，不光論詩，更是寫人。

把序、跋當做美文寫的典型例子，還有〈戰火紋身〉，是瘂弦為女詩人尹玲詩集《當夜綻放如花》寫的序。該詩集為作者自印，於一九九一年十二月出版。該序一開頭，就很出彩：

戰火紋身，是女詩人尹玲〈巴比倫淒迷的星空下〉的詩句。「紋身」這麼生活的字眼，在視覺的感受上遠比「洗禮」、「烙印」還要強烈鮮活得多，而這裡的紋身也並非為求肌膚的美麗而去美容，而是藉它顯出一種驚駭的效果：被戰火紋身，是多麼強烈的經驗，又是多麼痛苦的記憶。

接著，瘂弦簡介了尹玲的生平，「早年是越南僑生」，「父母的雙亡，在時間上雖晚於戰火，卻仍然是戰火的直接受害者。況且，在戰火直接蹂躪越南時，對一個正值花樣年華的少女原本所期待的，是一種多麼嚴重、多麼恐怖的打擊！」瘂弦按捺不住胸中的激情，繼續寫道：「而當她飽含戰爭經驗的創傷來到臺灣求學，在書頁上，在午夜夢迴裡，依然嗅到硝煙味，依然閃現炮光與血影，依然在時間的消逝中對共享天倫有永遠的期待，然而希望化為泡影。所以，表面上她逃離了戰爭，但戰爭的陰影一路追殺過來，好像永不休止的夢魘。在她寧靜的書齋中，記憶的舊傷經常在眼前浮現。」這不是客觀的評論，而是沉痛的抒情，這不是普通的文字，而是血淚的歷史！

> 詩原是心靈生活的集中體現，尹玲的戰爭詩之所以動人，乃是來自於切身的慘痛經驗，原本超出語言以外，卻被她凝結在語言之中。所以她在詩的創作上，以寫戰爭的作品最特殊、最動人。戰爭的本質，是教有的變成沒有，是毀滅；詩的本質，是教消逝的再能存在，是記憶，也是創造。戰爭詩美麗得近乎「邪惡」，因為它提醒了戰爭的邪惡本質，而閃爍於其中的人性經驗是美麗的，戰爭詩正如罌粟花，花是美的，但卻不會讓我們忘記罌粟花所熬成的鴉片是邪惡的。戰火紋身，同樣美得近乎邪惡。鮑姆嘉登的《美學》中說：「醜的東西，可能在一種美的方式中予以思量；美的東西，也可能在一種醜的方式中予以細想。」戰爭的醜惡和邪惡，暴露的也是人的錯誤和愚昧；而在詩人晶瑩的淚光中所閃現的，正是人的理想，這就是醜中之美，邪惡中的美。

從實踐上升到理論，從感性過渡到理性，將「戰爭的本質」與「詩的本質」作類比，確實抓住了關鍵，觸及到核心。既有比喻（何其貼切），還有引證（何其準確），揭開戰爭看人，透過醜邪見美，這種辯證眼光、非凡卓見、文采魅力，不能不讓人拍案稱奇。

下面是對尹玲詩作的分析，說明「戰火紋身」的意義不僅只「洗禮」，這「紋身」更代表「傷痕」，「是用這些明顯的、五顏六色的傷痕，來控訴戰爭的罪無可逭的邪惡」。由尹玲的戰爭詩，他聯想到洛夫的〈石室之死亡〉、〈西貢之歌〉與商禽的〈逢單日的歌〉等作品是一次突破，「蘊含強烈的批判精神」，「把戰爭題材的詩深刻化、哲學化」，且以「必要的晦澀」和「不得已的晦澀」，構成六、七十年代戰爭詩的特色。「但整體說來，我們在戰爭詩方面仍然歉收。」因此，「我們感謝尹玲這樣的詩人，以女性的纖細情懷來捕捉戰爭的心象，深刻動人處，較男性詩人猶有過之」。由此及彼，由表及裡，邏輯嚴密，形象生動。結尾，他寫道：

> 時代給我們什麼，我們就拿什麼交還時代。尹玲勇敢地面對了她曾經見證過的、悲劇的年代，她藉著記憶把她眼睛所曾看見的，又重新映在我們想像著的眼睛裡，來重構戰爭的畫面，也為我們留住歷史的記憶。詩人的不幸，是詩壇之幸；我卻祈禱，盼這種不幸和幸，永不再發生。

是的，沒有什麼比持久的和平、人類的安寧更重要的了。瘂弦從詩學的層面進入到人文的層面，其意義遠遠超出了對一個具體詩人的評價。

瘂弦為人所寫序、跋的另一個特點，是寫出了他自己的文學觀、人生觀，或者說顯示了自己的獨特的詩觀。從某種意義上衡量，也可以說是借他人的酒杯澆自己的塊壘，或者說是用他人的話筒發自己的聲音。這方面的例子，不勝枚舉。如：

在〈大眾傳播時代的詩——杜十三《地球筆記》的聯想〉（杜集於一九八六年三月在時報出版公司出版）中，指出：「視聽傳播混亂的現狀足以說明現代社會對資訊工具的濫用與誤用，毛病在於掌握傳播的人而不是媒介的本身；廣播、電視、錄影帶、錄音帶等傳播工具絕對是好的媒介，端在操作的人如何運用。」從而提出：「現代詩更應該走進現代生活，通過視覺、吟唱、映象等多元藝術形式的交匯共溶，創造詩文學視聽的新領域，探索美感的新經驗。」

在〈待續的鐘乳石　序白靈《大黃河》〉（白靈詩集於一九八六年四月由爾雅出版社出版）中，寫道：「事實上，一首詩的形成，應該有虛實的配置、疏密的安排、強弱的調節，這也就是詩與散文的調節融合。早期詩人常說要排除散文性（這也是他們努力鍛鍊每一句詩的原因），卻忘了，適度的散文反而可使詩的節拍勻稱；在詩裡，詩為實，散文是虛，有了虛，更能襯托實之為美。」

在〈河的兩岸——敻虹詩小記〉（敻虹詩集《愛結》於一九九二年一月在大地出版社出版）中，提到寫詩人的臨界點——「角色扮演的抉擇」。「駱志逸先生論弘一法師出家的緣由，認為那是『畫馬變馬』、『念佛成佛』的結果，所謂一心無二用，二用其心，擺盪動搖，為學佛參禪者的大忌，深入佛理如弘一法師者，其歸向佛門是必然的結果。我想他在皈依之前，必然經過一段相當痛苦的掙扎過程，最後是：宗教界多了一位光芒四射的宗師，文壇上少了一位照眼驚心的奇才；是值得慶幸還是值得惋惜，端看站在何種立場來作價值判斷了。」正是鑑於此，瘂弦主張：在佛學的靈修與文學事業的關係之間找到平衡點，就像詩人王維、音樂家韓德爾那樣，「把宗教信仰與藝術表現融合一體，統攝在一個人格之內」。

在〈新詩話——序老友向明的箚記〉（向明著《客子光陰詩卷裡》於一九九三年五月由耀文圖書公司出版）中，將文學批評分為兩大類：系統的批評和印象的批評。前者如劉勰的《文心雕龍》，後者如歷代筆記體詩話，「大多是通過短小精萃的斷想談片，或詩人實際創作經驗的隨筆札記，來探尋詩歌創作和品賞的奧秘」。為了糾正「重系統輕印象」的偏向，瘂弦著重指出：「其實詩話與傳統評論章回小說的眉批一樣，是中國文學批評特有的形式，具有很高的學術價值。中國詩話遺產豐富，內涵廣博，其涉及的範圍幾乎涵蓋詩美學的各個層面。那些奇想散論，乍看似乎毫不經心，隨意為之，但仔細咀嚼，其中到處可見創作的玄機，有時寥寥數語，卻閃耀著詩人的真知慧見；這些鱗爪中隱藏的洞識，值得爬梳整理，重新加以評估，形成一個大的系統，與現代的文學批評匯流，以收相互發明之效。」為了中國詩話的寫作傳統不致中斷，他呼籲每一位寫詩的朋友，都應該分些精神時間寫寫詩話。這是適切的。

在〈詩是一種生活方式——鴻鴻作品的聯想〉（鴻鴻著《黑暗中的音樂》於一九九三年八月由現代詩季刊社印行）中，提出：「而詩，原是一種生活方式。」

在〈脫咒與創發〉（為吳當詩論集《新詩的呼喚》所寫之序，該書於一九九五年一月由國語日報社出版）中，由臺灣文壇「一些理論文章還是西方術語一大堆，讀起來像翻譯，或者三五句就得加上點原文」；「很多人仍然一味用西方文學各種主義、流派的鋤鍬，來掘中國文學的礦藏」等怪現象，想起魯迅早年的感慨（「說在中國有些舶來的批評方法看似新銳，說穿了也不過是幾個名詞的翻轉；但批評家們視這些名詞如咒語。」），疾呼「脫咒」與「創發」，一定要有「自己的批評理念、批評語言和審美原則」。這在當前，仍有現實意義。

在〈內斂的光——讀林廣詩小記〉（林廣著《時間的臉譜》於一九九七年五月由臺中市立文化中心出版）中，關於王國維「天以百凶成就詩人」一語，發表自己的看法：「在某些情況下，這話有它的真理性，但也並非那麼絕對。詩，是生命的象徵，人生的際遇各有不同，苦難可以成就詩人，平安寧靜的生活，又何嘗不能成就詩人？能否創造出有價值的作品，端看從事者能不能認真地感覺生命、體驗生活，忠實地反映出個人的思想覺識與人情義理，狂風暴雨或日麗風和，同樣是人生的風景，如能加以適切的反映，都有可傳的價值。」

在〈詩路獨行——莊因詩集《過客》讀後〉（莊因詩集於一九九七年九月由東大圖書公司出版）中，批評新詩的定型化（「不管內容題材以及語言形式，都形成了雷同的風格」）：「絕不是一種正常的發展，為甚麼新詩一定得寫成新詩的樣子？對於一些能夠擺脫同質性影響、獨來獨往的作者，我們實在應該給予充分的注意與肯定，現代詩一定要廣納各路人馬，才能恢復中國古代凡文人必讀詩、必寫詩的傳統，為現代詩開拓出一條更寬闊的道路。」

在〈學院的出走與回歸——讀陳義芝《不安的居住》〉（陳書於一九九八年二月由九歌出版社出版）中，引用了一位詩壇前輩說過的話：「有那麼一天，中文系的人寫的詩像外文系寫的，外文系的詩像中文系寫的，我們的新詩才有前途！」說明：「保守與激進、古典與現代、學院與草莽，基本上不是對立的，其中存在著很大的彈性空間，兩極化是一條窮巷，走不通的，而妥協、互補、融合，才是解決問題的不二法門。」

在〈新世代的跨越——讀杜十三的新作《新世界的零件》〉（杜著於一九九八年四月由台明文化公司出版）中，寫道：「從某種意義上說，感覺的條件就是詩人的條件，觀察的才能就是創造的才能，不管你生活在那裡，真實的世界或網路虛擬的世界，總歸都是生活，凡是人就該有屬於自己的生活，但如何針對生活去感受，去領悟和反映，其間就有了表面與內在、一般與特殊、才情與平庸之分，而詩人的局限和困厄，終歸脫離不了那些古老的命題。」

除了談藝術，瘂弦在序與跋中還拿出了一部分篇幅談人生。

在〈為永恆服役——張默的詩與人〉（張默詩選《愛詩》於一九八八年七月由爾雅出版社出版）中，將藝術家分為非理性與理性兩種，並說：「當然，從純粹文學藝術的立場來看，作品才是唯一的標準，但就整體的意義來觀察，我更欣賞後者。以詩人為例，我就覺得應該先做好『人』，才能做好『詩人』，因為詩是人格的呈現，是人類良心的代言人，也是人類靈魂最崇高的象徵。特別是中國，自古以來對詩人的要求，就是人格與風格的統一性；如果人格與風格分裂、甚至背道而馳，總是美中不足。因此，對第一種藝術家，只要親近作品就可以了；至於第二種藝術家，除了欣賞作品，更重要的是親炙他的人，從言談、風采中體會更多的精神美質。所謂如沐春風，只有面對本人才可能產生這種境界；而當人的魅力與作品的魅力交相融匯、印證時，那真是讀者作者之間最美妙的經驗了。」瘂弦熱情地讚揚張默是「詩壇的火車頭」，「也是個熱心的文藝運動者」，「創作與工作就像車的雙輪、鳥的雙翼，是張默文學世界的兩大範疇」……根據筆者的瞭解，張默是當得起這樣的讚譽的。

在〈詩人的歷史感——寫在張默編《臺灣現代詩編目》卷前〉（該書於一九九二年五月由爾雅出版社出版）中，高度評價張默編的《臺灣現代詩編目》，涵蓋的時間從一九四九年到一九九一年，「堪稱時下最具規模、最完整的臺灣現代詩總目」，不僅「具有文學香火傳承的深遠意義」，對讀書界而言，「在知識爆炸的今天，能提供這樣的工具書，可以說是一種功德」。

在〈內斂的光——讀林廣詩小記〉中，強調：「中國歷來有『文無定法』之說，人，才是一切作品的主宰。」「不是法決定人，而是人決定法。」同時指出：「君不見這些年有太多知識分子，自我閹割了獨立思考的能力，大風一吹便東倒西歪，在文化、政治、經濟、社會現實大地震的震央裡奔突流竄，忘掉了文人的本分，模糊了自己的面貌。相比之下，我們不禁佩服不走機會主義的捷徑，不搭流行的順風船，永遠堅持自己的航路，向著預定目標邁進的林廣。這樣的詩人，應該給予最高的肯定！」

在〈新世代的跨越——讀杜十三的新作《新世界的零件》〉中，一針見血地點到：「集體的救贖在時間內開啟也在時間內完成，首先應該拯救的，恐怕還是人類的靈魂。雖然現代主義脫離了與過去的聯貫，後現代去中心，去主題，否定了超越的意義，向歷史回眸似乎也不再流行，但人性與審美，仍然得遵循近似統一的價值和常規。如果誰想脫離媒體去流浪，詩，該是最好的流浪處所；而文學，永遠是心靈大自由、大解放的象徵，它最大的功效，是幫助我們有足夠的勇氣，面對那不熟悉的時刻，那令人思之戰慄的未來。」

在〈以詩為情・以情為詩——龔華作品《花戀》的內涵與向度〉（瘂弦此文二〇〇一年九月發表在《詩學季刊》三十六期）中，談到愛情：「毫無疑問的，偉大的愛情，並不會因為肉體的死亡而終結，它可以直達生命的終極，歸向永恆。可惜現代人的愛情觀太狹隘了，太多的性污染了這張王牌，性愛固然可以製造肉體的歡快，但官能絕對不是愛情的主體與客體。只有把兩性之間的行為放置在整體的人格上去衡量，才有意義。時空重建，也許是人們永遠不可企及的，而愛情和文學，卻可以使生命進入大和諧、大融通。只有在真誠、忠信、互愛的土壤上，才能綻放奇花異卉，散發出智慧的芳香。」

當然，瘂弦的序與跋主要是針對詩人與詩集（或詩作）的，從不同的創作實際出發，概括出不同的藝術特色，是他進行的卓有成效的工作。如：對杜十三，他提出了三點來討論：一、簡潔短小的形式，二、奇特的超現實意象，三、誠摯的人間關懷。張默的詩，瘂弦重點分析了他的音樂性（這個角度，過去比較少人提到）。而梅新，瘂弦認為「他是個『用詩來尋找母親』的人」，梅新聽了非常歡喜，認為是詮釋他作品的一個重要角度，建議瘂弦把這個意念發展成一篇文章。略感遺憾的是這篇文章（梅新希望當成詩集的序言）直到梅新不幸逝世後才寫出來，這便是發表在一九九七年十一月出版的《創世紀》詩刊一百一十二期上的〈用詩尋找母親的人——悼念梅新〉。在〈城市靈魂的居所　序陳家帶詩選《城市的靈魂》〉（該詩選於一九九九年一月由書林出版公司出版）中，瘂弦用都市文學的理念來詮釋陳家帶的詩；在〈漂泊是我的美學——林幸謙生命情結的文學省思〉（林著《詩體的儀式》於一九九九年九月由九歌出版社出版）中，以「散文和詩，既然是作者文學生命的一體呈現，『分了行的抒情』又有其不可言喻的魅力」，稱林幸謙為「遊唱於兩個世界的雙面繆斯」。「一本詩集，不是孤獨之聲而變成混聲合唱，其中一定有特殊的文學因緣在。」這是瘂弦〈湖畔——《四重奏》小引〉（《四重奏》於一九九四年八月由爾雅出版社出版）中的一句話，瘂弦據此將王愷、艾笛、沈臨彬、隱地四人的合集《四重奏》與二十年代潘漠華、馮雪峰、應修人、汪靜之的合集《湖畔》，三十年代何其芳、李廣田、卞之琳的合集《漢園集》加以類比、並提，因為王愷等四人：「他們的故事『流傳』在另一所校園，另一個湖邊。」對此四人詩風相異之處，瘂弦一一作了分析。有比較，才有鑑別，在〈天空・大地・河流——讀楊平、馮杰、田原三家詩小引〉（楊、馮、田三人合著《三地交響》於一九九六年八月由詩之華出版社出版）中，瘂弦寫道：「本書的三位詩人，都來自黃河兩岸，楊平是新鄉，馮杰屬滑縣，而田原則是郾城人。他們年紀相若，在寫作上正值文學創作的鼎盛期，有共同的趣味和夢想，基於一種以文會友的真誠，和彼此間藝術的強烈吸引力，這三個『河南娃兒』拿出他們的代表作，來一次兩岸三地的交響，可說是難得的『夢幻組合』。」通過比較，瘂弦指出：「楊平的作品激楚蒼涼、變化多端，好像家鄉的天空；馮杰的作品質樸純厚、視野開闊，恰似中原的大地；田原的作品清俊縱逸、自然真切，一如故園穿過麥田潺潺的溪流，雖是不同的詩心不同的風格，但流露在他們作品的韻外之致言外之意，卻是對於河南這塊熱土的至情與至愛！」在〈詩路獨行——莊因詩集《過客》讀後〉中，對莊因詩藝特色的分析也採取了比較法，但不是與年齡相近者的比較：「在文學的氣質上，氛圍上，他的散文，雋永機趣，接近周作人；他的詩，恬淡自適，使人想到陶淵明。」為了突出詩的印象，瘂弦還特別指出：「他很像新月晚期的詩人卞之琳，二人的詩同樣是浮想聯翩，性情充盈，曲味曲包，弦外有音，但思維的路徑卻不相同，卞之琳的詩重視彈力結構，其中的隱喻和象徵，多少受了西方現代主義思潮的影響，莊因則完全遵循中國『詩家語』的特色，以平實、傳統的形式展示生命的深層經驗，達到境生象外的藝術效果。不過二人作詩、為人的風神極為類似，都不是飛揚蹈厲、壯言慷慨一型，而是純以個人感思為中心，含蓄地呈現生命的沉實和溫厚。這種作品在藝術的社會功效上雖然比較間接，但個人情志永遠是一切藝術文學的核心，也更接近中國傳統文人的襟抱和精神，至於所謂個人情志能否與大眾情志合而為一，那是作品完成後附加的後設意義了。」對莊因詩集的不足，瘂弦也不迴避。他認為：「這一次，可能是因為平日少寫，在表達技術上有些小地方難免生澀，又因為集中好多首詩為遷就配圖，限制了想像的飛翔。下一次、下一本詩集，希望詩路獨行的莊因，能登向絕頂，唱起趙參詠鷹的名句：眼底不棲障礙處，摩空偏喜大江橫！」

瘂弦的序與跋，就是這樣思理獨到、文采斐然，又切合實際、樸素大方，富有一種親和力。

第四章

詩意地棲居在這大地上

——瘂弦的詩生活

荷爾德林的詩句，海德格爾的思想

「……詩意地棲居在這大地上。」是荷爾德林的詩句，海德格爾把這句詩掛在嘴邊，不斷地提到它，並將它抬高到了一個特別高的地位。實際上，已成為海德格爾自己的思想。

弗里德里希・荷爾德林（Friedrich Holderlin, 1770~1843），是德國哲學詩人。他在地球上逗留的時間，有一半是在精神病狀態下度過的，罹病之因是對現實社會的極度失望，為藝術長期浸泡的心靈和神經十分敏感，以及不幸的愛情遭遇❶。儘管他深刻地預感到現代人的處境和現代人應該趨往的未來，以自己的詩作表現了人的異化和無家可歸感，提出了「還鄉」的重大命題，但在生前並不為當世人所理解，一生潦倒，默默無聞。直到二十世紀初，狄爾泰以及新浪漫派詩群（蓋奧爾格、里爾克、特拉克爾）重新發現了他，荷爾德林才與陀斯妥也夫斯基（瘂弦〈鹽〉中譯作退斯妥也夫斯基）、克爾凱戈爾、尼采並稱為四顆耀眼的明星（作為文學界與思想界的泰斗）閃爍在第一次世界大戰爆發前的那些日子。海德格爾對荷爾德林的推崇更是不遺餘力，他認為荷詩是「沒有廟宇的祭壇」，是「一口懸掛在露天裡的音調和諧的鐘」，儘管迄今為止人們對它作了很多闡釋，但今天我們卻沒有一個人知道這些詩是什麼，以及它們真正意味著什麼。對海德格爾來說，荷爾德林是一位詩人，但卻不是過去的詩人，而是現在甚至將來的詩人。在所有那些早已過去或新近剛剛過去的偉

❶荷爾德林在法蘭克福銀行家貢塔特家當家庭教師期間，與年輕的女主人蘇賽特相愛，因而被解雇，離開德國去了法國。後來他所愛的人死去，他聞訊回國，因極度悲傷，精神漸不正常。

大詩人如荷馬和索福克勒斯、維吉爾和但丁、莎士比亞、歌德和里爾克等人之上，荷爾德林是一位作為哲學家的海德格爾長期思考的詩人。他們兩個在「相隔很遠的兩座山上彼此接近」，一座山是思想家，其使命是言說「存在」，另一座山是詩人，其使命是命名「神聖」。對於人類的思想史，二者具有同等重要的意義。

海德格爾是在一九二七年他三十八歲時發表《存在與時間》的，此書後來成為當代西方哲學的經典性著作，也奠定了他作為存在主義創始人之一的基礎。發表時他特別標明為第一部，但當世人以景仰的眼光、焦急的心情等待其續篇時，海德格爾卻在弗賴堡大學的講臺上大講特講荷爾德林的作品，後來又以同樣的方式研究奧地利的特拉克爾和里爾克的詩作，並在一九五三年公開宣布不再續寫《存在與時間》的第二部了，從此進入了詩的領域，將哲學與詩學合而為一，這是一種非常罕見的現象，也是很有意味的。英國劍橋大學哲學教授沃納・布拉克認為：「在雅斯貝斯與海德格爾形成他們哲學觀的途中，是克爾凱戈爾激發和堅定了他們的信念和主張，而荷爾德林則在海德格爾之達到自己的思想領域中起著同樣的作用。」❷中國學者王先霈指出：「海德格爾的詩學就是他的哲學，反過來說也一樣，海德格爾的哲學就是他的詩學。海德格爾把自己叫做『途中的』思想家，他在不斷地向前探索。他所期待的哲學，不是幾百年來那種形態的哲學；他所期待的美學，也不是幾百年來那種形態的美學。他甚至認為不要再用『哲學』、『美學』的名稱。他所要做的是一種『與詩一般的反思』，這種詩化的哲學能夠給我們的哲學研究和美學研究很大的啟發。」❸以上二人的見解，都是對海德格爾現象的探討與詮釋，有助於我們進一步的思考與研究。

---

❷ 沃納・布拉克〈海德格爾論荷爾德林〉，轉引自《海德格爾詩學文集》（武漢・華中師範大學出版社一九九二年十一月第一版）第三三一～三三二頁。

❸ 引自《海德格爾詩學文集》「寫在前面」（武漢・華中師範大學出版社一九九二年十一月第一版）第二～三頁。

「……詩意地棲居在這大地上。」這個短語取自荷爾德林晚期的一首詩，該詩以「教堂的尖塔映襯著藍天」開始，在二十四行到三十八行之間推出了這個警句：

假如生活是十足的辛勞，人可否
抬望眼，仰天而問：我甘願這樣？
當然。只要善——這純真者
仍與他的心同在，他就樂意
按照神性來測度自身。
難道神乃子虛烏有、不可證知？
抑或他顯露自身，有如天穹？
我寧可相信後者。神乃人之尺度。
人建功立業，但他詩意地
棲居在這大地上。如果可以，我要說，
那被稱做神之形象的人，較之
夜的充滿星輝的夜色，更為純真。
大地上可還有一種尺度？
絕無。

海德格爾是怎樣解釋並作創造性地發揮的呢？現將他一九五一年十月六日所作的一篇講演❹中的有關文字摘錄如下：

「荷爾德林談到棲居的時候，他眼前浮現的是人的生存的基本性質。而且，他還通過『詩意』與這種本質性的棲居的聯繫看出這種『詩意』，這樣理解的詩意才是本質性的。」

「『人詩意地棲居』這個短語毋寧是說：詩最先使棲居成為棲居。詩是那種真正使我們棲居的東西。但我們是通過什麼而獲得一處居所的呢？通過築造。詩的創造——它使我們得以棲居——就是一種築造。」

「但是，當荷爾德林大膽地說出凡人的棲居是詩意的時，這一命題（一當它被提出）便造成這樣的印象：彷彿『詩意的』棲居使人遠離大地。因為『詩意的』——當其被作為詩來看待時——被認為屬於幻想的王國。詩意的棲居成了高翔在現實之上的幻想。詩人擔心出現這樣的誤解，特意指出：詩意的棲居是一種『在這大地上』的棲居。荷爾德林的這一指明不僅使『詩意的』一詞免受可能的誤解，而且還通過加上『在這大地上』這幾個字而特別指出了詩的性質。詩並不高翔在大地之上以便逃避它、在它上面盤旋。詩是那最初把人帶到大地、使它屬此大地並因此而把它帶入棲居的東西。」

「『人按照神性來測度自身。』神性是尺度，人用它來計量出他的棲居，計量出他在天空之下、大地之上的逗留。只有人以這種方式來衡量他的棲居時，他才能與他的本質相遇合。人的棲居建立在一種對於這個『維』的翹望、計量之上，天空和大地皆屬於這個『維』。」

「這種計量不僅僅採取大地的尺度，與此相應，它也決不僅僅是幾何學的，它也很少為自身度量天空。

❹ 該講演以〈……人詩意地棲居……〉為題，收入《海德格爾詩學文集》（武漢・華中師範大學出版社一九九二年十一月第一版）第一九一頁至第二〇八頁。

度量行為絕非科學。它測量『之間』，這『之間』把天空和大地這兩者帶到相互之中。這種度量有它自身的尺度(metron)，並因此而有自身的標準。」

「詩大概是一種高級和特殊的量度。但還不止這些。也許我們在讀『詩是一種量度』這個句子時必須改變強調的重心：『詩是一種量度。』在詩中，發生著使一切量度獲得它們存在地基的活動。因此，有必要去留意基本的量度活動。這個基本的量度活動存在於人最初對尺度的採納，其後，這最初被採納的尺度才被用於每一量度行為。在詩中，出現了對尺度的採納。寫詩乃是採納尺度(按這個詞的嚴格意義來理解)，憑此活動，人首次獲得可供計量他存在之廣度的尺度。人是作為終有一死的凡人而生存的。他被叫做必死者，是因為他能死。能死的意思是：他有把死作為死而死去的能力。只有人才能死——只要人逗留在這大地上，只要人棲居著，他就會死——並且的確要繼續死下去。儘管如此，他的棲居仍安駐在詩意中。荷爾德林在人們對尺度的採納中看到了『詩意的』本質，靠此『詩意的』本質，人對尺度的採納完成了。」

「只有在詩人採取上述尺度的情況下(即通過如下方式來言說天空的景象：他服從於天空的顯象以便服從於不可知的神已『讓渡給』的那種陌生的東西)，他才製作詩。我們用以稱呼某物的景象和顯象的流行術語是『意象』(image)。……這種本真的意象使不可見者被看到並因此想像這不可見者存在於對它來說是陌生的某種東西之中。」

「人棲居在他所築造的東西之中，這個命題現在已被給出了它的確切含義。人並不僅僅棲居在大地之上、天空之下、靠培養植物與修建房屋而居留。人要具有這種築造的能力，這只有當他已經(在對尺度作詩意的採納的意義上)築造的時候才有可能。只是有了詩人，有了為築造即棲居的構建而進行度量的詩人，本真的築造才得以出現。」

「只要善的這種到達（筆者注：上段解釋『只要善——這純真者仍與他的心同在……』：『這也就是說，善已達到了人的棲居性存在的地步，這種到達是心靈對尺度的要求和呼籲，到達的方式是心靈轉而注意尺度。』）得以持續下去，人就能成功地做到樂意地按照神性來量度自己。當這種量度恰當出現時，人就根據詩意之本質來創造詩。而當這種詩意恰當出現時，於是人就人性地棲居在他的大地上。於是——正如荷爾德林在其最後一首詩中所說的——『人的生活』就是一種『棲居性的生活』。」

海德格爾的著作舉世公認難譯難解，它既有黑格爾式的形而上學語言風格，又有表現主義詩歌的語言氣質，有時又深奧、玄秘得像神諭，這與他竭力要摧毀傳統思維、另闢蹊徑地論述有關，更與他從顯現的東西到隱蔽的東西的追問、將在場與不在場聯繫在一起有關，只要轉換思路，是不難理解的。

下面的順序，大致可以體現海德格爾的思想：

一、棲居是人的生存的基本性質。

二、人棲居在他所築造的東西之中。這「築造」包括培養植物（衣、食）、修建房屋（住），還有詩的創造。

三、詩最先使棲居成為棲居。詩是那種真正使我們棲居的東西。人需要衣、食、住，但更需要詩。

四、詩是一種量度，人用它來衡量自己在天空之下、大地之上的逗留。因為人終有一死，這逗留是短暫的、不可取代也無法重複的，就更應該是詩意的。

五、詩意的棲居不是高翔在現實之上的幻想，而是在這大地上的棲居。它測量「之間」，把天空和大地這兩者帶到相互之中，是天、地、人、神的融合。

六、詩人在天與地「之間」的飛翔，說明詩人所達到的澄明之境具有既功利而又超功利的性質，人既要「建功立業」更要「詩意地棲居」，而且只有後者才給人以「還鄉」與「歸家」之感。

七、人與神的會合在語言，而語言的本質在海德格爾看來，是詩意的語言，由「遮蔽」與「去蔽」、「在場」與「不在場」的張力構成。好詩的語言總是由「此」指向「彼」，總是超越「在場」而指向「不在場」。

八、人性對神性的趨近在於「善」，海德格爾將「善」「美」「真」並提，最好、最完美、最純真的人性也就是神性，並激烈抨擊損傷人性的現代技術理性。這樣，詩意、審美意識就不是一個與存在論並列的美學問題，而是屬於存在論的問題，且是存在論的高峰。

總之，「……詩意地棲居在這大地上。」是一種詩化哲學，它使在場的與不在場的、顯現的與隱蔽的、過去的與今天的互相溝通、互相融合，不僅改變了我們的思維方式和生活態度，也美麗了我們的生命色彩和歷史進程。

瘂弦給「詩人」的命名

對荷爾德林的詩句，海德格爾的思想，瘂弦是深切認同的，儘管他未對此發表過直接的評述文字——起碼在筆者的閱讀範圍迄今尚未看到——但他給「詩人」的命名，卻是最好的證明。該命名，見於〈一日詩人，一世詩人——我的終身學習歷程〉❶一文之第一部分「詩人的界域」：

詩人有兩種，一為廣義的詩人，另一種則為狹義的。廣義的詩人就是不寫詩，只讀詩，更重要的是生活非常有詩意的人；不是寫一首詩，而是把一首詩當日子過的人；是過一首詩的人，不是寫一首詩的人。凡是對於風吹水流、花落花謝都有感受，對於季節的變化、人事的變遷，各種滄桑之感、喜怒哀樂都非常敏感，對人生很認真的那些人，都是廣義的詩人。另一種詩人就是狹義的詩人，也就是寫詩的詩人。有人開玩笑說，其實寫詩的詩人可能是最沒有詩意的一種人。要做一個狹義的詩人必須先做一個廣義的詩人，以這個廣義的詩人打底作基礎，然後才能去做一個狹義的詩人。

瘂弦將狹義的詩人稱為「任務沉重的寫詩人」，將廣義的詩人叫作「生活詩意的讀詩人」。認為：「做一個狹義的詩人是不容易的。尤其中國給詩人的要求或者歷史任務特別沉重。在中國傳統的觀念裡，對於

---

❶ 該文收入泰山文化基金會企劃的《生活處處是學習》一書（臺中・晨星出版有限公司二〇〇一年四月初版）。

寫小說的，甚至散文家都沒有像對詩人一樣被看得那麼重；詩魂可以和國魂並稱，一個國家詩運最衰弱的時候，往往也是國運最衰微的時候，所以把詩魂和國魂連在一起。詩人被特別看重的情形，在西方比較沒有，在西方各種文類是平起平坐的。中國稱『詩人』，詩下面一個人字，是說最好的人才能寫詩，先做好了人，才能做詩人，所以沒有人稱小說人，也沒有稱散文人；中國傳統的文學裡，只有詩下面有人的『詩人』之稱，因此詩人所背負的歷史任務特別沉重，他要去中興鼓吹，要像屈原一樣形容枯槁，行吟澤畔，做個詩人是很不快樂的。」「但是，做一個廣義的詩人卻是非常快樂的，因為沒有什麼精神壓力，可以盡情享受詩人所寫的詩。做一個廣義的詩人，是每一個人都應該擁有的美感生活。我不鼓勵人人都滿面愁容地去寫詩，但我希望有更多快樂的讀詩人。」瘂弦還談到「詩非常短小，詩的閱讀很適合現代生活的節奏」；「詩有一個好處，就是每一次讀都會產生新的感受……可以一讀再讀，可以百讀不厭……所以詩有一種再生、令人陶醉再三的魅力」。在將此二種詩人作了比較後，瘂弦以「一日為詩，終生不渝」為題，繼續寫道：

> 不管是做一個廣義的詩人，或是狹義的詩人也好，只要對詩這東西觸動了興趣，大概就是一輩子的事情，再也不會改變對詩的興趣了。寫詩的人即使多少年都不再寫東西了，可是他的詩心仍未死，提到詩還是認為這是最莊嚴的事情，不是說不認真所以不寫了，而是太認真不敢再寫了！詩人對於詩的情感總是這麼慎重！所以對於詩的愛好，除非你沒有接觸、沒有深入，深入以後大概終其一生都不會改變對詩的重視，而且會把詩放在第一位，其他的文類都是居於次要地位。

讀到這裡，我忽然想到：這不是瘂弦的自況又是什麼呢？瘂弦以詩起步，並一舉達到輝煌，風靡文壇，在海內外引起強烈反響，正當如日中天的全盛期，卻戛然而止，停筆不寫了。這一停就是三十七、八年，讓愛詩之人望穿秋水，喊啞嗓門，深以一座火山的休眠為憾。在本書第一章的結尾，筆者也以急切的心情呼喚，「熔岩在地下奔突，烈焰在尋找出路」，希望瘂弦執筆寫詩，「給人以新的驚喜」！現在看來，未免太著相了。其實，瘂弦始終在寫詩，三十七、八年前是作為一個狹義的詩人，在稿紙上寫分行的現代詩；近三十七、八年中是作為一個廣義的詩人，在大地上寫不分行的詩生活，何況他還發表了那麼多優質高品位的詩論，稱他為一個純粹的詩人，誰曰不宜？

正因為如此，瘂弦在這篇文章的第六部分也就是最後的一部分激情地寫道：

一日詩人，一世詩人，寫詩愛詩都是詩人一輩子的事，詩是很不容易戒掉的癮，而是一種癖性，一種毛病。喜歡上詩，就不容易拋掉它！即使多少年沒有寫詩的詩人，提到詩還是眉飛色舞的。所以詩的魅力是非常大的。詩人是一輩子的詩人，詩人的努力是一輩子的努力，詩人的最高完成也就是詩的完成。

海德格爾不是說「詩人的使命是命名『神聖』」嗎？瘂弦給「詩人」的命名就體現了這一精神。瘂弦關於「詩人」、「詩意」、「詩」的一系列論述，是符合「……詩意地棲居在這大地上。」荷爾德林的詩句，海德格爾的思想的。只不過瘂弦講得更通俗易懂、更適合中國國情罷了。

瘂弦給「詩人」的命名，固然是從詩的特性出發，也是基於對世界潮流的分析。

早在一九八五年一月的《聯合文學》第三期發表的〈逆流而進——《聯合文學》的信念與期待〉中，瘂弦就作出了這樣的分析。該文首先介紹了大眾傳播怪傑麥克魯漢與美國著名社會學家托佛勒的觀點。前者提出「技術演變決定歷史發展」，「媒介就是信息」等理論，認為真正對人類文化思想產生決定性影響的，不是媒介所傳達的訊息，而是媒介本身；新的媒介帶來新的反應方式，也創造了新的文化環境……故而他預言「印刷人」將因電子時代的來臨而結束，書籍已是落伍而陳舊的媒介，文字將壽終正寢。後者以《未來的衝擊》（一九七〇年）、《第三波》（一九八〇年）二書震撼了知識界，其言論風行全球。他認為歷史是不斷前進的長河，其流速將愈來愈快，資訊時代大量湧現的新工具將徹底改變這個世界。而信息化、電腦化、智能化的「第三波」新文明發展結果，人類的問題和矛盾會更激烈、更尖銳，終將導致舊式社會結構、智能環境與思想方式的崩潰。從同步化到多樣化，從集中化到分散化，從好大狂到「大中有小才美」，人類將探險向一個新的未知。接著，瘂弦發表了自己的看法：「從麥克魯漢到托佛勒，這些『杞憂派』學者對未來生活的判斷，自有其客觀的根據和部分的真理，但難免也有觀點與角度上的局限，甚至有危言聳聽的眩惑成分在內。」他對此二人分別提出了批評，指出麥克魯漢所說的媒介影響，主要在人類的感官，其心理學的認知是極為狹隘的，麥氏的學說並非觀察，也非實證，僅僅是提出一個社會現象，一種試探而已；而托佛勒所揭示的新智能環境（人工化的電腦和信息的新工具），雖然對人類有震撼，但無法改變我們大腦的物質組織和化學性質，在生物學或遺傳工程的意義上，人永遠是人，只要是人就不會改變對心靈生活的追求，這乃是人性的本然，而精神活動的歷史更是萬古常新的……因此，具有悠久而光輝的人類精神文明歷史永遠不會結束，人類的故事不過剛剛開始。在此基礎上，瘂弦進一步論述道：

科技雖為人類帶來高度的理性化，光彩眩目的物質生活，卻也造成精神虛脫和意義危機，使現代人的生活金玉其外，敗絮其中，活似T・S・艾略特(T. S. Eliot)筆下的〈空洞的人〉；除了把電腦當真神頂禮膜拜以外，人類不知身在何處、無所適從。吾人要想把科技的枷鎖掙脫，必須要透過哲學的反省、批判和轉化，在冰冷的科技理論模式裡注入哲學的溫熱，重建一個有意義的人文世界，在科技與人文兩者之間，找出平衡的融合基點。

我們不迷信文字已壽終正寢的遙遠預言，也不畏懼「第三波」的科技震撼，有中國傳統文化做我們的後盾，我們敢於「逆流」而進，我們有信心解除科技的羈絆，像西方文藝復興時代那樣，把文學、藝術等文化活動，提升至學術的層次，落實到實際生活。我們深信，工商業社會的工商人也應該有自己的浪漫和夢想，一首詩、一篇小說，也可以使電腦和計算機旁的生活充滿水分和花朵。

文末，瘂弦明確地提出對當前科技經濟高度發展給社會帶來負面影響的隱憂，而文學的功能正是化除這一負面影響的有效途徑。呼籲舒解久被物質主義束縛的心靈，昇華科技過分膨脹所帶來的焦慮，使我們的感官與意識在激情和喧囂中重歸寧謐靜美；透過文學藝術的方式，使整個社會成為「優雅又雄渾、進取又穩重、浪漫又理性的多元化」社會。

在一九八五年十一月《聯合文學》第十三期刊載的〈媒介傳輸——談《聯合文學》在工商社會中扮演的角色〉中，瘂弦對「由於科技新媒介快速膨脹所帶來的文化危機，在臺灣有日益嚴重的趨勢」，再度表示關切：「錄影機快速成長，非法的、思想意識怪誕、不健康的錄影帶已形成一種病態的『地下文化』。這種『文化』，正強烈影響著人們的生活觀、道德觀和價值觀。帶大我們孩子的不是孩子的父母，而是一部電視機；主宰我們思想領域的不是錢穆和牟宗三，而是滿街都是的翻版錄影帶。」他提醒人們注意：「不要只洋洋自得於現代科技的成果，而須能體察價值外在化的危險；不要把『效益』看作價值取捨的唯一標準，所謂『心為物役、心為形役』，這是最嚴重的『心癌』，必須以文學藝術的美來加以治療。工商業時代也應該有工商業時代的文化，但這文化，必不是向工商業現實低頭的文化，不是工商業的奴婢，而是工商業的再提升、再創造。文化的需要不是現實的，它應該是觀念的推陳出新，一種理想的表現。文學的需要也不是現實的，它應該是工商人的浪漫、工商人的夢、工商人的心靈歷史，或工商人心靈受傷、再造的歷史。」因此，瘂弦稱：「文學是工商社會的一帖藥，可以作已淪為賺錢的現代人的灌頂醍醐。文學代表人類的終極關懷，為冰冷的工商業社會注入一股暖意；而文學的抒情性、戲劇性與形象性，正可精確地傳達並批判多元化社會的林林總總，為誤航的現代人提出諍言，吹起警號，提醒人們去重認人性的真理，拋卻工商社會普遍所謂的『富裕的苦悶』，對失落的精神進行修補。」

在一九八六年十一月《聯合文學》第二十五期〈與文學同行——《聯合文學》的四個信念〉一文中，瘂弦認為：「早年被貶抑最多的儒家文化，仍然可以為中國的現代化提供最厚實的倫理基石。儒家對人性的認識，對高速度的工商社會，仍有回應的能力。儒家對道德的思辨與天人合一的哲學理念，內涵廣博豐富，也可以衍發出新的生命、新的意義。」不過，他所謂的儒家文化，是指以儒家為首的中國傳統文化（孔、孟、老、莊等）。筆者以為，還是分開來論述為好，按照建立新文化體系的需要，分別作出現代性的詮釋，以尋求屬於我們自己的美學與文學。

在文學中，瘂弦更重視詩與詩教，這是他堅持數十年一貫的態度與作風。二〇〇〇年，在〈答《揚子江詩刊》問〉（見該刊二〇〇〇年三～四期）中，瘂弦如是說：

……不久前我遇見一位大陸來的作家，他以「五胡亂華」四個字來形容近年中國詩壇的現狀，對於「隨便一個什麼人都在寫詩」表示不以為然，他認為今天詩的殿堂有太多的「閑雜人等」，詩人的桂冠早已被恣意踐踏，他擔心詩這神聖的行業會愈來愈沉淪。對於這樣高蹈的論調，我是無法苟同的。我一向秉持「全民詩歌」的理念，認為寫詩不是詩人的專利，人人都有可能成為詩人，讀詩、寫詩的人愈多愈好，對於詩界，任何人都在被歡迎之列，即使對一些附庸風雅者也不要拒絕（附庸風雅久了，總有一天會弄假成真）。為了增加詩歌人口，亂一點是絕對沒有關係的，亂是創造輝煌的另一種條件，亂是發展茁壯的必經過程，亂甚至可以看作一個文學盛世來臨前的預兆。基於這樣的觀點，我認為中國詩壇前景是樂觀的。

在回答「您認為寫詩距生活近一點好還是遠一點好？」瘂弦寫道：

詩的生活，生活的詩，二者是一體兩面、互為因果的。有人說詩人即真人（認真生活的人），生活的深度就是詩的深度，有怎樣的生活就有怎樣的詩。所謂江郎才盡，不是江郎的才盡了，而是江郎的生活盡了。

由此可見瘂弦對詩生活的重視，儘管他未從哲學的高度考察詩與存在的關係，也未涉及「神性」、「尺度」、「維」、「讓渡給」等名詞，但他提出了「詩是一種生活的方式」，「詩人的詩的生活，應是他的精神生活、人格生活的呈現，不是只在寫詩的時候才作詩人，而是每一分鐘都體現出詩的本質和生活風貌」，並主張「我們每一個人都應該寫一寫詩」，「過一種廣義的『詩的生活』」❷……可以說深得海德格爾思想的三昧，只是少了一些玄秘性，多了幾分親和感，不是遙不可及，而是切實可行，瘂弦以身實驗，率先垂範，為我們做出了榜樣。

❷ 此段引用的文字均取自〈一日詩人，一世詩人——我的終身學習歷程〉一文。

文人與異行

在介紹瘂弦的詩生活之前，有必要先介紹一下他的一篇文章〈文人與異行〉。這是他為老友沙牧詩集《死不透的歌》所作的序，該詩集於一九八六年九月由臺北爾雅出版社出版。

少年時候，讀羅曼羅蘭《巨人三傳》，對其中一個故事印象很深，大意是說哥德與貝多芬有一次結伴而行，突然前面車馬喧騰、行人肅靜，原來是奧國皇后車隊通過；這時，只見道旁眾人紛紛向貴族鞠躬致敬，哥德亦然，行禮如儀，貝多芬卻理都不理，穿著大披風，昂首而過。當時看了這則軼事，很佩服貝多芬，對哥德則有幾分不屑。成年以後，讀了一些哥德作品，尤其是《浮士德》，哥德的形象才偉岸起來，也才明白了哥德平易性格中崇高的一面。原來，文人、藝術家對待社會的方式本有兩種，一種承認社會的現狀，處之以和諧的態度；另外則帶有排拒、抗議的色彩。舉例來說，張大千可說是哥德型，齊白石便屬貝多芬型。這兩種傾向，是因為個人的氣質與成長過程的不同而造成的，並不意味著狂狷便高、隨和則下的價值判斷在內。但是，從唯美的角度來看，自然是貝多芬與齊白石較富詩意，也浪漫得多，每一個從充滿反叛色彩的青澀年代走過來的人，都能瞭解、欣賞這些具有狂狷精神的藝術家。更何況，當你看見文藝復興三傑之一的拉斐爾帶著一隻大龍蝦在街上走，而後面跟著一群美少年的情景；當你看見王爾德戴了滿手戒指，打著大領結，黑衣服上別著綠色康乃馨的神情；當你想像英國詩人戴蘭湯姆斯喝醉了酒，在雨中踉蹌而行的心情……那樣的氣氛，那樣超現實、帶著點頹廢、虛無的一面，誰不心動呢？

在中國，我對途窮而哭的阮籍；對那性嗜酒，常攜酒出遊、使人荷鍤隨之，說「死便埋我」的劉伶；異言異行的揚州八怪；還有炎夏浸泡水缸中講學、學生圍缸而聽課的辜鴻銘，都感到興味十足，也覺得這種感情對我並不陌生。更有意思的是民國初年的白話詩人徐玉諾，他是作家王荻的老師，也有很多旁人覺得奇怪的行為。有一天，他送朋友出門，沒想到談得興起、投合，就這麼長亭短亭的一送再送，送了兩年（一說三年）才回來，家人根本不知道他到了哪裡。還有一次，他在淮陽師範教書，突然非常想念家裡的毛驢，念念不忘，連書都教不下去，但又抽不出時間回去，只好寫信回家，讓家裡人把那頭毛驢帶到幾百里外的淮陽來給他看。像這樣的事，也許有些人未必同意，但我始終對這種「奇特」的思想、行徑抱持一分欣賞的態度，自認也瞭解這種怪異表象背後的情感。

以上文字是該文章的前兩段。文人因其專業的特殊、目標的神聖、長時間的浸淫、全身心的投入、精氣神的過分專注，往往有一些不同於常人的「異言異行」，這是可以理解的，不足為怪的。重要的是要透過表象看到實質，全面感受、合理認識其思想境界、創造精神與人格力量。唯此，也才會對那些反常的言行，投之以審美的眼光，持之以欣賞的態度。

在另一篇文章〈天籟——小論周腓力散文的敘述風格〉中，瘂弦也談到了這個問題。該文收入周腓力散文集《幽自己一默》內，該散文集於一九八九年一月由九歌出版社出版。

文人通常有兩類。一類是狂放型的：如屈原，以香草美人自況，對世人時事所呈現的「世溷濁而不分兮，好蔽美而嫉妬」的現象批判不已，而有「舉世皆濁我獨清，眾人皆醉我獨醒」的感嘆，可以說是高潔的狂放；如李白，有「我本楚狂人，鳳歌笑孔丘」的曠達，也有「長風破浪會有時，直掛雲帆濟滄海」的雄豪，可以說是瀟灑的狂放。對於這類「振衣千仞崗，濯足萬里流」、自我意識非常濃厚的作家，我們總是又欽佩又喜歡，因為他們的作品在茫茫的紅塵中有一種提升的力量，教人心生嚮往。

另外一類文人是謙沖型的，他採取低一點的姿態，以幽默自嘲的方式來表達他的看法與情感。如金聖歎，讀他的三十三個「不亦快哉」，如聽老友恣意暢談，其中有「還債畢，不亦快哉」的自嘲，也有「朝眠初覺，似聞家人嘆息之聲，言某人夜來已死。急呼而訊之，正是一城中第一絕有心計之人。不亦快哉」的嘲人。對於這類作家，我們通常覺得又親切又喜歡，因為幽默風趣彷彿天籟，為苦悶的塵世帶來許多人生的趣味。

在現代文學裡，也找得到狂放與謙沖的例子。前者如詩人紀弦，詩作〈狼〉中，自比為原野上的一匹狼，當他行過，其他動物都驚走四散，而他一聲長嗥，大地為之發抖；另一首詩說他散步時，拐杖擊地，咚咚作響，連地球另一邊的人都能感知他的存在。後者則以林語堂、梁實秋為高手：林語堂提倡幽默，以身作則，不遺餘力；梁實秋則以「雅舍小品」為幽默散文立下典型。另外如周作人，筆下雋永，也有散淡的情趣。

在文學廣闊的原野中，無論是狂放或謙沖，只要狂放得不傲慢、不自我膨脹，謙沖得不矯情、不油腔滑調，都各有其美，可以把文學的原野妝點得更豐美多變。因此這兩種文學型態都教人欣賞。

……

以上文字是該文章的前四段。其對文人的分類與前一篇文章的分類大體是相同的：貝多芬、齊白石型近於狂放型，與屈原、李白、紀弦同類；哥德、張大千型屬謙沖型，與金聖歎、林語堂、梁實秋、周作人同類……他們都是名士，真名士者自風流，儘管表現形式不一，但都各有其美，把文學藝術的原野妝點得豐美多姿。

瘂弦有無異行？作為文人、名士，他應該歸在哪一類呢？

無名氏（卜乃夫）認為：在臺灣文壇，瘂弦應算作一個奇人。奇者有三：一本詩集傳青史；不只是一流詩人，還是一流甚至超一流的副刊主編、雜誌主編，他辦的副刊堪稱有史以來最佳；創作難，批評不易，瘂弦的詩論是傑出的，他又是一流的批評家。

周夢蝶對瘂弦的評價，見於劉永毅著《周夢蝶．詩壇苦行僧》一書（時報出版公司一九九八年五月版）。周說：「瘂弦是才子，也是英雄，而且是成功的，喜劇的。」瘂弦的成功，除了展現在詩藝術方面之外，兼擴展到生活，特別是待人接物的藝術。成功不是從天上掉下來的，至少與下列特質有關：一、苦讀，二、深思，三、愛朋友，四、能知人，能下人，能用人等等。

該書還在「不驕不吝談瘂弦」的標題下，這樣寫道：

瘂弦跟周夢蝶一樣，是農家子弟，當過兵，逃過難，什麼苦都吃過。當他生活一度瀕臨絕境的時候，曾經有人及時伸出援手（好像是朱橋），瘂弦對此事，終身銘感，念念不忘。甚至當眾罵他「厚著臉皮佔地球的一部分」的詩友沙牧過世後，他也為文悼念，單單因為那人西裝口袋裡的通訊錄上，他（王慶麟）的名字赫然居第一位。

瘂弦自己是才子，是英雄。惺惺相惜。凡人有片長可採，一文一詩足稱，他都一一懸記於心，喧騰於口，在力之所及，必廣為揄揚、汲引，量才擢用，宛如鳳雛龐士元當年。而更難能可貴的是：他從不以此居高，傲睨於人。《論語》有云：「如有周公之才之美，使驕且吝，其餘亦不足觀也。」

孔老夫子曾盛嘆「才難」。人而有周公之才之美，已屬不可多得，而能不驕不吝，縱目斯世，殆於麟角鳳毛，萬難一遇焉。

鄭愁予一般不輕易許人，在林耀德〈河中之川──與鄭愁予對話〉（一九九八年九月發表於《臺北評論》創刊號）中，他稱讚道：「瘂弦性靈內蘊，人情為表，這是為什麼他在藝術觀上能涵容川中各流，他對人溫雅，其實是他延伸藝術賞鑑力的自然表徵，因為他沒有所謂的『潛襪心理』(complex)，所以處世落落大方。」

從上面三位名人對瘂弦的評價，不難看出：瘂弦也有異行，他應該歸在謙沖型一類。

請看下列實例──

「《創世紀》鐵三角蒙難日」

一九五九年七月，洛夫被派往金門任新聞聯絡官。出發前夕，瘂弦和張默在左營小街一家酒店裡為他餞行。時值午夜，三人都有些醉意，於是相偕到海軍軍區忠烈將士紀念塔前聊天。不知是誰出了個餿主意：「看誰先爬上那座紀念碑的頂端！」該紀念碑高約兩丈，要在白天他們是不敢去冒這個險的。此刻，一聲吆哨，三人都乘著酒興，拔足飛登，最先爬上碑頂的竟是第二天要上前線的洛夫！緊接著，瘂弦、張默也爬上來了……整個軍區悄無聲息，只有他們在肆無忌憚地大聲談笑。洛夫還以平劇黑頭的嗓門唱道：「風蕭蕭兮易水寒……」另二人則在旁助興喝采。正在得意忘形之際，一隊巡邏憲兵偃伏而至，不問青紅皂白把他們三人抓到警衛室囚禁了一夜。事後才知道，紀念碑前的一只大香爐失竊，憲兵誤以為他們是結夥的小偷。瘂弦戲稱這一天是「《創世紀》鐵三角蒙難日」。

參與轟動一時的「裸泳事件」

一九六三年八月，洛夫的長女莫非生日，瘂弦邀集商禽、辛鬱、楚戈、韓國詩人許世旭等前往平溪慶賀。除洛夫而外，這批詩人都未結婚，甚至還沒有情投意合的女友。午飯後，洛夫帶領眾人到附近一個人跡罕至的水潭裸泳，不料被從橋上路過的樵夫撞見。更有甚者，當大家游累了躺在岸邊上曬太陽休息時，許世旭突然舉起相機拍了一張照片。集體裸泳，已夠驚世駭俗，如果再攝入鏡頭，勢將授人以柄。但已成事實，無法挽回，不如從容面對，摘水薑花葉子遮羞，彼此靠近，擺好姿勢，再拍一張……事後，香港的《好望角》雜誌刊登了照片，引起一片譁然。幾年以後，臺北《大人物》雜誌重新刊出這幾張照片，又再一次轟動。

將聖水潑灑在詩集的封面上

一九八六年一月，瘂弦赴印度、尼泊爾訪問，臨行前杜十三交給他一本新詩集《地球筆記》，請他作序。瘂弦自謙是久輟創作也疏於思考的人，不敢言序，只能說是在書卷前講幾句話作為彼此友誼的紀念；然而心裡還是感覺責任沉重，於是便帶稿上路，讓這部詩集與自己同行。漫漫旅途，車上舟中，瘂弦抓緊零碎時間，將《地球筆記》披讀再三。在恆河邊，瘂弦還虔敬地將河中聖水潑灑在詩集的封面上，為年輕詩人祈福。二十天後回到臺北，面對這卷滿是聖河水痕的詩集，瘂弦倒覺得其中際會頗有深意，〈大眾傳播時代的詩——杜十三《地球筆記》的聯想〉一文便一揮而就。

沒有充分的瞭解，決不強作解人

林燿德是臺灣八十年代後期升起的一顆文學新星，一九八七年他二十五歲時出版了一部散文集《一座城市的身世》，請瘂弦作序。瘂弦讀畢文稿，發現要在這位年輕作家新書的卷首綴上數語，並非易事。「主要原因是作者服膺的美學和寫作方法對我比較陌生，在年齡上他與我也是屬於兩個世代的人（相差三十歲），雖然我不大相信代差的存在，但在我沒有徹底進入他作品的精神領域之前，實在不宜率爾操觚，強作解人。」為此，瘂弦找林燿德作了兩次面對面的討論，合起來五、六個小時的長談，使自己對林燿德有所瞭解，對該書也有所體會，獲得了具體的印證，在精讀書稿的基礎上，寫出了〈在城市裡成長——林燿德散文作品印象〉。該文對都市文學、對後現代主義、對林燿德的散文乃至對林燿德都發表了很好的意見，既尊重評論對象，更尊重藝術規律，實事求是，留有餘地。如他對林燿德的評價：「任何人讀了以上的寫作經歷，都會為林燿德文學生命成長異乎尋常的快速而驚異。的確，這兩年的林燿德就像一輪從地平線上翻土而出的太陽，光芒四射，眩人眼目；三十多年來我們看到不少新人的崛起，但像林燿德這樣的亮度和速度，尚屬僅見！」讚賞、欣喜之情，溢於言表。正因為異乎尋常的快速，林燿德變成了一個傳說，一個話題甚至一個「問題」，以至於有人懷疑林違反了「自然常態」。對此，瘂弦指出：「一些對林燿德的微詞是不必要的。

我們盡可以把林燿德的寫作比作一個生命力特強的植物，他的快速、銳利、凌厲，可不可以解釋成一顆新芽剛剛冒出地殼那一刻的生猛？根據自然規律，它不可能一直生猛下去，其呈現升弧、降弧的拋物線定律也是必然的。」既扶持新生、不遺餘力，又揭示規律、語重心長。特別是最後的二、三段話寫得相當精彩：

西諺說，上帝造一棵南瓜藤，三個月就夠了，但要長成一株參天的紅檜，要百年千年的歲月！「小松猶百尺，少鶴已千年」（國學大師錢賓四先生書房聯語），世界上任何稀罕珍奇的存在都需要長期的孕育，聰穎智慧如林燿德，當然明白其中的道理。

老年人的沉默是韜光養晦，中年人的沉默是蓄勢待發，今年才二十五歲的林燿德，我深信他有沉得住氣、耐得住寂寞、大器晚成的沉潛功力，但我們也沒有理由要林燿德一開始就老成持重地慢下來，沉下來，我們應該說：年輕的，你衝刺吧，你躍動吧，你儘量向上生長吧！一個廣大的世界正在等你，藍天、陽光、朝露、甘霖在等你，天災、地變、暴雨、狂風也在等你，愛的呵護在等你，無情的砍伐也在等你。你的旅途正長，你的故事剛剛開始。一切的評估和判斷都嫌言之過早，這還不是下結論的時候！

多麼寬闊的胸襟，多麼高瞻的眼光，多麼殷切的希望，多麼優雅的素質！得這樣的長者、導師寫評，是一種福分。可惜天不假年，天妒其才，林燿德於一九九六年一月八日病逝，年僅三十四歲，不能不使人為之一慟！

在國父紀念館前跳舞

一九九〇年春，鄭愁予從美國回到臺北，與瘂弦、楚戈、韓國詩人許世旭相聚。是夜，遊國父紀念館。四人在廣場中突發興致，旁若無人地高聲唱歌，並大跳其舞，比年輕人還現代，孩子們驚訝得愣在一旁，圍觀者紛紛叫好。

看崑劇，當追星族

據丁果回憶（見〈詩人之美　瘂弦印象〉，刊一九九八年八月九日〈聯副〉），瘂弦講到他在臺北看崑劇，非常感動，竟學高中生，當起追星族來，跑到後臺向演員要簽名……那副神情，是如此陶醉，是如此天真，讓人不能忘懷。丁果驀然想起瘂弦一九五三年寫的一首詩〈我是一勺靜美的小花朵〉，不由得寫道：「四十多年來，瘂弦經歷了無數滄桑，也創造了許多輝煌，但他的心境性情，依然是那樣純靜美麗，像一勺靜美的花朵。」

人生十問

見於國立東華大學圖書館、電子計算機中心訊息報導《月眉》二〇〇一年二月第二版。全文如下：

幾位青年文友來問人生。我試答如下：㈠你奮鬥的經驗和秘訣是什麼？少年時攻學業，青年時闖事業，老年時修德業。㈡你喜歡讀什麼書？我什麼書都讀，多讀書不求甚解也沒什麼不好，即使無法全知全解，半知半解也行，總比不知不解好。㈢你最大的嗜好是什麼？讀、寫之餘，聽聽或哼哼家鄉河南曲子（曲劇）是我的最大享受。《李豁子離婚》一折，我百聽不厭，也百唱不厭。㈣你最大的煩惱是什麼？我不怕煩惱，消除煩惱最佳方法是面對煩惱，把煩惱當成文學的肥料。新詩既成，煩惱遠颺。㈤你是怎樣看待金錢和名利的？我認為文人最好不要棄筆墨改抓算盤，貧窮是文人的宿命，改不了的。物質貧窮，精神不能貧窮。「文化搭臺經濟唱戲」，不如改成「經濟搭臺文化唱戲」。㈥你是如何處理周圍人際關係的？我曾央人以子敏送林海音的祝壽語刻了一方閑章：「這裡拉人一把那裡拉人一把，這裡放人一馬那裡放人一馬。」沒能力做偉大詩人，願做偉大朋友。㈦你嚮往什麼樣的生活？離群索居，古卷青燈，自己恐怕沒有那份耐力。倒不如結一間茅廬，邀一群曲友，沏一杯苦茶，漁樵閑話閑話漁樵，日升月恆，帝力於我何有哉？㈧你最喜歡的座右銘是什麼？宋朝楊萬里詩：「萬山不許一溪奔，攔得溪水日夜喧；到得前頭山腳盡，堂堂溪水出前村！」㈨可否請你對想成名的人說幾句話？世人愛名位是因為名後頭有利，位後頭也有利，但利是無盡的，佛已入龕，就接受香火，時間久了，臉就黑了。㈩你喜歡和什麼樣的異性相處？我羨慕張繼高「交禁人，遊禁地，不食禁果」的灑脫，也佩服楊子「立功、立德、立言、立情四不朽」的執著。坐六望七之年，我的故事早已完成。

瘂弦的謙沖與瀟灑，正如他之所言，是「因為個人的氣質與成長過程」而造成的，這也決定了他的詩生活帶有更多的溫婉與流麗，他極具審美意識，也很會安排生活，深諳閱讀的藝術、收藏的藝術、演講（朗誦）的藝術，並以這三大藝術構成了他詩意的人生。

瘂弦的閱讀藝術

周夢蝶說，瘂弦常深夜苦讀，無所不讀。史學如《史記》等，西洋文學如《包法利夫人》等，文學批評如劉西渭、郭紹虞等等。實際上，知道瘂弦閱讀面廣而且深的人相當多，遠不止於臺北藝文界與新聞界。瘂弦在詩、詩論與主編副刊等方面的成就來自於閱讀，他之所以能「把一首詩當日子過」、「生活非常有詩意」，也源於閱讀。

瘂弦的閱讀藝術，或稱閱讀經驗，概括起來，主要有以下幾條：

每一個人都該建立自己的書房

瘂弦認為：書房在人生命中佔有極重要的地位，一個坐擁書城的人是最堅強的人；一個人有了書房，縱然做生意失敗，仍能在其文化精神世界裡呼風喚雨，永遠不會失敗，更不會去尋短見；書房等於是你的精神堡壘，在裡面你可以武裝自己，再次出發；書房的生活就是知識、文化的生活，是最後的陣地，也是供自己調養生息的最好所在；因此在書房中工作的人，其人生最豐富。所以，每一個人都該建立自己的書房，不單是作家，士、農、工、商都該建立自己的書房，哪怕是你擁有的空間僅有書桌中抽屜的那小角落，那也能提供你精神支柱的來源。

瘂弦稱書房為「審美區」，同時也是「倫理區」，中國人講究慎終追遠，重視祭祀神明及歷代宗親，這些無比尊貴的神像神位，與現代公寓式建築並不搭配，他建議將其移入書房，沉思時，面對精緻燭臺、裊裊檀香，自然會使人發思古之幽情，追憶前塵往事，延續一脈承傳。家裡孩子做錯了事，可在祖先神位前罰跪認錯，做了好事得了獎，也可奉於案前昭告列祖列宗，使書房成為家中的精神殿堂。瘂弦還以自己戒煙為例，多年來多次下決心戒煙均未戒成，後來將煙供在亡母遺像之側，一週就戒掉了，真個具有「神效」！

瘂弦早年深受《鄧肯自傳》及三十年代詩人卞之琳、何其芳、廢名詩集的影響，他將他們奉為精神的偶像，放置在書房中最顯著的位置，凡是研究、評論這些人的書，他也整理得井井有條，十分完備。他特別尊重別人的勞動成果，對任何作者的簽名贈書都一視同仁，即使日常作息空間日益狹小，也絕不丟棄。至於經典名著、實用書冊、業務所需，更是常備常用。如亞里斯多德的《詩學》、莎士比亞戲劇全集、朱光潛的美學論著、《全唐詩》、《中國通史》、《西洋通史》、各類辭典、百科全書、地理誌等等，都高懸書架，隨時聽「令」。對於累積的雜誌，瘂弦也別出心裁，將其中重要的、珍貴的篇章取出，重新裝訂，標明類別，以節省空間。只有大部頭的系列叢書無處可放，他便自做編目、索引，一旦用時再到圖書館去查檢。

瘂弦曾多次深有感觸地對來訪者說：「書房是我活下來的維生素。當我困極、乏極或生病時，感覺自己將不久於人世，突然想到心愛的書房，捨不得丟下，求生的意志就堅強起來了。」可見書房對他的重要性。

在三十五歲以前，應把重要的書都看完

瘂弦將人生分為三個時期：學業期——三十五歲以前；事業期——三十五歲以後，人入中年；德業期——老年，如蠶之結繭，「使人勇敢面對死亡，而達成最高的完成」。由於人的一生時間有限，所以他主張：

「一個人在三十五歲以前，應把重要的書都看完，三十五歲以後，就開始創造東西了。」

「三十五歲」的標準是從哪裡來的？筆者猜想與寫詩有關，在〈一日詩人，一世詩人——我的終身學習歷程〉一文中，瘂弦就這樣寫道：「記得好像是現代詩人T・S・艾略特說過：詩人在三十五歲之後要有歷史感。寫作要有階段性，中年人有中年的心情，就該寫中年人的詩；就如女性的打扮一樣，假如看見一個歲數大的女人還裝成小女生的樣子，就會讓人覺得不舒服。詩人也是如此的，每個階段就要寫出那個階段應該寫的詩來。」讀書也應該有階段性。

瘂弦還鼓勵青年人學外語。所謂「懂一國語言，就活一輩子；懂二國語言，就活二輩子」。懂了他國語文，就等於擁有雙重文化，而這外語能力，是必須在三十五歲以前完成的，等到年紀大了就來不及了。

找一個老師，交一批朋友

瘂弦指出：這個時代的書實在太多了，從前所說的「展卷有益」已不合適，說不定還「展卷有害」呢？所以要找一個老師，虛心請教什麼書必讀，什麼書不讀也無所謂。好的老師能點石成金，提倡你必讀的書目，就等於幫你建構了知識的架子，若有別的知識進來，你就知道該置於何處；相反的若無知識的架構，所有的知識堆在一起，跟廢物沒有兩樣。他舉例說：以從事文學者而言，所有通史你必須懂，這樣當你讀《傲慢與偏見》時，就會知道故事發生在英國的什麼年代，當時的社會背景怎樣，加深對作品的瞭解。如果從事文學批評，劉勰的《文心雕龍》、曹丕的《典論》等是必讀書籍，須放在身邊隨時查閱。所以，啟蒙老師的作用是相當大的。中國人講「天、地、君、親、師」，而「師者，所以傳道、授業、解惑也」。老師的意象是知識的象徵，也是精神父性的代表。所謂「一日為師，終生為師」，是很有道理的。

瘂弦還提到交友的重要性。認為詩友文朋之間的「何時一樽酒，重與細論文」，是文學生活成長的最佳方式，從事文學的人要有一批朋友成立社團，是讀書會亦可，在一起相激相盪，互切互磋。學業的增進是一群人的增進，並非你個人的增進，一個人太孤獨了！這社團最好以柔性為主，可以集合各種人才，但最好不要有宋江，即不要有想做大哥的人。可行的話，辦一份雜誌，大小無所謂，哪怕是手寫、影印皆可，畢竟是大家的精神寄託；然後是印一疊自己專屬的稿紙，刻一方印章，取一個齋名與筆名，訂一個計畫，開始學習生活。至於交友的體會，瘂弦總結為兩句話。一句是：「年輕時交的朋友是一輩子的朋友，等到事業期，人人功利心機都重，較難交到真正的朋友。」另一句是：「一個人一生只能有二、三知己而已，他們是真正的生死之交，何必強求？何必多求？」兩句皆是至理名言。

建議愛好文藝的青年朋友做三件事

瘂弦常對愛好文藝的青年朋友說：我今天在寫作上如果還有一點兒小小成績的話，都要拜這三件事之賜。在這裡說出來，向你們提出建議，也算是一種野人獻曝吧！

三件事：一是寫日記，二是做讀書札記，三是與文友通長信。如果一個人，不間斷地做三十年的日記、札記，又經常給朋友寫談近況、說人生的信，他不是作家，也得是作家了。因為，他早已經嫻熟文字表達，習慣把自己的思想變成詞語，這些日記、札記和書函的寫作習慣，廣義地說，也就是文學的行徑。

瘂弦回憶自己的青少年時代是一個沒有影印機的時代，書籍的取得極為困難，往往借到一本好書，只有靠札記來記錄其中喜歡的章節，有時整本書喜歡，就整本抄錄下來，就像中世紀抄經的僧侶一樣。一本書經過這樣一番折騰，就永遠牢記住了，一輩子也不會忘記。二〇〇一年七月，筆者訪問加拿大，在瘂弦家住過兩天，親眼看見他書房裡的手抄本，高與人齊，有數疊之多，一直珍藏到今天。瘂弦把它們統一做了封面，一排排地放上書架，看起來就像《金剛經》一般壯觀。瘂弦對我說：「其實，我覺得影印機雖然科學，但也是『壞』的東西，影印一大堆，自己覺得已經擁有了它們，實際上，它是它，你是你，彼此毫不相干。」他將抽出來給我看的一疊札記本（每本都抄寫認真，字體工整，有的還有插圖，那是他比照原書畫下來的）放回書架，接著說：「今天，全世界有相當多的人都患了『文字厭食症』，看不下任何文字，所以雜誌越來越重美工、編排，重標題、圖片，就是因為讀者對文字已經厭倦了。現在談戀愛的人跟以前一樣多，情書的產量卻大大減少，原來都打電話去了。聽說美國還有為懶人準備的明信片，明信片上預先印好三十種狀況，你寄信給對方時，只要在明信片上打勾就可以了。這種不平衡的發展，實在令人擔憂……」

記日記方面，瘂弦自謙做得比較差，總是斷斷續續的，沒能貫徹始終。這方面他佩服文壇大老朱介凡先生，他每天記日記，從抗日戰爭到現在從未間斷過。如果有人問介老，一九四二年某月某日，重慶市的天氣是雨是晴？溫度如何？米價多少？他一翻日記，馬上答得出來。大凡國事、私事、心事、瑣事，均在斯卷之中。雖是個人的生活記錄，但也有社會學研究的價值。日記之為用大矣哉！

談到和文友通信，瘂弦是從不間斷的，他每天都可以寫一大堆信，毫無倦意，因為寫信的時候，他似乎看到收信人的笑容，通過一張薄紙，便能夠享受到與友人促膝談心之樂。最近有人告訴他，多寫信可以避免老年痴呆症，他寫信的勁頭就更足了。

正確處理讀書、行路與閱人的關係

瘂弦年輕時喜歡讀西方文學的翻譯，特別是批評理論方面的書。那時實行戒嚴，很多書往往因為翻譯者人在大陸而遭到查禁，每次從朋友那裡借來一本所謂的禁書，他都關起門來夜以繼日地把它趕閱完畢。他曾經抄過魯迅譯的盧那卡爾斯基的《文藝與批評》、蒲力漢諾夫的《藝術論》，摘要之外，還加上自己的讀後感。最瘋狂的一次是把一部上下兩大冊的俄國導演斯坦尼斯拉夫斯基的經典作品《演員自我修養》從頭到尾抄完，連續三十多天，抄得昏天黑地。六十年代以後，瘂弦發現中國古典文學博大精深，又一頭扎進《論語》、《莊子》等典籍之中，狂熱地鑽研起唐詩、宋詞、元曲來。除此之外，他還閱讀電影、音樂、戲劇、歷史、字典、卡通、童話等。他認為：字典裡有太多的道理和學問，絕對值得花一輩子的時間來細細探研；閱讀卡通和童話很有必要，因為所有被世故、世俗剝奪的想像力，都會在其中還原回來，「詩人尤其該多讀童話，實則詩人所寫的，就是成人的童話」。

關於讀書、行路與閱人的關係，瘂弦的看法是：先要讀萬卷書，然後行萬里路，最後才是閱萬種人。雖然這三者的界限不必嚴格劃分，但把「行萬里路」放在中間，是有道理的，唯有雙腳踏在大地上，親自去見證一切，才可能獲得真正屬於自己的東西。正如第二章提到的，瘂弦一貫主張「帶著故鄉去旅行」，因為在故鄉與他鄉的比較之中，很容易產生價值判斷，知道什麼是該記取的，什麼是故鄉或異鄉所缺少的。此外，瘂弦還強調「每一趟旅行都應有文化色彩」，他現身說法，前幾年去了一趟蘇俄，造訪了普希金、托爾斯泰、陀斯妥也夫斯基、柴可夫斯基等文學家與音樂家的故居，由於以前早已對這些名人的生平、作品有深入瞭解，因此每到一處都等於在印證自己的所學、所知，參觀起來也就別有興味，那樣的體會，絕對不是走馬看花者能夠感受得到的。每趟旅行，瘂弦都堅持作札記。他笑說那些潦草的筆跡近乎「天書」，只有自己看得懂，以後若有時間，會逐步把那些旅行札記整理出來，它們將是不同於詩與詩論的另一番創作風貌。

在「讀萬卷書，行萬里路」的基礎上，瘂弦卓有成效地「閱萬種人」。要是沒有對知識分子的考察，也就寫不出〈理性與感性的交光互影——黃碧端散文印象〉（見黃碧端《期待一個城市》，天下文化出版公司一九九六年六月初版）、〈在書香裡——讀劉小梅《凹凸集》的聯想〉（見劉小梅《凹凸集》，臺北錦冠出版社一九八九年四月初版）等一類序言；如果沒有對海外華人的瞭解，也就不會有〈走向世界——讀《美國華人譜》的感思〉（見田新彬編《老外與我》即《美國華人譜》，方智出版社一九八八年十一月初版）、〈新的風景——《湄南詩園》創刊序言〉（見《待墾的土地》，聯經出版公司一九八七年五月初版）等一類文章；假使沒有對女性與青年的關注，也就難以回答關於「新新人類」的提問，難以產生像〈美麗新世界——《開放的耳語》小引〉（見瘂弦編女作家小說集《開放的耳語》，聯合文學雜誌社一九八七年四月初版）這樣的美文。由於閱人甚多，瘂弦的感悟也甚多。如：「人是活在局限中的，你注定一生只能擁有這麼多，所以唯有在局限中創造無限。」「人的生命短短數十寒暑，去想一些不能改變或不能彌補的事都是浪費時間。我希望自己只做最重要的，因為你就算張開手臂到極限也不能擁抱全世界。」「年輕時是加法，老年是減法；什麼都減到最低，也包括後悔吧？」「在德業期就是結繭的時期，前面的學業、事業就像蠶吃桑葉，到德業期是該做道德的完成，奉獻自己，回饋社會，做到抬頭看天，低頭看地，無愧無怍，這也是弘一法師說的八個字『花枝春滿、天心月圓』的階段，此時該做的事都完成了，就可從容地面對死亡。」「練字不如練句，練句不如練意，練意不如練人。」……這些話都可以拿來指導人生，排難解惑，受用無窮！

瘂弦的收藏藝術

收藏是一種樂趣，也是一項藝術。只要一提及「收藏」二字，瘂弦便眉飛色舞，妙語連珠。

他說：收藏是一種癖好，「癖」字的部首是個「病」字，所以也可以說是一種毛病；如果「病情」不深，適可而止，倒也無傷大雅，說不定還可以培養幾分雅趣呢！

他曾以「不為無益之事，何遣有涯之生」的警句，回答報刊記者對他的專訪。有人講，彈鋼琴的孩子不會變壞；他補充一句，玩古董的人不容易變俗，因為不管什麼人，一旦沾上這個嗜好，就會把功名利祿看得很開，看得很淡，對人世間的興衰成敗能有更深切的體會。《桃花扇》裡有段話：「眼看他起高樓，眼看他宴賓客，眼看他樓塌了。」所謂「富不過三代」、「三十年河東三十年河西」，收藏古董的人最能夠瞭解個中滋味。

瘂弦熟悉中國近代史，八國聯軍火燒圓明園時，據說每個來犯的洋兵手裡都至少拿了兩件寶物，現在英國鬼子、法國鬼子慢慢窮了，少不得又把那些東西拿出來賣，臺灣的企業家們「大爺有錢」，再把它們買回來，不是挺好的嗎？大陸由於「文革」的破壞，古物遭到大量損毀，這些年向國外偷運、盜賣的事件屢禁不止，中國古物的一場浩劫，到現在還未結束。通過香港這個孔道，我們應該把這些民間財寶，用購買的方式搶救回來，讓日本人一貨櫃一貨櫃地搬走，實在太可惜。這樣看來，收藏不只是一個審美活動，更可以推展成一種愛國活動。

瘂弦從近代連及古代，說古人中最富浪漫氣息的收藏家首推李清照趙明誠夫婦，他們若在市集上見有古今名人書畫或三代奇器出售，往往竭其俸入，甚至脫下外衣、摘下首飾與之交易。然後二人把這些購得的寶貝在夜燈下「摩玩舒卷，指摘疵病」，有時竟至天明。然而待趙明誠病卒湖州任上，清照為避金兵四處流浪，所攜金石書畫古器十去七八，只落得個「尋尋覓覓，冷冷清清，淒淒慘慘戚戚」的境地。「昔日王謝堂上燕，飛入尋常百姓家」的事也常有發生，宮廷、豪門、達官貴人的家藏，均改變門庭，換了主人。看到那些古銅香爐背面深深鐫刻的「子子孫孫永保用」字樣，真覺得是最大的嘲諷。人生苦短，一座鼎、一盞燈臺比我們的壽命還長得多，有什麼好爭好奪的呢？我們收藏之物，擁有的僅僅是它的一個時段，兩三代後，便輾轉賣到古董市場上去了，也就因為這種興衰起落，古董才得到流傳的機會。只要不流到外國人手裡，還在我們的國土之內，你有我有，都一樣，沒有什麼區別。這麼說來，收藏除了審美、愛國之外，又增添了一重哲學意趣。

關於收藏的範圍，瘂弦認為，可以極廣，也可以極窄，可以收所欲收，也可以無所收而收。他以一九八八年陝西考古學家找到的幾件粗陶為例，它們不過是平民所用的酒杯酒瓶，但經科學鑑定，卻發現是屬於六千年前仰韶文化時期的器物，從而將中國釀酒的五千年歷史，足足提前了一千年，這說明收藏並非一定要珍奇古玩不可。在某人認為價值無算、愛不釋手的，在別人眼中也許一文不值。這些東西，可能包括：茶杯茶壺、酒杯酒瓶、車票、門票、郵票、明信片、電影本事、地圖、書籤、印章、石頭、貝殼、髮夾、火柴盒、舊家具、玩具、木偶、玻璃動物、昆蟲標本，甚至是泛黃的信箋、嬰兒期的照片……當然，也有人收藏帽子、鞋子、內衣、服裝、香水、頭髮，甚至骷髏的，讓別人難以理解。而不論收藏何物，如果達到了廢寢忘食、玩物喪志的程度，甚至近乎美籍劇作家田納西・威廉在《玻璃動物園》中所描繪的心理自閉，那就不是什麼收藏「癖」，而是病態了。因此，對有收藏癖者應加以規範：要有適度的制約，唯此，不但不易喪志，反可養志。因為個人化與趣味化的收藏，往往不在收藏品體積的大小或價格的貴賤，而在物我之間是否有異乎尋常的關聯，由於主觀上的自我造境和設趣，任何平凡渺小之物，均有可能成就無上妙境和怡人的逸趣。

瘂弦的收藏藝術，或云收藏之道，與別的收藏家、收藏愛好者有什麼區別呢？

特別偏愛銅器，因而得名「銅奴」

不少人的收藏從一只甕開始，瘂弦卻是由銅器起的頭。他幼年在河南故鄉，有許多用具、器皿都是銅做的，如燭臺、燈臺、臉盆、鐃鈸、小鑼等，無形中使他特別偏愛銅器。等到結婚成家，購置家具時，他原想咬緊牙關購買銅床一架，來過過「銅癮」，終因價錢高得嚇人而作罷，只買了一對銅鴨，作為結婚紀念的「傳家之寶」。這對銅鴨，揭開了瘂弦漫長的收藏生涯。隨著收入的提高，他購買銅器的勁頭越來越大，尤其是在古董攤上看到童年用過的銅器，無論大小都要加以購藏，似乎這樣就可以追回自己的童年。

一九八六年一月，瘂弦到印度去旅行，進入了天方夜譚式的舊貨古董市場，最令他目眩心跳的，便是那些銅綠的舊銅器和光燦燦的新銅器，於是大買特買。同行十數人，以他的行李最重，一路上舟車勞頓，壓得他腰彎背駝，不但不叫苦，反而逢人便誇道：「我的行李比當年玄奘從印度回來的行李還重，玄奘裝的是佛經，我帶回的卻是沉甸甸的銅器。」朋友聽了直搖頭，給他取了個外號——「銅奴」，他卻笑咪咪地接受了。

一九九〇年七月，瘂弦去俄國訪問，參觀托爾斯泰、柴可夫斯基的故居時，在他們的客廳裡都置有一個相同的銅茶壺（又名「自來煮」），而陀斯妥也夫斯基的故居卻沒有，也許是家境清寒之故。瘂弦想，既然寫不出如《戰爭與和平》的巨著，買個一樣的銅茶壺總可以吧？便不顧其體積的龐大和太太的反對，硬是買了一個。買後才知道那銅壺是俄國革命前的東西，是禁止出口的，頗費了一番周折才帶回臺北。瘂弦告訴友人：在俄國，一些名牌古董表、照相機都很便宜，當地多數人家顧溫飽都來不及，哪還能想到收藏古董或藝術品?!收藏，實在是一個較富有社會才有的產物。

收藏並非秦磚漢瓦，也不是稀世之珍，只是些稱不上古董的民藝品

由於到處尋訪銅器，瘂弦連帶著把收藏的興趣也擴大了。除水煙袋、銅鼎、火盆、銅佛、銅瓶之外，他又喜歡上銅燈、銅鈴，其他像石雕、陶器、木雕、瓷器、刺繡、家具等也在收藏之列。幾年下來，家裡不像博物館，倒像個古董鋪子。收藏品從書房蔓延到客廳，又侵略到臥室。一開始家人還不在意，後來愈發膨脹，太太開始抗議了。這也因為除薪水袋外，很多額外的錢如稿費、演講鐘點費等，都沒有繳庫，太太開始發出不准古董舊貨進入家門的禁令。瘂弦聽說有位愛收藏的先生，因為太太反對，在外邊偷偷租了幢房子貯放古董，沒事就一個人跑去欣賞。他說：「有人是『金屋藏嬌』，這位老兄是『金屋藏古』，我家的情況倒沒有這麼嚴重，只是每次帶東西回家，要多費一些口舌。」

滿屋子都是東西，應該稱得上收藏家吧？但瘂弦謙虛地說：談不上，因為我的收藏並非秦磚漢瓦，也不是稀世之珍，只是些稱不上古董的民藝品。在收藏家眼中，恐怕等於破銅爛鐵，上不了檯面的。誰不相信，可以到我家來看看，除了銅器還有點「分量」，盡是快朽掉的、做糕餅的模子，缺了口的破甕，養豬用的石槽（或用來養金魚，妙極了）……全部加起來也抵不上收藏家一件真古董。儘管如此，我依舊偏愛民

藝品，它們比較親和，在時間和心理上距離我們近一點，有些東西我童年的時候還趕上用過；真正兩千年以前的古董，我倒覺得遙遠而陌生了。當然，我必須承認，喜歡民藝品最重要的原因是購買力薄弱。即使價廉的收藏，對家庭經濟生活還是有影響的，至少從太太的臉色就可以感覺出來。有時候買到過比較貴的東西，興奮之情卻抵不過花了錢的那份歉疚。於是我總把衣櫥打開，檢查一下西裝是否三年內不必更新？再把鞋櫃打開，看看那些破皮鞋用輪胎底補上後跟能否再對付一年半載？這麼想著，那份歉疚感似乎就得到了紓解。

除了書櫃以外，也該有個文物櫃

臺灣經濟起飛後，把冰箱放在客廳裡的人漸漸少了，但馬上又是酒櫃登場，約翰走路，XO都成為向訪客炫耀的資本。有人大聲疾呼以書櫃代替酒櫃，瘂弦則呼籲，除了書櫃以外也該有個文物櫃。等於是家中小小的博物館，與自己家中歷史發展有關的東西均可置放。他提到前臺北市長楊金欉，便將當初母親養豬的豬槽特別保留下來，因為母親含辛茹苦，靠餵豬賺錢養大他，在他心目中其價值不會低於毛公鼎。

瘂弦不喜歡修改過的文物，他覺得這些有其特殊背景的老東西，保持原貌最美，擺在原來的環境裡最美，所以當他看到那些被敲下來的佛頭時，心裡很難過。由於時代變遷，物換星移，有時為兼顧社會現代化與保存文化遺產，有些舉措與方式乃出於無奈，但他希望儘可能保存文物的原貌，醜一點又有何妨！你見著一個歪了的盤子，古人一定也看到它歪了，歪有歪的美處，相同的體認使你與古人間有了更多情感交流，不也很有意思嗎？此外，瘂弦比較喜歡當初製作是為使用而不是為欣賞的東西，他認為過分的精緻會變成一種頹廢，民間工藝之美在於粗獷，傳達出的是一種真切的氛圍，呈現在眼前的是一般人民的原貌。

例如他買到一個老的瓷盤，除了燒製時留下的款外，還有一個淺刻的字跡，便推測可能是早期大家族宴客，盤子不夠，別房的借來用，怕分不清是哪家的東西而做的記號。經過這麼一推測，一幅喜慶熱鬧的場面便浮現在眼前，甚至聽到了那帶有濃重地方色彩的口音……

博覽、閑觀比擁有更有趣

瘂弦以為，值得收藏的東西實在太多了，藝品店裡、古董攤上，林林總總，永遠是蒐也蒐不完的。擁有固然好，但博覽、閑觀更有趣。他有時候去古董商場，不是為了購買，而是要欣賞那些古物，牢牢記住它們的品相，下次再去可能就看不到了。古人說閱人就是閱事，他則說閱物也可以算是閱事。

有一次，瘂弦在敦化北路一家古董鋪看到一座雕鏤精緻的木櫥，有很多抽屜，抽屜裡還有暗格，用來防盜。一般人只能打開明格抽屜，只有懂得機關的主人才能打開暗格抽屜，存放珍貴細軟，不必上鎖，也不會遺失。這樣奇妙的木櫥，如果不加以珍藏和研究，很快就會失傳的。瘂弦反復欣賞，久久不肯離去。

還有一次，在光華商場，他看到一個銅做的小墨斗，古色斑斕，至少有兩百年歷史。如果不是店員告訴他，怎麼也猜不出它有什麼用途。原來這是帳房先生到鄉下收糧隨身帶的墨和毛筆，整個看起來就像輕巧的長桿煙斗，抽出銅管裡的毛筆，蘸上小斗子裡的墨汁（用絲棉浸泡），便可以記流水帳了。在沒有鋼筆、鉛筆、原子筆的時代，這的確不失為一個妙法，瘂弦稱它是中國人的自來水筆，充分顯示了中國式的智慧。

既然不在乎擁有，瘂弦也常常將收藏品送人。例如他買了一本舊的劇本，還附有樂譜，想到研究戲劇的曾永義比他更加需要，便主動送「禮」上門。他買到一尊用紙漿製成的老土地公，讓好友、研究民俗的莊伯和看中拿去，過了很久，莊伯和才畫了一幅土地公的畫像還他。瘂弦笑說莊伯和拐走了他的土地公，不過能將東西送給瞭解它喜愛它並會珍惜它的人也是一大樂事。瘂弦還曾捐獻過幾十件收藏品給楊蔚齡創辦的知風草文教協會，作為籌募中南半島貧苦兒童獎助學金的義賣品。

收藏之樂與文化鄉愁

收藏之樂樂如何？二〇〇一年七月，在瘂弦溫哥華的家裡，筆者親耳聽到了他的表述。他先給我看了一方閒章：「有物宜玩，無志可喪。」是臺北金石家薛平南應邀為他專刻的，話題便從這裡開始。

收藏，是最好的休息。瘂弦長期擔任《聯合報》副刊和幾家刊物的總編，工作壓力一直很大，偶爾將自己沉浸在這些能一再玩味並生出不同趣味的器物中，可以讓緊繃的心情和持續思考的腦子獲得真正的休息。這個經驗，是他從一位美國黑人作家那裡學來的。一九六八年，瘂弦與小說家聶華苓去拜訪美國現代小說傑作《隱形人》的作者羅夫·艾立森，正值他在家中安裝一部古怪的機器。據他太太說，他時常「玩弄」這部機器，拆了裝，裝了又拆，由拆裝中獲得休息，以減輕他寫作的壓力。由於機器相當複雜，他必須極為專注，方能拆卸裝配。這機器的操作當然與他的文學創作風馬牛不相及，然而他卻深切瞭解：短暫地變換「工作對象」，反可達到休息的目的。瘂弦把這個休閑觀念聯繫到收藏，在繁忙的工作間隙，不時逛逛古董民藝店，或整理把玩自己收藏的任何寶貝蛋兒，應也能達到相似的功效。所以，他專請薛平南為他刻了那方閒章，表明有規範的收藏不會玩物喪志，反而有利於自己的工作，促進事業的發展。

收藏，是最美的享受。瘂弦以太師椅為例，說他像王陽明「格竹子」一樣，凝神觀察家藏的太師椅，研究太師椅做得那麼高的背景因素，想了一個上午終於想通了。瘂弦猜它一方面是從坐有坐相、正襟危坐的禮儀上來考慮，另一方面可能是要表現衣服下襬的美。中國式的長袍，描龍繡鳳，何其華麗。試想，兩位官人對坐閒庭，衣服上有綣綣潮水，有莽莽日出，多麼熱鬧，也是一種美的享受！如果坐在現代人的沙發中，窩成一團，那全完了。這就是我們中國人的智慧。

外國人可沒有這方面的顧慮。他們穿的西裝褲，小肚子部位開了個小便口，釘上鈕扣，方便是方便，可是要多難看有多難看。兩國元首見面，為了不分尊卑，都坐在沙發上，中間隔個茶几，茶几後坐個翻譯，正式場合還不能蹺腿，新聞記者照張相，活像兩個人在坐馬桶。我也收藏了幾件古人的衣服，有繡花衫，還有男褲。中國人的褲子，分褲腿和褲腰，褲腿是硬挺的料子，褲腰則永遠是軟料子，穿在身上妥貼又舒服。西方人的西裝褲，卻不分褲腰、褲腿，褲腰部分加上襯裡，反而特別硬，只是現代人穿慣了，不覺得醜與不方便。聽說畫家溥心畬就喜歡穿中國式褲子，很少穿西裝褲，也許是體會到我所說的奧秘吧。想到這裡，我就非常開心，彷彿聽到了古人和我超越時空、靈犀一點通的笑聲。

在瘂弦家，筆者看到他蒐集的民間藝術品。有鑼：戲鑼、貨鑼、童鑼、更鑼。鑼聲使他回到童年；鄰居張大娘丟了雞，敲鑼尋找：「誰偷了我的雞啦？噹！」鄉公所開會，敲鑼通知：「明日晌午到廟口開會，噹！」有燈：馬燈、汽燈、煤油燈、菜油燈。瘂弦對古人的設計讚不絕口：燈分燈臺、燈碗兩部分，二者是分離的。燈碗放在燈臺上，可以使燈光普照桌面，方便看書、做活；燈臺怕倒，分量往往較重，愈重的燈臺或燭臺價錢愈貴。燈碗裝油和燈草，通常做得比較輕巧，可以單拎起來，到黑沉沉的院落裡開門，或者貼近地面尋找一根遺落的繡花針。提起燈，就使瘂弦想到母親，他十七歲離家就再也沒有見到她老人家的面。小時與母親相處多是在燈下，母親一邊做針線一邊給他講故事。母親的刺繡遠近聞名，所以他一看到刺繡就要買，以為都是他母親繡的。還有手爐，冬天天氣冷時可以用來取暖。瘂弦曾買過一件落有張鳴岐款的手爐，張鳴岐是工藝美術史上有名的製爐師，據說他的爐有四個特點：一是造型簡約美觀；二是爐中炭雖熾甚，而不過熱；三是爐蓋開合容易但極嚴密，雖久而不鬆懈；四是非常結實，人站上去踩都壞不了。不過說歸說，他可不敢真的踩，當時在店裡看到這手爐時還不敢露出高興的表情，否則老闆見了價錢馬上不同。還有水煙袋、算盤、雞碗、錢莊的錢版、插秧時戴在指甲上的銅片（避免指甲受傷），甚至還有夜壺，殘留著時間的騷味，內有很厚的尿垢，他花了好幾種強力肥皂水洗掉，乾淨得可以泡茶……看到這些東西，瘂弦就看到了他的故鄉——中國河南省南陽，又回到那過去的時光。收藏，對於他來說，就是懷舊，就是一種文化鄉愁。

瘂弦的演講、朗誦藝術

瘂弦的講話，在詩人圈子裡是出了名的，如歌的行板否？文文雅雅的，有時是閻立本的工筆細緻，有時也是寫意的，而且加上一些些幽默，如八大山人的花鳥的神態，口齒是那麼明晰，每粒牙齒都在演奏，嗓音那麼宏厚，厚敦敦的，像秋天早晨，正感著涼的時候，蓋上來一床薄薄的絲緞被。聽過他念詩麼？記得最深的是他在《山在虛無縹渺間》清唱劇裡的道白，啊，那不是一聲聲鐘磬聲嗎？他已經許久許久不寫詩了，不寫發表在雜誌報刊上的詩。可是他講的一些話，給人寫的小條子，小信兒，在在都是詩。你不由得不感覺這位詩人之所以停筆，或許是因為「已經生活在詩裡了，何必還寫他媽的歪詩」。❶

這是朱陵對瘂弦的評價，也是所有與瘂弦接觸過的人的一致的印象。

其實，瘂弦最早的專業不是詩，而是戲劇。

一九六五年，瘂弦正在母校——政工幹校教戲劇。為了紀念國父孫中山先生誕辰一百週年，影劇系決定公演由李曼瑰編劇的話劇《國父傳》，得到了政府機關和有關方面的大力支持。其他角色都陸續決定了，唯獨缺國父的演員，上上下下急得不得了。系裡希望這位主演，是「學過戲劇的，但在中國舞臺從未出現

❶ 引自朱陵〈活在詩中的人——瘂弦側影〉，見《中華文藝》第五十六期（一九七五年十月出版）。

過」。前者是為了排戲的順利，因為訓練一個生角兒任務過於艱鉅，而且帶有很大的風險；後者是為了別開生面，產生戲劇的幻覺感。在一次系務會議聽取彙報時，系主任李曼瑰睜大眼睛對與會的教授們搜索，當他將視線定在瘂弦身上時，他高興地叫了：「就是你！就是你！」毫無思想準備的瘂弦卻愣在當場。

「飾演一個歷史上的偉人，對我來說，這個挑戰太大了！」瘂弦喃喃道：「如果沒有充分的準備，我會敗得極慘的……」

然而，時間不允許遲疑，李曼瑰的建議得到了劇務組一致的響應。瘂弦只好一試，定妝造型，卻不料又博得前輩們的連聲讚嘆：「太像了！太像了！」

但是，瘂弦內心仍然有鬥爭。他一邊懇拒，一邊到中央黨部、中央研究院查閱有關國父生平的資料，並分別拜訪了元老人物黃季陸、立法委員吳延環，及梁寒操先生等，他們都熱情地鼓勵他，並提供了不少好的意見。由於中國的名人傳記不如西方的名人傳記那樣包羅萬象，那樣具體生動，瘂弦掌握的感性資料仍然有限，對國父的思想、行為及音容笑貌的揣摩，尚達不到十分傳神。為此，他反復學習了國父的著作與言論，認識到國父不僅是一位聖賢，更是一位英雄，不僅秉承了中國傳統的孔孟思想，而且兼具現代的、世界的眼光，其精神不是靜態的，而是動態的。他的造型與表演，應該偏重國父性格的雄健一面……

「這是一個『聖職』，我一定要演好！」在開排的前三天，瘂弦才懷著莊嚴的心情答應下來。

接著，是緊張的排練。他的新婚夫人張橋橋也忙乎起來，幫他更衣、遞茶水，並跑到觀眾席上去看彩排，提建議。

九月，正式演出。一演就是八十場！中國話劇舞臺上第一次造成轟動全國的紀錄。大小報刊都作了報導，數不清的觀眾都沉浸在無比激動中。「國父回來了！」「瘂弦把國父演活了！」「他的演技高超，表情豐富，嗓音渾厚，動作優美，簡直是無懈可擊。」……每個人都向他翹起了大拇指，背誦劇中的臺詞，模仿瘂弦的一招一式，在青年中幾乎成為一種風尚，把臺北話劇界的知名演員都逼得坐不住了。

中山先生倫敦蒙難時營救他的老師康德黎之子小康德黎和夫人，也遠從英國趕來臺北觀賞，國父之子孫科夫婦也在座，他們的激動更難以用語言形容。謝幕時，孫科夫婦上臺與身著戲裝的瘂弦合影，要求瘂弦居中，他夫婦站兩旁，三人的眼裡都泛著晶瑩的淚光。

「只有自己先感動了，然後才能感動別人。」瘂弦的聲調喑啞了好一會兒，「每演完一場戲，都像做了一個奇特的夢。」

因為《國父傳》演出的成功，次年二月，瘂弦獲得了全國話劇委員會頒發的「第二屆全國話劇金鼎獎」之「最佳男演員獎」。

這生平第一次也是最後一次的不平凡演出，對瘂弦的一生產生了巨大的影響。「我告訴自己，從此以後你不能做任何一件壞事，因為你飾演過國父，終生都須要保持良好的操守，決不能嘲弄自己、放鬆自己了！」

瘂弦的表演之才，與他做過廣播員有關。五十年代後期，他在左營軍中廣播電臺以「王丹」的筆名任編輯兼記者，有時也播音，主持過「咱們的好消息」、「錄音特寫」兩個節目。一九六五年，在臺北教書之餘，他還在臺北市政電臺（當時叫民防電臺）兼差，報告新聞、寫新聞稿與新聞廣播劇、小說選播、配音等工作樣樣都幹，還管理過音樂檔案。雖然待遇菲薄，一個月才六百塊臺幣，但他卻樂此不疲。在主播鄒郎的小說《死橋》（描述抗戰時期，我方情報人員出生入死的故事，後來拍成電影《揚子江風雲》）時，瘂弦採用一般廣播的語調，再加入說書的手法，作了大膽、嶄新的嘗試。參與演出的人員有李傑、劉引商、鐵夢秋、尹傳興、劉麗麗等，每天播出兩次，十分叫座。「上至高級知識份子，下至引車賣漿之流都喜歡收聽。」瘂弦憶起往事，有得意也有感慨。一九八五年十月，應耕莘文教社之邀，他以〈廣播的「語」、「文」之美〉為題，作過一次講座，開宗明義就提出：

世界上最美好的聲音，不是鋼琴，不是小提琴，也不是喇叭，而是人類的聲帶。

廣播是聲音的文學，也是一種聲音的藝術，主要的材料則是人類的聲帶。雖然由於調頻的出現，廣播節目中音樂的比例大幅增加，然而廣播真正的主流還是「人聲」，「人聲」是廣播最主要的武器。播音員可以稱得上是聲音的藝術家；畫家用筆表現思維，詩人、文學家用文字傳達所感所知，而舞蹈家則以肢體詮釋他的情感，一位優秀的播音員則可經由聲音傳遞喜怒哀樂萬般情緒。❷

瘂弦本人，就是一位傑出的聲音的藝術家。他三十四歲之後，雖然不再演話劇也不再做播音員工作，但仍到各高等院校去講課，到各地去辦講座、辦詩歌朗誦會，更有甚者，他將聲音的藝術覆蓋並滲透到他的日常生活中，大凡待人接物，無不體現出他「詩儒」的風度、演講家的水平。

瘂弦的演講藝術，或名講話藝術有哪些特色呢？在〈廣播的「語」、「文」之美〉中也提到了，這就是「大量接受我國聲音文學的遺產，從傳統中再出發。」至於傳統，「大鼓、說書、講古等影響長遠的說唱藝術，即是我國『廣播藝術』的淵源」；「廣播要找出一條新的道路，必須學習傳統的優點，把過去說部、章回小說中，描寫動作、形象的特殊語言拿來放入廣播中，並加入現代手法，成為完完全全屬於中國人的東西」。其次是：「從事廣播的人對語言應該是個大內行，他的語彙應該比平常人豐富、生動，而廣播文學的作者則是站在語言流向最前線的一員，負有帶頭作用」，表現手法要求新求實，衝破「定型化」的限制。

❷ 瘂弦之文，見一九八五年十月《耕莘文教通訊》。

關於語言，在另一篇文章〈文字與文學的關係〉（刊《幼獅文藝》一九九七年五月號）中，瘂弦如是寫道：

我們還要培養對文字高度敏感的習慣。所有的作家都是文字專家，對文字必定十分敏感，時時斟酌、推敲如何使用文字才有力量、趣味與效果。因為在事事求鮮的時代，文字疲倦得很快，也死得很快。新的語言隨時誕生，舊語言也隨時被淘汰，保持高度敏感才能掌握新語言的流動方向。作家遺人遺忘，往往是感性和文字老了，缺乏生命力與新鮮感。感性是內在的內容，文字是表達感性的工具，一為文，一為質，缺一不可。若能文質彬彬，即使年近耄耋，仍能維繫年輕讀者的興趣，如王鼎鈞先生，他的作品，一直居於文壇的前列，產生引領的作用。

保持文字不老的方法有二：㈠大量閱讀。聰明的老人應該向年輕人學習，因為最新鮮的語言發生在年輕族群中。㈡觀察群眾語言的走向。作家不能只在書房中閉門造車，必須走到十字街頭聆聽群眾口中活蹦亂跳的鮮活語言。

第三是：智慧，項秋萍在〈心血沾出芬芳果〉一文（載《現代婦女》一九七五年十二月號）中說得好：「瘂弦的詩不單是寫在紙上，在他低沉而富磁性的聲音裡，在他安祥悠遠的眼神裡，在他與『橋橋』鶼鰈情深的生活中，隨時都譜下了美麗的詩篇。很多人都驚奇：為什麼在不經意的談話中，他就能說出一連串引人深思，扣人心弦的句子呢？這已經不是『技巧』了，而是一份詩的『才情』哪！」才情即智慧，機敏、幽默、俏皮、深邃、自然……等等皆源於此。

能體現上面三個特色的演講（講話或朗誦），在瘂弦那裡實在太多了，茲舉數例如下：

「副刊王」

一九九二年十月，在香港的一次會議上，瘂弦說：「我編副刊佔了便宜，因為臺灣一家大報的副刊主編姓孫，人稱『副刊孫』。臺灣說『差勁』為『菜』，另一家大報的副刊主編姓蔡，人稱『副刊蔡』。我姓王，當初主持《聯合報》副刊，每期一版，人稱『王副刊』。現在《聯合報》擴版為二十四個版，副刊或類似副刊性質的專版增多，所以現在大家都叫我『副刊王』了！」聽者無不為之絕倒。湖南評論家李元洛對他說：「我已兩次聽到過這一妙語了。」瘂弦慧黠地對他眨眨眼：「你聽過，別人沒聽過。老笑話，新聽眾哦！」❸

這番話，筆者於一九九七年九月訪臺時，也聽瘂弦講過，不禁莞爾，我當時忘了問他，我應該算第幾批「新聽眾」？

從愛神到詩神

一九九二年，瘂弦接受張灼祥專訪，回顧早年寫詩的情形：「我開始寫詩在最年輕的日子，所以有的詩是獻給女孩子的。她們原來都是愛神，但因為追求不到，因此都成為詩神了。女孩都走掉了，卻留下了很多詩，並且因失戀而寫得更多。在當時臺灣女孩子比較少，在她們中間有這麼一種說法，要拒絕詩人，說詩人頭太大，詩人不走；說詩人個子太矮，詩人不走；說詩人太窮，詩人還是不走；就只有這麼一句：我不喜歡你的詩，詩人馬上就走。」❹

---

❸ 引自李元洛〈聊寄一枝春——瘂弦印象〉，見天津《文學自由談》（一九九三年三期總四十期）第一五四頁。

❹ 引自張灼祥〈瘂弦：只是睡火山〉，見張灼祥著《作家訪問錄》（素葉出版社一九九四年十二月初版）第一九一頁。

拿起筆來！你就是作家

一九九八年九月五日上午，在臺中女中圖書館禮堂，瘂弦作「文學到校園」系列第一場演講。《中央日報》九月十九日第二十二版是這樣報導的：

室外是陽光亮得令人睜不開眼的好天氣。臺中女中圖書館的小禮堂裡，原來僅供三百人的座位及冷氣設備，硬是擠下了二千位同學。同學們一身綠衣黑摺裙，席地而坐，一張張青春皎好的面容，隨著臺上如相聲般幽默智趣的演說，時而振筆疾書，時而開懷歡笑；偶爾與旁座交換眼神，表達心裡共有的默契。演講告一段落，瘂弦先生主動下臺與學生合影，同學們簇擁著瘂弦先生，立刻擺出最亮麗的笑容與活潑的姿態面對鏡頭，二千零一人的大合照，真是歷史性的壯觀場面！整個演講活動在太陽與同學的熱情映射下，暫時畫上休止符，而同學們內心對寫作的欲念才正沸沸翻攪著，因為瘂弦先生還留下了地址電話，要做她們的第一位讀者！

以下是瘂弦演講的開頭：

據汪主任說，貴校的升學率是百分之九十九，我相信在聽了我的演說之後，貴校會有百分之九十九的人成為作家。我從來沒有對這麼多的年輕人演講，覺得很興奮，今天大家都穿著綠色校服，是綠鴉鴉的一片，這才是真正的校園，在臺上往下看，就像一畝一畝的莊稼，你們是一畝一畝的學生，充分展現出莘莘學子、青青校園的景象。寫作不是作家的專利，「拿起筆來！你就是作家。」……

送諾貝爾文學獎的人來了

如何對待諾貝爾文學獎？瘂弦多次論及，一九九九年九月，在第三屆「華人文學——海外與中國」研討會演講時，又再一次提到：

我在臺灣編《聯合報副刊》廿一年，每年都做一個很大的工作，我們一年一度的「諾戰」，就是諾貝爾大戰，就是報導諾貝爾獎的內容，在一個密集的時間——兩三小時之內，製作成一個版，頭一天宣布，第二天就以整版來介紹諾貝爾文學獎得主的一切：作品、生平、照片，全都包括，每年我們這樣子熱烈，就是一直追問諾貝爾文學獎，我們中國人怎麼還沒有得獎呢？你知道我們有個白先勇嗎？你知道我們有……很多人在問，但是我們每年都落空了。最後我生氣了。我就找我們報社一位專任的漫畫家畫一幅漫畫，這幅畫的構想是我自己作的，就畫一個中國高士，在一張古色古香的臥榻上消夏，忽然有一個鼻子很大的人，抱著好大一塊牌子，在門口敲門，他兒子應門，兒子說：「爸，送諾貝爾文學獎的人來了！」這個老頭就說：「告訴他，我不在家！」

這就是我們中國人應有的氣度，什麼諾貝爾獎，亂七八糟的。雖然如此，我們仍然承認諾貝爾獎是衡量文學的一種角度，不代表所有的角度，也不代表最權威的角度，是角度之一，這樣就可以了。❺

---

❺ 引自瘂弦〈世界華人文學一盤棋〉（錄音撮要），見加拿大溫哥華《明報》一九九九年十月二十日。

美哉！華文

二〇〇〇年六月十日，在美國中西區的一次學術研討會的午餐聚會中，發表了題為〈華文之美〉的演講。瘂弦講辭的風趣、機智、詼諧，激起了滿堂觀眾回應的笑聲，如爆竹般在會場每一個毫無提防的角落裡驚喜地此起彼落。

據美國《聖路易時報》六月十五日報導，瘂弦首先為高齡六千年的華文做了一個健康的診斷：在別的古老語言已落入化石命運的今天，華文不但沒有死去，且蓬勃如一往，更有不斷的新生命如浪花般湧現。為證明這項樂觀的診斷，瘂弦列舉了一連串臺北街頭各處商店的招牌廣告，來展示華文的創意仍實實在在地活在民間。如：服裝店不叫服裝店，而叫「一種主張」，「遠離非洲」是美容院的名字，「後現代墳場」是午夜咖啡店，「懶得找錢」是小麵店等等。早年余光中的詩說「星空非常希臘」，現在的「非常臺北」、「非常男女」之類的廣告用語「非常」的風行，從中可以見出現代詩的影響。鄭愁予說「我不是歸人，是個過客」，如今也成了政界的說辭，既生動又文雅……

瘂弦認為，華文之美表現在四個方面：

一、華文是世界語文中最富有詩意的語言。在華文世界中，詩並不只是特權階級及知識分子的專利，而是深入地存在於大眾的生活之中：過年時要掛押韻的春聯，男女戀愛時要互贈題有詩句的手帕，日常的笑話須有詩句穿插其中，娛樂的謎語必由詩句寫成，喝茶的茶壺上有詩，連哄小孩的詞兒（「天皇皇，地皇皇，我家有個夜哭郎，行路君子念三遍，一覺睡到大天光。」）也是詩。詩是無所不在地深入尋常百姓家的。

二、華文是可大立大破的語言。華文在歷史上遭到過破壞，總能在破壞中找到生機，又發展出新生命。

「五四」的白話文運動企圖徹底地破壞文言文，但是文言文並未完全死去，而是與白話文共生共存，演繹出了更精緻的文體。

三、華文無文法，卻又自成法。與世界其他語言相比，華文在法則上是最為輕盈無拘的語言。文法通常不是學習華文必備的要求。華文作家不需苦習修辭學或音韻學，也能寫出合乎修辭學與音韻學的文章。這是由於華文不受文法的約束，卻已將文法包容其中。

四、華文對外來語有極強大的吸納能力。外來字彙一經精巧的翻譯，就成了華文的一部分，渾然自成，不落痕跡。

在這四點歸納之後，瘂弦難以抑制對美麗華文的一片深情，而以「美哉！華文」一嘆作為全篇演講的終結。

寫報導的「特約撰述」蘇友貞也激情澎湃，最後寫道：「瘂弦以詩人的敏銳，演員的感染力，朗朗地如誦詩般完成了這篇演說，音調的抑揚頓挫，聲量的大小收放，只有親臨其境的觀眾有幸享受，筆者這篇報導實無法傳其神於萬一。」

關於瘂弦聲音之美，更多的資料收在臺北聯經出版公司二〇〇六年五月出版的瘂弦有聲書《弦外之音》中，書中五篇引言，由余光中、張曉風、白靈等執筆，對瘂弦演講、朗誦的聲情美感，頗多讚美。

【附錄一】瘂弦年表

一九三二年

九月二十九日（農曆八月二十九日），生於河南省南陽縣楊莊營東莊。父王文清，小學教師，母蕭芳生，父親給這個獨生子取名「明庭」。

一九三八年

就讀楊莊營小學。

一九四一年

就讀陸官營村陸營中心國民小學，開始使用學名「慶麟」，後轉入南陽公安中心小學（崇正書院舊址）。

一九四七年

七月，小學畢業，升入南陽縣私立復興中學，後轉入私立南都中學。

一九四八年

十一月四日，隨學校離鄉，與父母永訣，顛沛流亡數千里，由河南到湖北再到湖南。

一九四九年

二月，入湖南衡陽國立豫衡聯合中學。

八月，在湖南零陵從軍，隨部隊到廣州乘惠民輪來臺，編入陸軍第八十軍三四〇師一〇二〇團通訊連，任上等兵。

一九五三年

三月，考取國防政工幹部學校影劇系第二期，獲全校新詩比賽第一名。

十月，參加中華文藝函授學校學習，從業覃子豪，以「瘂弦」筆名在紀弦主編之《現代詩》季刊發表第一首詩〈我是一勺靜美的小花朵〉。

一九五四年

九月，從政工幹部學校畢業，以少尉銜分發至海軍陸戰隊，任政治部主任辦公室幹事、左營軍中廣播電臺編輯兼外勤記者。結識張默、洛夫。

一九五五年

二月，參加《創世紀》詩刊編務工作。在國軍文藝獎徵稿中，以〈火把，火把喲〉一詩獲詩組優勝獎。

一九五六年

五月，獲中華文藝獎長詩組第二獎（〈冬天的憤怒〉）。

十一月，獲國軍詩歌大競賽官佐組優勝獎（長詩〈祖國〉）。

一九五七年

五月，獲國防部文藝創作獎第一獎（三千行長詩〈血花曲〉）。

六月，獲一九五七年詩人節新詩獎（〈印度〉）。

一九五八年

三月，獲藍星詩獎（〈巴黎〉）。

一九五九年

九月，參加中國文藝協會並擔任研究委員。

十月，第一本詩集《苦苓林的一夜》經《學生周報》主編詩人黃崖推介，在香港由國際圖書公司出版，後更名為《瘂弦詩抄》。

一九六〇年

《詩人手札》在《創世紀》十四、十五期連載，後更名為《現代詩短札》，收入《中國新詩研究》一書。

一九六一年

一月，與張默合編《六十年代詩選》在高雄大業書店出版。詩作入選余光中譯《中國新詩選 New Chinese Poetry》（臺北美國新聞處出版）。

五月，調回政工幹部學校，任晨光廣播電臺臺長，並在影劇系任教，講述中國戲劇史、藝術概論等課程。

十一月，獲香港好望角文學創作獎（〈一九三六詩抄〉）。

一九六二年

八月，回政治作戰學校影劇系補修大學學分。

十月，詩作入選胡品清譯《中國當代新詩選 La Poesie Chinoisse Contemporaine》法文本（法國 Seghersparis 出版）。

一九六三年

獲香港一九六三年度現代文學美術協會新詩獎（〈下午〉）。

一九六四年

六月，完成政治作戰學校影劇系大學學分補修，擢升少校教官。

一九六五年

三月，獲中華民國第一屆青年文藝獎詩歌獎，同居獲獎者有司馬中原（小說）、張永祥（戲劇）、許達然（散文）。

四月，與張橋橋女士結婚。

五月，任《幼獅文藝》編輯委員。當選「中華民國十大傑出青年」，獲金手獎。

九月，在各界紀念國父百年誕辰話劇《國父傳》中，飾演國父。

一九六六年

一月，獲國軍忠勤勳章。在《創世紀》詩刊闢〈中國新詩史料掇英〉專欄，介紹中國三十年代詩人，部分內容後收入《中國新詩研究》一書。

二月，獲全國話劇委員會「第二屆話劇金鼎獎」最佳男演員。

九月，初次出國，赴美利堅，到「愛荷華大學（University of Iowa）國際作家工作室」研究二年。

一九六七年

二月，與張默合編之《中國現代詩選》，在創世紀詩社出版。

九月，與洛夫、張默合編之《七十年代詩選》，在高雄大業書店出版。

一九六八年

一月，為《幼獅文藝》策劃「新年專號」（邀請美、印等九國十五位作家撰稿），並推出「特約訪問」專欄（陸續訪問聶華苓、安格爾等作家）。

五月，英文詩集《鹽 Salt》在美國愛荷華大學出版社出版。

六月，結束愛荷華大學研究工作，去華盛頓美國國會圖書館及六所美國大學圖書館蒐集中國早期新詩史料後返國。途中，遊歷了愛爾蘭、英國、奧地利、意大利、希臘、泰國、香港等地。

十月，詩集《深淵》在臺北眾人出版社出版。

十一月，〈遠洋感覺〉一詩的英譯為《亞洲雜誌 The Asian Magazine》刊載。

一九六九年

一月，任中國青年寫作協會總幹事。

二月，任國立藝術專科學校教職（講授《藝術概論》、《廣播寫作》等課程）。

三月，與張默、洛夫合編之《中國現代詩論選》在高雄大業書店出版。同月調任《幼獅文藝》主編。

七月，任耕華文教院暑期寫作研習會詩組講座。

一九七〇年

七月，長女王平洛（乳名小米）出生，後名王景苹。

九月，受白先勇之邀，任晨鐘出版社編輯顧問。

十一月，〈上校〉、〈水手〉入選日文本《華麗島詩集——中華民國現代詩選》。該詩集由《笠》詩社策劃編譯，東京若樹書房出版。另有詩入選英文本《中國現代詩選 Modern Chinese Poetry》。該詩選由葉維廉編譯，美國愛荷華大學出版社出版。

一九七一年

四月，《深淵》增訂版在臺北晨鐘出版社出版。

七月，任詩人黃荷生主持之巨人出版社《中國現代文學大系》編輯委員。

九月，任第一屆「詩宗獎」評審委員。同月任西湖高級工商職業學校國文教學顧問，主講「中國的儒商傳統」。

十一月，奉准退伍，官階少校。

十二月，兼任政治作戰學校教職（影劇系）。

一九七二年

三月，兼任世界新聞專科學校教職（廣播電視科）。

六月，在《創世紀》詩刊復刊會議上，被推舉為社長。

七月，〈深淵〉入選韓文本《中國詩選》。該詩選由許世旭編譯，韓國同和出版公司出版。

八月，兼任中國文化學院教職（中國文學系新文藝組），並與同系執教之史紫忱、邢光祖、趙滋藩遊。

一九七三年

十月，瘂弦自譯〈蛇衣〉、〈上校〉二詩為美國《大西洋月刊 The Atlantic》分兩期刊載。

一九七四年

一月，兼任華欣文化公司總編輯、《中華文藝》總編輯。

七月，任國軍文藝金像獎評審委員，並連任多年。

十二月，參加中華民國文藝界東南亞訪問團，與陳紀瀅等同行，訪問菲律賓、越南、新加坡、泰國和香港。

一九七五年

一月，任幼獅文化公司總編輯，負責《幼獅文藝》、《幼獅月刊》、《幼獅少年》、《幼獅學誌》等編務。

八月，任華欣文化事業公司編審委員會委員。同月任國家文藝獎新詩評審委員，並連任多年。
九月，兼任東吳大學教職（中文系）。
十二月，與彭歌、殷張蘭熙、王藍、朱立民等代表中華民國筆會，赴維也納參加國際筆會，會後與王藍同行，訪問德國、丹麥、比利時、法國等國。〈一九八〇年〉等十首詩入選英文本《中國現代文學選集 An Anthology of Contemporary Chinese Literature》，該選集由齊邦媛主編，臺北國立編譯館出版。

一九七六年

四月，出席亞洲作家會議（在臺北召開），並應彭歌之邀，主持大會秘書處工作，接待川端康成等國際著名作家。
六月，與洛夫、張默等合編之《八十年代詩選》，在濂美出版社出版。
九月，去美國威斯康辛大學深造。
十月，與梅新合編《詩學》第一、二輯（臺北成文出版公司出版）。

一九七七年

七月，入選《中國當代十大詩人選集》。該選集由張默、張漢良主編，臺北源成文化圖書供應社出版。
十月，獲美國威斯康辛大學東亞研究所碩士學位。同月應《聯合報》社之聘，出任〈聯合副刊〉主編。《瘂弦自選集》亦於本月在臺北黎明文化公司出版。

一九七八年

二月，主編之《聯副六十六年小說選》在臺北聯經出版公司出版。
三月，主編之《劉半農文選》在洪範書店出版。

七月，任「復興文藝營」主任，後連任多年。

八月，會見來華訪問的韓國詩人徐廷柱。

舉辦「聯副第一次作家雅集」（四月，討論「尋找中國小說自己的路——小說的未來」），策劃〈文壇風向球〉專欄（七月，介紹當代西洋文壇重要作家）、〈第三類接觸〉專欄（八月，探討社會實境）、〈光復前台灣文化座談會——傳下這把香火〉專欄（十月）。

一九七九年

一月，參加《創世紀》詩刊於臺北新公園舉辦之「露天朗誦大會」。

四月，〈深淵〉一詩收入黃慶萱《中國文學鑑賞舉隅》。（東大圖書公司）。同月，接待來華訪問之美國詩人韋斯（Theodore Weiss）。

九月，在《聯合報》社二十八週年社慶獲頒「特別貢獻獎」。

策劃〈聯副〉〈我的第一首詩〉專欄（五月）、〈報紙副刊何處去〉專欄（十月）、〈新人月〉專欄（十一月）。

一九八〇年

一月，升任《聯合報》副總編輯，仍兼副刊組主任。

四月，主編之《當代中國新文學大系・詩卷》在臺北天視文化公司出版。〈修女〉、〈赫魯雪夫〉入選《中學白話詩選》（臺北故鄉出版社出版）。

五月，獲中華民國文藝協會頒贈之文藝獎章。

六月，參加「水調歌頭——詩與歌之夜」朗誦演唱會（於臺北碧潭舉行）。

七月，二女王景縈（乳名小豆）出生。

十月，策劃〈聯副〉〈世界文壇大師掇英〉、〈寶刀集〉等專欄。

一九八一年

一月，詩論集《中國新詩研究》在洪範書店出版。

二月，與白先勇去新加坡參加第一屆「世界華文文學討論會」，並訪問《南洋商報》。

三月，到臺南國立成功大學演講，並重遊當兵時住過的旭町營房舊地，感慨萬千。

四月，參加國立中央大學舉辦的「第五居比較文學會議」並演講。同月《瘂弦詩集》在洪範書店出版。

六月，參加臺中國立中興大學舉辦的「新文藝學術研討會」講評，並到靜宜女子大學演講。

九月，任《自立晚報》「吳三連文藝獎」評審（以後又連任多次）。〈如歌的行板〉、〈坤伶〉入選國立中興大學之《大學國文選》。

十二月，詩入選《亞洲現代詩集》第一集（日本東京出版）。

一九八二年

一月，參加「中日韓現代詩人會議」。此會議由《創世紀》、《藍星》、《現代詩》、《笠》、《大地》、《陽光小集》六詩社聯辦。

三月，任教國立藝術專科學校廣播電視科與國立中興大學中文系，分別主講「口頭傳播學」、「編輯學」。會晤來華訪問之法國劇作家尤乃斯科。

六月，主編之《聯副三十年文學大系》在聯經出版公司出版。同月任復刊的《現代詩季刊》編輯委員。

七月，獲教育部頒發的副教授證書。

十二月，《聯副三十年文學大系》獲「金鼎獎」。

一九八三年

二月，《青年筆陣・台灣青年文藝運動小史》在幼獅文化公司出版。

三月，與尼洛、司馬中原、顏元叔、胡有瑞等同行，參加《中華文藝》月刊的「菲律賓訪問團」，訪問菲律賓。

五月，與林海音、朱西甯、司馬中原應寫作協會之邀，作全省巡迴演講。

十二月，參加「第三居中韓作家會議」。

一九八四年

二月，兼任國立藝術學院美術系副教授。

九月，與張默、洛夫、辛鬱等合編之《創世紀詩選》，在臺北爾雅出版社出版。

十月，主持國立中央圖書館舉辦之「現代詩三十年座談會」。

十一月，創辦《聯合文學》，任社長兼總編輯。

一九八五年

一月，會見烏拉圭女詩人 Alma Vasconcellos。

八月，創辦「臺灣省巡迴文藝營」，任營主任，長達十四年。每年有一千多位青年參加研習，許多在文壇嶄露頭角。同月與葉慶炳同行，去香港參加國際書展、演講，並與香港作家座談。會見宋淇、戴天、董橋等。

一九八六年

一月，到新加坡「第二居國際華文文藝營」講學，並擔任第二居「金獅獎」決審委員。偕夫人張橋橋作為期二十天的印度、尼泊爾之旅，同行者有葉維廉、漢寶德、高信疆、何懷碩夫婦等人。

二月，任行政院文化建設委員會文藝委員。

三月，〈待續的鐘乳石〉、〈大眾傳播時代的詩〉二文，入選《七十五年文學批評選》（陳幸蕙主編，爾雅出版社出版）。

四月，詩〈所以一到了晚上〉由潘皇龍譜曲演唱於德國柏林等歐洲城市。

五月，應泰國《世界日報》之邀，去曼谷參加「泰華文壇五四文藝節大會」，作〈副刊文化〉之演講。會後暢遊清邁。

十一月，任「中山文藝獎」評審委員，以後又連任多年。

十二月，偕夫人張橋橋訪問韓國，在漢城參加韓國詩人許世旭籌辦之「中韓現代文學國際學術研討會」，會後赴慶州等地暢遊。

一九八七年

二月，《瘂弦詩選》在成都四川文藝出版社出版。

三月，趙天福有聲發表會「貧窮詩劇場」，以唐鼓及缽伴奏，朗誦〈深淵〉、〈婦人〉等詩。

一九八八年

一月，有聲書《瘂弦談詩》在臺北喜瑪拉雅唱片公司製作出版。同月當選臺北副刊聯誼會會長。

四月，以〈新詩和現代詩〉為題，在文建會文藝創作班上演講。

七月，以〈現代詩與現代生活的匯流〉為題，在臺北市立美術館演講。

十一月，獲世界詩人學會頒贈之榮譽博士。

一九八九年

一月，驚聞父母雙亡。噩耗來自美國舊金山大學陳立鷗教授所攜之大陸家書。

三月，主編之《聯合報第十屆小說獎作品集》在聯經出版公司出版。

四月，〈傘〉等七詩入選《台港朦朧詩賞析》（廣州花城出版社）。

七月，在耕莘文教院青年寫作班主講〈中國新詩的回眸與前瞻〉。

八月，〈上校〉、〈如歌的行板〉二詩收入《中外現代抒情名詩鑑賞辭典》（北京學苑出版社）。主持《幼獅文藝》的民歌座談會。

十月，到加拿大愛城亞伯達大學參加「加西華人協會年會」，並作專題演講。主持〈聯副〉的「國際藝術交流座談會」。

十二月，手稿入選《名詩手稿》（臺北海風出版社）。

一九九〇年

三月，主編之《聯合報第十一屆小說獎作品集》在聯經出版公司出版。

六月，主編之《一條流動的星河》在聯經出版公司出版。

一九九一年

三月，主編之《聯合報第十二屆小說獎作品集》在聯經出版公司出版。

五月，獲臺灣省作家協會頒贈之「第十四屆中興文藝獎章」副刊主編獎。

九月，偕夫人張橋橋回到睽違四十二年的河南省南陽故鄉，為祖父母、父母、叔叔、嬸嬸掃墓立碑。並與南陽文藝界人士牛雅杰、周熠、周同賓、王遂河等晤談。

一九九二年

一月，以〈青年刊物編輯趨勢〉為題，在劍潭全國編輯人員研習會上演講。

三月，會見旅臺俄羅斯學者司格林。

四月，參加中國古典詩研究會主辦之「文學與傳播關係研討會」，講評詩人白靈之論文。

八月，偕家人第二次回故鄉河南省南陽，為外公外婆、舅父母掃墓立碑。並與應南陽地區文學、藝術界之邀，作有關兩岸文壇交流之學術演講。

九月，任教靜宜大學中文系（主講《新聞文學》、《戲劇導論》、《中國現代文學史》）。

十月，任中華民國筆會會刊 *Chinese Pen* 編輯委員。同月，參加香港中文大學文藝活動，以〈詩與社會——五、六十年代臺灣詩中的社會意識〉為題演講。拜訪詩人黃維樑。同時參加該校活動的，還有余光中、李元洛。

一九九三年

一月，以〈朗誦詩與朗誦〉為題，在臺北誠品書店「詩的星期五」活動中專題演講。

二月，任教育部文學獎評審委員，以後連任多年。同月，任教國立政治大學中文系（主講《現代詩》）。

六月，與陳義芝主編之《八十一年詩選》在現代詩季刊社出版。

七月，接受臺灣電視公司「談笑書聲」節目專訪，出個人小專輯。

八月，偕夫人張橋橋訪問蘇聯，共十天，拜謁了普希金、陀斯妥也夫斯基、托爾斯泰、柴可夫斯基等文學家、音樂家的故居。

十月，主持詩人覃子豪作品討論會。與李瑞騰一起主持「挑戰詩人座談會」（此座談會由《台灣詩學季刊》

主辦）。

十一月，福建行，遊武夷山、泉州。

十二月，〈聯合報副刊〉與聯合報文化基金會、《聯合文學》共同舉辦「四十年來中國文學會議」，有臺灣、大陸、香港、海外近三百位學者參加。

一九九四年

五月，應邀評審「第一居全國僑生散文獎」（由《宏觀月刊》主辦）。

七月，接待諾貝爾文學獎得主塞拉．耶佛 (Camilo Jose Cela)。

九月，由蕭蕭主編之《詩儒的創造．瘂弦詩作評論集》在臺北文史哲出版社出版。

一九九五年

九月，〈坤伶〉等五首入選《新詩三百首》（張默編，臺北九歌出版社）。

一九九六年

九月，鄭樹森主編之瘂弦詩選《如歌的行板》在臺北洪範書店有限公司出版。本年度有詩收入南海出版公司出版之海南省《新概念語文教材》。

一九九七年

一月，獲行政院頒贈之「第二十一居金鼎獎．副刊編輯獎」。同月，舉辦「世界中文報紙副刊學術研討會」，提出「副刊學」之構想及藍圖。該研討會被譽為中文報紙之發展里程碑。

三月，主持韓國詩人金良植詩選發表會。

四月，與張默、碧果、管管回大陸，作雁蕩山、富春江、西湖之旅。

七月，在「青年詩人創世紀講談會」上作專題演講。

一九九八年

一月，獲行政院頒贈之「第二十二居金鼎獎・副刊編輯獎」。

五月，獲「第一居五四獎・文學編輯獎」。

八月，從《聯合報》退休。由九歌文教基金會、《文訊》、《幼獅文藝》等七個單位發起，於臺大校友聯誼社召開「弦歌不絕——瘂弦的編輯歲月」歡送會，歡送瘂弦卸下〈聯副〉老編重任，赴加拿大溫哥華定居。獲總統頒贈之「華夏一等獎章」。

九月，被國立成功大學禮聘為首位駐校作家，展開為期五天的作家駐校活動，成為詩人「晚霞工程」的肇始。同月，〈如歌的行板〉一詩入選臺北五南出版公司出版之《大專院校現代詩精讀》。

十月，至淡江大學「淡江人文學術講座」演講。

一九九九年

九月，應高希均、王力行之邀，與張默、蕭蕭主編《天下詩選：1923～1999臺灣》，臺北天下遠見出版公司出版。

二〇〇〇年

五月，第三次回故鄉河南省南陽，為已故親人掃墓。到舞鋼探訪好友散文家楊稼生並演講，到鄭州會見豫籍詩人牛雅杰、馬新朝、方向真等。以〈蝶與蛹之間——臺灣新世代文學〉為題，在北京大學中文系演講。結識周大新、計璧端。

六月，以〈世界上最大的文壇——一家親，一盤棋，華文文學的歷史傳承與未來展望〉為題，在「美中西區華人學術聯誼會」千禧年年會上演講。
九月，應聘為國立東華大學駐校作家一年。主講現代詩及現代散文。開始撰寫詩話〈記哈客詩想〉。

二○○一年

四月，參加香港城市大學文化節並演講。
八月，〈傘〉等二十一首詩入選馬悅然、奚密主編《二十世紀台灣詩選》（臺北麥田出版社）。
九月，應「美國之音」邀請，參加華盛頓州僑界座談交流。同月，應邀任臺灣育達學院駐校作家半年。

二○○二年

六月，赴美國北加州矽谷，參加由「橋和門藝術製作坊」主辦的「詩與音樂的對話」。在桑尼維爾社區中心朗誦會上，朗誦〈紅玉米〉、〈鹽〉、〈如歌的行板〉；應臺大、成大校友會之邀，在灣區僑教中心講演。紀弦、楚戈也參加了活動。同月，《瘂弦短詩選》（中英對照）在香港銀河出版社出版。
八月，應中國西部衛星電視有限公司、四川西部影視有限公司主之邀，偕次女王景縈（小豆），赴山東、四川、新疆、西藏，作文化休閑之旅。
九月，帶次女王景縈回故鄉河南南陽尋根，會見當地文藝界人士二月河、廖華歌等。並與蕭先華同行，到山西、陝西等地，作田野調查。同月，有詩入選日本《藍 BLUE》文學雜誌總第七、八期之「台灣《創世紀》特集」。

二○○三年

三月，為高全之著《張愛玲學》撰寫導讀〈高全之，學院外文學批評的築路人——從早期寫作生活的發軔到近期「張愛玲學」的建構〉，收入臺北一方出版公司之《張愛玲學》。

八月，赴香港擔任第七屆香港中文文學雙年獎評委，並出席該獎文學研討會（八月二十六日～九月七日）。

二〇〇四年

二月，應邀赴美國洛杉磯，參加美國德維文學協會主辦的「向詩人致敬・閱讀瘂弦」活動。在蒙特利公園市長青書局大廳，舉行個人詩作朗誦會，朗誦詩多首。另有黃美之、張錯、陳銘華、高全之、簡捷、張索時等人座談，一致肯定瘂弦的詩。大會編印《閱讀瘂弦》一冊，收詩作及評論多篇，堪稱洛杉磯華文詩界一大盛事。

六月，北京《新詩界》在《光芒湧入》特輯中，專闢「黃鐘大呂・瘂弦」專輯，發表瘂弦詩選、〈詩人手札〉以及陶保璽評論〈進入瘂弦詩歌中的黃鐘世界〉。同月，四十餘萬字之評論書序集《聚繖花序》二冊在臺北洪範書店有限公司出版。該書榮登《聯合報・讀書人》專刊之「新書金榜」。

十月，參加《創世紀》在臺北舉辦的五十年慶活動，主持「現代詩專題座談」。

十一月，去福建省福州市參加由福建省文聯、福建省文化經濟交流中心主辦，《台港文學選刊》等承辦之「二〇〇四海峽詩會——台灣詩人海峽西岸行」系列活動。與謝冕共同主持「海洋詩研討會」。會後去了泉州、莆田湄洲島、東山島、廈門等地。同月，獲第十一居東元獎，至臺北圓山大飯店國際會議廳領獎，並觀賞臺灣大學中文系師生演誦之瘂弦作品。

十二月，北京《詩探索》秋冬卷・總第五十五～五十六輯出「瘂弦研究」專輯，發表簡文志評論、瘂弦詩賞析及瘂弦創作談〈寫詩是一輩子的事〉。

二〇〇五年

一月，愛妻張橋橋不幸病逝，她的一生幾乎都在與病魔奮戰，對信仰的虔誠，對生命的熱愛，對命運的不屈均感人至深。醫生說，她能活到六十四歲，創造了生命的奇蹟。追思儀式在溫哥華素里華麗墓園舉行，許多人趕來為之送行。

七月，由香港大學中文系、武漢大學文學院和徐州師範大學聯合召開的「瘂弦與二十世紀華文文學研討會」在武漢舉行。瘂弦應邀參加，並在會上接受了三個獎：香港大學中文系頒發之「二十世紀詩學終身成就獎」、武漢大學文學院頒發之「二十世紀文學經典獎」、徐州師範大學語言研究所頒發之「媒體英雄獎」。會後，瘂弦遊覽了黃鶴樓、古琴台、長江大橋、宜昌附近的王昭君故里、秭歸的屈原廟等名勝。

十一月，「臺灣當代十大詩人」最新票選結果揭曉，瘂弦名列其中。這次活動由國立臺北教育大學臺文所與《當代詩學》雜誌社合辦，以有出版過詩集者為對象寄發選票，且不分流派、詩社、屬性與認同，盡可能收集符合資格者的聯絡地址或電子郵件。經層層過濾後，寄出附編號之記名選票，回收後統計得出洛夫、余光中等十位，瘂弦排名第六。三十多年來，臺灣一共選了三次「十大詩人」，瘂弦每一次都當選。這對於一個幾十年沒有寫詩的人來說，真是一個奇蹟。

二〇〇六年

二月，應聘任臺灣育達學院中文系客座教授。

五月，有聲書《弦外之音》，由聯經出版公司出版。

【附錄二】 瘂弦未結集詩作

〈預言〉（一九五四年秋《現代詩》第七期）

〈劇場素描〉（〈燈光〉、〈卸妝〉、〈劇終〉三首，一九五五年二月《創世紀》第二期）

〈天狼星之歌〉（一九五五年四月《現代文藝》第三期）

〈鬼車〉（一九五五年六月《創世紀》第三期）

〈魔夜〉（一九五五年六月《創世紀》第三期）

〈陣地吟草〉（〈碉堡裡〉、〈擦槍〉二首，一九五五年十月《創世紀》第四期）

〈草原的風采〉（〈春情曲〉、〈種籽的話〉、〈新地之歌〉三首，一九五六年二月《新地》第二期）

〈火把，火把喲〉（一九五六年三月《中國一周》第三〇七期）

〈鬼劫〉（一九五六年三月《創世紀》第五期）

〈棺材店〉（一九五六年三月《創世紀》第五期）

〈創世紀交響曲〉（原標明為集體創作，實乃出自瘂弦一人之手，一九五六年三月《創世紀》第五期）

〈桑乾河〉（一九五六年四月《現代文藝選集》）

〈驢兒，驢兒啊！〉（一九五六年四月《新地》第三期）

〈夜聲〉（一九五六年六月《創世紀》第六期）

〈屈原祭〉（一九五六年六月《創世紀》第六期）

〈冬天的憤怒〉（一九五六年五四長詩獎第二獎）

〈血花曲〉（作於一九五七年，發表刊物不詳）

〈新春風景繪〉（一九五七年一月《今日新詩》創刊號）

〈紡花車〉（一九五七年二月《復興文藝》第三期）

〈短歌集〉（共十二首，其中五首已結集，七首未結集：〈火葬場〉、〈嬰兒車〉、〈動物園〉、〈天空〉、〈雨〉、

〈歸去〉、〈時間〉，一九五七年三月《創世紀》第八期）

〈吠月〉（一九五七年九月《今日新詩》第八、九期合刊）

〈水手哲學〉（一九五七年九月《中國海軍》第九期）

〈憤怒的高原〉（一九五七年高雄《新生報》「西子灣」副刊）

〈殘酷的海蒂〉（一九五八年五月《幼獅文藝》第五期）

〈金門之歌〉（一九六〇年十二月《新文藝》第五十七期）

〈歸去〉（約作於一九六一年）

〈祖國〉（三千行長詩，發表刊物不詳，作於一九五六年）

〈另一種的理由〉（一九六四年一月《創世紀》第十九期）

〈戰時〉（一九六五年十一月《百壽文》文集）

〈駿馬〉（一九六六年二月《幼獅文藝》第一百四十六期）

〈十月〉（一九六七年八月《幼獅文藝》第一百六十七期）

說明：瘂弦於一九六八年二月，在《幼獅文藝》一百七十期發表〈美國的孩子〉，雖時最遲，但因是譯詩，不算創作，故未列入。

後記

八月八日將近子夜時分，當我將最後一章最後一節改定，畫上一個圓圓的句號，不禁長長地出了一口氣。

此書稿從一九九八年八月動筆，到二〇〇三年八月完成，足足用了五年時間，跨度竟是兩個世紀，真正成了一項「跨世紀工程」！

在這五年中，世界發生了很大的變化，瘂弦與我也發生了很大的變化。世界多元化和經濟全球化的趨勢在曲折中發展，對文學的顛覆與促進前所未有；科技進步日新月異，其利弊交雜既使人興奮又使人煩惱；綜合國力的競爭日趨劇烈，對精神與文化的影響更加明顯。瘂弦於一九九八年八月自《聯合報》榮退，離開臺灣定居溫哥華，但駐校作家、客座教授、臺海活動等邀約接連不斷，仍使他來回奔走於加中兩國。作為作者的我，繼一九九九年訪問日本後，又有二〇〇〇年俄羅斯之旅、二〇〇一年加拿大之行，並於二〇〇一年八月三十一日正式辦理退休，且在這五年中整理、出版了八本詩集、散文集、評論集。正是這些干擾了《瘂弦評傳》的寫作，總是時寫時停、忽斷忽續，以至於每年都要制定並調整寫作計畫，久拖不完已經成了我的一塊心病。不過，這也帶來了一個好處，使我加深了對瘂弦的認識，可以在上下世紀之交、兩個千年對接之時，以更為宏闊的時代背景、更加強烈的歷史意識、更趨先進的藝術觀念，來解讀這位詩人及其作品。

瘂弦是驚人的。他以一本《深淵》享譽詩壇三、四十年，至今仍然具有廣泛而深遠的影響力，在五四以來的新文學史上，一時似乎尚無他例。

瘂弦是豐富的。他既是傑出詩人，又是優秀批評家，還是一流甚至超一流副刊主編，他的詩、他的詩論、他辦的副刊俱佳，人稱「三奇」，周夢蝶直呼他為「才子」與「英雄」。

瘂弦是審美的。「一日詩人，一世詩人。」他給「詩人」的命名，體現了荷爾德林的精神、海德格爾的思想，他深諳閱讀的藝術、收藏的藝術、演講（朗誦）的藝術，並以這三大藝術啟迪人們「詩意地棲居在這大地上」。

在本書的寫作中，我主要掌握了以下三點：

以詩為線索。儘管瘂弦在一九六七年八月之後就不再發表詩了，寫詩的時間也不過十四、五年，但詩之於瘂弦猶如命脈之於人，乃是他存在的形式、價值的體現、立足的根本，何況他從來也沒有停止過詩論的寫作，長期從事與詩有關的研究、教學及活動，未曾一日離開詩。以詩為線索，貫串全書，就能抓住瘂弦的本質，再現瘂弦的風貌。為此，某些材料如瘂弦的小說論、散文論、新聞論、文化論等，雖然十分精彩，卻不能不加以省略；作為「三奇」之一的副刊經歷、編輯生涯，雖然有「另一種形式的詩」之稱，卻只能作為〈夢坐在樺樹上——瘂弦的生平〉之一節簡寫，留下遺憾。

以人為中心。瘂弦一貫強調：「練字不如練句，練句不如練意，練意不如練人。」「以文學而言，衡量一個作家偉大與否並非比技術，而是看其人格精神。」本書的寫作，只有以人為中心，才能避免就事論事、以詩談詩，從而達到形而下與形而上的結合、特殊性與普遍性的統一。所以，在「瘂弦的生平」部分，筆者不僅僅敘述了他的學業，描繪了他的事業，也突出了他的德業；除此而外，還用專門的一章、幾佔全書七分之一的篇幅，介紹了他的詩生活，揭示了瘂弦之所以成大家的秘密。而在大部分章節中插入的趣事、趣聞、趣話、美談，一方面是行文的需要，另一方面更重要的是凸出傳主的性格，給人一個立體的瘂弦。

以評為重點。這是評傳與傳的主要區別。不是說傳不要評，凡是傳都有評，且傳不離評，傳評結合，故同一的傳主，不同的作家寫來會大不相同。關鍵是評在評傳中的比重要大，要求也高得多，評傳作者的評判性質、審美傾向、感情色彩更鮮明。本書「評」的重點有三：一是「現代詩壇的睡火山」，在進入瘂弦的生平與作品之前，就其「以一本詩集而享大名」、《深淵》以後便停筆的「火山現象」發問：瘂弦是死火山？還是休眠火山？通過法國詩人瓦雷里的個案分析，挑選三十個中國詩人、三十個外國詩人的概況比較，探討了「火山爆發」與藝術生命節律的關係。二是「從西方到東方——瘂弦的詩」，打破先思想性次藝術性、先題材範圍後藝術風格一類的固有範式，著重分析瘂弦是怎樣走向西方，又怎樣回歸東方的，他如何集大成，爭取「國際、民族、本土的快速融合」，進一步總結出幾條帶規律性的東西（前提：帶著故鄉去旅行；關鍵：將西方理論與中國實際相結合；方法：在東西方詩藝間尋找相同處）。三是「回答今日的詩壇——瘂弦的詩論」，按照他的一本專著《中國新詩研究》、九篇重要文章、〈夜讀雜抄〉與〈記哈克詩想〉兩個系列、他給詩人詩集寫的序與跋之順序，進行梳理與評析，指出瘂弦在哪些地方有所創新，在哪些地方有所突破，在哪些地方尚嫌不足，從而探討瘂弦詩歌理論的主要特色與歷史地位。「回答今日的詩壇」，是一個總的目標，既有傳主的論述，也有作者的意見，由此而建構的理論體系是雙向的，讀者不妨加以比較。

最後，需要提到的是寫作中的一個變化：在第一、二章，我既為瘂弦的一舉登頂、一書成名而喜，也以一位天才的停筆、一座火山的休眠為憾，禁不住疊聲呼喚：瘂弦執筆寫詩，火山重新爆發！然而，再往下寫，我懷疑起自己的知見來，我是否太執著於「相」了？正是常規認識的習慣和形成的概念系統，阻礙了我的進一步研究。瘂弦不是早就將詩人分為狹義的與廣義的兩種嗎？「詩人的努力是一輩子的努力，詩人的最高完成也就是詩的完成」，儘管他早已不在紙上寫分行的現代詩了，可他無日不在大地上寫不分行的詩生活，何況他還發表了那麼多有影響的詩論！寫完全書，我的態度來了個一百八十度的轉彎：正因為停筆，瘂弦的詩才顯得那麼精粹，那麼難能可貴。藝術質量，永遠是作品的決定性因素，也是世界上能對抗時間的唯一武器。

由瘂弦，我想到著名的探險家喬治·馬洛里。當別人問他為什麼要攀登世界最高峰珠穆朗瑪峰時，他答道：「因為它在那裡。」

二〇〇三年九月二十四日寫於杭州老和山北

因為種種原因，本書延至二〇〇六年初夏出版。在二〇〇四年秋與二〇〇五年初，筆者對全書作了兩次修改。如：重寫第一章，改為「代前言」；對後四章作了調整，將時限延伸到二〇〇四年，補充了一些新的資料；對部分章節進行了刪節與加工。在去年秋與今年春，在校對出書樣稿之時，筆者又對個別地方作了修改，傳主瘂弦也提出了一些好的意見。

文學永遠避免不了遺憾，限於體例，瘂弦的許多生動的事蹟都無法寫進書中，特別是他近二年多來又有不少新的事件、新的發展，只能將「瘂弦年表」的時限再延伸到二〇〇六年，以略作補充，特此說明。

感謝三民書局接受拙著的出版，向該書局的編輯同仁為本書付出的辛勞致以敬禮。

二〇〇六年三月二十八日於杭州西子湖畔

【行政院新聞局中小學生課外優良讀物推介】

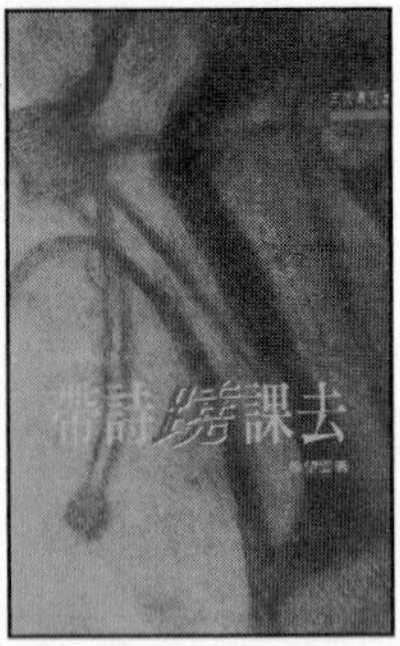

◎帶詩蹺課去——詩學初步　徐望雲　著

自由詩發展到今天，不管就文體或被接受的程度，都有許多問題尚待解決。本書以輕鬆的筆調、嚴肅的心情，一步步為您揭開謎底，讓所有問題的答案都赤裸裸地呈現。

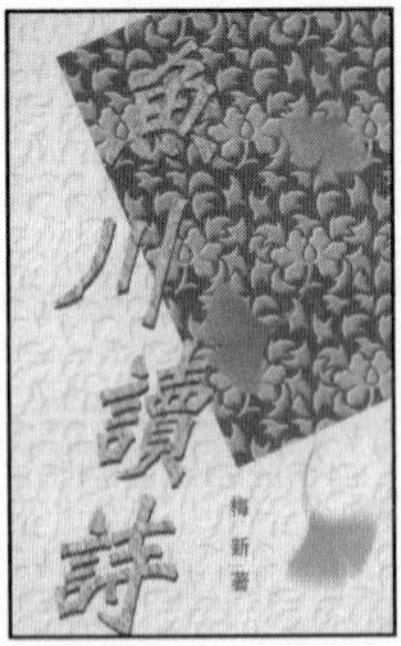

◎魚川讀詩　梅　新　著

作者梅新身為詩人、編者兼文學愛好者，在《魚川讀詩》中，他藉由不鬆不緊、從容不迫的談論，從多角度的觀察，引領更多讀者產生閱讀新詩的興趣，並刺激詩壇煥發出另一番美景。

◎拒絕與再造——兩岸現代漢詩論評　沈　奇　著

在人云亦云的詩歌思潮與觀念外，不斷跟蹤和尋找新的詩學命題，堅持從兩岸具體的詩歌現實出發，作不失歷史情懷的個性言說，使灰色的理論之門掛滿綠色的長青藤，好讀有味。